중국 5대 소설

수호전·금병매·홍루몽 편

이나미 리쓰코 지음 | 장원철 옮김

일러두기

1. 이 책은 국립국어원 외래어 표기법에 따라 외국 지명과 인명 및 상호명을 표기하였다.

2. 본문 중 각주는 모두 역자의 주석이며 그 외는 저자의 주석이다.

3. 서적 제목은 겹낫표(『 』)로 표시하였으며, 그 외 인용, 강조, 생각 등은 따옴표를 사용하였다. 『수호지』에 등장하는 호걸들의 별명은 홑낫표(「 」)로 표시하였다.
   예) 『수호지水滸志』, 『금병매金甁梅』, 『홍루몽紅樓夢』, 『석두기石頭記』, 『세설신어世說新語』, 「급시우及時雨」 송강宋江, 「흑선풍黑旋風」 이규李逵

4. 이 책은 산돌과 Noto Sans 서체를 이용하여 제작되었다.

들어가며

　중국 5대 고전소설 가운데 『삼국지연의三國志演義』와 『서유기西遊記』를 다뤘던 『중국의 5대 소설』 상권에 이어서 이 하권에서는 『수호전水滸傳』, 『금병매金瓶梅』, 『홍루몽紅樓夢』의 세 작품을 다루고자 한다.

　『수호전』은 『삼국지연의』나 『서유기』처럼 송대宋代로부터 원대元代에 이르기까지 재담꾼이 청중을 앞에 두고 공연했던 연속 장편 야담을 모태로 하는 작품이다. 『수호전』이 백화 장편소설로서 이윽고 성립하였던 것은 『삼국지연의』와 같은 시기인 14세기 중엽의 원말명초元末明初이지만, 그 어투는 『삼국지연의』나 『서유기』에 비해 번화한 저잣거리에서 예능인들이 보여주는 '재담'으로서의 현장감을 훨씬 많이 간직하고 있다.

　『수호전』은 오랫동안 사본의 형태로 유통되었는데, 현존하는 가장 오래된 텍스트가 간행된 것은 작품으로서 완

성된 이후 무려 200년이나 지난 명나라 말기 만력萬曆 연
간(1573~1620년)이었다. 이 판본은 전 100회로 이루어져 있
는데 36개의 천강성天罡星과 72개의 지살성地煞星으로부터
환생한 108명의 호걸이 속속 '양산박梁山泊'에 모여들어 대
군단을 이루고 조정의 관군을 상대로 격전을 거듭한 끝에
북송北宋 조정에 귀순(초안招安)[1]하여 이후에 요遼 정벌과 방
납方臘의 난[2] 진압 과정 등을 거치면서 마침내 소멸해가는
파란만장한 과정을 묘사하고 있다. 참고로 『수호전』은 수
많은 간행본이 있는데 100회본本 이외에 120회본과 70회
본 등이 있다.

　어쨌든 『수호전』 역시 『삼국지연의』나 『서유기』처럼 첫
회부터 마지막 회까지 1회씩 구분되어 연쇄적으로 회回를
거듭하며 스토리를 전개해가는 '장회소설章回小說'[3]의 형

---

1) '초안招安'은 조정에 귀순하는 것을 일컫는 말로, 이후에는 모두 '귀순'으로 풀이한
　다.
2) 북송 말기 휘종徽宗 황제 치세인 1120년에 중국 강남 지방에서 지배층의 수탈에
　저항하여 방납이 농민을 규합하여 목주睦州에서 일으킨 반란을 말한다. 1121년에
　진압되었으나 이 반란으로 송은 큰 타격을 입어 이후 정강靖康의 변을 거치면서
　멸망하고 만다. 본래 '방랍'으로 읽으나 이 책에서는 '방납'으로 표기한다. 『수호
　전』 원문에서는 송나라를 위협했던 4대 반란의 주모자, 곧 '사대구四大寇'로서 '산
　동山東의 송강宋江', '강남江南의 방납方臘', '하북河北의 전호田虎', '회서淮西의 왕경王
　慶'이 있었다고 되어 있다.
3) 몇 개의 회回로 나누어 이야기를 서술한 장편소설로, 매 회마다 표제가 붙어 소설
　전체의 내용을 개괄해볼 수 있게 한 장회체章回體 체제의 소설을 가리킨다.

식을 취한다(상권의 '들어가며' 참조). 주목할 사실은 『수호전』
이라는 작품은 이러한 스타일을 최대한 활용해 108명의
호걸을 상호 유기적으로 연결하며, '염주 알처럼 많은 인
물을 한 줄로 늘어세우는' 형식으로 차례차례 등장시키면
서 긴밀한 서사 세계를 구축하고 있다는 점이다.

　이렇게 구성된 『수호전』 세계에서 무엇보다 중시되는
것은 '協俠의 정신'으로, 108명의 호걸이 모여든 양산박은
그러한 협의 윤리가 관철되는 운명 공동체와 다를 바 없었
다. 이렇듯 남성 상호 간의 관계성을 최우선으로 중시하
는 『수호전』 세계에서의 윤리감은 시원시원함 그 자체라
고 할 수 있는 반면에, 여성에 대해서는 지나칠 정도로 결
벽을 강조하면서 대체로 여성 혐오의 양상을 드러내고 있
다. 이렇게 말하는 것은 남자라고 불러도 좋을 양산박 군
단의 몇몇 여성 장수를 제외하고는, 작품에 등장하는 여
성은 호걸들에게 단칼에 죽임을 당해도 마땅할 지극한 '악
녀'들뿐이기 때문이다. 요컨대 『수호전』에서는 '여성적인
것'은 모름지기 '악'이며, 배제되어 마땅하다는 윤리감이
엄연하게 존재한다고 해도 좋을 것이다.

이렇듯 여성을 철저히 배제한 금욕적 '남성들 세계의 이야기'였던 『수호전』에서 힌트를 가져와 이를 정반대로 역전시켜, 신흥 졸부 상인으로 욕망의 화신이라 할 서문경西門慶을 둘러싸고 끊임없이 '악녀'가 등장해 욕망과 에로스에 광분하는 세계를 묘사한 『금병매』라는 작품이 생겨난 것은 얄궂은 인연이라 하겠다. 16세기 말, 명나라 말기에 저술된 『금병매』(전 100회)는 『삼국지연의』, 『서유기』, 『수호전』이 '설화'에서 비롯된 작품들로서 작자는 차라리 편자라고 불려야 할 존재였던 사실에 반하여 애초부터 단독의 작자에 의해 구상되고 쓰인 작품이다. 이 『금병매』를 통해 중국 고전 백화소설은 '이야기하는 것'에서 '쓰는 것'으로의 커다란 전환을 이루게 되는데, 이러한 탁월한 기량을 선보인 인물은 '소소생笑笑生'이라는 필명의 그늘 속에 숨어서 자신의 정체를 드러내지 않는 관계로 수많은 논의가 이어졌지만 지금까지도 작자를 특정할 수 없는 상태에 머무르고 있다.

『금병매』는 『수호전』에 등장한 호걸 무송武松이 불륜을 저지르고 자신의 친형을 살해한 형수 반금련潘金蓮과 그녀의 불륜 상대 서문경을 참살하는 대목에 착안하여 이 때 만약 두 사람이 죽임을 당하지 않았다는 가정을 바탕으로 『수호전』에서 완전히 이탈하여 새로운 서사 세계를 구축하였던 것이다. 이렇듯 '쓰는 것'으로서 최초의 백화 장편소설이 되었던 『금병매』는 '(이야기되는) 설화'를 직접적인 모태로 삼은 앞의 세 작품과는 내용상으로나 구조에서도 근본적으로 이질적 차이를 보인다 하겠다. 내용적으로는 앞의 세 작품이 남성 호걸들의 싸움과 모험을 시원스럽게 그려내고 있다면, 그와는 대조적으로 시종일관 욕망투성이인 남녀들의 모습을 집요하게 그려내는 한편으로 다채로운 여성상을 전면에 내세우고 활약케 하고 있다. 구조적으로는 『서유기』와 『수호전』에 보이는, 에피소드를 '염주 알처럼 늘어세우는' 단선적인 형식에서 벗어나 전체를 조망하면서 많은 등장인물을 주도면밀하게 배치함으로써 탄탄한 서사 세계를 구축하고, 아울러 면밀한 세부 묘사를 통해 현장감을 높이고 있는 점이 두드러진다. 이렇게 등장인물 상호 간의 관계성을 한층 치밀하게, 동시에 복합적으로 묘사해냄으로써 『금병매』는 이야기를 모태로 하는

'설화'에서 '소설'로 환골탈태할 수 있었다고 하겠다.

『금병매』 성립으로부터 150년이 지난, 18세기 중엽 청대淸代 중기에 조설근曹雪芹에 의해 창작된『홍루몽』(전 120회)은『금병매』에서 착상을 가져오면서도『홍루몽』의 외설성을 철저히 정화淨化하고 백화 표현을 가다듬어서 정치하기 그지없는 서사 세계를 구축한, 문자 그대로 중국 백화 장편소설의 금자탑이라 할 수 있다. 부언하자면『삼국지연의』,『서유기』,『수호지』,『금병매』의 작자가 모두 부정확하거나 혹은 미상인 데 반해『홍루몽』에 이르러서 비로소 백화 장편소설 분야에서도 작자의 이름과 이력이 미미하지만 분명하게 드러난다. 그렇지만 전 120회 가운데 조설근 자신이 쓴 것은 제80회까지이며, 나머지 40회는 조설근이 병사한 후에 그의 구상을 근거로 고악高鶚이라는 인물이 집필했다고 추정된다.

『홍루몽』의 서사 세계는 '대귀족'인 가씨 집안을 무대로, 소녀 숭배자이자 중심인물인 가보옥賈寶玉이라는 소년과 임대옥林黛玉을 비롯한 아름다운 미소녀들이 펼치는 몽환적인 세계를 치밀하게 그려내는 동시에 그들을 둘러싼 주변 어른들의 추악한 세계까지도 함께 면밀히 묘사하는, 실로 웅숭깊게 고안해낸 치밀한 중층 구조의 짜임새로 구성되어 있다. 이것은 이미 '설화'로부터 완전히 탈피하여 작자가 명징한 방법적 의식을 가지고 창작해낸 '소설' 이외의 그 무엇도 아닌 것이다. 자세한 것은 본문을 참조하기 바라는데, 이렇듯 진정한 소설이라 할 『홍루몽』에는 시대를 초월해 언제나 살아 있는, 위대한 고전 특유의 영원히 예리함을 잃지 않는 불멸의 가시가 감춰져 있어서, 진정으로 소설 갈래 고유의 급진주의를 구현해낸 작품임에 틀림없다고 하겠다.

이상에서 보듯이 '창작된 것'으로서 최초의 백화 장편소설인 『금병매』는 『수호전』에서 힌트를 가져와, '설화'로부터 완전히 이탈하여 '소설'로 향해 나아갔고, 『홍루몽』은 중심인물을 묘사하는 방법 등에서 『금병매』가 남겼던 과제에 하나의 해답을 주는 형태로 '완전한 소설'로 비상하였다. 이 책 『중국의 5대 소설』 하권은 이 세 편이 지니는 상호 불가분의 인과관계에 주목하는 한편 번화한 저잣거리의 재담에서 유래한 중국 백화 장편소설이 '재미있는 설화'에서 '정치한 소설'로 이행해가는 과정을 각각의 작품을 구체적으로 읽어가며 흥취 넘치는 스토리 전개를 더듬어가면서 가능한 한 다각적으로 추적하였다. 이렇게 중국 소설사의 전개를 따라가다 '장회소설'이라는 스타일을 확실히 유지하면서도 선행하는 작품들과 싸우고 도약을 이루면서 선명하게 변모해가는 그 역동적인 운동성에 새삼 경탄하고 커다란 감동을 느꼈다는 사실을 여기에 첨언하고자 한다.

또한 이 책의 말미에는 상권과 마찬가지로 『수호지』, 『금병매』, 『홍루몽』의 매회의 표제 총목록을 게재하였다. 그때그때 참조해주었으면 하는 바람이다.

2009년 2월

이나미 리쓰코 井波律子

목차

『수호전』편
- 108성, 염주 알처럼 늘어선
수많은 인물들의 이야기

1. 개막은 작품의 스타로부터
- 노지심魯智深, 임충林冲 등장

　"사람들은 홍태위洪太尉[1]의 위엄에 눌려 어쩌지를 못하
고서 그 무거운 돌판을 동시에 들어올렸다. 그러고 나서
보니 돌판 아래는 그 끝이 어디인지를 알 수 없을 정도로
깊고 깊은 시커먼 동굴이었다. 그 순간 그 동굴 안에서 문
득 우르릉우르릉 하는 무시무시한 소리가 점점 더 크게
들려왔다. (중략) 그러더니 굴 안에서 갑자기 한 줄기 시꺼
먼 연기 같은 것이 강력한 돌개바람처럼 타래를 치며 솟
구쳐 올랐다. 그 힘이 어찌나 강력한지 전각殿閣의 지붕
이 절반쯤 날아가버렸다. 이어 허공으로 올라간 그 검은
연기 같은 것은 백여 갈래 눈부신 금빛으로 변하여 사방
팔방으로 흩어져 날아갔다." (제1회)

'인물'로 그려진 서사 세계

　『삼국지연의』의 매력의 근원이 수많은 '명장면'에 있다
면『수호전』의 그것은 '인물'에게 있다. '36개의 천강성天罡

---

1) 대장군 홍신洪信을 가리킨다.

星'과 '72개의 지살성地煞星'[2]에서 태어난 108명의 호걸이 온갖 파란곡절을 거쳐 '양산박'에 모여들어 조정의 관군을 상대로 대활약을 펼치는 통쾌한 이야기인 『수호전』. 그 최대의 매력은 서사 세계를 멋대로 휘젓고 다니는 개성 풍부한 다양한 등장인물들이라 하겠다.

천진난만한 망나니 노지심魯智深, 맨손으로 호랑이를 퇴치하는 용맹한 호걸 무송武松, 양산박을 통솔하는 두령 조개晁蓋와 송강宋江, 멋진 미남자이면서 엄청난 완력의 소유자인 연청燕靑, 커다란 쌍도끼를 휘두르며 순식간에 몇 백 명을 죽여버리는 '살인 병기' 이규李逵. 모두들 어떠한 형태로든 죄를 짓고는 세상의 아웃사이더가 되고 말았던, 한가락씩 하는 인물들뿐이다. 이러한 면면의 인물들이 차례차례 서사 세계에 등장해 상호 간에 관계를 맺으면서 만들어가는 드라마야말로 다름 아닌 『수호전』의 묘미라 할 수 있다.

---

2) 도교에서 말하는 108개의 흉성凶星. 본래 세상을 어지럽히던 108명의 마왕들을 상징하는 것으로 그 힘이 봉인되고 하늘의 별이 되어 36개의 천강성과 72개의 지살성으로 불리게 되었다.

100회본과 여타의 판본들

이 책의 상권에서 다뤘던 『삼국지연의』, 『서유기』와 같이 『수호전』 또한 재담꾼의 '설화'에서 비롯된 '장회소설'이다. 다만 앞의 두 작품과 비교해 텍스트가 그만큼 정비되지 않았고, 그 결과 '설화'의 정취를 짙게 풍기는 문체로 이루어진 탓에 같은 입말인 백화라고는 해도 작품을 읽어내는 것이 한층 까다롭다고 하겠다.

『수호전』은 일본에도 오래전 에도江戸 시대부터 전해졌지만 중국의 백화 원문에 훈독을 다는 형태로 오랫동안 읽혀져왔다. 고다 로한幸田露伴[3]의 번역도 매우 유려한 훈독문으로 되어 있지만, 훈독에 익숙하지 않은 현대인에게는 난해할 수밖에 없다. 그러나 요즘은 요시카와 코지로吉川幸次郎, 시미즈 시게루淸水茂의 번역 외에도 여러 종류의 번역본이 있으므로 현대어로도 충분히 작품을 즐길 수가 있다.

『수호전』이 백화 장편소설로 성립한 것은 『삼국지연의』와 같은 시기인 14세기 중엽의 원말명초로 추정된다. 그러나 그 후로 약 200년에 걸쳐서 필사본으로만 유통되어

---

3) 소설가로 작품은 이상주의적 경향을 지니는 의고전파에 속한다. 깊은 학식을 살려 주로 사전과 고증을 위주로 한 작품을 발표했는데, 『오중탑』이 대표작이다.

현존하는 가장 오랜 텍스트가 간행된 것은 명나라 말기 만력 연간(1573~1620년)이다. 저자에 관해서는 여러 학설이 분분하지만 『삼국지연의』의 저자로 지목되는 나관중羅貫中 단독 저자설, 지금의 장쑤江蘇성省 흥화興化현縣 출신의 시내암施耐庵의 단독 저자설, 두 사람의 합작설, 이렇게 세 갈래 학설로 크게 나뉘는데, 현재에는 시내암의 단독 저자설이 유력한 편이다.

만력 연간에 간행된 이러한 텍스트는 전 100회로 완성되어 전반부의 3분의 2에 해당하는 제1회부터 제71회까지는 108명의 호걸들이 속속 양산박에 집결하는 양상을 묘사하고 있다. 그 후에 제82회까지는 조정 관군과 전투를 벌이면서 양산박 군단이 정식으로 귀순하는 과정이, 제83회부터 제100회까지는 요遼 정벌과 방납의 난 진압에 출진해서 결국 군단이 괴멸하기까지의 경위가 이어지고 있다. 원래 『수호전』의 텍스트는 이것뿐만 아니라 제90회 이후에 20회 분에 해당하는 왕경王慶[4]의 난 진압과 전호[5]

---

4) 『수호전』에 등장하는 인물로 송나라를 위협했던 4대 반란의 주모자인 이른바 '사대구四大寇'의 한 사람이다. 회서淮西(지금의 안후이安徽성 북부-역자 주) 지방을 근거지로 반란을 일으켜 초왕楚王으로 자처하였다.
5) 『수호전』에 등장하는 인물로 송나라를 위협했던 4대 반란의 주모자인 이른바 '사대구四大寇'의 한 사람이다. 현재의 허베이河北 일대를 차지하고서 진왕晉王으로 자처하였다.

田虎의 난 진압의 대목 등을 추가한 120회본도 후대에 간행되어 널리 유통되었다.

이 밖에 명말청초明末淸初의 유명한 문학비평가였던 김성탄金聖嘆[6]의 손을 거친 70회본이 있는데 이 판본은 대담하게도 108명의 호걸이 양산박에 집결한 대목에서 이야기를 끝내고 있다. 확실히 『수호전』의 서사 세계는 군단이 조정에 귀순한 후부터 급격하게 흥취가 결여되는 측면이 있다. 이런 이유 때문인지 김성탄의 70회본은 간행되자마자 압도적인 인기를 누리면서 여타의 판본들을 구축해 버린다. 그러나 고다 로한幸田露伴도 언급한 바 있듯이 70회본에는 역시 무리한 개변改變이라고밖에 할 수 없는 측면이 있다. 어쨌든 이 책에서는 좀 더 원형에 가깝다고 할 100회본에 따라서 논의를 전개하기로 한다.

---

6) 1610~1661년. 중국 명말청초 시기를 대표하는 문학자. 그는 소설 문학이 평가받기 시작하는 자기 당대의 문학 사조를 반영하여 『장자』, 『초사』, 『사기』, 『두시』, 『수호전』, 『서상기』를 같은 '성탄재자서聖嘆才子書'라 하여 같은 수준에서 평가했던 것으로 유명하고, 『수호전』 70회짜리 판본의 개작자로서도 주목받고 있다.

천공에 흩날리는 108마왕

『삼국지연의』,『서유기』와 같이『수호전』도 역사적 실화에 기초한 작품이다. 작품의 배경은 북송北宋(960~1126년) 말기로 지극히 방탕했던 천자로 유명한 여덟 번째 황제 휘종徽宗이 채경蔡京, 양전楊戩, 고구高俅, 동관童貫 등 네 명의 악인을 조정에 중용함에 따라 세상에 뇌물과 범죄가 횡행하고 그 결과 정국이 혼란해졌던 시기이다.

당시 양산박 군단과 같은 무법자 집단은 현실에서도 무수히 존재했을 것으로 추정된다. 최종적으로 양산박 군단의 지도자가 되는 송강도 실존인물이거니와, 양산박이 있던 장소도 산둥山東성 근처로 특정할 수 있다. 작품 세계에서의 양산박은 넓고 깊은 호수 한가운데 위치한 큰 섬이며, 이곳에 가족과 병사를 합쳐서 방대한 인원수의 양산박 군단 관계자들이 거주하고 있었다. 이 호수는 현재는 물이 줄어들어 대부분 육지가 되었지만 그 주변에는 지금도 울창한 산그늘에서 산적이라도 출현할 것 같은 위험한 분위기가 감돌고 있다.

게다가 엄연한 사실에 기초했다고는 하나『수호전』의 세계는『삼국지연의』처럼 탄탄한 역사적 사실이라는 틀이 없기 때문에 허구로서의 서사적인 과장을 충분히 살리는 방향으로 전개되고 있다. 작품의 첫머리에 등장하는 대목 역시 매우 신화적인 연기담緣起譚이다.

북송北宋의 네 번째 황제 인종仁宗 가우嘉祐 3년(1058년), 수도 개봉에서 전염병이 유행하였다. 인종은 액막이 기도를 올리기 위해 오늘날의 장시江西성 신주信州 지역의 용호산龍虎山에서 법주法主 장진인張眞人을 불러올리기로 했다. 그때 칙사로 파견된 이가 대장군 홍신洪信이다. 그런데 이 홍신이 여남은 장의 부적 등으로 봉인된 사당 '복마지전伏魔之殿'[7]에 마왕이 갇혀 있다는 이야기를 듣자마자 승려들의 만류를 뿌리치고 무리하게 문을 비틀어 열었던 일 때문에 커다란 사달이 일어난다. 수백 년 동안 땅속에 갇혀 있던 천강성 36인과 지살성 72인, 도합 108명의 마왕이 풀려나서 천공 저 멀리로 날아가버린 것이다(첫머리 부분에 인용함).

『수호전』의 드라마는 앞서 말한 것처럼 이때로부터 40여 년 정도가 지난 휘종의 시대를 배경으로 전개된다. 이 108명의 마왕이 지상에 환생한 모습이야말로 저 양산박의

---

7) '마귀를 굴복시킨 전당'이라는 뜻이다.

108명의 호걸과 다름없는 것이고, 이로부터『수호전』세계의 드라마의 막이 오르는 것이다. 이후 한 사람 한 사람씩 호걸들이 서사 세계에 등장해서 염주 알처럼 한 줄로 늘어서서 스토리를 전개해가는 모습을 순서대로 살펴보기로 하자.

「구문룡九紋龍」 사진史進, 노지심魯智深 등장

제일 먼저 등장하는 이는 108명에는 포함되지 않지만 스토리의 개막을 알리는 역할을 하는 근위군近衛軍 무술사범 왕진王進이다. 당시 조정의 네 악인 중 하나로 위세를 떨치던 고구高俅[8]는 하찮은 건달이었을 무렵, 왕진의 선친에게 죽도록 얻어맞은 적이 있었다. 이 일에 원한을 품은 고구에게 쫓겨서 신변이 위태로워진 왕진은 노모를 모시고 수도 개봉을 탈출한다. 탈출하는 도중 소화산少華

---

8) 고구의 원래 이름은 '고이高二'였는데 허랑방탕하게 살며 주색잡기에 능한 건달이었다. 그런데 그는 특히 당시에 유행하던 공차기를 잘해서 별명이 '고구高毬'로 불렸다. 그는 이 별명이 맘에 들어 공을 뜻하는 '구毬' 자에서 털 '모毛' 변을 사람 '인人' 변으로 바꾸어 '공손하다'라는 뜻을 가진 '구俅' 자로 바꾸어 '고구高俅'라는 이름으로 개명하였다. 이후 그는 이 공차기 기술로 우연히 휘종 황제의 총애를 얻게 되어 정치적으로 승승장구하여 태위太尉의 지위에까지 오르게 되었다.

山 근처 사가촌史家村에서 숙박할 곳을 찾던 중에 기묘한 인연으로 마을 장원의 태공太公9)의 아들인 「구문룡」 사진 史進에게 무예 십팔기를 지도하게 되었다(108명의 호걸은 모두 각각의 특징을 나타내는 통칭을 가지는데, 이후에는 「구문룡」처럼 홑낫표로 나타내기로 한다). 왕진은 이후에 이내 작품 세계에서는 종적을 감추지만, 훗날 양산박의 강력한 일원 중의 하나인 사진을 훈련시킴으로써 서사 세계의 시동을 거는 선도자의 역할을 완수하였다.

왕진이 사가촌을 떠난 뒤에, 장원의 주인인 태공이 죽었다. 얼마 후에 사진은 소화산에 둥지를 튼 화적 떼를 가차없이 혼내주었는데, 이 일을 계기로 화적패 무리와 친하게 내왕하게 되었다. 그러던 어느 날, 사진은 (하인의 실수로) 수배 중인 화적패 무리와 내통하고 있다고 관청에 밀고당하고 이윽고 관군에게 기습을 당하고 말았다. 경황 중에 그스스로 장원과 가재도구를 모두 불태워버렸고 이내 맨몸으로 산채로 도망치는 처지가 되고 말았다. 그러나 사진은 이를 뜻하지 않은 행운처럼 받아들여 고향을 등지고서, 스승인 왕진의 행방을 찾아 길을 떠나게 된다. 이윽고 간

---

9) 사진의 아버지를 가리킨다.

신히 위주渭州에 도착한 사진은 위주 경략부經略府[10]의 제할提轄[11]인 노달魯達과 조우하게 된다. 두 사람은 곧장 의기투합해 우선 술을 한잔 나누게 되는데 여기서 노달은 어떤 사건에 휘말려들고 만다.

노달은 사진과 함께 들어갔던 술집에서 눈물로 세월을 보내는 미소녀 김취련金翠蓮과 그 부친을 만나게 된다. 사연을 들어보니 부자로 정육점을 하는 진관서鎭關西[12]가 부녀에게 생트집을 잡아 터무니없는 돈을 갈취하고 있다는 것이다. 의협심에 불타는 노달은 불같이 화를 내며 노잣돈을 쥐어주며 부녀를 고향으로 돌려보낼 방도를 마련해 주었다. 그리고는 이내 백정 정씨의 정육점으로 쳐들어가 역정을 참지 못하고 마구 난동을 부렸다. 우선 살코기 10근을 잘게 다져라 하고, 다음에는 돼지 비곗살로 10근을 잘게 다지라면서 실컷 백정 정씨를 우롱하자, 화가 머리끝까지 치민 정씨가 끝이 뾰족한 칼을 휘두르며 노달을 찌르려고 하였다. 노달은 에라 잘됐다고 여기면서 정씨를 때

10) 변경을 수비하는 군대의 사령부를 가리킨다.
11) '제할'은 '관리하다'는 뜻으로, 송대의 관직에서 6품 정도의 관리. 주로 병사를 훈련하고 도적을 단속하는 등의 일종의 단장團長에 해당하는 직책.
12) 원문에서는 '정도鄭屠', 곧 백정 정씨로 나온다.

려눕혔으나 그만 힘을 주체하지 못해 그를 때려죽이고 말았다.

본래는 의협심에서 시작한 일이라고는 하나 본의 아니게 범죄자가 되어 마을을 떠나게 된 노달은 수십 일을 도망친 끝에 앞서 도와주었던 김취련 부녀를 만나게 되었다. 다행히도 그 무렵 김취련의 남편이 된 재산가 조원외趙員外는 도량이 큰 인물로, 노달을 자기 집에 머물게 한 뒤에 이곳이라면 관가의 수색의 손길이 미치지 않을 것이라 여기고서는 전부터 친분이 있던 오대산五臺山 문수원文殊院의 지진智眞 장로에게로 노달을 인도해주었다. 그리하여 노달은 출가하게 되었지만 문수원의 승려들은 그의 난폭한 태도와 흉포한 용모에 겁을 먹고서 출가시키는 일에 맹렬히 반대하였다. 이때 '생불'로 불리는 지진 장로는 다음과 같이 말하였다.

"다른 염려는 말고 그 사람을 삭발시키거라. 그 사람이 그래도 보통 사람이 아니라 별의 정기를 타고난 심지가 강직한 사람이니라. 비록 지금은 성미가 험하여 운세가 사납게 되었지만 얼마 후 성정이 맑아져 큰 깨달음이 있게 되면 오히려 너희가 미치지 못하리라. 부디 내 말을 단단히 명심하고 더는 그를 돌려보낼 생각을 하지 말거라."

(제4회)

지진 장로는 천강성이 인간으로 환생한 노달의 본색을 꿰뚫어보고는 그를 출가시킨 뒤 '지심智深'이라는 법명을 주었다. 이로써『수호전』세계의 인기 스타인, 성질은 급하지만 인정이 많은 「화화상花和尙」 노지심이 탄생하게 되었던 것이다.

그러나 본래 다혈질인 노지심은 청정한 수도 생활을 도저히 견뎌낼 수가 없었다. 어느 날 마침내 술에 잔뜩 취해서는 난동을 부리고 산문山門의 인왕상仁王像을 상대로 다음과 같이 행패질을 해댔다.

"'이 멍청이, 장승같은 놈아. 나를 도와 문을 두드리지는 않고 뭐 나를 노려보며 주먹을 쳐들고 있어? 그렇다고 내가 겁낼 줄 아느냐? 네깐 놈이 뭐게.' 이렇게 뇌까리던 노지심은 냉큼 난간마루 위로 뛰어올라 난간동자欄干童子(난간에 일정한 간격으로 칸막이한 짧은 기둥-역자 주) 하나를 물렁한 땅에서 파 뽑듯 단번에 뽑아내었다. 그리고는 난간동자를 휘둘러 무고한 금강신상의 다리를 후려갈기니 칠과 흙이 풀썩풀썩 먼지를 일으키며 떨어져나갔다. (중략) 그러고서 노지심이 몸을 돌리니 오른쪽에도 금강신 하나가 노지심을 잡아먹을 듯 입을 딱 벌리고 있지 않은가? '이 자식이, 너도 날 놀리는 거야? 아가리를 짝 벌리고서?' 노지심은 오른쪽 난간마루로 훌쩍 날아 건너가 오른쪽 금강신의 정강이를 또 팍팍 냅다 걷어찼다. 그 바람에 밑동이 무너진 금강신이 마루 아래로 쿵 하고 거꾸러지고 나서야, 노지심은 난간동자를 손에 들고 그 무슨 장한 일이나 한 듯이 한바탕 껄껄 웃어대었다." (제4회)

이렇게 거듭 행패를 부린 탓에 노지심은 마침내 절에서 쫓겨나고 말았다. 헤어질 때 지진 장로는 노지심에 게(偈)[13]를 지어주는데 그것은 '숲을 만나 일어설 것이요, 산을 만나 부해질 것이며, 물을 만나 흥해질 것이요, 강을 만나 잠길 것이니라(遇林而起 遇山而起 遇水而興 遇江而止, 제5회)라는 네 구로 이루어졌다. 이러한 게의 내용은 이후에 양산박에 합류하고 최후에는 항주杭州 전당강錢塘江 부근에서 장렬한 죽음을 맞게 되는 노지심의 생애를 암시하는 내용이

---

13) 불경의 글귀를 가리킴.

지만(191쪽 참조), 아직은 먼 훗날의 일이다. 지진 장로의 문하를 떠난 노지심은 이후 '선장禪杖을 휘두르며 천하의 영웅호걸들과 함께 싸우고, 분노의 계도戒刀를 높이 들어 이 세상 역적과 간신들의 목을 베어 드디어 새북塞北 너머 삼천리까지 명성을 떨쳤고, 강남 제일주第一州에서 깨달음을 얻었다'(제4회)라는 식으로 파란만장한 생애를 보내게 된다.

참고로 노지심은 다음 장에 등장하는 무송武松과 함께 『수호전』 성립 이전부터 설화 세계에서 '수호 이야기'의 대스타였다. 특히 지금 예로 들었던 오대산 난동[14] 대목은 『서유기』에서 손오공의 '대뇨천궁大鬧天宮'[15]의 경우와 마찬가지로, '노지심 설화'에서 청중에게 기쁨을 주면서 '야 잘한다' 하는 갈채를 받았던 대목으로 정평이 난 장면이었다고 여겨진다. 『수호전』 또한 이렇게 원래 개별적으로 전승되던 설화를 솜씨 좋게 서사적 구조의 틀로 짜맞추어 살려내었던 것이다. 이것은 『삼국지연의』나 『서유기』와도 공통된 것으로 설화로부터 태어난 장회소설 특유의 기법

---

14) 원문에서는 '법당의 난동鬧堂大散'이라고 되어 있다.
15) 손오공이 '천상계에서 대소동을 일으키다'라는 뜻의 '대뇨천궁大鬧天宮'과 마찬가지로 원문에서는 '노지심이 오대산에서 대소동을 일으키다'라는 뜻의 '노지심대뇨오대산魯智深大鬧五臺山'으로 되어 있다.

이라 하겠는데, 작자는 이미 친숙한 이야기를 활용해서 교묘하게 독자의 관심을 이끌어내가는 것이다.

「표자두豹子頭」 임충林冲의 등장

그런데 오대산에서 쫓겨난 노지심은 지진 장로의 분부대로 동경東京 개봉부開封府의 상국사相國寺에 이르게 되었다. 보기에도 흉측하고 사나워 보이는 노지심은 이곳에서도 따돌림을 받고서, 이윽고 건달패들이 소굴을 이룬 절의 채마밭이나 돌보는 채마지기 노릇을 맡게 되었다. 그곳에서 용감무쌍한 노지심은 간단히 무뢰배들을 제압해 버리고 만다. 이렇듯 건달패 무리를 굴복시킨 이후에 그들에게 자신의 장기라 할, 무게가 62근에 달하는 석장錫杖을 가볍게 휙휙 휘둘러 보이고 있을 적에 "솜씨가 진짜 굉장하시네"라며 그의 실력을 격찬하는 인물이 나타난다. 이 인물은 근위군에서 창술과 봉술을 가르치는 사범[16]으로 일하는 이름난 호걸, '타고난 표범 같은 얼굴에 고리눈을 하고서, 날이 선 턱에 호랑이 수염을 달았는데, 팔 척이

─────────────
16) 원문에는 '창봉교두槍棒敎頭'로 되어 있다.

나 되는 키에 나이는 서른댓쯤 되어 보이는'(제7회)「표자두
豹子頭」 임충이었다. 노지심과 임충은 금세 의기투합하여
형제의 인연을 맺기에 이르렀다.

이렇게 노지심과 형제의 인연을 맺은 것까지는 좋았으
나 그 뒤로 임충은 커다란 재난에 휘말리게 된다. 사실 앞
서 왕진王進의 대목에서 등장했던 네 악인 중의 하나인 고
구高俅[17]에게는 양자가 하나 있었다. 제 아비의 권세를 믿
고 이런저런 악행을 거리낌 없이 저질렀던 이 양자가 하필
이면 유부녀인 임충의 아내를 연모하게 되어 어떻게든 제
사람으로 만들려고 온갖 흉계를 동원하였던 것이다. 이
사태는 결국 양아들을 몹시 아끼는 고구까지도 관여하는
사태로 발전해 마침내 임충은 고구의 살해를 꾀했다는 등
의 억울한 죄를 뒤집어쓰고 얼굴에 죄인의 자자刺字를 뜨
고서는 창주滄州로 유배당하는 처지가 되고 만다.

그뿐만 아니라 고구는 몰래 사람을 보내어 임충을 호송
하는 경리警吏 두 사람에게 뇌물을 주며 호송하는 도중 어
딘가에서 임충을 죽이도록 명했다. 유배지로 가는 도중
에 목에 칼을 쓰고서 두 사람의 온갖 학대로 만신창이가

---

17) 원문에는 '고아내高衙內'로 되어 있다.

된 임충은 결국 나무에 단단히 묶이고 말았다. 이렇듯 꼼
짝할 수도 없는 임충의 머리를 겨냥해서 경리가 수화곤水
火棍이라는 몽둥이로 내리치려는 순간에 어디선가 석장이
날아와 몽둥이를 허공으로 날려버렸다. 지옥에서 부처님
을 만난 듯 뜻밖에도 노지심이 그를 구하러 온 것이다. 경
리들의 행동에 의심을 품은 노지심은 여차하면 임충을 도
울 요량으로 내내 뒤를 밟고 있었던 것이다. 노지심은 즉
각 경리들을 죽이려 하였지만 임충이 극력 말리는 바람에
그들을 감시하며 창주까지 임충을 데려다주기로 하였다.

창주까지 십여 리 정도 남은 지점에서 이제는 괜찮을 것
이라 하면서 노지심은 되돌아갔다. 그 뒤로 임충은 경리
들과 함께 호걸을 좋아하기로 이름난 그 지역 부호의 자
제인 「소선풍小旋風」 시진柴進의 저택에 들러 큰 환대를 받
는다. 또한 시진은 임충이 창주의 감옥에서 혹독한 처우
를 받지 않도록 간수들에게 부치는 편지와 약간의 금품을
쥐어주었다. 그 덕택으로 임충은 창주의 감옥에서 얼마간
후한 대접을 받지만, 다시금 고구의 양자 일당의 손길이
뻗쳐 개봉에서 온 두 명의 말단 관리[18]와 뇌물에 매수

---

18) 육우후陸虞候와 부안富安을 가리킨다.

된 감옥의 옥사쟁이에 의해 하마터면 불에 타 죽을 뻔하였다. 아슬아슬하게 화를 면한 임충은 세 사람을 칼로 찔러 죽이고 그 목을 베어서 피어린 복수를 행하였다.

이리하여 살인범이 된 임충은 도망을 치다가, 뜻밖의 운명으로 다시 한 번 시진의 도움을 받게 되어 그의 별채에 잠시 몸을 의탁하게 된다. 그러나 수배자인 자신 때문에 시진에게까지 해를 끼칠 수는 없다면서 임충이 길을 떠나려 하자 시진은 그렇다면 '양산박'으로 갈 것을 다음과 같이 권유한다.

"형님(임충)께서 기어이 떠나시겠다면 아우가 마음에 짚이는 곳이 한 군데 있습니다. (중략) 그곳은 산동 제주부濟州府 산하의 수향水鄕으로 이름은 양산박梁山泊이라고 합니다. 주위가 팔백 리가 되는데 복판에 완자성宛子城과 요아와蓼兒洼가 있습니다. 거기에 지금 호걸 셋이 산채를 세우고 있는데, 첫째 두령은 「백의수사白衣秀士」 왕륜王倫이라는 사람이고, 둘째 두령은 「모착천摸着天」 두천杜遷이고, 셋째 두령은 「운리금강雲里金剛」 송만宋萬이라고 합니다. 이 세 호걸이 졸개 칠팔백 명을 거느리고서 화적질을 하고 있지요. 그들 셋은, 이 세상 중죄를 범한 사람들이 살길을 찾아 그리로 피해 가면 누구를 막론하고 모두 받아 들여 안돈을 시킵니다. (중략) 아우가 오늘 서찰 한 통을 써드리겠으니 형님께서 그들을 찾아가시는 게 어떻겠습 니까?" (제11회)

여기에 이르러서야 비로소 작품의 주요 무대인 양산박 이 등장하는 것이다.

세상의 범법자로서

앞의 인용에서도 분명한 것은 애초부터 양산박은 무법 자가 모이는 장소로 묘사되고 있다는 점이다. 반대로 말 하면 양민으로 살던 사람이 양산박 군단에 참여하는 것은 일종의 통과의례로서 어떤 범죄를 저지르고 사회의 범법 자가 되어 갈 곳을 잃었을 때로 한정되어 있는 것이다.

노지심만 해도 원래부터 성질이 급하고 야만스러운 구 석은 있었다고는 하나 백정 정씨를 살해했다는 범죄를 저 지르고 도망친 일이 훗날 양산박의 인물들과 관계를 맺는 계기가 되었다. 하물며 당초 진실하고 정직한 무관이었던 임충의 경우는 한층 더 극적이다. 이미 보았듯이 임충은 위세를 떨치는 고구의 악의로 말미암아 죄를 뒤집어쓰고 몹시도 괴롭힘을 당하던 끝에 마침내 불에 타 죽을 뻔하였다. 간신히 화를 면한 임충이 산신당에 몸을 숨기고 있자니 고구의 명을 받아 그를 죽이려 했던 세 사람이 다가와서, 모든 일이 잘 마무리되었다는 둥 임충이 죽은 것으로 확신하고서 자신들의 간계의 자초지종을 주거니 받거니 하였다. 이러한 이야기를 듣고서 이성을 잃은 임충은 세 사람에게 처참한 보복을 가한다. 곧 한 사람[19]은 '등 한 가운데를 창으로 단번에 찔러' 살해해버린다. 다른 한 명은 '멱살을 홱 잡아서 눈판에 쓰러뜨린 후에 창을 언 땅에 푹 꽂고 가슴팍을 발로 밟고' 나서는 '옷섶을 와락 헤치고 비수로 심장을 쿡 찔렀더니 칠혈七穴에서 피가 뿜어져 나왔고', 그 피투성이의 '심장과 간을 손에 들었다'라는 식으로 참살한다. 나머지 한 명은 '내 칼을 받아라'라고 외치며 단칼에 '목을 베어 창끝에 꿰어 들었던' 것이다. 목을 베는 김에 다른 두 사람[20]의 머리도 베어 '세 놈의 상투를 한데 묶어' 들고서 산신당의 신령에게 바친다는(제10회) 식의, 참

---

19) 옥사쟁이를 가리킨다.
20) 육우후와 부안을 가리킨다.

으로 원한에 맺혀서 처참하게 세 사람을 죽이는 과정을 겪
으면서 임충은 진실하고 정직한 무관에서 순식간에 범법
자로 변모하고 말았다.

덧붙이자면 여기서 임충이 보여주는, 베어낸 여러 머리
의 '머리카락을 하나로 묶는다'는 잔인한 행위는 사실 서
사 세계에서는 원한이 폭발했음을 상징하는 극단적 보복
행위로서 자주 나타나고 있다. 예를 들면 송대宋代에 유행
했던 (1회로 끝맺는 단편 설화로 이루어진) 화본소설인「격한 성격
의 임任 효자가 신이 되다任孝子烈性爲神」(「삼언三言」, 「고금소설
古今小說」 제38권)[21]와 같은 작품에서도 이러한 복수의 패턴이
보인다. 『삼국지연의』에서는 특히 목[22]과 인연이 깊어서
최후에는 그 자신도 참수를 당하는 인물이 관우였는데, 이
렇게 보면 서사 세계에서 '참수된 목'이라는 것은 중요한

---

21) 작품의 줄거리는 남송 시대 광종光宗 연간에 수도 임안臨安에 사는 임규任珪라는
이가 우산을 만드는 장인인 양공梁公의 딸 성금聖金을 아내로 맞이했던 일에서 시
작한다. 빼어난 미모를 지닌 아내 양성금은 결혼 전부터 이웃이었던 주득周得이
라는 남자와 사귀었는데 결혼 후에도 불륜의 관계를 지속해간다. 후에 이 사실을
알게 된 격한 성격의 소유자인 임규는 아내와 간부姦夫인 주득뿐만 아니라 아내
의 하녀였던 춘매春梅, 그리고 더 나아가 처가의 양공 부부까지 포함한 다섯 사람
을 모두 죽이는 참극을 벌이고 만다. 이 작품은 그 내용이 후의 『금병매』와의 영
향 관계가 보이는 것으로 지적되고 있다.

22) '관우와 수급首級(전쟁에서 베어 얻은 적군의 머리·역자 주)'은 『삼국지연의』를 전체를 관
통하는 중요한 모티브로서 상권에서도 여러 차례 논의되고 있다(『중국의 5대 소설』
상권 53쪽 참조).

이미지를 생동감 있게 환기시키는 도구 중의 하나라고 할 수 있다.

이것은 일단 제쳐두고 노지심과 임충을 비롯한 무송, 송강도 그러하지만 어떤 범죄를 저지르고 나서 양산박의 군단에 합류하게 되는 식의 패턴이 반복적으로 나타난다. 말하자면 '표면(적) 윤리'로부터 일탈한 인간이 '이면(적) 윤리'의 세계인 양산박으로 결집하는 것이다.

그러나 '표면'과 '이면'이라고는 하지만, 네 명의 악인이 발호하는 것으로 대표되는 것처럼 '표면'의 세계가 혼란하기 그지없는 암흑시대에는 비록 범법자 집단이라 할지라도 '이면'의 양산박 쪽이 오히려 어떤 종류의 청렴한 윤리를 견지하고 있다는 모티브는 『수호전』 세계 전체를 통해 일관되게 묘사되고 있다. 이 점에 대해서는 나중에 다시 살펴보기로 하자.

「청면수青面獸」 양지楊志와의 조우

어쨌든 임충은 시진이 써준 소개장을 지니고서 양산박을 향해 길을 떠났는데 눈발이 휘날리는 엄동의 추위를 뚫고서 간신히 호수 옆에 자리 잡은 주막집에 이르게 된다. 이 주막집의 주인인 「한지홀률旱地忽律」 주귀朱貴는 사실 양산박의 망을 보는 염탐꾼이었다. 임충이 어떤 인물인지 알게 된 주귀는 강 맞은편 갈대숲으로 효시嚆矢(우는살)를 쏴서 신호를 보낸 뒤 작은 배를 불러 임충과 함께 올라탔다. 배가 물가에 도착하자 주귀는 임충을 지도자 왕륜王倫이 진을 치고 있는 양산박의 산채 취의청聚義廳으로 안내하였다.

그러나 왕륜은 예상 밖으로 편협한 인물로서 임충을 대면하자마자 자신에게는 벅찬 상대인 듯한 그에게 지레 겁을 먹고서, 어떻게든 트집을 잡아 산채에서 내쫓으려 하였다. 그러나 부하들이 말리는 바람에 어쩔 수 없이 임충에게 조건부로 산채에 가담하는 것을 승낙하였다. 그것은 사흘 안에 지나가는 행객行客 한 사람을 죽이고서 그자의 머리를 베어와야만 무리에 들어오는 것을 인정하겠다는 것이었다.

내키지는 않았지만 조건을 받아들인 임충은 약속한 지 사흘째 되던 날에 간신히 상대와 맞닥뜨리게 되는데 그 상대야말로 저 유명한 호걸 「청면수靑面獸」 양지楊志였던 것이다.

양지 역시 본래는 무관이었지만 화석강花石綱[23]의 책임자였을 무렵 정원석을 분실해 그 때문에 체포될 것을 두려워해 도망쳤으나 은사恩赦를 입어서 개봉으로 돌아가던 중이었다. 임충과 양지는 서로 대결을 벌이지만 과연 두 사람 모두 대단한 무인인지라 좀처럼 승부가 나지 않았다. 결국 왕륜마저도 두 사람의 실력을 인정하여, 마지못해서 임충을 양산박에 받아들이기로 결심하였다. 이리하여 임충은 청강성 36인 중에 최초로 양산박에 발을 들여놓게 되었다. 왕륜은 양지에게도 양산박에 가담할 것을 권유했지만 양지는 이를 거절하고 수도 개봉으로 돌아갔다.

---

23) 송대 휘종이 자신이 좋아하는 강남 지역의 희귀한 꽃(花)이나 돌(石)을 수도인 개봉으로 운송하게 하였는데, 그런 진기한 물건들을 운반하는 한 떼의 배의 행렬을 일컬어 '강綱'이라고 하였다. 여기서 '강綱'은 '긴 행렬'을 뜻한다. 달리 운하로 화석강을 운반하는 경우는 '신운神運'이라고 하였다.

2. 만남이 만남을 이끄는 장치 구조
- 황니강黃泥岡 대작전

　　"양지楊志는 여럿이 마셔도 아무 탈이 없는 것을 보고서는 애초에는 안 마시려고 하였으나, 첫째 날씨가 너무 무더웠고, 둘째로 갈증에 목이 너무도 타는 듯 말라서 이윽고 대추 몇 알을 안주 삼아 술을 반 바가지쯤 먹었다. (중략) 그런데 이때 소나무 숲에 있던 대추장수들이 양지네 일행 열다섯을 손가락질하며 '오라, 넘어진다, 넘어져! 어서!' 하고 소리쳤다. 양지네 일행 열다섯은 눈앞이 갑자기 빙글빙글 돌며 삭신이 나른해지는 바람에 도깨비에 홀린 듯 서로 멀거니 쳐다보기만 하다가 마침내는 하나하나 밑둥 잘린 나무처럼 맥없이 쓰러졌다. 그러자 대추장수 일곱이 강주차江州車 일곱 대를 일제히 밀고 나왔다. 그들은 실었던 대추는 내던지고서 그 대신 양지네가 메고 온 금은보화 열한 짐을 부리나케 옮겨 실었다. 그리고는 그 위를 풍천으로 덮어 가린 다음에, '소란을 피워서 죄송합니다!'라고 소리치면서 황니강 고개 아래로 신명 나게 달려 내려갔다." (제16회)

염주 알처럼 많은 인물을 한 줄로 늘어세우는 서사 구조

이제까지의 전개에서 보아 알 수 있듯이 호걸 108명의 등장 형식이 '염주 알처럼 많은 인물을 한 줄로 늘어세우는' 짜임새로 되어 있는 것이 『수호전』의 가장 큰 특징이라 하겠다. 왕진이 도망치는 것을 개막 신호로 해서 사진, 노지심, 임충, 양지 등 한 인물의 이야기가 또 다른 이야기를 끌어내는 단서가 되어 다음 인물이 등장하고, 별개의 세계가 연결되어나가는 과정을 통해 상호 간의 관계성이 확대되어가는 것이다.

설화 세계에서 이미 「노지심 설화」나 「무송 설화」와 같은 별개의 독립된 설화가 다수 전승되었는데, 이를 연결해서 정리하는 단계에서부터 『수호전』의 서사 세계는 서서히 형성되어왔다. 그러나 『수호전』의 작자는 일관되게 그러한 일군의 삽화를 단지 늘어놓기만 한 것이 아니라 반드시 유기적으로 관계를 지우는 교묘한 기법을 구사하고 있다. 예를 들어 작품의 시작 부분에 잠깐 등장했던 인물이 이것을 복선으로 깔고 이후에 재등장해서 대활약을 펼치는 경우 또한 드물지 않은 것이다. 이런 점에서 『수호전』의 서사 수법은 기본적으로 1회로 완결되는 에피소드를 단선적으로 늘어놓을 뿐이어서, 삼장법사 일행 이외의 캐릭터는 대체로 한 차례밖에 등장하지 않는 『서유기』의 수법과는 크게 차이가 난다 하겠다.

새로운 인물이 등장하는 계기로서 특히 자주 보이는 것은, 앞서 거론한 임충과 양지의 경우처럼 어떤 인물과 대면하자마자 대결을 벌이고, 마침내 그 인물이 자신과 동료가 된다는 식의 패턴이다. 덧붙이자면 양지의 등장은 본격적으로 『수호전』의 서사 세계를 추동하기 시작하는 계기가 되었다. 그러한 핵심적인 '키 맨' 양지를 천강성 36인 가운데 최초로 양산박에 가담했던 임충과 관련지어 등장시키는 대목은 대단히 교묘하게 포석을 까는 방식이라고 할 수 있다.

「탁탑천왕托塔天王」 조개晁蓋의 등장

한편 왕륜의 권유를 거절하고 개봉으로 돌아온 양지는 요로에 연줄을 놓아 자기 일을 잘 봐달라는 청탁을 넣고서, 상하 관리에게도 뇌물을 써가며 원직[1]으로의 복직을

---

1) '전사제사殿司制使'라는 관직임.

도모하지만 고구에게서 매정하게 거절당하고 만다. 이윽고 양지는 노자를 탕진하는 바람에 부득이 조상에게서 물려받은 명검을 팔러 시장에 나갔다. 이때 본의 아니게 트집을 잡으며 달려드는 저잣거리의 어떤 파락호 무뢰배를 살해하는 사건을 일으키고 만다. 관가에 자수한 양지는 얼굴에 자자를 뜨고서 북경北京[2]으로 유배를 가게 되는데, 이 일이 『수호전』 세계를 본격적으로 추동하는 계기로 작용하는 것이다.

당시 북경 유수留守[3]인 양중서梁中書는 조정의 네 악인 가운데 하나인 채경蔡京의 사위였다. 양중서는 이전부터 양지에 대해 면식이 있었는데 범법자라고는 해도 그의 뛰어난 무예 실력에 홀딱 반해서 그를 발탁해 지방군의 고위 무관에 임명하였다. 게다가 장인인 채경에게 금은보화 10만 관어치의 호화로운 생일 선물을 보내기에 이르러 양지를 개봉까지 선물을 배달하는 호송 군관에 임명하였다. 전년에 생일 선물로 보낸 재물을 운반하던 중에 도적에게

---

2) 현재의 허베이河北성 다밍大名현으로 지금의 수도인 베이징과는 다른 도시임. 참고로 송대宋代에는 수도인 동경(개봉) 외에 서경西京, 남경南京, 북경北京 등 세 곳의 부副수도를 두었다.
3) 북경의 대명부大名府 유수사留守司는 군대를 지휘하는 군권과 백성을 다스리는 정무를 겸하였는데, 유수사의 최고 관리가 유수임.

빼앗기는 쓰라린 경험을 했기 때문에 양지의 실력과 정직함을 평가하여 그의 실력을 활용해 어떻게든 무사히 개봉까지 배달하려 한 것이다. 이러한 소식이 돌고 돌아서 지금의 산둥山東성 운성鄆城현 동계촌東溪村 촌장 조개의 귀에 들어가면서부터 『수호전』의 서사 세계는 일대 전환을 맞게 된다.

'탁탑천왕'이란 별명을 가진 조개는 '평소에 의리를 중히 여겨 재물에 인색하지 않고, 오로지 천하 호걸들과 사귀기를 즐겼으며, 무릇 그를 찾아와 몸을 의탁하는 사람이면 모두 대접하여 자기 장원에 재우고 떠나갈 적에는 언제나 노자까지 주었고', '무엇보다 창술과 봉술을 좋아하며 또한 체격과 힘이 장사인데도 장가는 들지 않고서 온종일 무예 닦는 일에만 전념하였다'는 '강호의 임협 세계에서도 이름이 널리 알려진' 인물이었다(제14회). 이러한 조개에게 동로주東潞州에서 일부러 찾아온 불량배「적발귀赤髮鬼」유당劉唐이 채경의 생일 선물로 금은보화를 운반한다는[4] 정보를 전하고서 이를 탈취할 계획을 제의하였다. 조개는 일전에 북두칠성이 자기 집 지붕마루로 떨어지는 꿈을 꾸

---

4) 이를 달리 '생신강生辰綱'이라고 한다.

었던 일을 떠올리고서 길조라 여겨 유당의 제안에 응하기로 하고 방책을 짰다. 어쨌든 재물을 얻을 수 있을 뿐만 아니라 간신배 채경을 한바탕 놀려주는 것이므로 통쾌하기 그지없는 일이었기 때문이다.

우선은 동계촌의 서당 훈장 「지다성智多星」 오용吳用을 책사로 무리에 합류케 하고, 오용의 제안으로 양산박 옆 석갈촌石碣村의 어부 완阮씨 삼형제, 곧 「입지태세立地太歲」 완소이阮小二, 「단명이랑短命二郎」 완소오阮小五, 「활염라活閻羅」 완소칠阮小七에게도 거사에 참여하기를 권유하기로 하였다. 오용이 석갈촌으로 가서 삼형제에게 합류를 제안했을 적에, 마침 왕륜 일당이 양산박을 차지하고 나서부터는 맘대로 고기잡이를 할 수 없게 되어 낙심하고 있던 터라 삼형제는 크게 기뻐하며 생신강生辰綱 탈취 계획에 가담하기로 하였다. 오용이 삼형제를 데리고 조개의 장원으로 되돌아왔을 적에 때마침 도사를 자처하는 「입운룡入雲龍」 공손승公孫勝이라는 이가 역시 할 이야기가 있다며 그를 찾아왔다. 사실 도사인 공손승 역시 개봉으로 가는 생신강 탈취 계획을 가지고 온 것이었다. 이로써 드디어 북두칠성의 7인이 모였다며 전원 의기투합하여 곧바로 조개를 지도자로 하는 도적단을 결성하였다. 그 후에 다른 한 사람으로 노름꾼인 「백일서白日鼠」 백승白勝이란 이를 추가해서 결국 모두 8명이 생신강 탈취 계획의 실행에 착수하게 된다.

황니강黃泥岡 고개 대작전[5]

이러구러 시간이 흘러서 양지가 이끄는 총원 15명의 생신강 호송대가 드디어 개봉을 향해 출발하였다. 여러 곳을 방랑한 경험도 있고 화적 떼가 발호하는 당시 상황을 잘 알았던 양지는 세심한 주의를 기울이며 보물을 호송하려 하였으나, 위기감이 별로 없는 호송대 일행은 온갖 잔소리로 재촉하는 그를 탐탁지 않게 여기고 그저 어떻게든 쉴 생각만을 하였다. 그러던 차에 나타난 것이 일곱 명의 대추장수와 술장수 한 사람이었다. 물론 조개 일당이 신분을 속이려고 변장한 것이다. 처음에 양지는 속임수가 아닌가 의심하여 술을 사는 것을 금지하였다. 그러나 일곱 명의 대추장수가 술을 사서 벌컥벌컥 마시는 모습을 보

5) 원문에는 '지취생신강智取生辰綱', 곧 '꾀로 생신강을 탈취하다'라고 되어 있다.

고는 이내 속아서 양지를 비롯한 호송대 짐꾼 전원이 몽한 약蒙汗藥[6]을 탄 술을 마시고는 기절해버린다(첫머리 부분에 인용). 이렇게 해서 조개 일당은 완벽하게 채경에게 보내는 생일 선물을 탈취하는 데 성공하였던 것이다.

이 대목으로부터 스토리는 『수호전』특유의 '염주 알처럼 많은 인물을 한 줄로 늘어세우는' 스타일을 살려서 속도감 있게 전개되어간다.

우선 생신강 운반의 책임자였던 양지는 호송대의 다른 사람들이 그를 모함하는 바람에 모든 죄를 뒤집어쓰고 결국 도망치지 않을 수 없는 처지가 되고 말았다. 그리하여 도망치던 도중에 양지는 다름 아닌 노지심과 조우하게 되는데, 두 사람은 이내 힘을 합쳐 이룡산二龍山 보주사寶珠寺를 근거지로 하는 화적 떼의 산채를 빼앗고서 그곳에 자리 잡게 된다. 이 이룡산 산채는 먼 훗날까지도 이들의 중요한 거점이 되었다.

한편 조개를 지도자로 하는 8인의 도적단은 술장수로 변장했던 백승이 관가에 체포되면서 꼬리가 밟히는 바람에 하마터면 일망타진당할 뻔하였다. 이 대목에서 등장하

6) 일시적으로 정신을 잃게 하는 약을 가리킨다.

는 이가 『수호전』 세계의 핵심 인물인 「급시우及時雨」 송강宋江이다. 운성鄆城현의 현리縣吏[7]로 근무하던 송강은 원래 조개의 친구였다. 그는 직책상 사전에 도적단을 체포하려는 태사부太師府의 계획을 입수하고서는 부랴부랴 서둘러 급박한 상황을 조개에게 알리러 달려간다. 게다가 조개를 체포하라고 현령縣令[8]이 파견했던 두 명의 도두都頭[9]인 「미염공美髥公」 주동朱소과 「삽시호揷翅虎」 뇌횡雷橫도 또한 이전부터 호걸인 조개에게 호의를 품고 있어서, 명령을 좇아 조개의 장원을 공격하는 시늉을 하면서 한편으로 길을 열어주는 바람에 조개는 가까스로 위기를 벗어날 수 있었다. 다음 장에서 보게 되듯이 이 사건은 후에 두고두고 영향을 미쳐서 한층 더 거대한 스토리의 전개로 발전해가게 된다.

그런데 위기에서 벗어난 조개 일당이 도망쳐 숨어든 곳이 바로 양산박이었다. 이때에도 속이 편협한 두령인 왕륜은 일찍이 임충에게 그랬던 것처럼 입으로는 교묘한 언

---

7) 송강의 벼슬은 '압사押司'라는 관직으로 형옥刑獄 관련의 업무를 담당하는 사무직 관리였다.
8) 현縣을 다스리는 장관을 가리킨다.
9) 현에서 도적 등을 단속하기 위한 경찰부대의 대장에 해당하는 무관의 이름이다.

사를 늘어놓으면서 조개 무리를 받아들이는 것을 거부하려고 하였다. 이 대목에서 효과를 내어 빛을 발하는 것이 임충이 진작에 양산박에 들어가 있었다는 설정이라 하겠다. 왕륜의 태도에 화가 치민 임충은 조개야말로 신뢰할 만한 가치가 있는 지도자 감이라고 판단하여 이내 왕륜을 죽이고서, 조개를 산채의 주인으로 추대하고 그의 일당도 모두 동료로서 맞아들였다. 이렇게 조개의 일당 7명과 임충 및 본래 왕륜의 부하였던 주막집 주인 주귀의 일당 세 사람까지 합해 모두 11명의 호걸을 주요 구성원으로 하는 양산박 군단의 원형이 비로소 완성되었던 것이다.

여기에 이르기까지 양지, 조개, 송강을 비롯한 주요 인물들의 에피소드를 교묘하게 교직交織하고 관련지으면서 『수호전』의 서사 세계는 자못 역동적으로 전개되어왔다. 임충과 노지심이라는 인물을 나중에 등장하는 조개와 양지 등을 수용하기 위한 사전 포석으로 중요 거점인 양산박과 이룡산 등에 배치한 설정 역시 탄복할 만큼 주도면밀한 작자의 배려라 하겠다. 양산박 군단의 주요 구성원은 108명의 마왕의 환생이다. 이것은 결국 어찌 됐든 호걸들을 속속 등장시켜 108명이라는 인원수를 채우지 못하면 완성된 서사물이라고 할 수 없다는 것이다. 뿔뿔이 흩어져 있는 108명을 얼마나 솜씨 좋게 상호 유기적으로 관련지으면서 등장시킬 수 있는가 하는 점이 서사 세계를 창조해내는 작자가 역량을 발휘할 주안점이라고 보아야 할 것이다.

'소문 사회' 중국

『수호전』 세계의 서사적 전개에서 중요한 것은 수많은 등장인물을 서로 연결하고 관련지우는 구성상의 기법이지만, 그와 아울러 불가결한 것은 각각의 등장인물에 대해 그가 어떤 인물이며 그 사람 됨됨이와 경력이 어떤지를 단적으로 규정해 인상 지우는 일이었다. 여기서 활용되는 것이 이른바 '소문'의 네트워크이다. 고금을 통틀어 중국은 전형적인 소문 사회로서, '저 인물은 이렇다', '이 인물은 대단하다'와 같은 소문과 평판들이 사람들 사이에서 입소문으로 거의 상상을 초월하는 스피드로 전파되어갔다. 『수호전』은 각각의 등장인물을 규정할 때 이러한 중국적 소문 사회의 특징을 교묘하게 활용하고 있다. 『수호전』 세계에서는 등장인물이 서로 조우하기 전에 이미 상호 간에 상대방에 대한 소문을 들어서 알고 있고, 마치 구면인 것 같은 감정을 안고 있다는 식의 패턴이 자주 나타나고 있다.

조개와 노준의盧俊義[10]도 그러하지만 '임협任俠 세계'에서 가장 평판이 좋고 소문이 자자했던 인물을 꼽으라고 하면 단연 송강을 들어야 할 것이다. 송강은 앞서 인용했던 조개의 체포를 둘러싼 소동 때에 처음으로 등장하는데, 그가 처음 등장하는 대목은 다음과 같이 서술되어 있다.

"그런데 그 현의 관원의 성은 송宋씨이고 이름은 강江이고 자는 공명公明이며 항렬로는 셋째인데 조상 때부터 운성현 송가촌宋家村에서 살았다. 얼굴이 검고 키가 작아 사람들은 그를 '흑송강黑宋江'이라고 불렀다. 집에서는 효도가 극진하고 남에게는 재물을 아끼지 않고 의리를 중히 여기기에 그를 '효의흑삼랑孝義黑三郎'이라고 부르기도 하였다. 위로는 아버지만 계셨고 어머니는 일찍 여의었다. (중략) 평소 강호 임협 세계의 호걸들과 사귀기를 좋아하여 찾아가는 사람이면 빈부귀천을 막론하고 환대하여 자기 집에 묵게 하였을 뿐만 아니라 좋은 음식을 대접하면서 싫은 내색 한번 하는 법이 없었다. 그리고 떠날 적에

---

10) 뒤에서 다시 등장한다.

는 노자도 보태주곤 하였다. (중략) 그리고 항상 가난한 사람들을 도왔고 어려운 사람들과 급한 사람들을 구해주곤 하였으므로 산동과 하북 일대에서 명망이 높아, 사람들은 그를 「급시우及時雨」라고 하였다. 「급시우」란 제때에 내려서 만물을 구하는 단비와 같다는 말이었다." (제18회)

이처럼 「급시우」 송강의 평판이 널리 퍼져 있었기 때문에 호걸들은 송강의 이름만 들어도 감격에 휩싸였다. 처음에 잘 몰라서 적대적이었던 사람도 그 자신이 마주한 상대가 「급시우」 송강이란 사실을 안 순간, '당신이 그 유명한'이라는 식으로 얼른 태도를 바꾸어서 '부디 동료로 삼아주십시오' 하며 넙죽 엎드리는 것이다. 그러므로 '저 송강의 휘하라면'이란 생각에 결심을 하고 양산박 군단으로 달려와 가담했던 이들도 적지 않았던 것이다. 이렇게 '소문'으로 유포되는 송강의 명성을 반복해서 인용·강조함으로써 작자는 송강이 얼마나 뛰어나게 우수한 존재인가를 독자에게 인상 지우려 하는 것이다. 부언하자면 이렇게 소문을 통한 명성으로 다른 이들을 압도하는 「급시우」 송강의 이미지에는 인롱印籠[11]을 높이 들어 흔들어 보이는

---

11) 도장 등을 넣어서 허리에 차는 조그마한 상자.

'미토 고몬水戸黃門'[12]의 이미지와도 상통하는 바가 있는데, 이러한 수법은 동서고금을 막론하고 엔터테인먼트에서 취하는 하나의 정석이라고 해야 하겠다.

존재감이 약한 주인공

여기서 주목할 바는 송강이 아무리 인품이 뛰어나다고는 해도, 딱히 무용武勇이 탁월하지도 않았고 풍채 또한 전혀 빼어나지 않았다는 사실이다. 그럼에도 왜 강호의 호걸은 그의 이름을 듣기만 해도 황송해하며 저토록 경의를 표하는 것인지 이해하기 어렵다 하겠다. 이렇듯 송강이 중심인물이면서 절대적인 매력이 결여되어 있는 점은 이미 수많은 논자들이 지적하고 있는 바이다. 이후로 송강은 우여곡절을 거듭한 뒤에 108명의 호걸을 이끄는 양산박의 지도자가 되었지만 이러한 과정의 경위에도 설득력

---

12) 일본 에도 시대 미토水戸를 다스렸던 영주인 도쿠가와 미쓰쿠니德川光圀를 모델로 하여 그가 은퇴하고 난 뒤에 여생 동안 자신의 영지를 돌아다니며 잘못된 실태를 마치 암행어사처럼 감찰하고 다니면서 바로잡고자 활약하는 모습을 그리는 시대극을 가리킨다. 일본에서는 전설적인 역사극으로 국민적인 인기를 누렸는데, 미토 고몬은 마치 암행어사의 마패처럼 '인롱'을 사용하는 것으로도 유명하다.

이 부족한 측면이 나타난다. 요컨대 송강은 소문(에 의한 평판) 사회의 허상일 뿐인 존재로서 『수호전』의 서사 세계에서는 존재감이 전혀 없는 것이다.

또 하나 송강의 커다란 특성은 때로는 답답하게 느껴질 정도로 철저한 '건전 지향', 바꿔 말하면 기존의 제도와 권력에 순응하려는 자세이다. 송강의 이러한 태도는 다음에 인용하는 바와 같이 초기의 이른 시기부터 최후까지 일관되게 나타난다. 예를 들면 마침내 틀을 갖추기 시작한 양산박 군단이 지도자 조개의 명으로 객상客商들을 습격해 재물과 나귀, 노새를 뺏거나 그들을 토벌하러 온 관군을 격퇴하는 등 화려한 활약을 선보이며 번성하기 시작했을 때 현리로서 이러한 사실을 보고받은 송강은 이렇게 말하고 있다.

"조개네 무리가 이렇게까지 큰일을 저지를 줄은 생각도 못 하였구나. 생신강을 강탈하고 또한 포도군관을 죽이고 하何 관찰의 귀를 잘랐을 뿐만 아니라 수많은 관군을 죽였으니, (중략) 이는 구족九族을 멸할 대죄를 지은 것이 아닌가? 비록 어쩔 수가 없어서 저지른 일이라고는 하지만 나라의 법이 도저히 용서할 수 없는 일이 아닌가? 조금이라도 차질이 생기면 조개네는 결딴이 나지 않겠는 가?"(제20회)

호걸들의 통쾌한 활약상보다도 군주의 윤리, 법의 윤리 쪽이 중요하다는 송강의 기본적인 태도를 보여주는 발언 이라고 하겠다.

송강이 『수호전』 세계에 처음으로 등장한 것은 제18회 부터이다. 전 100회의 이야기에서 거의 2할 정도가 종료 한 시점에 겨우 모습을 드러내기 때문에 매우 뒤늦은 등장 이라고 하지 않을 수 없다.

여기서 상기되는 것이 이 책 상권에서 다뤘던 『서유기』 이다. 『서유기』의 중심인물인 삼장법사의 등장 또한 비 교적 늦은 편으로 제9회가 되어서야 비로소 모습을 보인 다.[13] 『서유기』의 삼장법사와 『수호전』의 송강. 서사 세계 의 중심에 위치한 두 명의 주요 인물은 모두 등장이 늦은 데다 그들의 언동 또한 매우 소극적이어서 이른바 '주인 공', '히어로'로서의 화려함과는 거리가 멀다 하겠다. 참고

---

13) 텍스트에 따라서는 제12회에 등장하기도 한다.

로 『삼국지연의』의 중심인물인 유비는 첫머리인 제1회부터 등장하지만 마찬가지로 소극적이고 수수하며, 그런 의미에서 삼장법사와 송강과도 상통하는 공통점이 있다.

전체적으로 말하면 그들은 '중심'에 자리 잡고 있을 뿐으로, 박력이 부족하며 눈부신 활약을 하는 일도 없다. 그러나 중심인물인 그들을 매개로 하여 수많은 등장인물이 서로 교차하며 각자가 생생하게 활약하면서, 서사 세계는 깊이와 볼륨을 더해가는 것이다. 이런 점에서 그들은 오히려 다수의 등장인물을 관계짓는 촉매 내지 중개자로서의 역할을 담당하고 있다고도 할 수 있다. 이러한 중심인물의 설정 방식은 중국 백화 장편소설의 커다란 특징 가운데 하나이다.

반대로 말하면 중국 백화 장편소설의 주안점은 한 사람의 인물에 초점을 맞추어 그 행적을 그려내는 것이 아니라 다양한 캐릭터를 가진 수많은 등장인물이 서로 얽히면서 교직해내는 '관계성'을 묘사하는 것에 있다고 말할 수 있다. 그런 의미에서 『수호전』에서는 송강의 존재가 중요하다고 하겠으나 이 점에 대해서는 다른 기회에 살펴보도록 하고, 우선은 이어서 줄거리를 읽어가도록 하자.

3. '악녀는 죽어야 한다'는 양산박의 윤리관
- 염파석閻婆惜 살해, 무송 이야기

"그런데 이때 갑자기 난데없는 일진광풍이 휘몰아치고 연이어 숲 뒤에서 휘익 하는 소리가 나더니 눈매가 치붙고 이마가 하얀 커다란 호랑이 한 마리가 뛰쳐나왔다. (중략) 무송은 호랑이가 다시 몸을 홱 돌리는 것을 보고서는 양손으로 목봉을 빙빙 돌리다가 혼신의 힘을 다해 '으쌰' 하고 공중에서 호랑이의 이마빡을 겨냥해 내리쳤다. 그런데 웬걸, 와지끈하는 소리가 나며 나뭇가지들과 이파리들만 어지럽게 얼굴에 떨어졌다. (중략) 그러자 호랑이가 '어흥' 하며 포효하고서 몸을 다시 돌려 재차 덤벼들었다. 무송은 이번에도 몸을 번개같이 뒤로 날려 여남은 걸음을 물러섰다. 그러자 다시 덮쳐 내린 호랑이의 앞발이 딱 알맞게 땅을 짚는 순간, 무송은 얼른 반 토막 난 목봉을 내던지고 냉큼 앞으로 뛰어내리며 두 손으로 호랑이의 대가리를 움켜잡고 죽어라고 꽉 짓눌렀다. 호랑이는 무송의 손아귀에서 벗어나려고 몸을 비틀며 용을 썼다. 그러나 아무리 애를 써도 천근 무게로 짓누르는 무송의 힘을 벗어날 수가 없었다." (제23회)

송강, 염파석을 살해하다

임충이 왕륜을 죽임으로써 그 덕분에 양산박의 지도자
가 된 조개는 도망칠 적에 신세를 진 송강과 주동의 은혜
에 보답하기 위해 편지와 일백 냥 분의 황금 덩어리를 보
내기로 하고 부하 유당에게 전하도록 하였다. 그러나 송
강은 마음만을 받겠다며 편지와 황금 한 덩이만을 받았
다. 그리하여 송강은 유당에게 이별을 고하고 하숙으로
돌아가는 도중에 구면인 매파 왕王 할미와 일행인 염閻 노
파를 우연히 만나게 되었다. 여기서부터 스토리는 새로운
단계로 접어들게 된다.

사연을 들어보니 염 노파는 남편이 병사한 직후였는데
장례를 치를 돈도 없다는 것이었다. 그래서 송강은 노파
에게 관棺을 마련해주고 덧붙여 은자 열 냥까지 주었다.
송강이 독신임을 알게 된 염 노파는 좋은 돈줄을 잡았다
싶어 노련한 매파인 왕 할미에게 중매를 부탁해 송강과 딸
염파석이 연을 맺도록 하였다. 덧붙이자면 염파석은 뛰어
나게 요염한 미녀이지만 뜨내기 예인藝人 출신으로 도저
히 여염집 아낙이라고 할 수는 없는 여성이었다. 그럼에
도 송강은 왕 할미의 교묘한 말 수단에 홀려서 염파석 모

녀를 돌봐주기로 하고 우선 이층집 하나를 빌려서 두 사람을 살게 한 다음에 자신은 그 집을 드나들게 되었다.

그러나 송강은 본래 그다지 여색에 밝지 않은 성품이라 아무래도 염파석과는 잘 지내지를 못해서 점차 그녀를 찾는 발길이 뜸해지게 되었다. 이러구러 시간이 흘러 염파석은 웬걸 송강의 부하[1]로 풍류남이자 난봉꾼인 장문원張文遠과 깊은 사이가 되어버렸다. 사정이 이리 되자 염파석에게서는 오이꼭지 보듯이 냉대를 받고, 그녀와 장문원 간의 소문은 자꾸 귀에 들려오는지라 송강은 완전히 기분이 상해서 아예 발길을 끊어버렸다. 이에 모친인 염 노파는 마음을 졸이면서 자신들의 돈줄인 송강을 어떻게든 붙잡아두려 하였다. 어느 날 서로 옥신각신하던 끝에 염파석은 자기 집에 떨어뜨리고 간 송강의 서류 주머니에서 조개가 일전에 보낸 편지와 금덩이를 발견하였다. 태도를 바꾼 염파석은 이를 빌미로 송강을 위협하며 양산박 일당과의 관계를 관가에 폭로하겠다고 몰아세운 탓에 송강도 끝내 이성을 잃고서 마침내 참극이 벌어지고 만다.

---

1) 송강의 집무실에서 일하는 '첩서후사貼書後司', 곧 보조 서기의 직책이다.

"송강이 침대 옆에서 (서류 주머니를 빼앗으려) 아무리 애를 써도 염파석도 그녀 나름대로 막무가내로 내놓으려 하지 않았다. 송강이 있는 힘을 다해 띠 한 끝을 확 낚아채는 바람에 품에 지닌 장도가 자리 위에 털렁 떨어졌다. 송강은 냉큼 장도를 집어 들었다. 송강이 손에 칼을 쥐는 것을 본 염파석은 엉겁결에 소리쳤다. '흑삼랑黑三郎이 사람 죽이네!' 그 소리가 송강을 자극하였다. 가뜩이나 격분을 참을 수 없던 차에 염파석이 재차 소리를 지르려 하자 송강은 자기도 모르게 손이 나갔다. 그는 왼손으로 염파석의 가슴패기를 누르고 칼 든 오른손을 번쩍 들어 염파석의 목덜미를 콱 찔렀다. 외마디 소리를 지르며 흰자위를 허공에 달아매는 염파석의 목에서는 뻘건 피가 뿜어져 나왔다. 염파석이 아우성을 치므로 그녀가 죽지 않았을까 염려한 송강은 재차 칼을 내리쳤다. 염파석의 목이 동강 나서 침상 위에 나뒹굴었다." (제21회)

이리하여 마침내 '군주의 윤리'를 최우선으로 여겼던 송강 역시 노지심과 임충과 마찬가지로 살인범이 되어 '표면(적) 윤리'에서 일탈해버리고 마는 것이다.

여성은 '악'

송강이 범법자가 된 것은 앞서 보았듯이 '악녀 살해' 때문이었다. 이것은 바로 『수호전』 세계의 윤리관을 상징하는 사건과 다름없다고 하겠다. 이렇게 말하는 것은 『수호전』은 기본적으로 여성을 배제하는 서사물이기 때문이다.

애초에 『수호전』의 세계에는 여성이 거의 등장하지 않을 뿐만 아니라 어쩌다 등장하여도 염파석과 같이 남성을 방해하는, 다루기 어려운 억센 '악녀'이거나 때로는 손이랑孫二娘이나 「일장청一丈靑」 호삼랑扈三娘처럼 아예 '남자'라고 불러도 좋을 여걸2)이거나 하는 경우이다. 여기에서는 남녀 간의 정서적인 연애 관계 따위는 도무지 시야에들어올 여지가 없어서 전혀 묘사의 대상이 되지 않는다. 물론 호걸 중에는 부인을 둔 경우도 있지만 부부의 사랑과 가정생활에 대한 묘사는 『수호전』에서는 볼 수가 없다.

『수호전』에 국한되지 않고 단편, 장편을 불문하고 설화를 직접적인 모태로 하는 중국 백화소설의 세계에서는 본래 플라토닉한 '연애'가 묘사되는 경우가 거의 없는 편이

---

2) 『수호전』의 여걸로는 가장 많이 등장하는 호삼랑扈三娘 이외에 손이랑孫二娘, 그리고 고대수顧大嫂 등 세 사람을 꼽을 수 있다. 특히 고대수는 위험한 일도 능히 해내는 용감한 여걸로서 '건귁영웅巾幗英雄', 곧 '여성영웅'으로도 불렸다.

다. 여기서 묘사되는 남녀의 관계성은 좀 더 즉물적이어서 남자와 여자가 만나자마자 서로에 끌려 순식간에 인연을 맺는 경우가 많은 것이다. 참고로 『삼국지연의』에서도 정면으로 연애를 묘사하는 장면은 없지만 그래도 현부인賢夫人이나 현모賢母 등 꿋꿋한 여성들이 등장해 크게 활약하는 장면이 종종 나타난다. 그러나 『수호전』은 이러한 긍정적 이미지의 여성상조차도 등장하지 않는 것이다.

『삼국지연의』도 『수호전』도 기본적으로는 '남성 세계의 서사'이므로 남성 상호 간의 관계성이 가장 중시된다. 이 때문에 남녀 관계가 묘사 범위 밖에 놓이는 것은 서사 기법의 문맥상 차라리 당연한 결과라고 하겠다. 그렇다 해도 『수호전』 세계의 여성관은 지나치게 결벽한 나머지 거의 여성 혐오에 가깝다고 해야 할 지경이다. 지도자 조개와 송강을 비롯하여 『수호전』 세계의 중심적인 호걸들은 대체적으로 여성에 흥미가 없어 보인다. 여색에 무관심한 것이 미덕이기 때문에 '호색'은 악덕의 으뜸가는 것이 되고 만다. 오직 한 사람, 호색한이라 불렸던 왕왜호王矮虎[3]도 여성 호걸 호삼랑과 결혼한 뒤로는 몸가짐이 완전히 달

---

3) 왕영王英이라는 인물로 달리 「왜각호矮脚虎」로도 불렸다.

라져 결국 이러한 세계의 윤리관에 적응한 존재가 되고 마는 것이다. 게다가 '송강이 사실은 호색한이다'라는 소문이 돌았을 때 동생뻘인 이규李逵가 격노하는 장면도 나온다(제50회). 대체로『수호전』에서는 '여성적인 것'은 모름지기 '악'으로서 배제하지 않으면 안 되는, 사상捨象하는 것을 당연시하는 윤리관이 엄연히 존재한다고 해도 좋을 것이다. 이것은 바로『수호전』이 정신적으로는 '동성끼리만 사회적 관계를 맺는homosocial' 유형의 '남성 세계의 서사'이기 때문이다.

'협侠'의 윤리의 세계

남성끼리의 관계만이 중요하며 그것 이외의 요소는 배제하려는 자세는 호걸들이 양산박 군단에 가담할 때의 일화에서도 분명하게 엿볼 수 있다. 물론 임충처럼 어쩔 수 없이 아내와 이별4)한 경우나 가족을 모두 데리고서 양산박에 가담하는 경우도 있지만, 나중에 등장하는 진명秦明의 경우처럼 어떻게 해서든 양산박의 일원으로 가담케 하

---

4) 임충의 아내는 임충이 유배간 뒤에 자살하였다.

려는 호걸에 대해서는 양산박 군단은 수단과 방법을 가리지 않고 그 가족까지도 몰살하는 것을 꺼리지 않았다. 중요한 것은 남자끼리의 강한 유대감으로 연결된 '협俠'의 세계를 강화하는 일이며, 이를 저해하는 요소는 철저히 배제하고자 했다. 이렇듯 개인의 사랑보다는 조직의 논리를 무조건적으로 우선시하는『수호전』의 세계는 일면 지극히 '윤리적'인 세계라고 할 수 있다.

덧붙이자면 일단 양산박 군단에 참여하고 나서 배신하거나 도망간 사람이 한 명도 없었다. 그만큼 양산박은 '협'의 윤리가 관철되는 호걸들의 '운명 공동체'였던 것이다.

무송의 호랑이 퇴치

『수호전』세계는 송강이 저질렀던 염파석 살해에 뒤이어 또 하나의 '악녀 살인' 에피소드를 잇따라 묘사하면서, 나름의 독특한 여성관과 윤리관을 강조한다. 그것은 설화인 '수호 이야기'에서 노지심에게 견줄 만한 인기 스타이자 영웅이었던 무송이 행하는 형수 살해의 한 단락이다. 스님 행색의 노지심, (불도를 닦는) 행각승 차림의 무송. 자못 변장한 차림새로만 보아도 심상치 않은 분위기의 이 두 인물은 대체로 직정경행直情徑行5) 스타일로 용감하고 기운차기 짝이 없어서, 더할 나위 없는 호걸로서 공통되는 이미지를 지녔다고 하겠다. 『수호전』의 제23회부터 제32회까지 10회 정도의 분량은 이러한 호걸 무송이 중심인물로 등장하므로 이 때문에 '무십회武十回'라고도 불렸다. 이후에 다룰 『금병매』와도 관련이 깊은 대목이므로 이러한 '무십회'의 스토리 전개를 대충대충 훑어보기로 하자.

염파석을 죽여 수배자가 된 송강은 일단 고향 집으로 도망쳤는데, 이전 조개의 경우와 마찬가지로 그를 잡으러 온 도두都頭 주동朱仝과 뇌횡雷橫이 몰래 눈감아준 덕분에 간신히 탈출에 성공할 수 있었다. 그리하여 남동생 송청宋淸과 함께 창주 시진柴進의 장원에 가서 몸을 의탁하기에 이른다. 앞에서도 참혹한 살인 사건을 일으켰던 임충을 받아들여 도망가게 도와주었던 바로 그 시진이었다. 본래 호걸을 좋아하는 시진은 명성 높은 송강을 기꺼이 맞이해 주었다.

이때에 송강은 마찬가지로 사건을 일으키고 도망쳐서

---

5) 예법에 개의하지 않고 자기 생각 그대로 행동하는 것을 말한다.

시진의 집에 숨어 있던 무송과 조우하였다. 무송은 학질을 앓고 있었는데 뜻밖에도 완쾌하여 송강과 의형제의 결의를 맺은 뒤, 오랫동안 떨어져 있었던 친형을 만나기 위해 고향인 지금의 산둥성 청하淸河현으로 되돌아갔다. 실상 무송은 술에 취해 싸움을 하다가 상대를 때려죽였다고 지레짐작해서 도망쳤던 것이지만, 그 후에 상대가 소생한 것을 알게 되었고 학질도 나았기 때문에 안심하고 귀향하기로 마음먹었던 것이다.

귀향하는 도중 산고개 경양강景陽岡에 접어들었을 적에, 무송은 주막집 주인에게서 최근에 (이마가 흰) 큰 백호가 출몰하니 낮에는 고개를 넘지 않는 게 좋다는 충고를 듣는다. 그러나 술에 취한 무송은 크게 신경 쓰지 않고 거침없이 고갯길로 발걸음을 재촉했다. 그러자 해가 이미 서산으로 넘어가고, 이윽고 한바탕 회오리바람과 함께 한 마리 백호가 습격해왔다(첫머리 부분에 인용함). 무송은 호랑이를 맨손으로 붙잡고 철퇴와 같은 주먹으로 마구 두들겨 패서 마침내 호랑이를 때려죽인다. 이 부분은 호걸 무송의 진면목을 보여주는 대목으로 재담꾼이 열변을 토해내는 명장면이기도 하다. 이렇듯 '무송이 호랑이를 퇴치했다'는 소문은 순식간에 사방으로 퍼져나갔고, 고향의 인근인 양곡陽谷현 현령의 눈에 들어서 무송은 그의 수하인 도두都頭의 자리에 발탁되었다.

'악녀는 죽어야 한다'

그러던 어느 날, 무송은 양곡현 저잣거리에서 형 무대武大[6]와 우연히 조우하였다. 본래 (청하현에서) 취병炊餅[7]장수였던 무대는 이때 결혼해서 양곡현으로 이주해 살고 있었다. 무대는 '신장은 오 척이 되지 않고[8] 얼굴 생김은 추악하며 머리 역시 참을 수 없이 우습게 생긴 자'였고, '신장 팔 척에 위풍당당하며 전신에 몇천몇백 근의 기력이 넘치는' 아우 무송과는 실제 친형제라고는 믿기지 않을 정도였다. 그러나 친형을 몹시도 그리워했던 무송은 생각지도 못한 무대와의 재회를 크게 기뻐하였다.

무대도 위풍당당한 호걸인 동생 덕분에 의기양양해져서 즉시 무송을 집에 데리고 가서 아내인 반금련潘金蓮에

---

6) 원문에는 '무대랑武大郎'으로 되어 있다.

7) 만두나 찐빵을 가리킨다.

8) 작품에서 무대의 별명은 '세 치 난쟁이 못난이(삼촌정곡수피三寸丁谷樹皮)'로 나온다.

게 소개하고 함께 살기로 하였다. 반금련은 궁상스러운 몰골의 무대와는 전혀 어울리지 않는, 빼어나게 요염한 미녀였다. 일이 이렇게 된 것은 사연이 있는데, 그녀는 원래 어느 부호 집의 시녀로서 지분대는 집 주인에게 구애를 받았으나 옥신각신 끝에 (주인집 마누라에 의해) 일부러 볼품없는 난쟁이 무대에게 떠맡겨지듯 억지로 시집을 왔던 것이다. 도무지 시원찮은 무대에게 넌더리를 내던 반금련은 무송에게 첫눈에 반해서 그의 마음을 끌어보려고 이리저리 갖은 교태를 다 부렸다. 그러나 결벽하고 심지 굳은 무송은 그런 유혹에 전혀 넘어가지 않았고, 결국에는 친형 무대의 집을 나와버리고 만다. 때마침 무송은 개봉으로 장기 출장을 떠나게 되었는데, 모쪼록 바람기 있는 형수 반금련에게서 한시도 눈을 떼지 말라고 친형 무대에게 신신당부를 하고는 길을 떠나게 되었다.

그러나 무송이 없는 동안에 아니나 다를까 천만뜻밖의 사건이 일어나고 말았다. 반금련이 이웃에 사는 매파 왕노파의 소개로 부자 색남色男이자 현청 앞에서 약방을 하던 서문경西門慶[9]과 깊은 사이가 되자마자 이들은 한통속

9) '서문西門'은 복성이고 이름은 외자 이름 '경慶'이다. 달리 '서문대랑西門大郎'으로 불렸다.

이 되어서 거치적거리는 방해물인 무대를 독살해버리고 만다. 그러고는 반금련과 서문경은 무대의 죽음을 병사로 꾸며 절차에 따라 장례까지 치르지만, 출장일을 마치고 돌아온 무송은 형의 사인을 의심해서 기어코 사건의 진상을 밝혀내고야 만다. 그리하여 무송은 반금련과 서문경의 머리를 형의 제단에 제물로 바치고자 이들의 목을 자르는 등의 참혹한 복수를 자행한다. 살인범이 되어버린 무송은 자수하여 얼굴에 죄인임을 밝히는 글자를 새기고서 맹주孟州로 유배를 가게 된다. 무송은 이렇듯 악녀를 처벌함으로써 『수호전』세계의 윤리를 완강하게 지켰던 것이다. 그렇다 치더라도 『수호전』의 세계에서 염파석, 반금련과 같은 구제할 길 없는 지독한 악녀들[10]이 이래도 안 질리니, 이래도 안 질리니 하듯이 끊임없이 잇따라 등장하는 데는 묘하게도 감탄을 금할 수 없다 하겠다.

이 이야기는 잠시 제쳐두고서, 『금병매』의 서사 세계는 이러한 무송의 반금련 살해 대목을 완전히 반전시키면서 작품의 서막을 열고 있는 것이다. 만약 '반금련과 서문경

---

10) 『수호전』에 등장하는 악독한 여성의 대표적 사례로는 반금련, 염파석 그리고 반금련을 꼬드기는 매파 왕 노파 이외에도 양웅楊雄의 처 반교운潘巧雲, 노준의의 부인 가씨賈氏, 그리고 청풍채 지채知寨 유고劉高의 처 등 모두 6명을 꼽을 수 있다.

이 『수호전』의 이 대목에서 살해당하지 않았다면 어찌 되었을까'라는 가정하에 새롭게 전개되는 『금병매』의 세계는 『수호전』과는 대극對極의 위치에 자리 잡고 있다. 그러한 반대 지점에서 묘사되는 것은 『수호전』에서는 완전히 사상捨象되었던 색욕과 물욕으로 뒤범벅이 된, 문자 그대로 '윤리 의식이 결여된 인간 군상'의 모습인 것이다. 이에 대해서는 『금병매』의 권'에서 다시금 새롭게 살펴보기로 하자.

장張 도감都監 일가권속을 몰살하다

한편 무송은 맹주로 유배되어 감옥에 수감되지만 관영[11]管營의 배려로 후한 대접을 받으면서 쾌적한 나날을 보내게 된다. 실은 관영의 아들인 「금안표金眼彪」 시은施恩에게는 어떻게든 무송의 힘을 빌리고자 하는 속사정이 있었다. 시은은 동쪽 성문 밖 쾌활림快活林에서 술집을 하나 운영하고 있었는데 맹주 주둔군의 장張 단련團練[12]이 데리고

11) 일종의 교도소장과 같은 직책으로 유배지를 관장한다.
12) 송대에 농민 반란 등을 진압하기 위해 결성된 지방의 자체 무장조직의 대장을 일컬어 '단련사團練使'라고 하였다

있는 호위병 장문신蔣門神이란 작자에게 괴롭힘을 당하면서 술집을 빼앗기고 말았다. 이러한 사정을 들은 무송은 감옥에서 후한 대접을 받은 데 대한 보답으로 장문신을 흠씬 두들겨 패주고서 시은에게 술집과 재산을 모두 되찾아주었다.

얼마 후에 무송은 주둔군의 장張 도감都監[13] 관저로 초대를 받는다. 장 도감은 호남아인 호걸 무송에게 자신의 수하로 와주었으면 한다는 둥 그럴듯한 말을 늘어놓으며 크게 환대하였지만, 거기에는 다른 꿍꿍이속이 있었다. 사실은 장 도감은 장문신의 상관인 장 단련사와 한통속이 되어 무송을 함정에 빠뜨리려는 계략을 꾸몄던 것이다.

무송은 이 같은 함정에 빠져서 도둑질을 했다는 누명을 쓰고 체포·투옥되어 다시 은주恩州로 유배되었다. 게다가 악랄한 장 도감은 두 명의 호송 사령에게 무송을 호송하는 도중에 죽여버리라고 당부하지만, 무송은 호송 사령 두 명과 그를 죽이러 온 또 다른 조력자 두 명까지 모두 네 사람을 간단히 해치우고 만다. 그리고 죽이기 전에 그들의 입을 통해 사건의 진상을 알게 된 무송은 분노가 치밀어서

---

13) 원문에는 '수어병마도감守禦兵馬都監 장몽방張蒙方'으로 되어 있다.

곧장 맹주로 되돌아와, 모든 일이 잘되었다고 여기고 장 도감의 관저에서 세 사람(장 도감, 장 단련, 장문신)이 술잔치를 벌이고 있는 누각으로 난입해서 먼저 그들 모두의 목을 베었다. 이렇듯 일이 벌어지자 "손을 안 댔으면 몰라도 이왕 지사 손을 댄 바에는 끝을 봐야지 중도에 그만둘 수는 없지 않느냐, 한 놈을 죽여도 살인죄요 백 놈을 죽인대도 살인죄이니 사형당하기는 마찬가지다"라고 외치면서 도감의 처자식부터 마부, 시녀들에 이르기까지 장 도감의 일가 권속을 닥치는 대로 죄다 도륙해버렸던 것이다. 이렇듯 무송이 대판 처참한 살육을 저지르는 장면은 다음과 같다.

"(장문신의 그런 말을 들으니) 무송의 가슴에선 분노가 부글부글 끓어 솟구쳐 올라 하늘도 뚫을 지경이었다. 그는 오른손에 칼을 들고서 왼손으로 문을 활짝 열어제치며 방 안으로 뛰어 들어갔다. (중략) (장문신이 그러다가) 정신이 들어서 피하려고 서두르는 순간, 어느새 무송의 칼이 장문신의 머리를 두 조각으로 가르며 그가 앉았던 의자마저 두 동강을 내어버렸다. 이어 몸을 홱 돌린 무송은 황급히 일어서는 장 도감을 칼로 내리쪽었다. 귀밑에서 목까지 베어진 장 도감은 마룻바닥에 대번에 쓰러졌다. (중략) 그 순간 무송의 칼이 번개 치듯이 장 단련의 머리를 내리찍었다. 그런데도 워낙 기운깨나 쓰던 장 단련이라 뭘 어째 보겠다고 비틀비틀 기를 쓰며 일어나려고 하였다. 그런 것을 무송이 왼쪽 발길을 날려 재차 거꾸러뜨리고는 아예장 단련의 목을 싹둑 잘라버렸다. 이어 무송은 뒤돌아보고서 장 도감의 건덩거리는 목도 잘라버렸다. 상 위에 있는 술과 고기를 본 무송은 잔을 들어 연거푸 서너 잔을 들이켠 후, 널부러진 시체에서 베어낸 옷자락에 피를 묻혀서는 흰 바람벽에다 쭉쭉 여덟 글자를 크게 갈겨놓았다. '호랑이를 맨손으로 때려잡은 무송이 이놈들을 죽였노라(殺人者, 打虎武松也).'"(제31회)

  '반反영웅Antihero'으로서 기존 질서를 뒤흔들어 교란시키며, 서사 세계를 역동적으로 추동케 하는 역할을 맡은 존재를 '트릭스터Trickster'[14]라고 부른다면, 오대산에서 난동을 부렸던 노지심, 그리고 이 대목에서의 무송은 틀림없이 『수호전』 세계 전반에 등장하는 주요한 트릭스터라고 할 수 있겠다.

---

14) 문화인류학에서, 도덕과 관습을 무시하고 사회 질서를 어지럽히는 신화 속의 인물을 이르는 말. 자세한 내용은 이 책 상권 40쪽을 참조하기 바람.

'설화 구연'의 실제는 어떠했을까

'폭력의 화신'과도 같은 무송이 저질렀던 '장 도감 일가 권속을 몰살하는' 장면은 『삼국지연의』에 앞서 성립되었던 『삼국지평화三國志平話』에서 묘사되는 장비의 독우督郵 일가 몰살 사건과 판박이라고 하겠다. '무십회武十回'에서 묘사되는, 무송이 크게 활약하는 장면들은 『삼국지평화』에서의 장비와 마찬가지로 번화한 저잣거리에서 공연되었던 재담의 현장에서는 청중의 우레 같은 박수갈채를 받았을 것으로 여겨진다.

이러한 설화가 실제로 구연되는 현장에서는 어떻게 재현되었을까, 아울러 1회 분을 구연하는 데 어느 정도의 시간이 걸렸을까 하는 등의 자세한 사항은 알 길이 없다. 아마도 대본 자체는 메모 정도의 짧은 분량으로 재담꾼이 각자 독자적으로 여러 삽화를 함께 포함시켜 이야기를 늘리거나 반대로 줄이는 등 조절하면서 현장의 분위기를 살펴가며 상황에 맞춰 여러 가지로 생각을 짜냈던 것으로 여겨진다. 이야기를 재미있게 만들기 위해 (주제에서) 탈선하기도 하고 등장인물을 바꾸기도 하는 등, 요사이 말하는 '라이브' 감각이야말로 재담의 진정한 묘미였다고 하겠다. 또한 재담꾼에게는 각자 고유한 개성이 있었고 청중 역시 각자가 좋아하는 '단골(로 찾아가는)' 재담꾼이 있었으리라는 상황도 쉽게 추정해볼 수 있다.

사실은 『수호전』에서도 이규李逵와 연청燕靑이 번화한 저잣거리에서 재담 공연을 관람하는 장면이 나온다. 우연히 두 사람이 공연장 앞을 지나가다가 징 소리가 들려오자 이규는 뭣 하는 곳인지 기어이 들어가 보고 싶다고 억지를 부렸다. 연청도 하는 수가 없어 따라서 들어가 보니 공연의 레퍼토리가 「설삼분說三分」[15], 곧 삼국지 설화였던 것이다. 재담꾼은 명의 화타가 독화살을 맞은 관우의 어깨뼈를 (독이 퍼지지 않도록) 긁어내는 대수술 장면의 대목을 마침 구연하고 있던 참이었다. 이 부분은 관우의 호쾌한 영웅다운 면모가 두드러지는 장면이다.

"재담꾼의 이야기가 여기에 이르렀는데 그 이야기에 흥분된 이규가 몸을 솟구치며 소리쳤다. '그게 정말 대장부요, 대장부!' 그 바람에 놀란 뭇 사람들이 이규를 쳐다보는데 당황한 연청이 얼른 이규의 허리를 끌어안았다.

15) 이 책 상권 16쪽 참조

'형님, 정말 촌뜨기야! 여기가 어디라고 그 따위로 소리를 지르며 야단이오? 남들처럼 조용히 이야기를 듣지 않고서.'

'듣다 보니 너무 흥분되어서 나도 모르게 소리가 나온 거야.'

연청은 얼른 이규를 잡아끌고 밖으로 나왔다." (제90회)

이 대목에서는 이후에 논의하는 것처럼(제7장) 연청과 이규의 캐릭터 차이가 명확하게 드러나고 있다. 또한 동시에 이 장면은 당시의 (설화를 구연하는) 공연장 분위기를 현장감 있게 묘파하고 있어 매우 흥미로운 대목이라고 하겠다.

'인육 만두' 주막집

그런데 처참한 살육을 저지르고 난 후에 달아나던 무송은 우연히 예전부터 알았던 「채원자菜園子」 장청張靑과 「모야차母夜叉」 손이랑孫二娘 부부를 만나게 되어 도움을 받는다. 이 부부는 주막집을 운영하였는데 실은 여행자에게 몽한약蒙汗藥을 먹여 사지를 마비시키고는 죽여서 그 인육으로 만두소를 빚어 '인육 만두'로 팔아치우는 가공할 어둠의 상인이었다. 장청 부부는 무송의 무예 실력에 반했었는데, 장 도감 일가권속 몰살 사건을 풍문으로 듣고는 그동안 내내 그의 안위를 염려하고 있었다. 부부는 수배자 무송에게 행각승의 행색을 갖추게 하고 소개장을 들려서 노지심과 양지가 점거하고 있는 이룡산으로 향하게 했다.

그건 그렇다 치더라도 '인육 만두'는 참으로 섬뜩한 이야기이다. 『수호전』만큼은 아니지만 중국 고전소설에는 간간이 식인 풍습인 카니발리즘cannibalism[16]의 사례가 보인다. 예를 들면 『삼국지연의』(제19회)에 보이는 일화가 그러하다. 유비가 여포에게 기습당해 혼자서 말을 타고 도주하던 중에 젊은 사냥꾼 유안劉安의 집에 들러 하룻밤을 묵은 적이 있었다. 이때 유안은 갑작스러운 예주목사 유비의 방문에 마땅히 대접할 고기가 없자 자기 처를 죽여서 그 팔뚝 살을 대접했다는 내용이다. 또한 장사의 목적이나 손님 접대가 아니라 극단적인 증오의 표현으로 숙적을 살해해서 그 고기를 먹었다는 이야기 역시 희곡이나 소설에서 여기저기 보인다.

이렇게 보면 동기나 이유는 여러 가지이지만 전통 시대

---

16) 인간이 인육을 상징적 식품 또는 상식常食으로 먹는 풍습.

중국에서 이러한 카니발리즘과 관련된 화제에 별달리 저항감이 없었던 것은 확실하다고 하겠다. 참고로 구와바라 지쓰조桑原隲蔵[17]의 「중국 사회에서 인육을 먹는 풍습」[18]과 「중국인의 인육 먹는 풍습」은 중국에서의 카니발리즘의 역사를 상세하게 다루고 있다.

다시 본론으로 돌아와서 행각승 행색의 무송은 가는 곳마다 소동을 일으키면서 계속 도망치다 간신히 백호산白虎山 공 태공孔太公[19]의 장원에 당도하였다. 그곳에서 마침 체류 중이던 송강과 우연히 만나 함께 동행할 것을 권유받지만 이를 거절하고 장청 부부가 추천한 노지심과 양지가 있는 이룡산의 근거지로 향한다. 『수호전』 세계 전반부를 뒤흔들었던 두 명의 트릭스터인 노지심과 무송이 이처럼 곧바로 양산박 군단에 합류하지 않고 일단 이룡산에 자신들의 독자적인 근거지를 가졌다는 사실은 『수호전』 세계의 서사 구조를 살피는 데 하나의 중요한 포인트가 되는 것이다.

---

17) 일본의 동양사학자로 교토대학 교수를 역임. 일본의 동양사 연구의 기초를 놓은 인물로 평가받는다.
18) 논문의 원 제목은 「支那人間に於ける食人肉の風習」, 「支那人の食人肉風習」이다.
19) 공 태공의 장남이 「모두성毛頭星」 공명孔明이고, 차남이 「독화성獨火星」 공량孔亮이다.

4. 통쾌하기 그지없는, '양산박 군단' 집결
- 강주江州 난입

"이때를 같이하여, 네거리 옆 찻집 지붕 위에서 호랑이 같은 사내 하나가 웃통을 벗은 채로 쌍도끼를 휘두르며 하늘에서 벼락이 치듯 큰소리를 치면서 뛰어내렸다. 양 손에 쥔 도끼를 처드는가 싶더니 그는 망나니 둘을 눈 깜짝할 새에 찍어 넘기고 이어 감참관監斬官[1] 채구蔡九가 탄 말 앞으로 그를 죽이러 달려갔다. 그 기세가 얼마나 험악한지 군졸들은 당황해서 창으로 찌르려 했으나 감히 막을 엄두를 내지 못하고 부랴부랴 채구를 호위해 달아나기에 바빴다." (제40회)

「벽력화霹靂火」 진명秦明의 동참

무송이 이룡산으로 향할 무렵에 송강도 몸을 의탁하던 공 태공의 장원을 떠나 일찍부터 (편지로 여러 차례 자신에게 올 것을) 권유하였던 청풍채淸風寨의 지채知寨[2] 「소이광小李廣」

---

1) 사형 감독관을 달리 일컫는 말이다.
2) 영채營寨를 다스리는 장관의 직책으로 일종의 군사 사령관의 역할을 겸한다.

화영花榮이 있는 곳으로 향하였다. 송강은 가는 도중에 청풍산淸風山에 소굴을 꾸리고 있는 연순燕順, 왕왜호王矮虎, 정천수鄭天壽라는 산적들에게 붙잡혀 하마터면 싱싱한 인육으로 잡아먹힐 뻔하였다(여기에서도 예의 카니발리즘이 보이고 있다). 그러나 그가 「급시우」 송강임을 알게 된 산적들은 태도를 싹 바꿔 송강을 머물게 하고는 극진히 대접하였다.

그러던 어느 날, 호색한인 왕왜호가 납치되어온 여인을 제 색시로 삼으려고 하였다. 사실 그녀는 청풍채의 또 다른 지채知寨 유고劉高[3]의 처였다. 송강은 그녀를 불쌍히 여겨 왕왜호를 간곡히 설득해서 풀어주도록 하였다. 그런데 송강의 이러한 온정 때문에 일이 전혀 딴판으로 전개되고 말았다. 이윽고 며칠 후에 청풍산의 산적들에게 작별을 고하고 청풍채에 당도한 송강은 화영에게서 문관文官으로 정正지채인 유고란 인물이 갖은 악행을 일삼는 악덕 관료이고, 그의 처도 사악하기 그지없는 성격의 여인임을 알게 되었다. 아니나 다를까 유 지채의 처는 신세를 졌던 송강에게 도리어 원심을 품고서 (송강이 자신을 납치한 산적들의 두령

---

3) 청풍채에는 두 명의 지채가 있었는데, 송강의 친구인 화영은 무관으로 부副지채이고, 유고는 문관으로 정正지채였다.

이라는 식의) 지어낸 말로 남편을 부추겨 먼저 송강을, 그러고 나서 화영을 차례로 체포하게 하였다. 간지奸智가 발동한 유고는 상급 관아인 청주부靑州府에까지 손을 써서, 청주 병마도감兵馬都監으로 이 또한 호걸이라 할 「진삼산鎭三山」[4) 황신黃信이 직접 군사를 이끌고 출진하는 사태로까지 일이 확대되어버렸다. 그 결과 활의 명수[5)로 알려진 화영 역시도 (계략에 빠져서) 어쩔 수 없이 두 손을 들고 송강과 함께 청주부 관아로 압송당하는 신세가 되고 말았다.

그러나 압송되는 도중에 다행히도 연순 등 청풍산의 군세가 기습 공격을 가해 호송 부대를 무찔러 쫓아버리고 화영과 송강을 구출해주었다. (황신은 달아나버리고) 미처 도망가지 못하고 붙잡힌 유고는 청풍산으로 결박된 채 끌려가 화영의 손에 척살당하고 말았다. 이리하여 송강과 화영이 연순 등의 군세와 함께 청풍채를 공격하기 위해 떠날 채비를 하고 있을 즈음에 때마침 청주군의 도통제都統制[6) 「벽

4) 청주부 관할 지역에 청풍산, 이룡산, 도화산桃花山의 세 산이 있는데, 황신이 평소에 이 세 산의 화적 떼를 자신이 모조리 쓸어버리겠다고 장담해서 '진삼산鎭三山'이라는 별명이 붙었다.
5) 화영은 송대의 활로 유명한 '신비궁神臂弓'을 잘 쏜다 하여 '신비장군神臂將軍'이란 아호로 불렸다.
6) 원문에는 '지휘사指揮司 총관總管 본주本州 병마절도兵馬節度'로 되어 있는데, 문자 그대로 청주부의 모든 병마를 지휘하는 총사령관의 직책임.

력화」진명이 관군을 이끌고 와서 청풍산 산채에 기습적
으로 맹공을 가해왔다. 이윽고 낭아봉狼牙棒[7]을 자유자재
로 휘두르는 진명과 단 한 발의 화살로 진명의 투구 꼭대
기에 달린 붉은 술을 꿰어 맞히는 화영. 두 호걸이 쨍깡쨍
강 격렬하게 서로 맞붙어 싸웠지만 좀처럼 승부가 나지 않
았다. 그러나 결국에 진명은 송강과 화영의 계략에 걸려
들어 함정에 빠지면서 포로가 되고 만다.

　진명은 송강과 대면하고서 소문과 다를 바 없는 그의 인
품에 경의를 품게 되지만, 자신은 대송大宋 조정을 배반할
수 없다면서 한사코 무리에 합류하기를 거절하고 청주부
로 귀환하였다. 그런데 다음 날 아침 득달같이 서둘러 청
주부에 도착했지만 성문은 닫혀 있고 성안으로 들어갈 수
도 없었다. 그뿐만 아니라 상관인 청주부 지부사知府事는
진명을 보고서 '(모반한) 역적놈'이라고 매도하며 이미 처형
당한 그의 처자식의 머리를 (창끝에 매달아서) 보여주었다. 간
밤에 진명이 화적 떼를 이끌고 성내로 쳐들어와 살인과 방
화를 하였기 때문에 그에 대한 징벌로 가족을 몰살시켰다
는 것이다. 도무지 그런 기억이 없었던 진명은 성벽 위에

───────────────
7) 봉 끝에 돌기가 붙어 있는 무기의 일종임.

서 빗발치듯 날아오는 화살을 피하며 비탄에 잠겨 말을 돌려서 온 길을 되짚어갔다. 그런데 마치 기다리고 있었던 것마냥 송강이 모습을 나타냈다. 함께 청풍산 산채로 되돌아가고 나서 송강은 비로소 진명에게 간밤의 사건의 내막을 털어놓았다. 진명이 산채에 남기를 거부하자 진명과 닮은 졸개 하나에게 그의 투구와 갑옷을 걸치게 하고 말을 타고 청주 성내로 난입해서 난동을 부리게 했다는 것이다. 그렇게 하여 진명이 모반을 했다는 증거를 날조해서 그의 가족을 처형당하게 만들었다는 설명이다. 송강은 자초지종을 털어놓고 사죄하면서도 이 일은 어떻게 해서든 진명을 자신들의 동료로 만들기 위해 취한 비상수단이었음을 누누이 해명하였다.

"진명은 송강의 말을 듣자 대뜸 화가 치밀어 올랐다. 당장이라도 대거리로 맞붙어 그들을 족치고 싶었다. 하지만 한편으로 진명은 애써 결기를 삭이며 생각해보았다. 첫째는 이것도 하늘이 점지해준 운명이 아니겠는가 하는 생각이었고, 둘째는 사로잡혀 있는 자신에게 대하는 그들의 예의 때문이었다. 셋째로는 이제 싸운다 해도 그들을 이길 가망이 없었다. 이 때문에 어쩔 수 없이 분을 꾹 참으면서 말했다.

'그대 형제들께서 저를 잡아두려는 호의에서 한 일이라고는 하나, 아무리 그렇다고는 해도 어이 그런 일을 할 수 있으며, 그 일 때문에 내 처자까지 관군에게 도륙이 났으니 이게 도대체 무슨 짓이란 말이오?'

'글세, 그건 저희들도 원통하게 생각하고 있습니다. 그런데 그렇게 하지 않고서는 총관님의 굳은 심지를 돌려세울 수가 없다고 여겼기 때문입니다. 부인께서 돌아가셨으니 어이하겠습니까? 화영에게 매우 현숙한 누이동생이 있습니다. 이 송강이 나서서 중매해드리리다. 총관님께서 납채를 준비하여 화영의 누이동생을 맞아들이면 어떻겠습니까?'

진명은 드디어 산채 두령들이 이렇듯 자신에게 베푸는 호의를 마다할 수 없어서 결기를 삭이고 자신도 산채에 가담하기로 작정을 하였다."(제34회)

정말로 억지춘향식의 핑계라고밖에 할 수 없을 것이다. 이 사건은 앞 장에서 다루었듯이 남성 상호 간의 결속을 최우선으로 여기고, 그 일에 방해가 되는 것은 인정사정없이 배제하고자 하는 양산박의 윤리를 극단적 형태로 나타낸 경우이다. 그렇다 해도 이 사건에는 어딘가 비정상적이고 개운찮은 뒷맛이 남는다. 이러한 계책을 세운 장본 인이 송강이라는 점도 그라는 인물이 지닌 일종의, 끝을 알 수 없는 음울함을 느끼게 하는 것이다.

그렇다고는 하나 진명 자신이 산채에 가담하기로 작정 한 뒤에는 눈 딱 감고 마음을 다잡고서 용케도 그럴 마음 이 생겼는지, 이내 자신의 부하인 황신을 설득하여 청풍산 에 가담토록 하였다. 진명과 황신이 가담함으로써 전력이 크게 강화된 청풍산 군단은 손쉽게 청풍채를 제압하고서, 금은보화를 모조리 옮기는 동시에 이번 소동의 원흉이라 할 유고의 처를 붙잡아 끌고서는 청풍산으로 개선하였다. 저 호색한 왕왜호는 유고의 처에게 여전히 미련을 못 버 렸으나 송강을 비롯한 어느 누구도 그녀를 용서하려 하지 않았다. 이윽고 연순이 벌떡 몸을 일으키면서 "이 (못된) 독 부년"이라고 외치며 단칼에 여자의 몸뚱이를 두 동강 내 어버리면서 이 사건은 매듭지어졌다. 참고로 이때 아내를 잃은 진명은 청풍채에서 구출해 데려온 화영의 누이와 혼 인을 하게 되었다. 유혈참극에서 이내 즐거운 잔치로 넘 어가는 이 대목에서의 어안이 벙벙할 정도로 진행되는 신 속한 전환은 번화한 저잣거리에서 성장한 재담에서 유래

된 서사물 특유의, 현실을 초월하는 담대한 특성이 잘 드
러난다고 하겠다.

포기하지 못하고 미적거리는 송강

이윽고 모반자가 되어버린 화영, 진명, 황신을 처벌하기
위해 조정의 관군이 청풍산으로 쳐들어온다는 정보가 입
수되었다. 관군이 총공격을 해온다면 본래 산적패의 작은
소굴인 청풍산 산채 따위로는 잠시도 버틸 수 없는 형편이
었다. 그런 까닭에 송강의 제안에 따라 연순燕順 등을 비
롯한 청풍산의 산적패까지 포함하여 전원이 휘하의 병사
를 이끌고 양산박으로 이동하게 되었다.

그러나 관군으로 가장하여 대이동을 하던 도중에 송강
은 고향에 남아 있는 동생 송청宋淸에게서 부친의 사망을
알리는 편지를 받게 되었다. 놀라서 어찌할 바를 모르던
송강은 (고향에 돌아가서) 장례를 치러야 한다면서 만류하는
동료들을 뿌리치고 귀향길에 오르고 만다. 요컨대 그는
타인의 가족에 대해서는 미련이 남지 않도록 간단하게 처
치해버리면서도 정작 자신의 가족에게는 미련이 덕지덕

지 남아서 정을 끊지 못하는 것이다. 『수호전』세계에서는 이런 송강을 특별 취급해서 오히려 '효자'라는 식으로 평가하려는 기미도 느껴지지만 객관적으로 보자면 정말로 엿장수 맘대로이고 깨끗이 포기하지 못하고서 미적거린다고 말할 수밖에 없는 것이다. 송강이 떠난 뒤로 청풍산의 호걸들[8]은 예정대로 양산박에 도착하여 조개의 환영을 받으면서 군단에 가담하게 되었다.

그러나 송강이 고향에 돌아와서 보니 웬걸 부친 송 태공은 살아 있었다. 온 나라에 대사령大赦令[9]이 내려진 덕택에 자식의 죄가 가벼워졌다는 것을 안 송 태공이 이를 기회로 자식을 자수시키기 위해 꾀를 내어 송강을 불러들인 것이다. 송강이 귀향했다는 소식은 어느새 새로 부임한 형제 도두인 조능趙能과 조득趙得의 귀에까지 들어갔고,[10] 그들은 송 태공이 간청을 하고 심부름값도 후하게 받았던 터라 적당히 형편을 봐주며 처리할 심산으로 송강을 일단 체포해 관아로 연행하였다. 송강은 투옥되어 재판을 받았

---

8) 화영, 진명, 황신, 석용石勇, 연순, 왕영, 정천수 등의 아홉 호걸을 가리킨다.
9) 당시 송나라 조정에서 황태자를 책봉하는 일을 계기로 백성들이 저지른 죄를 한 등급씩 감해주는 대사령을 내렸다.
10) 공교롭게도 주동은 동경으로 전근되었고, 뇌횡은 타지로 출장 중이었다.

지만 대사령에 의해 감형 조치가 되어서, 얼굴에 자자를 뜨고 강주江州 땅으로 유배되었다.

　조개를 비롯한 양산박 산채에서는 강주로 압송되는 송강을 도중에서 일단 구출하지만 송강은 다음과 같이 말하며 그들과 다시 헤어져서 강주 배소로 향하였다.

　"(아우[11]가 그렇게 한다면) 나를 구하는 것이 아니라 도리어 나를 불효 불충의 막다른 골목에 몰아넣는 것이네. 아닌가? 그것은 나더러 죽으라는 것이나 진배없으니 그럴 바에는 내 손으로 자진하는 것이 더 낫겠네. (중략) 그대들이 나를 동정한다 하면 내가 강주 배소로 가는 길을 막아서는 안 되네. 그래야 장차 시한이 돼서 돌아오게 되면 다시 만날 수가 있네." (제36회)

　범법자라는 낙인이 찍히고, 정상적 사회에서 탈락한 뒤에도 송강은 여전히 위에서 보듯이 더욱 '표면(적) 윤리'에 매달려서 '정직'하게 살아가고자 한다. 송강이 이처럼 '건전 지향'을 고집하는 일은 먼 훗날 명백한 범법자 집단이라 할 양산박 군단의 운명을 크게 좌우하게 되는 것이다.

---

11) 「적발귀」 유당을 가리킨다.

조정의 판결에 따를 것임을 명백하게 밝히고서, 양산박 호걸들과 작별한 송강은 도중에 여러 사건을 겪으면서도 어쨌든 무사히 강주에 도착해 감옥에 들어간다. 송강은 이곳 감옥에서 압뢰절급押牢節級[12]인 「신행태보神行太保」[13] 대종戴宗과 그의 수하에서 옥졸을 맡고 있는 『수호전』 최대의 트릭스터인 「흑선풍黑旋風」 이규李逵와 조우하게 된다.

대종 · 이규와의 조우

대종과 이규는 두 사람 모두 비할 데 없이 출중한 능력의 소유자로 이후 『수호전』 세계에서 대활약을 펼친다. 우선 대종은 다리에 부적[14] 두 장을 붙이고 신행법神行法으로 걸으면 하루에 백 리, 부적 네 장을 붙이면 하루에 백오십 리도 갈 수 있는 초능력자였다. 단 대종의 초능력은 '빠른 걸음'에 한정되어 있기 때문에 '초능력 기술자'라고 말하는 편이 좋을는지도 모른다.

---

12) 감옥을 관장하는 직책으로 정식 명칭은 '강주양원江州兩院 압뢰절급押牢節級'인데, 보통은 '원장院長'으로 불렀다.

13) 신행법神行法이라는 도술을 배워 하루에 팔백 리를 걸을 수 있다 하여서 '신행태보'라고 불렀다.

14) '갑마甲馬'라는 부적이다.

『수호전』의 작품 배경이 되는 시대로부터 약 800년을 거슬러 올라가, 동진東晉 시대의 신선 사상가 갈홍葛洪 (283~343년)이 지은 선인들의 전기집『신선전神仙傳』에는 걸음이 매우 빠른 선인들이 많이 등장한다. 하루에 삼사백 리 정도를 걷는 경우는 흔했고, 그중에는 순식간에 천 리를 가는 사람마저도 있었다. 또한 이의기李意期라는 선인은 타인에게도 빠른 걸음을 걷는 능력을 가질 수 있게 해 주었다고 한다. 그가 부적을 주고서 양 겨드랑이 밑에 빨갛게 표시를 해준 사람은 하루에 천 리를 왕복할 수 있었다는 것이다.『수호전』세계의「신행태보」대종의 이미지는 이렇듯 고대의 빠른 걸음을 걸었다는 선인들의 이미지가 아득한 후대에 계승되어 만들어진 것으로 볼 수 있다.

그런데 양산박 군단의 책사인 오용吳用은 대종과 절친한 친구였다. 이 때문에 강주 배소로 향하는 송강에게 대종 앞으로 보내는 편지를 보내어서 잘 좀 조처해달라고 부탁하였다. 이러한 편지 덕분에 송강과 대종은 옥리獄吏와 죄수라는 신분 차를 뛰어넘어 순식간에 서로 속마음을 터놓는 친밀한 사이가 된다. 그러던 어느 날, 두 사람이 술집에서 술을 마시는데 '곰처럼 시꺼멓고 거칠거칠한 살결,

철우鐵牛처럼 단단한 피부가 온몸을 감싸고 있는'(제38회),
사람인지 요괴인지 참으로 무시무시한 괴물이 나타났다.
다름 아닌「흑선풍」이규였던 것이다. 그는「이철우李鐵牛」
라고도 불리며, 커다란 쌍도끼를 자유자재로 다룰 뿐만 아
니라 권법이나 봉술 등 뭐든지 다 잘하는 초인적인 무용의
소유자였다. 그 이규가 대종을 향해 말하기를,

"'형님, 이 까무잡잡한 사람은 도대체 누구요?' (중략) '진
짜 형님 말씀대로 송 공명孔明[15]이시라면 내가 큰절을 올
리겠지만, 나를 놀리려고 엉뚱한 놈을 송강이라고 한다면
내가 정신이 돌았다고 절을 해요? 그런 쓸데없는 농은 그
만하시우.
'허허, 난 진짜 산동의 흑黑 송강이오.'
그러니 이규는 손뼉을 턱 치며, '그래요? 그럼 이거 잘못
돼도 한참 잘못되었네. 왜 진작 말하지 않고서' 하더니 넓
죽 엎디어 큰절을 콧등이 땅에 끌리도록 깊숙이 하였다."
(제38회)

「흑黑 송강」 또는 「흑삼랑黑三郎」으로 불리는, 까무잡잡
하고 몸집이 작은 남자 송강과 「흑선풍」으로 불리는 새까

15) '공명'은 송강의 자임.

맗고 기골이 장대한 남자 이규. 이후로 일심동체가 되어 행동을 같이 하게 될 '시꺼먼 두 남자'의 극적인 만남을 묘사한 장면이다. 이규는 처음 만나는 순간부터 전면적으로 송강에게 심취해서, 그 자신 태연하게 대량 살육을 저지르는 괴물이면서도 송강에 대해서만큼은 마치 그림자처럼 항상 따라다니면서 최후의 마지막까지 내내 헌신하였던 것이다.

덧붙이자면 이규 또한 원래 살인범이었으나 대사령이 내려진 덕택으로 강주까지 흘러들어와 그대로 대종 휘하에서 옥졸로 근무하게 된 것으로 보인다. 일본에서도 에도 시대에는 범법자가 포리捕吏의 앞잡이 등으로 전신하는 예가 드물지는 않은데, 전통 중국 사회에서도 사정은 역시 마찬가지였다고 하겠다. 『수호전』세계에서 이규는 말단의 옥졸이었지만, 앞서 언급한 양지 등은 능력을 인정받아 유배지에서 지방 무관의 고위직에까지 등용되었다. 또한 송강의 경우처럼 아무리 (선처를 부탁하는) 소개장이 있다고는 해도 (감옥의 우두머리인) 압뢰절급押牢節級과 친구처럼 지내면서 자유로이 감옥을 출입하는 경우도 있기 때문에 범법자를 대우하는 데에도 이면의 숨은 규칙이 있었던 것은 분명하다 하겠다.

처형될 위기에 내몰린 송강

　그러나 이렇듯 감옥 안팎을 자유로이 나다녔던 것이 송강이 장차 겪을 재난의 원인이 된다. 어느 날, 지루함을 달래기 위해 외출한 송강은 경치가 좋기로 유명한 술집인 심양루潯陽樓에 들어가 취한 김에 벽에다 자작의 사詞를 한 수 써 붙이고[16] 말미에 큰 글씨로 자신의 이름까지도 적어놓았다. [17] 그런데 강주에 인접한 무위군無爲軍의 퇴직한

---

16) 송강이 지은 사詞 작품 「서강월西江月」의 원문은 다음과 같다.

　　어려서부터 경서와 사서를 익히고　　　　　自幼曾攻經史
　　　/ 장성하여 권모 또한 갖추게 되었네　　　長成亦有權謀
　　마치 거치른 언덕에 숨은 호랑이처럼　　　　恰如猛虎臥荒邱
　　　/ 발톱과 이빨을 감추고 기다리노라　　　潛伏爪牙忍受
　　불행히도 얼굴에 자자를 새기고서　　　　　不幸刺文雙頰
　　　/ 강주 땅에 귀양 온 불쌍한 신세라네　　那堪配在江州
　　만약 훗날 이 원수 갚게 된다면　　　　　　他年若得報冤仇
　　　/ 심양강 기슭을 피로 물들이리라　　　　血染潯陽江口

그리고 사 작품 「서강월」 아래에 다음과 같은 '절구絕句' 한 수를 덧붙여놓았다.

　　마음은 산동에 있으나 몸은 오 땅에 있네　　心在山東身在吳
　　속절없이 강호나 떠돌며 한숨 겹고나　　　飄蓬江海漫嗟吁
　　뒷날에 만약 장한 뜻 이룰 날이 오면　　他時若遂凌雲志
　　내 황소黃巢도 대장부 아님을 비웃으리라　敢笑黃巢不丈夫

17) '운성송강작鄆城宋江作', 곧 '운성 송강 지음'이라고 써놓았다.

통판通判[18]이었던 황문병黃文炳이 이를 보고서 수상쩍게 여긴 것이 송강의 목숨을 위협하는 불운으로 작용하였다. 당시 강주 지부사知府事는 조정의 네 악인 중 하나인 채경의 아홉째 아들인 채구蔡九였는데, 어떻게든 출세의 연줄을 잡고자 했던 황문병이 송강의 사詞는 모반의 의도가 담긴 반역시라는 식으로 채구에게 급히 고변告變을 하였다. 놀란 채구는 당장 송강을 사형수 감옥에 투옥시켜버렸다.

느닷없이 닥쳐온 송강의 수난에 대종은 몹시 놀라서 구출할 방도를 강구해보았지만 좀처럼 떠오르지를 않았다. 마침내 채구 지부사가 동경에 있는 부친 채경에게 송강의 처형에 관한 처분을 구하는 편지를 보내고자 해서 걸음이 빠른 대종을 심부름을 맡을 사자로 임명하였다. 천만다행으로 대종은 다리에 부적 네 장을 꺼내 붙이고 양산박으로 달려가서 도움을 요청하였다. 이 같은 소식을 듣자마자 조개를 비롯한 몇몇 호걸들은 인마를 점검하며 강주를 치러 출진해야 한다며 술렁댔다. 그러나 이때 책사 오용은 강주는 길이 멀고 황급히 움직이면 도리어 송강의 명을 재촉할 수도 있다는 반대 의견을 내세우며 묘안을 제시하

18) 부지사에 해당하는 관직임.

였다. 곧 먼저 채경이 송강을 도읍으로 압송하라고 명하는 가짜 서신을 날조해서 이를 대종이 지부사 채구에게 전달하도록 한다. 지부사가 부친의 명령에 따라 송강을 압송하는 도중에 그를 구출하자는 것이었다. 조개는 이러한 묘안에 찬성해 속히 대종에게 한달음에 달려가서 여러 서체에 정통한 서예가와 인장 만들기의 달인을 데리고 오게 하였다.[19] 그들의 손에 금세 채경의 필적을 흉내 내어 진짜와 똑같은 위조 인장을 찍은 가짜 서찰이 완성되었고, 이를 가지고서 대종은 강주의 채구 지부사가 있는 곳으로 바삐 떠났다. 참고로 채경은 송대의 유명한 서예가로 친필 글씨와 작품에 낙관한 인장이 널리 돌아다녔기 때문에 그 방면에 정통한 사람이 그의 필체를 흉내 내는 것은 그리 어려운 일이 아니었다.

그러나 뛰어난 책사인 오용에게도 천려일실千慮一失[20]이라고나 할까, 이 일에 커다란 실수가 있었다. 진짜와 똑같은 인장에는 채경의 본명이 새겨져 있었는데, 부모가 자기

---

19) 글씨는 '성수서생聖手書生'으로 불렸던 소양蕭讓이고, 인장은 '옥비장玉臂匠'으로 불렸던 김대견金大堅을 가리킨다.
20) '천 번 생각에 한 가지 실수'라는 뜻으로 현명한 사람이라도 많은 생각 중에는 간혹 실수도 있을 수 있음을 이르는 말.

자식에게 이러한 이름[21]을 사용할 턱이 없는 것이었다. 다행히 채구는 속아 넘어갔지만, 교활한 황문병은 인장을 미심쩍게 여기고 이내 가짜 서찰임을 간파하고 만다. 격노한 채구는 송강과 대종을 즉시 참수형에 처하라 하고서 처형장으로 보내버리고 만다.

이규가 전대미문의 난동을 부리다

송강과 대종은 수많은 군사들에 에워싸여 꼼짝없이 처형장으로 끌려갔다. 수많은 구경꾼들로 와작거리는 형장에 이윽고 뱀을 가지고 놀며 비럭질을 하는 거지들, 창봉 쓰며 약을 파는 약장수들, 멜대를 멘 짐꾼들, 행상을 하는 장사치들 등등 수상한 사람들이 사방에서 몰려들었다. 물론 그들은 변장한 양산박 군단의 일원들이었다. 그들은 '형을 거행하라'는 (감참관의) 영이 내리는 순간 일제히 뛰어나가서 송강과 대종을 구출하기로 하였다.

한편 대종이 길을 떠난 뒤로, 잠시도 떠나지 않고 송강의 곁을 지킨 이규 또한 점잖게 물러나 있을 리가 없었다.

---

21) '한림翰林 채경蔡京'이라고 도장에 새겨진 이름을 가리킨다.

이때 이규는 양산박 일원들과 아직 면식이 없어서 혼자서 커다란 쌍도끼를 휘두르며 쳐들어갔다(첫머리 부분에 인용함).

말 그대로 '검은 돌개바람'처럼 섬뻑섬뻑 닥치는 대로 사람을 베어 넘어뜨리고서 온몸에 (상대에게서) 튀어나온 피를 뒤집어쓴 채로 이리저리 미친 듯이 날뛰는 이규의 모습을 보고 놀란 조개가 "당신이 흑선풍 이규시오? 흑선풍 이규라는 호걸이 아니시오?"라고 말을 걸었다. 그러나 이규는 '쌍도끼를 휘두르며 관군들을 죽이는 데에만 신바람이나 있었다'(제40회). 이규가 날뛰고 지나간 뒤에는 '관군이고 백성이고 가리지 않고 그저 맞닥뜨리는 대로 죽이는 바람에 사거리에는 그야말로 시체가 산을 이루고 피가 도랑을 이루며 흘렀다. 서로 밀치어 쓰러지고 밟혀 죽은 자 역시 적지 않았다'(제40회)라고 묘사될 정도였다. 참으로 무차별 살상, 대량 살육의 극치였다. 이러한 이규의 모습에서는 『산해경』에 실려 있는, 황제黃帝에 반역하여 목이 잘린 뒤에도 '젖꼭지를 눈으로 삼고 배꼽을 입으로 삼아' 양손에 방패와 큰 도끼를 쥐고 연신 춤을 추며 싸움을 계속했다는 이형異形의 신, 형천刑天을 떠올리는 구석이 있는 것

이다. [22)]

이규가 분전역투하였던 덕분에 송강과 대종을 구출해 낸 양산박 무리는 때마침 배 세 척을 이끌고서 도우러 왔던, 송강의 지인으로 천적川賊인 「낭리백도浪裏白跳」 장순張順 무리의 도움을 얻어, 추격하는 관군을 보기 좋게 따돌리고는 배로 탈출할 수 있었다. 내친김에 그들은 무위군無爲軍에까지 쳐들어가 화공을 퍼붓고서, 가증스러운 원수인 황문병을 포획하여 의기양양하게 끌고 갔다. 이규는 스스로 제 이름을 밝히고 나서서 황문병을 죽인 뒤 그 인육을 잘게 잘라서 모두의 '술 안주' - 이것 역시 카니발리즘이다 - 로 삼아 쌓이고 쌓인 원한을 풀었던 것이다.

이야기의 '연장'

이러한 대소동의 발단은 자유롭게 행동할 수 있음을 기화로 송강이 감옥에서 앞뒤 생각 없이 외출했다가 술에 만취해서 사詞를 술집 벽에 써놓았던 일에 있었다. 대체로 송강은 무슨 일에 있어서든 신중한 타입이었는데 이 심양

---

22) 『산해경』「해외서경海外西經」에 나오는데 '형천形天'이라 불리기도 한다.

루의 대목에서는 도무지 그런 이미지에 걸맞지 않은 감도 없지 않다. 결국 이 사건은 서사적 스토리를 전개하면서 송강을 본격적으로 양산박에 가담케 하기 위해 설계된 요란한 복선이라 하겠다.

큰 줄거리로 보자면 송강이 머지않아 양산박에 합류하는 것은 자명한 이치이며, 독자도 물론 그것을 예측·기대하고 있었다. 그런데 송강은 양산박에 가담하기 직전에 고향의 부친이 죽었다고 하여 귀향하기도 하고, 다시금 유배 가는 도중에 조개의 도움으로 간신히 목숨을 구하고도 그럴듯한 구실을 둘러대며 양산박 합류를 거절하는 등 꾸물꾸물 제자리걸음을 계속하면서 양산박에 합류하는 것을 미루려고 하였다. 이야기가 감질나기는 하지만 그렇다고 해서 그의 양산박 합류가 간단히 단숨에 실현되어버리면 이 또한 너무 노골적이어서 더는 재미가 없을 것이다. 따지고 보면 『삼국지연의』의 '삼고三顧의 예' 대목 또한 같은 패턴이라 하겠다. 유비가 세 차례나 제갈량을 찾아갔을 적에도 이 사람인가 싶으면 다른 사람이었다는 식의 패턴이 반복되고 있다. 이러한 반복을 통해 독자는 어느 틈엔가 유비에게 감정이입을 하게 되고, 이번에야말로 하는 식으로 기대감을 높여가는 것이다. 이렇듯 얼핏 보기에 불필요한 동작을 집어넣어 서사적 전개를 에돌려 답보 상태에 머물게 하면서 독자의 기대를 이후로 미루면서 서서히 클라이맥스로 가져가는 것은 중요한 서사적 기법의 하나라 하겠다.

그런데 온갖 파란곡절 끝에 강주 대소동에 이르러서 그토록 애먹이던 송강도 더 이상은 물러서지 않고서 마침내 양산박에 합류하게 된다. 동시에 이규와 대종, 장횡張橫[23]과 장순도 가담케 되어 양산박 군단의 주요 구성원은 단번에 40명까지 늘어나게 되었다. 이러한 강주 대소동의 전후 대목(제40~41회)에서 각자 강렬한 이미지를 발산하는 주요한 등장인물이 거의 빠짐없이 나오게 되었다.

이 이후로는 차라리 '108명'이라는 인원수를 채우는 쪽으로 역점이 옮겨져서, 등장인물을 유기적으로 관계 짓고 상호 연결시키면서 서사 세계를 치밀하게 구성해가는 일보다는, 대규모 '전쟁'을 기화로 많은 인원수가 한꺼번에 우르르 양산박에 가담하는 패턴이 늘어나게 된다. 이 점에 대해서는 다시 이후의 장에서 살펴보기로 하자.

---

23) 별명은 「선화아船火兒」로 양산박 수군의 두령의 하나임.

40명의 호걸들이 모인 시점에 의논을 거쳐 양산박의 서열도 첫째 두령이 조개, 둘째 두령이 송강, 세 번째가 오용, 네 번째가 도사 공손승公孫勝으로 결정되었다. 이어 벌어진 술판 자리에서 송강이 자신을 구해준 호걸들에게 고맙다는 말[24]을 하자 이규가 벌떡 일어나며 다음과 같이 말하였다.

　　"잘됐소, 들어보니 형님[25]은 하늘의 의사에 꼭 들어맞는 사람이란 말이 아닙니까? 비록 그놈 때문에 고생은 좀 했다지만 내가 그놈을 속 시원히 해치우지 않았습니까? 제 길 마음 놓고 우리 이 많은 군사를 몰아서 반란을 일으켜봅시다. 무서울 게 뭐요? 그래서 조개 형님은 대송大宋 황제가 되고, 송강 형님은 소송小宋 황제가 되고, 오 선생은 승상이 되고, 공손 도사는 국사國師가 되고, 우리 모두

---

24) 송강이 한 말은 다음과 같다.

　　"(황문병이) 지부사 채구 앞에서 도읍 개봉에서 떠도는 아이들의 동요를 이 따위로 풀이해주었단 말이오. '모국인가목耗國因家木'은 나라를 망치는 자는 필시 집 면宀자 아래 나무 목木 자 성을 가진 자라는 의미이니 그 자가 바로 송宋 자가 아닙니까? '도병점수공刀兵點水工'은 병란을 일으키는 자는 물 수水 변에 공工 자를 쓰는 자라는 의미이니 그 자가 강江 자가 아니고 무엇입니까? 이 두 자를 합치면 송강宋江이 틀림없지 않습니까? 그리고 그다음 구절 '종횡삼십륙縱橫三十六, 파란재산동播亂在山東'은 송강이 산동에서 반란을 일으킨다는 뜻이니 어서 송강 이놈을 잡아 죽이라고 채구에게 저를 헐뜯었다 말입니다."

25) 송강을 가리킴.

는 장군이 되어봅시다. 동경東京26)으로 쳐들어가 황제 자리를 턱 차지하고서 우리도 통쾌하게 한번 살아봅시다그려.”(제41회)

송강의 ‘건전 지향’에 도전하는 듯한 참으로 아나키스트27)와 같은 이규의 발언이어서 송강은 당황하여 이를 제지한다. 여기에서 보듯이 언제나 폭주하려는 이규와 그를 억누르려는 송강이라는 구도는 이후에도 빈번히 반복된다. 모든 질서를 철저히 파괴하려는 이규의 반역 정신과, 끝까지 기존의 질서와 권위에 얽매이는 송강은 앞서 언급한 것처럼 빛과 그림자처럼 서로 떼려야 뗄 수 없는 관계인 것이다. 어쩌면 이규는 송강 자신이 금욕적으로 억누르고 있는 파괴 충동과 반역성을 체현하는 분신일는지도 모른다. ‘까무잡잡하고 몸집이 작은 남자’ 송강과 ‘새까맣고 기골이 장대한 남자’ 이규가 한 짝을 이뤄 등장하는 의미에는 뜻밖에도 웅숭깊은 속내가 있다고도 할 수 있을 것 같다.

---

26) 송나라 수도 개봉을 가리킴.
27) 개인을 지배하는 모든 정치 조직이나 권력을 부정하는 아나키즘anarchism, 곧 무정부주의를 신봉하는 사람을 일컫는다.

5. 무법자 익살꾼, 「흑선풍」 이규
- 독룡강獨龍岡 전투, 마법 대결

　"대종이 (입으로) 중얼중얼 주문을 외우다가 이규의 종아리를 향해 혹 하고 입김을 불었다. 그러자 이규의 두 발이 끌려가듯이 걷기 시작하면서 참으로 구름을 타고 나는 듯이 앞으로 달려갔다. (중략)

　귓전에 비바람 휘몰아치는 소리 같은 것이 들리고 양쪽 집들과 나무가 바람에 휘어졌다가 일어서고 발바닥이 허공을 짚는 것 같아지자 이규는 그만 겁이 덜컥 났다. 그래 몇 번이나 걸음을 멈추려고 하였으나 다리가 도무지 말을 들어주지 않았다. (중략)

　'형님, 내가 잘못했으니 제발 이 불쌍한 아우를 살려주소. 어서 멈춰주소.' 이규가 소리쳤다.

　대종이 말했다. '내 이 신행법은 비린 고기를 먹어서는 안 되는 법. 그중에서도 특히 으뜸으로 쇠고기를 먹어서는 안 된다 말이야. 쇠고기는 한 점만 먹어도 내처 십만 리를 가서야 멈춰 설 수 있단 말이다.'

　'그럼 이걸 어떻게 하지? 어제 난 형님 몰래 쇠고기를 예닐곱 근이나 사서 먹었는데, 이거 큰일 났네.'"(제53회)

서사 세계를 추동하는 인물들

　『수호전』에서 트릭스터, 요컨대 강렬한 캐릭터로 서사 세계를 뒤흔드는 인물이라고 하면 노지심, 무송, 이규 등을 꼽을 수 있다. 세 인물이 모두 강렬한 에너지를 발산하여 서사 세계를 추동해가지만 특히 이규는 파괴력이 발군이라 할 정도로 강력한 존재이다.

　그러나 이들 세 인물은 양산박 군단에서 어떠한 경우에도 의지할 수 있는, 마치 『삼국지연의』에서의 조자룡 같은 안정감 있는 타입의 호걸들은 결코 아니었다. 각자 개인적 무력은 매우 뛰어나서 단독으로 싸울 경우에는 굉장한 위력을 발휘하지만 부하를 거느리고 지휘하며 싸우는 일에는 능숙하지 못해서 집단전集團戰에 적합하지 않았다. 이 때문에 양산박 군단이 본격적인 전쟁에 임할 적에는, 이 세 인물은 두드러진 움직임을 드러내지 않고, 전투 중에는 어디에 있었는지조차 알 수 없는 경우도 있었던 것이다.

　그들은 양산박 군단의 일원이 되고 나서도 상부의 명령에 복종해 따를 생각 따위는 전혀 없었고, 곧잘 흥분하여 단독 행동을 하기도 하였다. 양산박 군단의 충실한 부분품이 될 수 없었던 그들은 어떤 의미에서는 '쓸모없는' 존재이기도 하였다. 그러나 『수호전』 세계에 풍파를 일으켜 서사 세계를 활성화하는 역할을 담당하는 인물은 뭐라고 해도 그들과 같은 트릭스터적인 존재들이라 하겠다.

게다가 인물과 인물의 관계성을 축으로 전개되는 『수호전』 세계에서 그들이 새로운 관계성을 형성하는 원동력이 되는 경우도 많이 보인다. 예를 들어 노지심의 예가 그러하다. 이미 제1장에서 보았듯이 노지심은 소동을 일으킨 뒤에 오대산에 들어가 지진 장로와 조우하게 된다. 여기에서 등장하는 지진 장로는 서사 세계의 종막 즈음에 다시 등장해 송강에게 양산박 군단의 비극적 결말을 암시하고, 노지심에게는 그의 미래를 예언하는 식으로 중요한 역할을 떠맡고 있다(제90회).

요컨대 노지심과 지진 장로의 조우를 기점으로 해서 먼 훗날에 송강과 지진 장로가 관계를 맺게 되는 것처럼 전혀 생각지도 못했던 사람들끼리 접점이 이어져 연계가 생겨나는 것이다. 예를 들어 『서유기』에서도 손오공이 (천상계에서) 난동을 부렸기 때문에 천제天帝와 여래如來와 지옥, 또는 바다와 산과 하늘을 이어주는 길이 만들어지는데, 일단 길이 생겨나면 언제나 왕래가 가능해지게 되는 법이다.

『수호전』의 세계에서도 이들 트릭스터들의 존재가 원동력이 되어 새로운 접점이 생겨나고, 새로운 관계성이 만들어지는 일이 자주 나타난다. 108명의 호걸이 차례차례 양산박에 가담할 때에도, 노지심과 관계가 있는 임충이 36명의 천강성 가운데 최초로 양산박에 합류했던 것을 비롯하여 그들 상호 간의 관계가 계기가 되었던 사례가 드물지 않은 것이다.

트릭스터는 양립할 수 없다

하지만 똑같이 트릭스터라고는 하나 전반부의 중요 인물인 노지심, 무송과 후반부에서 대활약을 하는 이규의 성격은 서로 다르다. 가장 커다란 차이는 노지심과 무송은 『수호전』 성립 이전에 이미 서사의 세계에서 독자적인 설화로 전승되면서 인기가 있었던 캐릭터였다는 점이다. 그와 같은 독자적인 설화가 조개와 송강의 활동을 축으로 삼는 『수호전』에 원 상태대로 편입되었기 때문에 간간이 줄거리의 앞뒤가 자연스럽게 연결되지 않는 경우가 생겨나기도 하였다.

더욱이 양산박이 조직으로서 점차 완성되어감에 따라 그들 존재가 점점 흔들리는 기미마저도 나타난다. 앞 장에서 다뤘던 양산박 군단과 이규 등이 처형당하기 직전에 송강과 대종을 구출하였던 강주 대소동 대목에서도 채 양산박에 합류하지 않았던 노지심과 무송의 모습은 당연하게도 보이지 않는다. 그 시점에 노지심과 무송, 그리고 양지는 이룡산을 근거지로 해서 자립하였던 상태였으므로, 양산박 군단에 합류하는 것은 아직 먼 훗날의 일이었던 것이다(제58회).

사실『수호전』세계 전반부를 떠들썩하게 만들었던 트릭스터 노지심과 무송은 양산박 군단이 형성되어 착실히 구성원을 늘리고 세력을 키워서 조직으로서 상승세를 타게 되는 과정에서는 거의 서사 세계에 등장하지 않는다. 그들은 아슬아슬 막바지에 이르기까지 상호 공감을 유지하면서도 조개, 송강과는 별도로 행동하며 독자적인 세력을 계속 유지해갔다. 이렇듯 자리매김하는 것은 설화 세계에서의 대스타였던 노지심과 무송이 이윽고 장편소설화된『수호전』의 세계에서는 중심에서 멀어진 존재임을 상징하는 것이다.

이에 반하여 이규는 처음부터 중심인물인 송강과 밀착된 형태로 등장한다. 그는 노지심과 무송보다 매우 뒤늦게 등장함에도 송강과의 관계성이 훨씬 강했던 관계로 이후 종막에 이르기까지『수호전』의 서사 세계에 파란을 일으키는 역할을 도맡고 있는 것이다.『수호전』은 중반부터 등장하는 중요한 트릭스터 이규가 없었다면 전혀 재미가 없고, 기복이 풍부한 서사 세계를 형성할 수 없었을 것이라 해도 과언이 아니다.

『수호전』은 이렇듯 전반부의 트릭스터인 노지심과 무송이 한바탕 난동을 부려 서사 세계를 뒤흔들고 난 뒤에 전면에서 후퇴하면서 배턴 터치를 하자마자 이규가 등장해 파괴력을 발휘한다는 식의 전개를 보이고 있다. 이것은 바꿔 말하면 장편소설『수호전』의 서사 구조에서 트릭스터는 '양립'할 수 없음을 의미한다고 하겠다. 궁극적으로 수미상응首尾相應하는 커다란 서사 구조를 완성해가기 위해 스토리의 전개에 맞춰 배치되는 트릭스터는 한 사람으로 충분한 것이다. 그런 의미에서『수호전』의 서사 전개는 단선적이고도 나열적이라고 할 수밖에 없겠다.

그렇다고는 해도 이 책의 상권(425쪽 이하)에서 논의한 바 있듯이 중국 고전소설에서는 일반적으로 개개의 등장인물이 얼마나 연속성을 가지며 성장해가는가라는 내재적 논리보다는, 사건의 관계성이나 등장인물 상호 간의 관계성이 더욱 중시된다. 이 때문에 관계성의 그물망 속에서 어떤 캐릭터의 역할이 불필요하게 되는 경우에는 그러한 캐릭터를 깨끗이 한 곁에 밀어두고서, '서사의 논리' 쪽을 우선시하게 되는 것이다. 『수호전』의 세계에서 이규가 부각됨에 따라 노지심과 무송이 자취를 감추는 것은 이러한 서사적 논리에 상응한 조치였다고도 할 수 있다.

어쨌든 이규는 말할 것도 없이 노지심과 무송도 본래 조직의 부속품이 될 수는 없는, 지극히 거친 난폭자들이었다. 그들은 이후 송강이 형태를 갖추면서 방향성을 명확히 하려는 조직체로서의 양산박 군단을 갖은 수단으로 뒤흔듦으로써 자신들 속에 단단히 박힌 반역성을 여봐란 듯이 드러내 보였다. 게다가 일단 자취를 감췄던 노지심은 끝까지 독자적인 트릭스터로서의 면목을 약여躍如하게 보여주다가, 종막에 이르러서 서사 세계로부터 참으로 선열鮮烈한 모습으로 퇴장하며 잊을 수 없는 인상을 남기고 있다. 그 자세한 내용은 이후의 장으로 미루기로 하고 계속해서 스토리의 전개를 더듬어 가보기로 하자.

구천현녀九天玄女의 '천서天書'

처형되기 직전에 양산박 군단에 의해 구출된 송강은 마침내 양산박에 가담하고서, 조개에 다음가는 이인자 자리를 차지하게 되었다. 그럼에도 그는 여전히 가족에 대한 정을 끊지 못하고, 이제는 대역 죄인이 된 몸이라 고향의 부친마저 (자신 때문에) 연좌될까 봐 두려워해서 곧바로 고향에 가서 모셔오고자 산을 내려가겠다는 이야기를 꺼낸다. 그러자 두령인 조개는 강주의 싸움 직후라서 잠시 휴식을 취하면서 양산박 쪽의 지원 태세가 갖추어질 때까지 이틀만 기다리라고 만류하지만 송강은 듣지 않고서 '(저는) 부친을 위해서라면 죽어도 여한이 없습니다'(제42회)라고 잘라 말하고는 혼자서 고향을 향해 떠났다.

그러나 송강은 고향에 도착하자마자 아니나 다를까 엄중하게 경계를 펴고 있던 현의 관군들에게 포위당하고 만다(이때에도 그에게 호의적이었던 도두인 주동과 뇌횡은 부재중이었다). 송강은 간발의 차로 도망쳐 오래된 사당으로 들어가 몸

을 숨겼으나, 이어서 추격하는 병졸들도 그를 바짝 쫓아왔
다. 이제는 끝장났다고 체념한 순간 갑자기 한 줄기 괴이
쩍은 바람이 불어왔는데, 추적하는 병졸들은 신명이 대로
한 것이라고 겁을 먹고는 황급히 달아나버렸다. 송강을 수
호하는 여신 구천현녀九天玄女가 그를 구해주었던 것이다.
여신은 심부름하는 선동仙童들을 보내 송강을 천상의 궁
궐로 불러서 선주仙酒와 대추 한 쟁반을 대접하였다. 그리
고서 세 권의 '천서天書'를 내주며 다음과 같이 말하였다.

"송 성주星主님[28]께 '천서' 세 권을 드리오니 모름지기 하
늘을 대신하여 도를 행하시기 바랍니다. 임금을 위해 충
성을 다하고, 신하의 몸으로 보국안민輔國安民[29]의 직책을
다하고, 사악한 것들을 물리치고 바른 풍토를 세우는 데
진력하소서. 그리고 여기 일은 세상의 어느 누구에게도
발설해서는 안 됩니다." (제42회)

게다가 구천현녀는 이 세 권의 천서를 잘 읽어보라 하고
서 아울러 책사 오용[30]에게는 책을 보여줘도 되지만 다른

28) 송강을 가리킨다.
29) 임금을 도와 국정을 살피고 백성을 편안하게 한다는 뜻이다.
30) 원문에는 「천기성天機星」으로 되어 있다.

사람에게는 절대로 보여줘서는 안 된다고 당부하였다.

이 대목은 『수호전』 가운데서도 지극히 초현실적이고 신비한 장면으로서 이윽고 양산박 군단을 거느리고 (조정에) 귀순하기를 간절히 바라는, 송강의 앞길을 암시해주는 부분이다. 그것과 관련하여 이 구천현녀가 어떤 존재인지는 암만해도 알 수가 없는 부분이 많은 것이다.[31] 그녀는 송강을 향해 '옥황상제께서는 성주님의 마심魔心이 아직 채 가시지 않아서 도행道行을 제대로 모두 이루지 못하고 있기에 그 책벌로 성주님을 속세에 내려보낸 것이오. 그러니 얼마 지나지 않아서 천궁으로 다시 부를 날이 있을 것입니다'(제42회)라고도 말하고 있다. 그렇다면 송강은 원래 천계天界의 사람이며 현녀는 그의 파트너였을 가능성도 있다 하겠다. 그러나 송강은 분명히 전생에 땅속에 봉인되었던 마왕이었으므로(제1회), 천계에서 추방되어 난동을 부리고는 일단 땅속 깊숙이 갇혀 있다가 또다시 하계下界[32]에 모습을 드러낸 것인지, 그 전생轉生의 양상이 분

---

31) 구천현녀는 중국 신화나 도교에서 보이는 여신으로, 황제黃帝와 관련된 고사에서는 전쟁의 여신으로 나타난다. '구천현녀낭낭九天玄女娘娘' 또는 '구천현모九天玄姆' 등으로 불린다.
32) 천계에 대하여 사람이 사는 이 세상을 가리킨다.

명하게 드러나 있지 않다. 어쨌든『서유기』의 관음보살과
『홍루몽』의 선녀[33]와 마찬가지로『수호전』의 세계에서도
수호 여신이 등장하는 사실은 매우 흥미롭다 하겠다.

　그런데 여신이 구해준 덕분에 절체절명의 위기를 벗어
난 송강은 때마침 달려온 조개와 양산박 호걸들의 도움으
로 부친과 동생 송청과 함께 무사히 양산박으로 귀환하였
다. 이리하여 송강은 염원을 이루었으나, 두말할 것 없이
부모가 있는 것은 그뿐만은 아니었다. 일이 이렇게 되자
도사 공손승과 이규 또한 자신들 고향의 노모와 만나고 싶
다는 이야기를 꺼냈다. 이규가 노모를 양산박으로 모셔와
편안케 해드리고 싶다는 등 갸륵한 생각을 이야기하자, 조
개는 그를 고향으로 보내고자 하였다. 그러나 송강은 이
규를 보내게 되면 분명히 말썽이 일어날 것이라며 반대를
하였다. 이런 상황에서는 굳이 이규가 아니더라도 '형님도
공평치 못한 사람이오. 형님은 아버지를 모셔다가 즐겁게
지내면서 우리 어머니는 촌구석에서 그냥 고생살이를 해
라. 이게 말이 되는 것이오?'(제42회)라고 항의를 하고 싶어
진다. 결국 이규는 송강의 반대를 무릅쓰고 고향에 되돌

---

33) 이후의 장에서 논의하게 될 것이다.

아가 모친을 모시고 양산박으로 향하지만, 천만뜻밖에도 도중에 호랑이가 모친을 잡아먹고 만다. 격분한 이규는 먼저 호랑이 네 마리를 때려죽였고, 이어서 자신을 함정에 빠뜨려 포박한 다음에 관아에 넘기려 했던 마을의 원로부터 포졸들에 이르기까지 한 사람도 남김없이 모조리 도륙하는 것으로 울분을 풀고 나서야 비로소 양산박으로 귀환하였다. [34]

독룡강 전투

이후에 양산박 군단은 동참하기 위해 스스로 찾아온 「병관삭病關索」[35] 양웅楊雄과 「변명삼랑拚命三郎」[36] 석수石秀의 간절한 부탁에 따라서 예전부터 양산박을 적대시하던 마을과 전면전에 돌입하게 되었다. 양산박에서 그리 멀지 않은 곳에 위치한 독룡강에는 세 군데 마을이 있었는데,

---

34) 이 당시 이규를 압송하던 일을 맡았던 도두 「청안호靑眼虎」 이운李雲은 뒤늦게 이규와 대결을 벌이다가 이윽고 양산박 군단에 가담하게 되었다.
35) '관삭關索'은 본래 관우의 아들로 무예가 뛰어났다고 한다.
36) '변명삼랑'은 '죽을 등 살 등 모르고 덤벼드는 놈'이라는 뜻이다.

그중에서 두 곳 축가장祝家莊[37)]과 호가장扈家莊[38)] 마을이 공격 목표였다. 사실은 양웅과 석수에게는 함께 양산박에 합류코자 했던 동료가 있었다. 좀도둑 출신인「고상조鼓上蚤」시천時遷이었다. 이 시천이 축가장 마을에서 닭을 훔쳐 먹다가 시비가 붙어 사로잡힌 사건이 발단이 되어 양산박 군단과 두 마을 사이에는 전면전이 일어나게 되었다.

양산박 군단은 총대장 송강 이하로 쟁쟁한 인마를 거느리고 노도와 같이 쳐들어갔지만 적도 만만찮았다. 첫째로는 복잡한 지형 탓에 길을 헤매었고, 두 번째는 호가장 촌장의 딸로 명성이 있던 여장군「일장청一丈靑」호삼랑의 눈부신 활약에 가로막혀 고전하다가 일단 군사를 물리는 처지에 놓이고 말았다. 이리하여 싸움에 지쳐갈 무렵에 때마침「병울지病尉遲」[39)] 손립孫立과「소울지小尉遲」손신孫新의 형제, 손신의 처로 여장부인「모대충母大蟲」고대수顧大嫂, 손립의 의형제로 노래에 뛰어난「철규자鐵叫子」악화

---

37) 축가장 마을의 주인은 축조봉이고, 그에게는 축룡祝龍, 축호祝虎, 축표祝彪라는 세
   아들이 있었다.
38) 호가장 마을의 주인은 호태공이고, 그에게는 호성扈成이란 아들과 나중에 양산
   박에 가담하는「일장청」호삼랑이라는 딸이 있었다.
39) '울지尉遲'는 복성의 하나임.

樂和 등 여덟 사람[40]이 새롭게 양산박에 합류하였다. 마침 운이 좋게도 손립은 축가장의 무예 지도를 맡고 있는 난정옥樂廷玉과 막역한 사이였다. 뛰어난 책사인 오용은 이를 기회로 활용하여 손립 등을 축가장에 들여보내고 안팎에서 호응하여 축가장을 함락시킬 작전을 세웠다. 이러한 작전이 완벽하게 들어맞아 양산박 군단은 가까스로 승리를 거둘 수 있었다.

이러한 독룡강 전투에서도 이규는 대활약을 하면서 처참할 정도로 무차별적이고 대량으로 학살을 자행하였다.

"불길 속에서 축룡은 허둥지둥 황급히 말머리를 돌려서 북쪽을 향해 줄행랑을 놓았다. 그런데 난데없이 쌍도끼를 든 흑선풍 이규가 길을 막더니 축룡이 미처 정신을 차릴 새도 없이 도끼날이 번뜩 하며 말발굽이 찍혀져나갔다. 이어 이규는 틈새를 두지 않고 달려들어, 말 위에서 곤두박질치며 떨어진 축룡의 머리를 도끼질 한 번에 박살을 내었다. (중략) 그러자 이규는 또 도끼를 휘두르며 호성을 찍어 죽이려고 달려들었다. 호성은 형세가 불리해지자 말에 채찍질을 해서 달아났다. 이어 집까지 버리고 달

---

40) 언급한 네 사람 이외에 「양두사兩頭蛇」해진解珍, 「쌍미갈雙尾蠍」해보解寶, 「출림룡出林龍」추연鄒淵, 「독각룡獨角龍」추윤鄒潤 네 사람이 함께 양산박에 가담하였다.

아난 호성은 연안부延安府로 도망을 쳤다. (중략) 무차별로 사람을 죽이는 데 신바람이 난 이규는 장원 안을 좌충우돌하며 호 태공과 그 일가 남녀노소를 하나도 남기지 않고 닥치는 대로 도끼로 찍어 죽였다." (제50회)

이보다 앞서 호삼랑이 임충과 대결하다가 패배해 양산박으로 붙잡혀간 탓에 호가장 쪽은 이미 송강에게 항복을 해버린 뒤였다. 그럼에도 이규는 호씨 일가권속을 몰살시켜버렸다. 그러나 송강에게 엄하게 꾸지람을 들으면서도 이규는 전혀 개의치 않고 "덕분에 내키는 대로 사람을 실컷 죽일 수 있으니 신명만 나데요"라며 삐쭉삐쭉 웃어 넘겼다. 실은 이규는 송강이 호삼랑에게 반해서 호가장扈家莊을 감싸는 것으로 오해하였고, 그 결과 이렇듯 일부러 폭거를 자행하였던 것이다. 그는 여성 문제에 관해서는 극도로 결벽한 성격이었다. 덧붙여 말하면 싸움이 일단락된 후에 호삼랑은 송강의 주선으로 저 호색한 왕왜호와 짝이 맺어졌고, 이후에 양산박 군단에서 으뜸가는 여장이 된다. 한편 왕왜호는 독룡강 전투가 한창일 적에 호삼랑과 대결하다가 패배해 사로잡힌 쓰라린 경험도 있고 해서, 혼인과 함께 사람이 돌변하여 품행이 방정해진 것은 두말할 나위도 없다 하겠다.

양산박의 양식 문제

이규의 언동에서 분명해졌듯이『수호전』의 세계에는 매우 잔혹한 측면이 존재한다. 처참한 살육을 세세하게 묘사하는 장면도 많고, 호걸들이 사용하는 무기 역시 이규의 쌍도끼, 진명의 낭아봉, 손립과 호연작呼延灼의 채찍 등 그야말로 강력한 살상력을 지닌 무기들이 즐비하게 갖추어져 있다. 그러나 그러한 무기를 활용한 '일대일 대결' 장면은 의외로 적은 편이고, 압도적으로 많은 것이 조직적인 '집단전集團戰'의 장면이다. 이것은『삼국지연의』의 시대와 1,000년 가까이 시간이 이미 경과한 북송 말기『수호전』의 그것 사이에는 싸움의 방식이 결정적으로 변화했음을 보여주고 있다.

이렇듯 집단전이 주류였던 관계로 양산박에는 주요 구성원은 물론 그 밖에도 상시적으로 엄청난 수의 병사가 있었다고 추정된다. 덧붙이자면 독룡강 전투 장면에서도 송강을 비롯한 열 명의 대장이 '수하의 병사 3,000명과 기병 300명을 이끌고' 진군했다는 기술이 보인다(제47회). 또한 그 후로 양산박의 규모가 한층 더 확대되고 나서 양산박 군단은 병력을 총동원해서 조정의 네 악인 중 하나인 동관 童貫이 이끄는 약 10만의 관군과 대전하게 된다(제76회). 이 때 양산박 측에서는 진명 군이 붉은색, 관승關勝 군이 푸른색, 임충 군이 흰색, 호연작 군이 검정색으로 깃발과 말에서부터 갑옷, 투구에 이르기까지 각자 선명한 상징 색으로 통일한 네 부대가 출진하고 있다.

네 부대를 합친 총 인원수는 약간 적게 어림잡아도 수천 명에는 이를 것으로 추정된다. 더욱이 이는 양산박 전군의 일부였기 때문에 전군의 총 인원수는 대략 수만 명에 이를 것으로 보인다. 이 정도 규모의 대병大兵을 이끌고 싸우게 된다면 틀림없이 '전쟁'이라고 해야 할 것이다. 이러한 전쟁의 국면에서는 노지심이나 무송 같은 중뿔난 독불장군 스타일의 용자勇者보다는 진명이나 호연작과 같이 관군의 지휘관 출신으로 전향한 쪽의 인물들이 중심이 되는 현상 또한 오히려 당연하다고 할 수 있겠다.

수많은 무명의 병사들 중에는 주요 호걸의 사병私兵으

로 양산박에 합류한 경우도 있는가 하면, 살길이 막막해서 도망쳐왔던 이들도 있었을 것이다. 어쨌든 양산박 군단은 이렇듯 엄청난 수의 병사와 그 가족들을 어떤 수단으로 먹여 살렸던 것일까? 수천 혹은 수만 명은 과장이며 실제의 수효는 그 10분의 1 정도였다고 하더라도 웬만한 수는 아니라고 하겠다. 독룡강 싸움에서 승리한 결과, 축가장 마을로부터 '50만 석의 군량'과 금은, 재화, 소, 양, 노새 등을 전리품으로 얻었다고 기록되어 있지만(제50회), 항상 이렇게 많은 전리품을 획득할 수는 없을 것이다. 게다가 양산박은 인근의 일반 백성에게는 피해를 주지 않고 부유한 관리와 상인에게서만 강탈하는 것을 신조로 삼고 있었다. 삼국시대의 둔전屯田처럼 자급자족한 기색도 물론 없었다. 상상력에 의해 만들어진 서사 세계의 거대 공동체라고는 해도 식량과 생활 물자를 어떤 방식으로 조달했던 것인가? 자못 궁금한 문제가 아닐 수 없다.

식량과 관련해서는 양산박 군단이 원정을 갈 때의 병참兵站[41] 역시 궁금한 문제라 하겠다. 『수호전』은 기본적으로 싸우는 집단의 이야기이므로 병참은 역시 중요한 문제

---

41) 군사 작전에 필요한 인원과 물자를 관리·보급·지원하는 일을 말한다.

인데 이러한 점에 대한 언급은 전혀 보이지 않는다. (일반 백성에게는 피해를 주지 않는다는) 신조는 어디까지나 원칙일 뿐 군량이 떨어지면 사정이 여하튼 간에 약탈하였던 것일까 하고 억측이라도 하고픈 대목이다. 참고로『삼국지연의』의 경우에는 전쟁에 대해 언급할 때에는 반드시라고 해도 좋을 만큼 병참에 관한 기술이 보인다. 이는 역시『정사正史 삼국지』를 극명하게 참조하면서 서사 세계를 구축했기 때문이라고 할 수 있다. 작은 사실史實을 부풀려서 거대한 서사 세계를 구축했던『수호전』과의 차이는 바로 이런 곳에서도 엿볼 수 있는 것이다.

어쨌든 홀연히 출현한 거대 공동체 양산박은 하부 구조에까지 손이 미처 못 돌아가고 가만히 있게 되면 멸망해버리고 만다. 인원도, 식량도, 무기도 항상 적을 찾아내어 공격해야 하고 싸움에 이기지 못하면 아무것도 손에 넣을 수 없다. 양산박은 공격하러 나서야만 비로소 존속할 수 있는 존재인 것이다. 그러한 점이 양산박 군단의 커다란 특징이라 하겠다.

네 살배기 아이마저 서슴없이 살해하다

독룡강 전투에 승리한 뒤 인원수가 더욱더 증가해, 양산박은 당당한 코뮌(공동체)[42]으로서 성장해간다. 그런 시기에 마침 일찍이 조개와 송강을 위기에서 구해주었던 운성鄆城현의 도두 뇌횡이 출장 도중에 양산박에 들러 커다란 환대를 받는다. 조개 등은 그에게 양산박 군단에 합류하기를 권했지만 뇌횡은 거절하고 운성현으로 돌아갔다. 그러나 귀환하자마자 뇌횡은 뜻하지 않은 사건에 휘말리게 된다. 저잣거리에서 행원行院[43]으로 와 있는 백수영白秀英과 시비가 붙어 그녀에게 트집이 잡혀서 모욕을 당한 끝에 자기 모친이 따귀를 맞자 격분하여 그 자리에서 백수영을 때려죽여버렸다. 고을의 지현은 그 자신이 백수영과 깊은 관계를 맺었던 까닭에 뇌횡에게 사형 판결을 내리고 이윽고 신병을 제주濟州로 넘기기로 하였다.

이때 뇌횡의 호송을 맡게 된 이가 그와 절친한 동료 도두 주동이었다. 주동은 제주로 압송이 되면 뇌횡이 사형에 처해지게 될 상황을 차마 볼 수가 없어서 도중에 그를

---

42) 1871년 프랑스 파리에서 민중 봉기로 성립된 혁명 정부로서 여러 민주적 개혁을 시도하였으나 이윽고 72일 만에 정부군에 패배하여 붕괴되었다.

43) 광대로서 창기唱妓를 가리킨다.

놓아주고 만다. 뇌횡은 노모와 함께 양산박을 찾아 떠났지만, 남은 주동은 사형수를 놓친 죄로 체포되어 자자를 뜨고서 창주로 유배되었다. 유배지인 창주에서 그를 몹시 마음에 들어 했던 지부사의 배려로 주동은 부중府中의 일을 도우면서 지사가 매우 아끼는 네 살배기 소아내小衙內[44]를 돌보는 일을 맡게 되었다.

그럭저럭 반달이 지난 후인 칠월 보름 우란분盂蘭盆 대재일 밤에, 주동은 등을 띄워 보내는 행사를 보러 가자고 조르는 소아내를 목말 태우고서 근처의 절로 구경을 갔다. 그런데 뜻밖에 뇌횡이 나타나서 의논할 이야기가 있다고 말한다. 주동은 소아내에게 그 자리에서 꼼짝하지 말도록 신신당부를 하고서 뇌횡을 따라가니 그곳에는 오용이 있어서 주동에게 양산박에 합류할 것을 강력하게 권유하였다. 주동은 단호히 거절하였지만, 그러는 사이에 이규가 소아내를 인적이 없는 곳으로 끌고 가서 머리를 두쪽 내어 죽이고 말았다. 이런 당치도 않은 유아 살해는 주동을 어떻게든 양산박에 합류케 하려고 책사 오용이 즉흥

---

44) '아내'는 본래 고관의 자제를 일컫는 말로, '소아내'는 '작은 도련님'이라는 뜻이다. 여기서는 지부사의 아들을 가리킨다.

적으로 짜낸 계책이었다(제51회). 오용이 이렇게까지 해야 했던 속사정은 어떤 수를 써서라도 주동을 양산박에 합류시키라는 조개와 송강의 엄명이 사전에 있었으리라는 점은 어렵지 않게 추측해볼 수 있다.

주동은 격분하였지만 일은 이미 엎질러진 물이었고, 다시금 지부사에게는 되돌아갈 수 없었기 때문에 하릴없이 양산박에 합류하기로 결심하였다. 그러나 이규만큼은 아무리 해도 용서할 수가 없어서 '흑선풍 이규가 있는 한 죽어도 양산박에는 올라가지 않겠다'라는 조건을 달았다. 이때문에 이규는 주동의 분노가 가라앉을 때까지 잠시 양산박의 후원자인 창주의 호족, 시진의 장원에 머물며 몸을 의탁하게 되었다.

그렇다 하더라도 동기가 무엇이든 간에 네 살배기 아이를 조금의 망설임도 없이 죽여버리는 행위는 아무래도 뒷맛이 씁쓸한 이야기라 하겠다. 저잣거리 재담꾼의 과장되고 기괴한 취향이 짙게 반영된 것으로 읽히는 화젯거리이기는 하지만, 책사 오용의 명령이 있었다고는 해도 이를 태연하게 실행에 옮기는 이규의 잔혹함은 실로 충격적이라고 하겠다.

대종과의 신기한 여행길

그러나 이규라는 인물은 잔혹한 동시에 희극적인 요소를 겸비한 대단한 익살꾼이기도 한데, 이러한 점이 그를 『수호전』 세계의 주요 트릭스터로 보게 하는 근거이다. 이후에 전개되는 스토리는 익살꾼으로서의 이규를 생생하게 보여주는 대목이기도 하다.

이규가 시진의 장원에 머무르는 사이에 고당주高唐州에 사는 시진의 숙부 시칠품柴七品이 지부사 고렴高廉의 처남인 은천석殷天錫에게 정원을 빼앗기게 되어 분을 삭이지 못하고 중병에 걸려 위독하다는 소식이 전해졌다. 시진은 황급히 이규를 데리고 숙부가 있는 고당주로 향했지만 그들이 도착한 직후에 시칠품은 죽고 말았다. 사흘째 되던 날 상복을 입고 비탄에 잠긴 시진 앞에 부하들을 거느린 은천석이 기세등등하게 나타나 불문곡직하고 시칠품의 저택을 탈취하려고 들었다. 그러한 광경을 몰래 엿보고 있던 이규는 부아가 몹시 치밀어서, 순식간에 은천석을 때려죽여버린다. 일이 곤란하게 될 것임을 예감한 시진은 서둘러 이규를 양산박으로 돌려보내고 자신도 이내 도망치려 하였지만 처남이 맞아죽었단 소리를 듣고는 격노한 고렴이 보낸 부하들에게 붙잡혀, 이윽고 백주白州로 연행되어서 모진 고문 끝에 사형수로 감옥에 수감되고 말았다.

이규는 간신히 밤길로 양산박으로 도망쳐 (자신에게 이를 가는) 주동과도 우선은 화해의 손을 잡고 일을 수습하기로 하였다. 게다가 결국은 때늦은 조치가 되고 말았지만 문제아 이규를 마냥 시진 집에 머무르게 해서는 안 되겠다는 책사 오용의 명을 받고 이규를 데리러 갔던 대종이 좀 더 상세한 정보를 얻어서 돌아왔다. 시진이 위험한 처지에 빠진 것을 알게 된 조개와 송강은 즉시 군사를 내어 그를 구출하러 가기로 결정한다. 그리하여 송강과 오용을 필두로 도합 스물두 명의 두령이 기병, 보병을 합쳐 8,000명의 대군을 이끌고 고당주로 쳐들어갔다.

그런데 고당주 지부사 고렴은 본래 요술을 사용하는 인물이었던 관계로, 송강 역시 (그에 맞서려고) 구천현녀에게서 하사받은 천서天書를 열심히 참고해가면서 응전하였으나 아무래도 갑자기 배운 지식이다 보니 제대로 되지를 않았고 예상 밖의 경험 부족으로 당황할 뿐이었다. 전투가 대치 상태에 놓여 곤경에 처한 송강에게 오용은 이렇게 된

이상 이쪽에서도 진짜 도사가 필요하니 고향인 계주蓟州
로 돌아가버린 공손승을 대종이 신행법을 써서 빨리 가서
데려와야 한다고 진언하였다. 대종이 출발하려는데 은천
석을 죽인 일에 부담을 느끼고 있던 이규가 함께 동행하겠
다고 선뜻 나섰다. 이에 대종은 이규의 다리에도 부적을
동여매주고 자신과 마찬가지로 신행법을 쓸 수 있게끔 해
주었다. 다만 이러한 술수를 부리는 사람은 몸과 마음을
깨끗이 하고 부정을 피해야 하는 것이 절대 필요조건이었
다. 이 때문에 대종은 이규에게 훈채와 쇠고기는 일절 입
에 대지 말아야 하며, 자신이 시키는 대로 따라야 함을 사
전에 엄중하게 주의를 주었다.

　이윽고 그 순간부터 신기한 여행길이 시작되었다. 쇠고
기는 금지사항으로 주의를 주었음에도 이규는 참지 못하
고 몰래 쇠고기를 먹어버렸다. 이 사실을 안 대종은 이규
를 골탕 먹이기 위해 호된 징벌을 주기로 마음먹는다. 먼
저 모르는 척하고 이규의 두 다리에 부적을 동여매고 주문
을 외우면서 훅 하고 입김을 내불었다. 그 순간 이규의 다
리는 맹렬한 속도로 제멋대로 움직이기 시작해, 이규가 멈
춰달라고 필사적으로 간청해도 멈추지를 않았다(첫머리 부

분에 인용함). 이규가 이제 다시는 쇠고기와 훈채를 결코 먹지 않겠다고 약속을 하자 비로소 대종이 "서라"고 호령하였지만, 이번에는 다리가 땅에 뿌리를 내린 듯 전혀 움직이지를 않았다. 향후에는 절대로 명령을 어기지 않겠다고 맹세를 하자 비로소 대종이 "걸어라"고 호령을 내려서 용서해주었다. 이에 단단히 혼이 난 이규는 그 뒤로 점잖게 육식을 금하고 몸과 마음을 깨끗이 하는 생활을 이어나갔던 것이다.

이 같은 장면에서의 이규는 확실히 익살꾼 그 자체로 웃음을 자아내는 요소가 풍부하게 포함되어 있다. 연극의 연기를 방불케 하는 대목도 있는데 무대 위를 빠른 걸음으로 걸어 다니거나, 아무리 발버둥을 쳐도 꿈쩍도 못 하는 등 새까맣고 덩치가 큰 남자 이규의 우스꽝스러운 몸짓에 관객은 와 하고 열광하였을 것이다.

'웃음'을 담당하는 이규

　계주蓟州에 도착한 두 사람은 고명한 도사[45]인 스승 나진인羅眞人 문하에서 수행하고 있는 공손승을 간신히 찾아낼 수 있었다. 그러나 그 후로도 이규에게는 재난의 연속이어서 이번에는 나진인의 도술에 농락당하는 처지가 되고 말았다. 제자를 놓아주려 하지 않는 나진인에게 화가 난 이규는 큰 도끼를 휘둘러서 머리를 베어 죽였지만 이튿날이 되자 나진인은 팔팔하게 살아 있는 예전 모습 그대로였다. 그뿐만 아니라 이규는 역으로 징벌로서 나진인의 마법에 걸려 (구름을 타고서) 계주의 관아 대청 앞마당에 떨어지고 말았다. 게다가 요술을 부리는 요인妖人으로 오인되어 오물을 뒤집어쓰고[46] 죽도록 매질을 당한 뒤에 죽을죄를 지은 죄수들이 갇히는 감옥에 던져지고 말았다. 그러자 대종은 나진인에게 이규를 구해달라고 간절히 빌었다.

　　"진인眞人께서는 잘 모르시겠지만 이 이규는 위인이 우직하고 범절에 아둔할 뿐 나쁜 인간은 절대 아닙니다. 첫째로 성미가 곧아서 아무리 작은 것이라도 남에게 속이려

---

45) 도교의 승려를 가리킨다.
46) 요술을 깨뜨리는 비법으로 개의 피와 똥오줌 등을 이규에게 뒤집어씌웠다.

하지 않고, 둘째로 아첨이란 추호도 모르며 죽어도 한번 바친 충성을 바꾸지 않습니다. 세 번째로 탐욕과 사심이 없어서 돈을 탐내거나 의리를 배반하는 일이 없으며 적과 싸우는 일에는 언제나 앞장서는 용맹무쌍한 호걸입니다." (제53회)

이규와 오랫동안 지냈던 대종은, 본능적으로 사회의 부정과 사악을 용인하지 않는 이규의 결벽주의적 윤리관과 근본적으로 무구無垢한 그의 성격을 정확하게 이해하고 있었다. 대종의 조리 있는 해명을 듣고 나서 나진인은 빙긋이 웃으며 이규를 용서해주고 공손승에게도 양산박으로 돌아가는 것을 허락하였다. 그런 다음에 전별 대신에 특별한 비법[47]을 가르쳐주었다. 이러한 비법이 효력을 발휘하여 공손승은 고렴과 법술을 겨뤘던 전투에서 승리하였고, 양산박 군단은 고당주의 관군을 격파하였다. 아울러 전투 중에 고렴을 단칼에 두 동강을 내버리고 마침내 시진을 구출하여 의기양양하게 양산박으로 개선하였다.
　앞서 예로 들었던 대종 그리고 나진인과 이규가 얽히고

---

47) 원문에는 '오뢰천심정법五雷天心正法'으로 되어 있다.

설키는 장면들은 단순히 '음흉한 살인자'가 아닌 이규라는 인물의 매력을 충분히 보여준다고 하겠다. 몹시도 강하지만 그 반면에 한량없이 어리석고도 우스꽝스러운 이규는 『수호전』세계에서 으뜸가는 익살꾼이며 트릭스터가 아닐 수 없다. 설화를 직접적인 모태로 삼았던 중국 고전 장편소설은 『삼국지연의』, 『서유기』, 『수호전』의 어느 작품이나 할 것 없이 격렬한 전투 장면과 살인 등의 처절한 대목 사이에 웃음이 터져나오게 하는 유머러스한 장면들이 듬뿍 포함되어 있는 것이다. 이렇듯 변화무궁한 재미가 있기에 이들 장편소설은 오랫동안 읽히면서 다양한 독자층을 꾸준히 획득해왔다고 할 수 있다. 그런 의미에서도 이규는 『수호전』세계에서 참으로 중요한 역할을 담당한 캐릭터라고 하겠다.

6. 지도자의 교체가 의미하는 바는 - 조개의 죽음

"여러 두령들을 데리고 말에 오른 조개는 화상들을 길라잡이로 하여 법화사法華寺를 떠났다. 그런데 한 오 리쯤 가다가 보니 이 중놈들이 어둠 속에서 어디로 내뺐는지 보이지 않았다. 놀란 전군前軍이 걸음을 멈추고 사방을 둘러보았으나 인가라곤 그림자도 보이지 않았고 여러 갈래가 얽힌 길은 어디가 어딘지 갈피를 잡을 수가 없었다.

당황한 군사들이 이러한 상황을 조개에게 알리고 선봉인 호연작은 급히 군사들을 오던 길로 퇴각시키는데 백 보도 못 가서 사방에서 북소리가 일제히 울리며 함성이 하늘로 치솟더니 횃불들이 수풀처럼 일어났다. 당황한 조개와 두령들은 군사들을 이끌고 황급히 혈로를 뚫으며 퇴각하는데 두 굽이를 못 돌아서 한 떼의 군마들과 마주치게 되었다. 증두시曾頭市의 적군이었는데 정면에서 그들이 쏘아대는 화살들이 비 오듯 하였다. 그 바람에 조개는 얼굴에 화살을 맞고 말에서 굴러떨어졌다. (중략)

여러 두령들이 조개의 장막 안을 들어가보니 조개가 면상에 맞은 화살을 급히 뽑아버린 탓으로 출혈이 너무 많아서, 아직 혼수상태에서 깨어나지 못하고 있었다. 화살에는 '사문공史文恭'이라는 이름이 새겨져 있었다. 임충은 어서 금창약金槍藥을 가져다 발라 올리라고 분부하였다.

그런데 이 화살은 보통 화살이 아니라 독약을 바른 독시毒矢였다. 그 탓으로 몸에 독이 퍼진 조개는 벌써 말을 잇지 못하였다.”(제60회)

호연작과의 싸움

고당주 싸움 중의 법술 대결에서 공손승에게 패해 뇌횡에게 단칼로 두 동강이 나는 죽임을 당한 지부사 고렴은 사실은 조정의 네 악인 중의 하나인 고구高俅의 사촌 동생이었다. 사촌이 전투에서 살해당하자 고구는 천자 휘종徽宗에게 더 이상 양산박을 방치할 수는 없다고 건의하여, 두 줄기 쇠 채찍을 휘두르는 맹장「쌍편雙鞭」호연작을 대장으로 하는 관군을 청주靑州로 보내 토벌하라는 칙지를 내리게 하였다.

당초 양산박 군단은 호연작 군대의 '연환마군連環馬軍'[1]에 애를 먹으며 고전했는데, 이를 격파할 수 있는 유일한 무기 '편겸창片鎌槍'[2]과 그것을 다룰 수 있는 호걸[3]을 영입

1) 병사와 말 모두가 철갑鐵甲으로 무장한 기병임.
2) 달리 '구렴창鉤鐮槍'이라고도 한다.
3)「금창수金槍手」서령徐寧으로, 속아서 납치되었다가 후에 양산박에 가담하게 된다.

하여, 간신히 반격에 나서게 된다. 이리하여 격전을 거듭한 끝에 책사 오용의 지략으로 마침내 호연작을 생포하는데 성공하였다. 천강성의 정해진 운명이었던지, 호연작이 양산박에 합류하기로 결심하자 이번 전투에 관여했던 노지심, 양지, 무송 등 이룡산의 호걸들과 도화산桃花山의「타호장打虎將」이충李忠,「소패왕小霸王」주통周通, 백호산白虎山의「모두성」공명과「독화성」공량 형제, 게다가 소화산少華山「구문룡」사진 등의 호걸들도 온갖 고난을 헤치고서 양산박에 합류·통합하게 된다. 그 밖에도 수많은 호걸들이 가세함으로써 이 한 건을 계기로 양산박 군단의 세력은 비약적으로 강력해지게 되었던 것이다.

조개의 죽음

그런데 이러한 결집 직후에 양산박에 치명적이라 할 큰 사건이 일어난다. 바로 양산박의 지도자인 조개가 목숨을 잃고 마는 것이다(제60회).

양산박으로 귀환한 송강 앞에 어느 날 말 도둑질을 하는 호걸인「금모견金毛犬」단경주段景住가 나타났다. 그의 말에 따르면 양산박에 합류하기를 원했던 그는 최상의 명마인 '조야옥사자照夜玉獅子'를 훔쳐서 송강에게 인사를 여쭙는 선물로 헌상하러 끌고 오던 도중에 능주凌州 서남쪽의 증두시曾頭市를 근거지로 하는 증장로曾長老 일족에게 빼앗기고 말았다는 것이다. 송강은 즉시 걸음이 빠른 대종을 산 아래로 내려보내 뒷소식을 염탐케 하였던 결과 증장로 일족은 양산박에 적개심을 품고서, 군비軍備를 튼튼히 다져서 언젠가 양산박을 들이쳐 송두리째 없애버리겠다고 허세를 부리고 있다는 정보였다. 이 소식을 듣고 난 조개는 격노하여 어떤 일이 있어도 그 자신이 출진하겠다고 고집하며 그날로 군대를 이끌고 증두시로 향하였다.

그런데 허망하게도 조개는 적의 함정에 걸려 증장로 일족의 무예 사범인 사문공史文恭이 쏜 독화살을 얼굴에 정통으로 맞아 빈사 상태에 빠지고 말았다(첫머리 부분에 인용함). 조개를 겨우 양산박까지 데려오기는 했지만, 조개는 송강에게 "향후 누구든 나를 쏘아 죽인 놈을 사로잡는다면 그 사람을 이 양산박의 주인으로 올려놓게"(제60회)라는 말을 남기고 숨을 거두고 말았다.

이상한 지도자 조개

『수호전』에서는 이처럼 서사 세계가 후반으로 접어든 지 얼마 지나지 않아 양산박 군단의 지도자였던 조개가 자취를 감추고 만다. 양산박이 성립하기까지의 과정을 묘사했던 전반부에서는 지도자는 틀림없이 조개였으며, 송강은 오랫동안 그의 맹우盟友에 지나지 않았다. 이제까지 보아왔듯이 송강은 온갖 이유를 내세워 양산박에 가담하는 것을 미루던 끝에 겨우 미적거리면서 양산박의 성원이 되었고, 조개에 다음가는 이인자의 지위를 차지하였다. 이런 점에서 송강을 훨씬 능가하였고, 확고부동한 양산박 군단의 첫째 두령이었던 조개가 이렇듯 이른 단계에서 갑자기 서사 세계에서 퇴장해버리는 스토리 전개는 그야말로 느닷없다는 인상을 준다고 하겠다.

그러나 따지고 보면 조개의 존재에는 이상한 점이 적잖았다고 하겠다. 그중에서 가장 주목해야 할 사실은 조개는 양산박의 지도자이면서도 천강성과 지살성을 합친 '108성'에 포함되지 않는다는 점이다. 제71회에서 108명의 이름을 열거하는 장면이 있는데 여기에서도 조개의 이름은 등장하지 않는다. 이와 관련해서는 본래 조개도 108

명에 포함되어 있었지만 이 시점에서는 이미 사망하였기 때문에 이름이 나오지 않았다고 보는 설도 있는가 하면, 조개는 108성 중의 하나가 아니라 양산박을 지키는 수호신으로 보고자 하는 설도 있는 등 참으로 설이 분분한 실정이다. [4]

조개는 지금껏 『삼국지연의』의 유비, 『서유기』의 삼장법사, 게다가 송강과 마찬가지로 자신이 몸소 선두에 나서서 출진하는 일은 거의 없었다. 전장에서 일대일의 대결은 고사하고 총대장으로 군대를 이끌고 출진하려 할 때조차도 송강 등에 의해서 '형님은 두령이시므로 만일 무슨 변고라도 생기면 곤란합니다'라는 식으로 늘 제지를 받아왔던 것이다. 그런데 이때의 증두시 싸움에서는 제지를 뿌리치고 데리고 떠날 인마 역시 자신이 선택·배치하여 출진했다가 어이없는 최후를 마치는 지경에 이르고 말았다. 생각해보면 이때 그가 데리고 가는 인원 가운데 언제나 민

---

4) 조개의 '탁탑천왕托塔天王'이라는 별명에 천자를 지칭하는 말인 '천왕'이 있다는 사실에서 조개라는 인물은 사실은 북송의 마지막 황제 흠종欽宗을 넌지시 암시한다고 보는 설도 있다. 그 근거로는 우선 흠종이 금金나라가 쳐들어왔을 적에 포로가 되어 끌려갔다는 사실과 작품에 등장하는 증두시曾頭市 역시 금인金人의 집단 거주지라는 점을 들 수 있다. 다음으로 문헌에 따르면 흠종이 금나라에서 말을 타다가 금인이 쏜 화살에 맞아 말에서 떨어져 비참하게 죽었다는 전승이 있는데 이 또한 조개의 어이없는 죽음과 상통하는 바가 있는 것이다.

고 맡길 만한 탁월한 책사인 오용이 빠졌다는 점도 묘하다면 묘한 일이라고 해야 하겠다.

이처럼 조개가 무리하게 출진했던 사실, 지모에 밝은 오용과 동행하지 않았다는 점 등등은 조개를 자연스럽게 퇴장시키기 위한 사전 준비이자, '서사 논리'에 근거한 것이라 말할 수 있겠다. 또한 조개가 시종여일하게 송강을 특별하게 대우해왔음에도 마지막 임종의 순간까지도 자신의 후계자로 지명하지 않았다는 사실 역시 아무래도 그때까지의 스토리 전개와는 걸맞지 않은 감이 있는 것이다. 그러나 이것은 조개와 송강 사이에 모순이 있었음을 암시한다기보다는, 이 또한 장애물을 설치함으로써 송강이 양산박의 첫째 두령의 지위에 이르는 과정을 지연시키고, 동시에 (그를 통해) 흥미를 한껏 돋우려는 '서사의 기법'으로 보아야 할 것이다.

'취의청聚義廳'에서 '충의당忠義堂'으로

조개와 송강은 서로가 존중은 하였지만, 사실은 그들 각자가 지향하는 바는 전혀 달랐다. 조개가 자신의 신념을 이야기하는 장면은 그리 많지는 않은데 그중의 하나를 살펴보기로 하자. 앞 장에서 살펴보았듯이 독룡강 전투는 양산박에 합류하기를 원했던 세 호걸인 양웅, 석수, 시천 가운데 좀도둑 출신인 시천이 축가장 마을의 닭을 훔쳐 먹다 붙잡힌 사건이 발단이 되었다. 그러나 사실은 간신히 양산박에 도착한 양웅과 석수가 저간의 경위를 고하고서, 산채에서 인마를 내어 축가장에 쳐들어가 시천을 구해줄 것을 호소하였을 적에, 평소 같았으면 기필코 호걸들을 지켜주고자 하였던 조개가 뜻밖에도 불같이 화를 내면서 당장에 양웅과 석수 두 사람의 목을 베라고 명하였던 것이다.

"우리 양산박 호걸들은 왕륜을 제거하고 이 양산박을 차지한 후부터 지금까지 충의忠義를 앞세우고 만백성을 위해 인덕을 베풀어오면서, 여태도록 어느 사람도 산을 내려가 이 양산박의 명예에 욕되는 일을 한 적이 없다는 말이네. 그런데 저 둘은 양산박의 이름을 빌려 남의 닭을 훔치는 좀도둑질을 하였으니 그리 생각해보라고. 우리 이름이 어떻게 되었는가? 이런 수치가 어디 있는가? 그래 저런 놈들을 가만 놔둘 수 있냐 말이야. 지체 말고 저 두 놈의 목을 베어서 우리네 군율이 엄중함을 보인 연후에 인마를 거느리고 가서 축가장을 평지로 만들어야겠네. 그래서 저자들이 더럽힌 양산박의 명예를 되찾아야 하겠네. 애들아, 뭘 하느냐? 어서 저 두 놈의 목을 베어오지 못하느냐?" (제47회)

'협俠의 정신이 여기에 있다'라고 말하고 싶어지는, 가슴이 확 트이는 조개의 호통바람이다. 비록 세상의 범법자이기는 해도 백성에게 누를 끼치는 짓은 결단코 하지 않는다. 이것이 조개의, 나아가서는 '원原'양산박 군단의 윤리이자 긍지였던 것이다.

그러나 송강에게 가장 중요한 것은 자립한 범법자 집단으로서의 긍지는 아니었다. 조개가 죽은 뒤에 송강은 원수인 사문공을 사로잡은 이가 나타날 때까지라는 조건을 달고는 우선 임시로 첫째 두령의 자리에 오른다. 그러나 송강은 '임시로'라고 말하면서도 실제로는 양산박에 대해 근본적인 노선 전환에 착수하였다. 그 첫걸음으로서 그는 호걸들의 집회장이라고도 할 수 있는 양산박의 중심 건물의 명칭을 '취의청聚義廳'에서 '충의당忠義堂'으로 변경하였다.

조개가 중요시했던 '취의'란 문자 그대로 '의義를 모으다', 곧 '법(질서) 아래에서의 정의'와는 차원을 달리하는, 양산박 군단 구성원들의 다양한 '정의'를 모은다는 의미로서 국가 권력에 대항하는 공동체로서의 양산박을 상징하는 말이었다. 반면에 송강이 고집하는 '충의'라는 것은 국가 권력, 구체적으로는 북송北宋 왕조에 대한 충절忠節을 의미하는 말과 다르지 않았다. '취의'에서 '충의'로 명칭을 바꿈으로써 송강은 무정부적 에너지의 집합체였던 양산박 군단을, 반대로 국가를 위한 군대로 전환시키는 쪽으로 방향타를 돌렸다고 해도 과언이 아니라 하겠다. 어쨌든 조개의 죽음은 양산박 군단에 결정적인 전환점이 되었던 것이다.

「옥기린玉麒麟」 노준의盧俊義의 등장

그렇다 해도 조개가 사라져버린 빈 공간은 너무도 커서, 누군가 그를 대신할 거물을 새롭게 영입해야만 하는 상황이 되어버렸다. 책사 오용의 제안으로 특별히 선택된 인물은 북경에서 전당포를 운영하는 갑부로 호걸의 명성이

자자했던 「옥기린玉麒麟」 노준의盧俊義였다. 이때로부터 7
회에 걸쳐(제61~67회) 파란곡절을 겪으면서 노준의가 양산
박에 합류하기까지의 전말이 자세히 묘사되고 있다.

앞서 진명이나 주동의 경우와 마찬가지로 무슨 수를 써
서라도 노준의를 양산박에 합류시키기 위해서 책사 오용
이 계책을 짜내었다. 이렇듯 한번 눈독을 들인 인물을 산
채의 동료로 만들기 위해서 수단과 방법을 가리지 않는 것
이 양산박 방식이었다. 복안을 단단히 꾸린 오용은 노준
의를 데리고 올 요량으로 스스로 북경으로 향하게 되는데,
이때에 이규가 자신도 따라가겠다고 나섰다. 오용은 이규
가 말썽을 일으킬까 봐 염려해서 첫째 금주할 것, 둘째 도
동道童5)처럼 꾸밀 것, 셋째 말을 하지 말 것 등의 세 가지
조건을 내세웠다. 이규가 이에 동의하였기에 두 사람은
곧바로 북경으로 길을 떠났다. 흑곰같이 험상궂은 거한
이규가 하필이면 앙증맞은 소년 모습으로 변장하고 오똘
오똘 따라다니는 광경은 이 또한 웃음이 터져 나오는 우스
꽝스러운 장면과 진배없는 것이다.

---

5) 본래 '도관道觀이나 절에서 심부름하는 소년'을 가리키는데 여기서는 오용이 도사
로 변장했기 때문에 그에 맞추기 위한 것이다.

오용의 책략은 도사 점쟁이로 꾸미고 노준의에게 불길한 운세를 예언해서 액막이를 구실로 그를 북경에서 꾀어내어 양산박으로 유인한다는 것이었다. 점쟁이의 예언을 심각하게 받아들인 노준의는 처 가씨賈氏와 측근들의 만류에도 귀를 기울이지 않고 장사를 겸해 태산泰山을 참배하는 여행길에 나서기로 하고, 장삿거리를 실은 마차 부대를 준비하여 주관主管[6]인 이고李固를 데리고 출발하였다. 그러나 아니나 다를까, 양산박 입구에 다다랐을 적에 마침 기다리고 있던 양산박의 두령들과 조우하게 되었고 결국 양산박으로 연행되어 송강과 대면하게 되었다. 노준의는 하릴없이 마차부대와 이고를 한 발 앞서 먼저 북경으로 돌아가게 하고는 혼자서 양산박에 체류하기로 결단하였다. 양산박 쪽에서는 송강을 비롯하여 온갖 정성을 다해 넉 달 동안 노준의를 극진히 대우하였지만, 그는 완강하게 합류를 거부한 채로 마침내 북경으로 되돌아가버렸다.

---

6) 집안일을 돌보고 상점을 관리하는 총지배인과 같은 직책이다.

미남자, 「낭자浪子」 연청燕青

그런데 노준의가 집을 비운 사이, 북경에서는 생각지도 못한 일이 벌어지고 있었다. 이 전부터 그의 처 가씨와 주관 이고李固는 깊은 관계를 맺고 있었는데 이들은 노준의가 집을 비운 틈을 타서 집안 재산을 가로채려고 획책한 나머지, 노준의가 양산박의 일원이 되었다고 관가에 고발해버렸던 것이다(또다시 구제할 길 없는 악녀가 등장하였다). 노준의가 어렸을 때부터 키우다시피 한 심부름꾼인 「낭자浪子」 연청燕青은 이러한 사실을 알리려고 마냥 주인이 돌아오기만을 학수고대하고 있다가 마침내 돌아온 노준의를 도중에 붙들고 위급한 사정을 알렸던 것이다. 그러나 노준의는 곧이곧대로 믿으려 들지 않고 그대로 집으로 향하였는데 귀가하자마자 관아의 포졸들이 들이닥쳐 체포되고 말았다. 송강이 몰래 시진을 파견하여 상하 관원들에게 거금의 뇌물을 뿌린 덕택에 노준의는 겨우 사형을 면하고 사문도沙門島로 귀양 가는 처분을 받았다. 그러나 한 재난이 가면 또 다른 재난이 오는 법이라고, 압송 도중에 이고의 뇌물을 먹은 호송 공인들에게 살해당할 뻔한 찰나에 연청의 도움으로 가까스로 목숨을 건질 수 있었다.

이때 그를 구해준 연청은 어릴 적에 양친을 여읜 이래로 지금까지 노준의의 보살핌을 받았던 인물로서 용모도 뛰어나고 문무의 재능도 겸비한 발군의 '일재逸才'였다.

"(연청은) 눈같이 흰 살결이 좋아 노준의는 솜씨 좋은 한 장인을 불러 이 젊은이 몸에 아리따운 문신을 해주었는데 일견 보면 옥으로 만든 기둥에 예쁜 비취 보석들을 박아놓은 것 같기도 하고 꽃들을 수놓은 비단결 같기도 하였다. 당시 문신한 젊은이들이 적지 않지만 그 아름다움이 누구도 이 젊은이에 미치지는 못하였다. 이뿐만 아니라 이 젊은이는 노래도 잘하고 춤도 잘 추고 타악기든 관악기든 능숙히 다루지 못하는 악기가 없었다. 게다가 글자풀이도 잘하고 시도 잘 짓고 각 지방 사투리와 장사치들의 언어에도 막힘이 없었으니 가히 무소불능이라고 할 수 있을 정도였다. 그러나 이 모든 것보다도 더더욱 빼어난 것은 그의 무예였다. 사냥을 나갈 때면 화살 세 대만 지니고 가도 백발백중이었기에 해거름에 집으로 돌아올 때면 잡은 짐승들이 언제나 백여 마리를 웃돌곤 하였다."(제61회)

거칠고 투박한 호걸들뿐인『수호전』세계에서 이렇듯 보기 드문 미남자라 할 연청은 이윽고 양산박에 합류한 뒤에는 종종 흑곰 같은 괴물 이규와 콤비를 이루게 된다. 하나에서 열까지 너무나 대조적인 이 두 사람의 조합은 참으로 절묘하여서 서사 세계에 유쾌한 흥취를 더해주고 있다.

연청 덕분에 목숨을 건진 노준의는 일이 이렇게 된 이상 양산박 외에는 갈 곳이 없다고 하면서 마음을 다잡는다. 그러나 양산박으로 향하는 도중에 그는 다시금 포리들에게 붙잡히고 만다. 연청이 양산박으로 달려가서 도움을 요청하자 송강 등은 양산박 군단을 총동원하여 서둘러 북경으로 쳐들어갔지만, 아무리 뭐라고 해도 북경은 채경의 사위인 양중서梁中書가 유수留守로 있는 대도회여서(제2장을 참조), 그리 간단히 함락시킬 수는 없는 곳이었다. 그러나 계속 공세를 취해가는 와중에「급선봉急先鋒」삭초索超,「대도大刀」관승關勝을 비롯하여 관군 측의 유명한 맹장들이 차례차례 투항하고, 진작부터「급시우」송강에 경의를 품었던 그들이 마침내 양산박에 합류하기로 동의한 일 등이 상승 효과를 내어서 전세가 점차 양산박 쪽에 유리하게 전개되었다.

그때 송강이 급작스레 병에 걸려 일단 철수하지 않을 수 없게 되었다가, 이윽고 송강이 쾌차한 후에 해가 바뀌자 오용이 다시 작전을 세웠다. 곧 원소절元宵節[7] 밤에 혼잡한 성내로 일제히 잠입하는 방식의 게릴라 작전을 펼쳤던 것이다. 이러한 작전은 멋지게 들어맞아 양산박 군단은 성내 온 거리에서 소동을 일으키며 아수라장을 만든 끝에 마침내 옥중의 노준의를 구출하는 데 성공하였다. 양산박에서 몸을 추스르던 노준의는 얼마 후에 산채로 끌려온 처가씨와 이규를 난도질해 토막을 내는 처절한 복수를 행하고서, 마침내 정식으로 양산박에 합류하는 것을 매듭짓게 되었다.

양산박 군단, 마침내 완성되다

이렇게 거물 호걸인 노준의가 무리에 합류하게 되자 양산박의 지도자 문제가 다시 불거졌다. 송강은 산채 주인 자리를 양보하고 싶다고 했지만 노준의는 물론 두령 모두가 이를 승낙하지 않았다.

---

7) 음력으로 정월 대보름을 말한다. 등절燈節이라는 명칭에서 보듯이 등불을 내다 걸고 축하하는 풍습이 있다.

때마침 증두시의 증씨 일족이 양산박으로 보낼 예정이었던 말 200필을 또다시 가로챘다는 소식이 전해졌다. 송강은 격노하여 조개를 위한 복수전에 나설 것임을 선언하였다. 이때 노준의도 자신의 생명을 구해준 은혜를 되갚고 싶다면서 출전하여 조개를 사살했던 사문공을 생포하는 데 커다란 공훈을 세운다. 사문공을 양산박으로 끌고 와서 배를 갈라 심장을 도려내 조개의 신령에 제사 지낸 다음에 송강은 '누구든 사문공을 사로잡은 사람을 양산박의 주인으로 모시라'고 했던 조개의 유언에 따라 노준의에게 산채의 주인 자리를 양보하려고 하였다. 이때 오용은 송강을 달래는 한편 여러 두령들에게 가만히 눈짓을 하여 반대 의견을 말하도록 하였다. 얼씨구나 하면서 양산박 제일의 무법자 이규, 그리고 무송, 유당, 노지심이 차례차례 외치기 시작하였다.

　"그러자 흑선풍 이규가 큰 소리로 외쳤다.
　'나 이규는 강주에서부터 목숨을 내걸고 형님을 따른 사람이오. 남들은 체면 때문에 말을 못 할 수도 있겠지만 난 하늘도 땅도 무서워하지 않는 놈이니 그런 체면 같은 것은 헤아리지 않는 사람이오. 그 잘난 산채 주인 자리를 놓고 그냥 이렇게 서로 겸양만 하겠소? 그러면 좋소이다. 내 이 충의당이고 뭐고 아예 짓부숴버리고 말겠으니 우리 숫제 제 좋을 데를 찾아 각자 헤어지고 맙시다. 이거 성가셔서 어디 살겠소?'

무송도 오용이 눈짓하는 의미를 알아채고는 일어서서 한마디 하였다.

'형님 수하 이 수많은 군관들은 근본이 거의 다 조정의 고명誥命을 받았던 장군들입니다. 그래도 형님의 근본을 탓하는 사람이 없이 한결같이 형님을 첫 자리에 모셔왔지 않습니까? 이제 다른 분을 그 자리에 앉힌다 하면 이 많은 출신 귀한 장군들이 그 영에 감복하겠는지 정녕 모를 일입니다.'

그러니 유당이 한마디 보태었다.

'양산박에 처음 온 우리 일곱 사람들도 여태껏 형님을 산채의 주인으로 섬겨왔는데 이제 와서 왜 기어이 그 자리를 남에게 내주려고 하는지 그 까닭을 난 정말 모르겠습니다.'

노지심도 가만히 있지를 않고 볼멘소리를 내었다.

'형님이 정말 고집을 부리시겠소? 그럼 좋소이다. 그러기만 하면 우린 당장에라도 여기를 떠나 각기 제 가고 싶은 데로 흩어지고 말겠소.'"(제68회)

이대로는 수습이 되지 않겠다고 판단한 송강은 그렇다면 자신과 노준의가 각자 양산박에서 그리 멀지 않은 동평부東平府와 동창부東昌府를 공격하여 먼저 성을 함락시키는 쪽이 산채의 주인이 되는 방안을 제안하였다. 결국 송강이 먼저 손을 써서 떳떳하게 양산박 산채의 첫째 두령 자리에 오르게 되었다. 이처럼 어떻게든 공평한 기회, 정당한 절차를 밟아 지도자가 되었다는 형식을 취하는 것 역시 질서형, 조화형의 송강다운 방식이라고 하겠다.

참고로 송강은 북경 공격이 한창이던 와중에 관군의 영웅인 관승이 만약 양산박 산채에 들어온다면 산채 주인의 자리를 양보하고 싶다고 무심코 말하는 등(제64회)[8], 걸핏하면 산채 주인 자리를 다른 사람에게 양보하겠다며 첫째 두령 자리에 자신이 집착하지 않는다는 점을 과시하는 경향이 있다. 그 자신 여타 두령들이 반대할 것을 으레 상정하고서, 이렇듯 무욕염담無欲恬淡[9]하고, 과도하리만큼 겸손한 포즈를 드러내는 것이라면 송강은 오히려 대단히 자신만만한 나르시스트라고 볼 수 있다.

---

8) 원문에는 송강이 '이 사람을 우리가 얻기만 하면 내 이 자리라도 나는 선뜻 양보할 작정이오若得到此人上山 宋江情願讓位'라고 말한 것으로 되어 있다.

9) 욕심이 없이 마음이 깨끗하고 담담함.

그 자신의 생각은 그렇다 치고 송강은 절차를 밟아서 정식으로 양산박의 첫째 두령이 되었고, 노준의가 그 뒤를 잇는 이인자의 지위를 차지하게 되었다. 이 시점에서 양산박의 주요 구성원은 천강성 36인, 지살성 72인으로 모두 108명이 되었다. 땅속에서 허공으로 날아 흩어진 108명의 마왕이 다시 이곳에 모두 모였던 것이다.

이렇게 108명이 한자리에 모이게 되자 지도자의 기반을 굳힌 송강은 오로지 (조정에) 귀순할 것을 희망하면서 본격적으로 양산박의 노선 전환을 추진하게 된다. 이러한 과정에서 기존의 질서를 전례 없는 강력한 에너지로 끊임없이 뒤흔들었던 양산박 군단의 통쾌미는 점점 사라져갔다. 이리하여 송강이 염원했던 귀순이 실현되고 나자 양산박 군단은 관군에 편입되어 힘겨운 전쟁을 치른 끝에 108명의 호걸들은 한 사람 또 한 사람 서서히 서사 세계로부터 퇴장하기 시작해 종말에 접근해가는 것이다. 독자들에게는 아무래도 섭섭한 대목이지만 이하 나머지 두 장에서 그 전말을 살펴보기로 하자.

7. 송강의 '충의'와 북송 말엽이라는 시대
- 양산박 집결, 연청의 활약

"우선 동평부를 이어서 동창부를 공략한 뒤에 산채 충의
당으로 귀환한 송공명이 지금까지 양산박에 가담한 대소
두령들을 헤어보니 모두 108명에 달하였다. (중략)
　이에 여러 두령들이 크게 기뻐하며 흔연히 향불을 손에
들고 무릎들을 꿇었다. 그러고는 송강이 이들을 대표해
서 하늘에 맹서를 하였다.
　'한낱 불학무재不學無才한 천격에 불과한 소리小吏 송강
한테 하늘은 이렇듯 108명의 영웅 형제들이 양산박에 모
이는 쾌거를 이루게 해주셨습니다. 이것은 하늘의 뜻이
기도 하거니와 만백성의 마음이기도 하옵니다. 우리 108
명의 형제들 중 어느 누가 의롭지 못한 마음을 품고 대의
를 저버린다면 천지신명께서 가차 없이 주살하시고, 인간
으로 영원히 회생할 수 없도록 억 년이라도 지옥에서 벗
어나지 못하게 징벌을 가해주십시오. 저희들은 다만 모
두가 한결같이 충의를 지키며 '하늘을 대신해 도를 행하
면서'(체천행도替天行道) 나라를 지키고 만백성의 평안을 기하
려고 할 뿐이오니 천지신명께서 부디 굽어 살피시어 저희
들을 크게 보우해주시기를 바랍니다.'

맹서가 끝나자 일동은 송강을 따라 소리를 합쳐서 소원을 빌었다.

'다만 바라는 것은 우리가 대대로 영원토록 서로 만나서 길이 느슨해지지 않기를 바랍니다.'"(제71회)

108성 집결

108명의 호걸은 갖가지 고난을 뛰어넘어 마침내 양산박 한곳에 집결하였다. 송강은 이를 계기로 충의당에서 공손승과 48인의 도사들로 하여금 제사를 드리게 하여 천지신명의 가호에 감사하는 동시에 조개를 비롯한 그동안의 사망자들의 명복을 빌기로 하였다. 제사는 매일 세 차례씩 거행되어, 일곱쨋날에 만산滿散[1]하였다. 그 이레째가 되던 날에 도사들이 한창 기도를 올리는 중에 하늘에서 비단 폭을 찢는 듯한 소리가 들리는가 하면, 고리짝 같은 불덩이가 제단에 굴러떨어져 한 바퀴 돌더니 땅속으로 뚫고 들어갔다. 송강이 부하들을 시켜서 땅을 파게 하니 돌비석 하

---

1) '제사나 법회를 마친다'는 뜻임.

나가 나왔다. 비석에는 천서天書[2]의 문자가 기록되어 있었는데, 우연히도 도사 가운데 천서를 읽을 수 있는 자가 있어서 곧바로 해독하게 하였다. 그 결과 '체천행도替天行道'[3], '충의쌍전忠義雙全'[4]이라는 글자와 함께 천강성 36인, 지살성 72인, 도합 108명의 이름이 차례대로 적혀 있다는 사실이 밝혀진다. 이에 따라 송강을 비롯한 산채의 두령들 전원은 자신들이 각각 하나의 별(의 운기運氣를 가진 존재)로서 하늘에 의해 미리 순위가 매겨져 있다는 사실을 알게 되었다.

제사를 마친 후에 송강은 우선 양산박 산채의 건물을 정비하는 동시에 두령들의 주거지 등을 정하고, 뒤이어 비석에 적혀 있는 순서에 따라 108명의 서열과 직분을 결정하였다. 제71회에 묘사되는 이러한 집결의 양상이야말로 확실히 『수호전』의 정점, 양산박의 절정기를 보여주는 눈부신 장면이라 하겠다.

그렇지만 서사 전개의 측면에서 보자면 여기에 이르기

---

2) 원문에는 '과두蝌蚪 문자'로 되어 있는데, 과두 문자는 고대 황제黃帝 때에 창힐이 만들었다고 하며 글자 모양이 올챙이를 닮아서 올챙이 글자로도 불린다
3) 하늘을 대신해 도를 행한다'는 뜻임.
4) '충성과 의리를 모두 갖추다'는 뜻임.

까지 108명이란 인원수를 채우는 일은 중노동이라고 할
수밖에 없다. 등장인물이 108명이나 되면 전원의 캐릭터
를 치밀하게 구분해 묘사하는 일이 곤란해지므로, 후반부
에서 우르르 양산박에 합류하는 인물들에 대해서는 솔직
히 '숫자 채우기'라는 느낌을 지울 수가 없다. 이미 살펴
보았듯이 서사 세계가 개막하고 곧바로 등장했던 노지심
과 임충, 나아가 이규 등에 관해서는 첫 등장 장면부터 인
상적인 에피소드를 통해 캐릭터를 선명하게 묘출描出하고
있다. 그러나 후반부로 접어들면 대장장이와 의원 등 양
산박을 하나의 공동체로 꾸려나가기 위해서는 빠뜨릴 수
없는 기능을 가진 인원을 추가해가는 경향이 두드러져서,
등장인물로서의 매력은 현저히 감소하고 있다.

  또한 새로이 강력한 두령이 양산박 군단에 합류하기까
지의 줄거리 구성도, 특히 조개가 사망한 이후부터는 관
군의 장수와 부하가 한 집단이 되어 투항하거나, 개선하
는 도중에 우연히 만난 용맹한 호걸이 그대로 산채에 참여
하거나 하는 식으로 패턴이 완전히 굳어져버리고 말았다.
이것은 전반부의 황니강黃泥岡 사건(제2장 참조) 등의 서술에
서 보이는 치밀하게 복선을 빈틈없이 깔아놓았던 복잡한

스토리 구성에 비교하면, 후반부는 말투가 상당히 거칠고 성기면서 안이한 반복을 일삼고 있다고밖에 말할 수 없는 것이다. 사정이 이렇다 보니 각지의 호걸들이 뜻하지 않게 조우하여서, 인연의 끈을 서로 엮어가면서 한 사람 또 한 사람 '염주 알처럼 많은 인물을 한 줄로 늘어세우는' 식으로 관계성을 넓혀간다는, 스릴 만점의 스토리 전개는 완전히 자취를 감추어버리고 말았다.

게다가 또한 인육 만두를 파는 주막집이 실은 양산박의 하부 기관으로서, 주막집 주인이 화살로 신호를 보내면 그늘진 구석에서 배가 슬그머니 나타나 양산박으로 유도한다는 식의 정교한 양산박 출입 방법도 더 이상 볼 수 없게 되었다. 이야기 전반부에서는 신비적인 마계성魔界性을 발산하였던 양산박도 차츰 조직화되면서 어둠의 부분을 잃어가고 마는 것이다. 이러한 조직화가 극도에 이른 것이 제71회에서 108명의 호걸이 모두 집결한 대목이었으며, 이를 경계로 양산박은 밑뿌리에서부터 바뀌어가는 것이다.

송강의 '귀순' 열망

　김성탄金聖嘆의 70회본은 이렇듯 108명의 호걸이 집결하는 대목에서 작품을 종결 짓고 있다. 이 경우도 분명히 일리가 있다고 하겠는데, (호걸들이 한곳에) 집결하는 화려한 클라이맥스는 양산박 군단, 나아가서는 『수호전』 세계의 '종말의 시작'을 보여주는 것이나 마찬가지인 것이다. 그러나 『수호전』을 몹시도 사랑했던 고다 로한幸田露伴은 이 소설의 탁월한 점은 최후의 '비장悲壯하고도 처참悽慘한 광경'(『수호전잡담水滸傳雜談』)까지도 끝까지 그려낸 점에 있으며, 독자들 또한 이러한 최후를 마지막까지 추적하는 것이야말로 의미가 있는 일이라고 주장하였다. '종말의 끝', 요컨대 최후의 파멸적 비극까지도 끝까지 그려내고 또한 그것을 끝까지 읽어내는 것이 바람직하다는 견해이다. 이러한 고다 로한의 견해를 존중하여 '비장하고도 처참한 광경'에 이르기까지, 계속해서 작품을 읽어가보기로 하자.

　그러한 '종말'의 계기가 되었던 것은 일방적으로 가열加熱되어갔던 송강의 귀순에 대한 열망이었다. 108명의 호걸 전원이 한곳에서 즐겁게 지내는 나날이 이어지던 중,

때마침 중양절重陽節5)이 되어 송강이 성대한 술잔치를 베풀었다. 이때 술에 취한 송강이 사詞 한 수를 지었는데 '바라노니 천자께서 조서를 내리시어 하루속히 저희의 귀순을 받아주신다면 이 마음도 얼마나 기꺼우랴'6)라고 마무리하면서 재빨리 악화樂和에게 구절을 노래로 바꾸어 부르도록 하였다. 이를 듣고서 제일 먼저 무송이 자리를 박차고 일어나 큰 소리로 항의하였다.

"(그러자 무송이 큰 소리로 외쳤다.)

'이거 성가시어 어디 살겠소? 날마다 말끝마다 귀순, 귀순이니 마음이 썰렁하여 어디 살겠냐 말이오?'

무송이 투덜대니 흑선풍이 두 눈을 부릅떠 악화를 노려보며 '말끝마다 귀순, 귀순! 대관절 귀순이란 뭣이 말라비틀어진 귀신이냐 말이야?' 하고 악화에게 손가락질하더니 끝내 부아를 참지 못하여 발길을 날려 식탁을 냅다 걷어찼다. 그 바람에 술상이 부서지고 쏟아진 술과 안주들이 바닥에 낭자하였다. 격노한 송강이 벌떡 일어나며 이규를 꾸짖었다.

---

5) 세시 명절의 하나로 음력 9월 9일을 가리킨다.
6) 송강이 지은 사詞 작품은 '만강홍滿江紅'으로 원문에서는 '望天王降詔早招安心方足'으로 되어 있다.

'이놈! 이 무엄한 검둥이 같은 놈! 어디라고 지랄발광을 하는 거냐? 어서 저놈을 끌어내다가 목을 베지 못할까?'

무섭게 일그러진 송강의 얼굴을 본 여러 두령들이 일제히 무릎을 꿇었다.

'제발 고정하십시오. 이규는 술에 곤죽이 되어 제 정신이 아닌 모양입니다. 너그럽게 한 번만 용서해주십시오.'

그제서야 송강의 말이 좀 눅어들었지만 기상은 그냥 엄한 대로 말했다.

'됐네. 그만하고 일어들 나시게. 허나 저놈은 그대로 놔둘 수 없단 말이네. 옥에 먼저 가두어놓게.' (중략)

그러더니 송강이 무송을 불러 이렇게 물었다.

'그래도 아우는 사리에 밝은 사람인데 어이 그런 말을 하나? 내가 조정에 귀순하려는 것은 개악귀정改惡歸正[7]하여 나라의 충신이 되어보고자 함인데 이게 모두의 마음을 썰렁하게 만들다니 그게 무슨 말인가?'

그러니 노지심이 곁에 있다가 퉁명스럽게 한마디 하였다.

'그게 형님 좋은 생각이지 생각대로 될 수 있는 일입니까? 보세요, 지금 조정이 어떤 조정입니까? 문무백관이란 것들이 모두가 사모관대 쓴 도둑놈들이고 간신들인데 이런 조정은 내가 입은 이 가사가 한번 검정물이 들면 아무

---

7) '나쁜 버릇을 고치고 옳은 길로 나아간다'는 뜻으로 '개과천선'과 같은 말.

리 씻어도 제대로 깨끗이 되지 않는 것과 마찬가지입니다. 그런 조정에 귀순할 것을 바라다가는 혹 떼러 갔다가 혹 붙이는 격이 되기 십상입니다. 그럴 바에는 차라리 내일이라도 각기 제 가고 싶은 곳을 찾아 헤어지는 것이 더 나을 겁니다.'

그러자 송강이 속이 타서 여러 두령들을 타이르며 말하였다.

'여러 아우들. 내 말을 좀 잘 들어보시오. 지금 조정이 암울한 것은 간신들 때문이지 천자님의 탓이 아니지 않소. 천자께서는 이를 데 없이 성명聖明하시지만 간신들의 농간에 잠시 눈앞이 혼미해졌을 뿐이오, 언젠가는 용안을 가렸던 구름이 걷혀 우리가 백성들을 해치지 아니하고 외려 하늘을 대신하여 도를 행함을 천자께서 아시게 된다면 모름지기 우리 죄를 용서하시고 귀순케 하실 것이오, 그렇게만 되면 우리는 조정에 귀순하여 일심동력 나라를 위하여 목숨을 다할 수 있고, 또 그러면 우리의 이름이 청사에 길이 남을 것이 아니오? 생각해보시오, 이보다 더 좋은 일이 어디 있겠소? 그래 하루빨리 조정이 우리를 불러 귀순시킬 것을 바라는 것이지 그밖에 다른 뜻은 조금도 없소.'

송강의 말에 모두가 고개를 주억거렸으나 술판은 이미 그 일로 흥이 깨어져 사람들은 덤덤히 술만 마시다가 각

기 자기의 처소로 되돌아갔다." (제71회)

『수호전』이 묘사한 '권력'

여기에서 인용한 술잔치 장면은 많은 내용을 말해주고 있다. 우선 여기에는 송강의 귀순 소망에 대해 양산박 구성원들이 지니는 위화감違和感이 선명하게 드러나 있다. 특히 주목할 만한 부분은 『수호전』 세계의 으뜸가는 망나니 트릭스터라 할 노지심, 무송, 이규가 죄다 강경하게 반대를 외치고 있다는 점이다. 중반부 이후에 노지심과 무송은 서사 세계에서 존재감이 얼마쯤 약화되었지만, 송강이 본격적으로 (조정에) 귀순키 위한 작전을 세우려는 즈음에 맹렬히 반발하며 생래의 강렬한 반역성이 여전히 살아 있음을 과시하였다. 그러나 송강 또한 만만치 않았으니, 우선 자신이 가장 다루기 쉬운 이규를 다짜고짜 호되게 꾸짖은 다음 무송과 노지심에 대해서는 일변해서 반대로 타이르는 듯 온화한 태도를 취하는 등 갖은 수단을 동원해 모두를 꼼짝 못 하게 누르려 하였다.

또 하나 주목해야 할 점은 이러한 대목에서 『수호전』 세계의 권력관, 국가관을 송강의 발언을 통해 여실히 엿볼 수 있다는 점이다. 『삼국지연의』의 경우는 후한 왕조가 실질적으로 붕괴하여 군웅할거의 난세에 돌입하였고, 격렬한 항쟁 끝에 조조의 위魏, 유비의 촉蜀, 손권의 오吳라는 삼국 분립의 역사적 상황을 근거로 삼아 서사 세계가 전개되고 있다.

그러나 『수호전』의 배경을 이루는 시대 상황은 북송 왕조라는 권력의 중추가 의연 지속되었기 때문에, 따라서 『수호전』 세계에서는 부패한 북송 왕조에 양산박 군단이 이의를 제기하며 과감하게 도전한다는 식의, 어떤 의미에서는 단순한 이항 대립의 도식이 애초부터 설정되어 있었다. 게다가 양산박 군단이 적대시하는 것은 송강의 발언에서 분명해지듯이 북송 부패의 원흉인 조정의 네 악인을 필두로 하는 '군주 곁의 간신'으로, 정작 군주인 휘종은 어디까지나 '무류無謬[8]의' 존재로서 계속 존중하였던 것이다. 요컨대 『수호전』 세계가 지향하는 것은 국가 체제를 밑뿌리째 뒤집는 것이 아니라, 체제를 뒤흔들어서 통풍이 잘되도록 하는 정도의 일이었다고 하겠다. 이렇듯 양산박

8) '오류나 잘못이 없다'는 뜻임.

군단이 지녔던, 어떤 의미에서는 애매하게 느껴지는 체질은 송강이 산채의 주도권을 잡은 이후로 극단적으로 국가를 수호하는 방향으로 기울었던 것이다. 이와 같은 『수호전』 세계의 양상은 일상의 평온을 우선시하며, 부분적 개량을 바라긴 하지만 현 체제가 전복되는 것을 바라지는 않는, 현실적인 서민 감각과 깊은 곳에서 일치한다고 해도 좋을 것이다.

휘종이라는 황제

송강 자신은, 양산박 군단은 북송 왕조에 계속 반기를 들 것이 아니라 적당한 시기에 '귀순'을 해서 황제의 군대가 되어야 한다는 확신을 품고 있었다. 이러한 그의 사고방식은 『삼국지연의』 세계에서 순욱荀彧을 비롯한 청류파淸流派 지식인이 조조에 대해 후한 왕조를 교체하지 말고 계속 왕조의 비호자로 남아줄 것을 요구했던 자세와 공통점이 있다. 둘 다 기존 체제를 전면 부정하는 것이 아니라 그러한 체제의 정점, 곧 황제의 후원자로 돌아서는 것을 중시하였던 것이다. 특히 존재감이 미약했던 『삼국지연의』의 헌제獻帝와는 달리 『수호전』 세계에서 휘종은 이상하리만큼 칭송을 받으면서 송강의 '귀순' 열망을 보완해주고 있다.

휘종의 역사적 실상은 탁월한 서예가이자 화가로서 드물게 보는 예술적 감성의 소유자였지만 정치적으로는 무능 그 자체로서 최고 권력자에는 절대로 맞지 않는 인물이었다. 휘종은 애초에 황제가 될 수는 없는 처지였는데, 형제가 죽는 바람에 생각지도 않게 제위에 올랐던 것이다. 이것은 휘종에게도 그리고 북송 왕조에도 불행의 시작이었다고 할 수 있다.

휘종은 온갖 사치를 일삼는 방탕한 천자로 전락하여 네 악인을 비롯한 아첨꾼 신하들을 중용하며 쾌락의 나날을 보냈고, 그 와중에 북송 왕조는 멸망으로 무너져 내리게 되는 것이다. 방탕한 천자의 난행과 정치적 혼란으로 말미암아 사회 불안이 격화되자 중국 각지에서는 민중 반란이 일어났으며, 허둥대며 반란에 대응하랴 쫓기는 틈에 퉁구스계 여진족女眞族 금나라의 공격으로 북송은 허망하게 멸망하고 말았다. 휘종은 결국 붙잡혀서 금나라로 끌려갔고 그곳에서 그대로 죽었다. 이처럼 실상의 휘종은 아무리 보아도 반역자 집단인 양산박 군단의 지도자 송강이 높이 평가할 만한 인물은 못 된다고 하겠다. 『수호전』의 작자가 한결같이 휘종을 미화하는 조작을 행하는 것 또한 양산박 군단을 귀순으로 이끌기 위한 '서사적 논리'에 의한 것으로, 아무래도 위화감이 생겨난다고 할 수밖에 없는 것이다.

그것은 어쨌든, 이후 『수호전』 세계의 스토리 전개는 귀순에 이르기까지의 과정에 초점이 놓이게 된다. 어떻게 하면 휘종에게 자신들의 존재를 인정받아 귀순을 할 것인가? 『수호전』은 제72회부터 제82회에 이르기까지 송강이 북송 왕조에 양산박의 존재를 어필하여 귀순의 소망을 이루어가는 과정을 추적하고 있는 것이다.

연청, 이규를 메다꽂다

먼저 송강은 정월 대보름 원소절元宵節에 등불놀이 구경을 명분으로 수도 개봉을 정탐하러 나섰다. 동행한 이들은 시진, 사진, 목홍穆弘, 노지심, 무송, 주동, 유당, 이규, 연청, 그리고 정보 전달을 맡을 발 빠른 대종까지 합해 열 사람이었다. 먼저 원소절 나흘 전인 1월 11일에 송강 일행은 개봉성 밖의 주막에 여장을 풀고, 원소절 전날인 열나흗날 밤에 축제의 인파로 붐비는 성내로 떼 지어 돌아다녔다. 이때 송강은 어가御街[9]의 한 기생집에 주목하였고, 그 기생집에서 제일가는 기녀가 휘종의 애첩인 이사사李師師임을 알게 되자 이내 미남 연청을 이용하여 접근을 시도하였다. 휘종이 몰래 이사사를 찾아오기 때문에 그녀를 통해 휘종과 교섭하여 귀순 허가를 얻고자 생각했던 것이다.

화류계 사정에 밝은 연청의 교묘한 방법이 주효해서 그날 밤 일찍 송강은 부자 상인처럼 행세하며 시진과 대종을 종자로 거느리고 연청과 함께 이사사의 기방에 들어가 그녀와 처음으로 대면케 되었다. 이때에는 다과 대접뿐이었지만 원소절 당일인 다음 날 밤, 이번에는 이규까지 종자로 데리고서 다시 한 번 이사사의 기방에 들어가 마침내 술자리를 갖게 되었다. 이리도 일이 척척 순조롭게 진행된 것은 연청이 재물을 탐하는 기생집 늙은 할멈[10]에게 슬

---

9) 대궐로 통하는 길이라는 뜻.
10) 이사사의 어미를 가리킨다.

쩍슬쩍 황금을 보이면서 자신들이 돈이 될 만한 귀한 손님이라고 믿게끔 만들었기 때문이다.

그러나 송강이 이사사에게 속이야기를 꺼내려는 순간 놀랍게도 휘종 본인이 나타나는 바람에 술자리는 중단되고 말았다. 불운은 겹치는 법이어서, 한 발 늦게 도착한 조정의 네 악인 중 하나인 양전楊戩이 기생집 입구에서 망을 보던 이규를 향해 거만한 태도로 '너는 누구냐'라고 묻는 바람에 일이 터지고 말았다. 송강 등 일행은 안에서 술판을 벌이고 있는데 자기만 밖에서 망을 보게 되어 어지간히 화가 나 있던 이규는 불문곡직하고 양전을 때려눕히는 바람에 순식간에 큰 소동이 벌어지고 말았던 것이다.

다행히 책사 오용이 이규의 난폭함 때문에 최악의 사태가 일어날 것을 염려하여 양산박으로부터 다섯 명의 장수와 갑옷을 입은 마군 1,000명을 미리 보내어 성 밖에 대기시켜두었던 덕분에 송강 일행은 그럭저럭 탈출에 성공하였던 것이다. 그러나 분이 삭지 않았던 이규는 무모하게도 쌍도끼를 휘두르고 고함을 지르며 성안으로 쳐들어가려 하였다. 여기서 대활약을 펼치는 인물이 바로 연청이었다.

"그런데 당시 (성 밖의) 주막으로 달려가 쌍도끼를 찾아든 이규는 혼자서라도 달려가 동경 성문을 부수겠다며 펄펄 뛰었다. 그러는 것을 연청이 허리를 꽉 끌어안고는 배지기 한 번에 이규를 허공에 번쩍 들어 모로 내다꽂았다. 그런 다음 연청은 이규를 잡아 일으켜 끌고서 작은 샛길로 달아나니 그 우직한 이규도 연청에게는 더 떼를 못 쓰고서 얌전히 따라왔다. 그럼 왜 세상 무서운 사람이 없는 이규가 이 젊은 연청한테는 꼼짝을 못 하는가? 황소가 힘이 있어도 왕 노릇 못 한다고 이규는 힘이 있어도 꾀가 없어서 씨름에는 천하제일인 연청에게 몇 번 골탕을 먹은 적이 있었다. 송강도 그것을 알기에 남았다가 이규를 데리고 오라고 연청을 시킨 것이다." (제73회)

흑곰 같은 괴물 이규라 해도 싹싹한 남자이자 씨름에도 명수인 연청에게는 정말이지 당해낼 재간이 없었다. 이 두 사람은 만사가 이런 식으로 참으로 재미있는 콤비라고 할 만하다. 닥치는 대로 상대방을 쓰러뜨리는 순순한 폭력의 결정체인 이규가 기분 전환을 원하는 민중이 갈채를 보내는 대상이었다면, 미남자이면서 무슨 일을 맡겨도 한층 돋보이는 일솜씨를 보여주는 연청의 경우는 이규와는 또 다른 의미에서 민중의 동경의 대상이었다 하겠다.

부언하자면 뒤에서 논의하듯이 『수호전』의 세계는 대체로 시간의 추이에 무관심한데, 특히 사건의 세세한 일시에 대해서는 거의 기술하지 않는 것이 상례이다. 그러나 이 원소절 소동의 대목에서는 이미 본 바와 같이 송강 일행이 개봉성 밖의 주막에 여장을 푼 날부터 이사사와 두 차례 대면을 거쳐서 소동이 벌어지고 개봉을 탈출하기까지의 며칠 동안 있었던 일에 대해서는 또박또박 매일의 날짜를 기록하고 있다. 게다가 위에 제시한 인용문을 통해 이규는 일단 송강 일행과 함께 개봉성 안에서 탈출하지만 분노를 참지 못하고 처음 투숙했던 성 밖 주점으로 돌아가 무기인 쌍도끼를 짐에서 꺼내어 다시금 성안으로 쳐들어가려 했다는 사실을 분명히 읽어낼 수 있는 것이다. 이 대목 또한 참으로 정확하고 이치에 맞는 묘사이다. 대체로 시간이나 지리를 상세하게 기술하지 않는 『수호전』의 어투로 미루어보아, 이 대목은 개봉의 상황을 잘 아는 재담꾼의 텍스트를 그대로 전용한 것이 아닐까 하고 나도 모르게 멋대로 억측을 해버리게 되는 것이다.

북송의 난숙한 도시 문화

대체로 양산박 군단 구성원들은 거칠고 난폭한 사람이 많으며, 또한 대부분 산동 인근의 농촌 출신으로 추정된다. 촌장이었던 조개나 북송의 앞선 시대인 오대五代 최후의 왕조 후주後周의 자손인 시진 등을 제외하면 대체로 계층도 낮고 촌사람들뿐이라고 해도 과언이 아닐 것이다. 이러한 가운데 북쪽의 대도회 북경 대명부大名府에서 나고 자란 노준의와 연청은 예외적인 존재로 당시 도시 문화의 분위기를 농후하게 풍기고 있다. 특히 연청은 앞서 서술한 대로 흰 살결에 화려한 문신이 돋보이는 멋진 미남자로 주먹도 세지만 두뇌 회전도 빠르고 (노래와 춤 같은) 술자리에서의 기예도 또한 능숙하게 해내는 등 강유剛柔 양면을 모두 겸비한 '도시 남자'였다. 이런 타입의 '멋진 남자'는 지금까지 살펴본 백화 장편소설 『삼국지연의』나 『서유기』에서는 볼 수 없는 부류인 것이다.

『삼국지연의』의 주유周瑜 역시 호남자이지만 지방의 오랜 명문가의 자제로 무용武勇의 재주도 있으면서 교양도 겸비한 타입이다. 이에 반해서 연청은 교양은 없는 것이나 매한가지이지만 여러 가지 기예에 두루 정통한 '잘 노

는 사람'의 분위기를 풍긴다. 사실 이 두 명의 '멋진 남자'
의 차이는 『삼국지연의』와 『수호전』의 시대적 배경의 차
이를 보여주는 것이기도 하다. 『수호전』의 무대가 된 북송
시대는 인구가 100만에 이르는 거대 상업도시로 번창한
수도 개봉을 필두로 북경 등 거점 도시에서 난숙한 도시
문화가 생겨났던 시대였다.

　참고로 만당 시인 두목杜牧의 시 중에는 '남은 것은 청루
靑樓[11]에서 노닐던 박정한 이름뿐이네贏得靑樓薄幸名'(「견회
遣懷」 제4구)라는 시구가 있다. 시인이었던 두목 역시 화류계
에 정통한 풍류객으로 알려져 있는데, 과거에 급제하여 벼
슬길에 들어선 뒤 젊은 나이에 부임했던 양주揚州에서 기
루妓樓를 자주 출입하였다고 전해진다. 다만 둘 다 화류계
에 정통했다고는 하나 고위 관료인 상객上客으로 화류계
에 출입했던 두목과 어릴 적 부모를 여의고 노준의에게 양
육되면서 도시의 밑바닥에서 살아왔던 연청의 사례는 무
릇 경험의 질에서 차이가 난다고 하겠다. 도시의 뒷골목
바닥 세계까지도 속속들이 알고 있던 북경의 고아 연청은
바로 도시 문화의 체현자나 다름없는 것이다. 시대가 낳

---

11) 기생집이나 유곽을 가리킨다.

은 '도시 남자' 연청은 이후에도 귀순으로 이르는 과정에서 커다란 활약을 펼치게 된다.

'귀순'으로의 여정

그 뒤 북송 조정에서는 양산박 군단을 정벌하는 것은 어렵다는 의견이 우세해져 귀순 조서가 내려지게 되었다. 그래서 전전태위殿前太尉[12] 진종선陳宗善이 사신이 되어 양산박으로 귀순을 권유하는 조서를 전해주게 되었는데, 이때 양산박 군단에 원한을 품었던 채경과 고구가 각자의 심복[13]을 진종선 일행에 동행시킨 탓에 사태가 뒤얽히고 만다. 송강은 크게 기뻐하며 귀순을 권유하러 오는 사신 일행을 환영하지만 다른 두령들은 경계심을 늦추지 않았다. 결국 두령들은 마지못해 나가서 사신 일행을 맞이하던 중에, 예상한 대로 사신 일행은 양산박을 극히 멸시하는 듯한 거만한 태도를 취하였다. 두령들은 격노하여 이규 등은 황제의 조서를 갈기갈기 찢어버렸고 교섭은 어이없이

---

12) 근위군 장관으로 무관 중의 최고위 직책임.
13) 원문에 따르면 채경은 장간판張干辦을, 고구는 이우후李虞侯를 각각 추천하였다.

결렬되고 말았다.

　그 결과로 조정에서는 또다시 정벌론이 우세해져서 조정의 네 악인 중 하나인 동관童貫이 직접 대군을 이끌고 와서 공격하였지만 양산박은 별다른 어려움 없이 이들을 격퇴하였다.

　이어서 고구가 13만 명에 이르는 관군을 이끌고 와서 세 차례에 걸쳐 공격을 하지만 양산박 군단은 이번에도 또한 여지없이 격파하고서 고구까지 생포하였다. 잔뜩 겁을 먹은 고구가 개봉으로 돌아가는 대로 즉시 황제에게 상소를 올려 양산박의 귀순에 최선을 다하기로 약속하였기 때문에, 송강은 고구를 석방하여 개봉으로 돌려보내주었다. 그러나 고구는 속이 음흉한 악인으로 그런 그의 구두 약속 따위는 믿을 바가 되지 못하였다.

　그래서 송강과 책사 오용은 다시 한 번 휘종과 직접 교섭하여 귀순할 방도를 찾고자 하였다. 여기서 다시 연청이 등장할 차례가 되었다. 걸음이 빠른 대종과 함께 북경으로 향한 연청은 또다시 휘종의 애첩인 이사사의 기생집을 방문하여 교묘하게 두 사람만 남을 기회를 얻게 되었다. 멋진 남자인 연청에게 마음이 끌린 이사사는 그의 요청을 받아들여 마침 그날 밤에 찾아온 휘종에게 그를 대면시켜주었다. 연청은 황홀한 목소리로 노래를 해서 우선 휘종의 관심을 끈 다음에 그때까지 조정 관군과 양산박 군단 사이에 있었던 일의 자초지종을 자세히 들려주었다. 동관이나 고구 등에게서는 사태의 진상을 일절 전해 듣지 못했던 휘종은 이러한 이야기를 듣고서 경악하여 그에게 그때까지의 죄를 모두 사하여준다는 내용의 사면장을 써주었다.

그러고 나서 연청과 대종은 예전부터 양산박에 호의적이었던 전사태위殿司太尉 숙원경宿元景을 찾아가 고구의 참모이면서도 양산박에 공감하여 개봉으로 돌아가지 않고 산채에 체류 중이던 문참모聞參謀[14]가 자세한 사정을 적어 보냈던 편지를 건네는 한편 송강이 진심으로 조정에 귀순하기를 바라고 있음을 호소하였다. 숙원경은 모든 사정을 잘 이해하고 스스로 귀순을 권유하는 사신이 되고자 휘종에게 요청하니 휘종은 기꺼이 그를 사신으로 임명하였다. 귀순을 허락하는 황제의 조서를 지닌 숙원경이 얼마 후 양산박에 도착하자 송강은 크게 기뻐하면서 이를 받아들여

---

14) 숙원경의 죽마고우이기도 하다.

조만간 양산박 산채를 정리하고 개봉으로 상경할 것을 약속하였다.

민중의 원망과 『수호전』의 세계

조정과 옥신각신 밀당을 한 끝에 송강은 숙원인 귀순을 하기에 이르렀지만 이러한 선택이 양산박에 최선이었는지는 매우 의문이라 하겠다. 귀순이 받아들여진 뒤로 『수호전』의 세계는 스토리 전개도 일사천리로 종막을 향해서 치닫는다. 서사 세계를 뒤흔드는 트릭스터들도 차츰 발랄한 생기를 잃어가고, '무슨 일이 벌어질지 알 수가 없다'는 스릴 만점의 재미도 사라져버렸다. 서사 세계의 기복이 심한 재미가 사라지는 것과 궤를 같이하여 양산박 두령들 사이에서도 '아무리 말해도 바뀌지 않는다'는 체념의 분위기가 퍼져나가기 시작한다.

따지고 보면 『수호전』은 북송 말기의 민중이 품고 있던 위기감이나 원망을 바탕으로 형성된 서사물이라고 할 수 있다. 악랄한 탐관오리들이 판을 치고 아무것도 할 수 없는 꽉 막힌 현실에 넌더리가 난 사람들에게 이런 반역자 집단이 생겨나서 탐관오리들을 한바탕 크게 혼내주면 무척 시원할 것이라는 소망을 구현했던 것이다. 실제로 북송 말기에는 퇴폐한 중앙 정치에 반발하여 각지에서 민중 반란이 빈발하였고, 그중에는 상당한 규모의 군단 조직을 갖추었던 사례도 있었다. 『수호전』은 상상력을 동원하여 이런 현실을 마음껏 부풀려서, 가려 뽑은 108명 호걸로 구성된 무적의 양산박 군단을 창출하여 사람들의 꿈과 소망을 충족시키려 하였던 것이다. 그런 의미에서 『수호전』은 틀림없는 '꿈(같은) 이야기'이며 '신화'라고 할 수 있겠다. 하지만 어디까지나 꿈은 꿈이고 신화는 신화이므로, 사람들의 소망을 충족시키려 땅속에서 되살아난 마왕들은 꿈이 깨면 땅속으로 되돌아가지 않을 수 없는 것이다.

나이를 먹지 않는 호걸들

궁극적으로 『수호전』 세계가 꿈, 또는 신화의 세계임을 여실히 보여주는 것은 앞서 말했듯이 극히 드문 예외를 제외하고서 '시간'에 관한 묘사가 극단적으로 적다는 사실이다. 초현실적 환상의 세계를 묘사한 『서유기』조차도 여행을 떠나 돌아오기까지 총 14년이라는 식으로, 최소한도의 시간 설정이 이루어져 있다. 그런데 『수호전』에서는 '원原' 양산박 군단의 성립에서부터 귀순을 거쳐 종막에 이르기까지 결국 총합해서 얼마 정도의 세월이 흘렀던 것인가에 대해서 전혀 명기되어 있지 않다.

『수호전』 제1회의 기술에 의하면 108명의 마왕이 땅속에서 풀려났던 것은 북송 제4대 황제 인종仁宗[15] 가우嘉祐 3년(1058년)이며, 이로부터 약 40년 후인 제8대 황제 휘종 치세[16]에 환생한 그들이 한 사람 한 사람씩 지상 세계에 모습을 드러낸 것이다. 귀순한 양산박 군단의 마지막 전투가 된 '방납方臘 정벌'은 역사적으로 '방납의 난'이 북송 왕조 멸망 직전인 선화宣和 2년(1120년)에서 3년 사이에 일어났다는 사실을 참고로 하면 대략 그 시점을 특정해볼 수 있다. 이러한 점들을 감안해 생각해보면 양산박 군단이 활약했던 시기는 (군단이) 성립되기까지 몇 년이 걸렸다고 치고, 대체로 십수 년 정도일 것으로 대강의 틀을 어림짐작할 수 있겠다. 그러나 그렇다 치더라도 『수호전』의 어

---

15) 재위 기간이 1022~1063년임.
16) 재위 기간이 1100~1125년임.

투는 의도적으로 정확한 시간 축을 설정하는 일을 기피하는 듯한 애매함으로 넘쳐나는 것이다.

게다가 108명의 호걸이 나이를 먹지 않는다는 점 또한 『수호전』 세계의 신화성을 강화해주고 있다. 작품에 기록된 몇 사람의 나이를 통해 미루어보면, 첫 등장의 시점에서 대부분 30대의 장년이었을 것으로 추정된다. 이것은 마왕들이 풀려난 뒤로 개인의 시간차가 있다고는 해도 차례차례 환생해서, 약 40년 후인 휘종 시대에 모두 장년의 연배로 출현한 것을 의미하므로 이야기의 앞뒤가 통한다 하겠다. 다만 이상한 것은 장년으로 등장했던 그들이 십수 년에서 이십 년에 걸치는 스토리 전개 과정에서 전혀 늙지 않는다는 점이다. 영원히 충실한 기력과 체력을 가진 장년의 상태를 지속하는 호한好漢 또는 호걸이라는 점은, 이 또한 아무래도 현실에서 벗어난 신화적 이미지와 다름없는 것이다.

부언하자면 '시간'과 함께 스토리에 현실성을 부여하는 중요한 요소로 꼽을 수 있는 것이 '금전'이다. 어느 것이나 수치와 관계가 있지만 『수호전』 세계에서는 시간의 경과에 무감각한 것과 마찬가지로 금전에 대해서도 '금 몇 냥'

이라는 식으로 매우 애매하고도 피상적인 기술밖에 보이지 않는다.

　이에 반해서 『수호전』을 바탕으로 해서 전개되는 『금병매』의 서사 세계에서는 '시간'과 '금전'에 대한 감각이 『수호전』과는 전혀 달라지고 있다. 『금병매』에서는 상인商人의 집안에 초점이 맞춰져 있기 때문이기도 하겠지만 시간 감각도 그리고 금전 감각도 이상할 정도로 세세하게 발달해 있는 것이다. 이 점에 대해서는 나중에 자세히 살펴보고자 한다.

8. 산산이 흩어져 땅속으로 돌아가는 108성
- 호걸들의 퇴장

"송강이 말했다.

'아우, 이 형을 욕하지 말게. 어제 조정에서 가져온 술이 있지? 기실 그건 독약을 탄 술이네. 그런 술을 어제 우리 형제 둘이 다 마셔버렸어. 허니 우리 둘이 살아 있을 시간이 이제 얼마 안 된단 말일세. 아우도 알겠지만 나는 충의 두 글자만을 주장하면서 일생을 살아온 사람이야. 조정을 기망하려는 생각은 조금도 없는 사람이지. 지금 조정이 간신들의 말을 믿고 무고한 나에게 사약을 내렸는데 조정이 나를 버려도 나는 조정을 버릴 수는 없단 말이야. 난 내가 죽는 것보다 내가 죽은 후 아우가 조정에 반기를 들고 일어나 싸우고, 그래서 여태껏 체천행도하며 충의를 지켜오던 양산박의 명성이 하루아침에 훼손되는 것이 더 걱정이 된단 말일세. 그래 아우를 불러왔는데 어제 우리가 마신 술에 그런 약발이 늦게 나타나는 독약이 들어 있었네. 허니 아우는 윤주潤州에 돌아가면 이승을 떠나게 될걸세. 아우가 죽은 뒤에 여기 초주楚州의 남문 밖에 오는 것도 좋네. 남문 밖 풍경 중에 양산박과 똑같은 요아와 蓼兒注라는 곳이 있는데 이승을 떠난 우리 둘의 혼백이 여

기 요아와로 모이는 게 어떻겠나? 나는 죽은 다음 꼭 여기 요와아에 묻힐 작정이네.'

그리고는 송강이 비 오듯 눈물을 흘리는데 이규도 그 말을 듣고 역시 눈물을 흘리면서 말했다.

'그래요, 그럽시다. 살아서 여태까지 형님을 모셨듯이 죽어서도 그냥 형님의 부하로 있겠수다.'"(제100회)

양산박 군단, 수도 개봉으로

마침내 귀순하게 된 양산박 군단은 전원이 모여 수도 개봉으로 향하게 되었다. 108명의 호걸들은 화려하게 전포와 갑옷을 떨쳐입고 황제 휘종이 지켜보는 가운데 당당히 대열을 지어 수도 개봉 성내로 들어서게 된다.

"송강은「철면공목鐵面孔目」배선裵宣에게 명하여 보병 중에서 호랑이같이 건장한 사나이 육칠백 명을 선정하였다. 그리고 보병의 선머리에는 금고金鼓와 깃발을 들고, 뒤에서는 창칼과 부월 등 병장기를 들고, 중간은 '순천順天'과 '호국護國'이라는 글자가 각기 쓰인 깃발들을 들게 하였다. 군사들은 각기 칼 차고 활을 메고, 두령들은 각기 자기 신분에 맞는 갑옷이나 전포를 떨치고 열을 지어 동곽문으로 들어갔다. 개봉 도성 안의 만백성과 군사들 남녀노소가 모두 길가에 뛰쳐나와 천신天神을 바라보듯 놀란 눈길로 그들을 구경하였다." (제82회)

이어서 작품 원문에서는 차례로 108명의 호걸의 이름을 기록하며 그 옷차림새도 묘사하면서 대열의 멋진 모습을 찬양하고 있다. 그러고 난 뒤에 송강은 사후 처리를 위해 몇몇 두령들과 만여 명의 군마를 이끌고 일단 양산박으로 되돌아갔다. 한편으로 이인자 노준의가 나머지 두령들 대부분과 대군을 거느리고 개봉 도성 밖에 머물기로 하였다. 양산박에 돌아온 송강은 조개의 위패를 불사르고 두령들과 자신의 가솔들을 각기 고향으로 돌려보냈고, 쓸모없는 산채의 집들을 부근의 백성들이 모두 헐어서 가져가게 한 다음, 충의당 등 주요 건물들도 모두 허물어버렸다. 이렇게 스스로 퇴로를 끊어버림으로써 두 번 다시 양산박으로 되돌아오지 않겠다는 결의를 나타냈던 것이다.

그리하여 조정의 관군에 편입된 양산박 군단은 이후 똘똘 뭉쳐서 두 차례의 큰 전쟁에 참전하게 된다. 첫 번째가 북방의 거란족契丹族 나라인 요遼와의 전쟁(제83~90회)이었고, 두 번째는 당시 강남에서 반란을 일으킨 방납方臘과의 싸움이었다(제90~98회).

이 두 차례에 걸친 싸움의 묘사는 어느 것이나 환상적인 분위기가 충만해 있다. 이 책 상권(394쪽)에서 논한 것처럼 문언, 백화를 불문하고 중국의 전통 문학 작품에서는 법술사, 유령, 요괴 등을 테마로 다룬 작품이 무수히 많으며, 괴기스러운 것에 대한 편애가 현저하게 나타난다. 호걸들의 '협俠'의 세계를 묘사한 『수호전』 역시 종막이 가까워지면서 이러한 괴기怪奇 취미를 수용하여 일종의 '마법 이야기'적인 전개를 가미하고 있는 것이다. 이것은 정말로 엔터테인먼트 작품다운, 일종의 독자 서비스라고도 할 수 있겠다. 요나라와의 전투에서는 공손승의 법술과 송강의 꿈에 나타난 구천현녀의 계시에 따른 전법 등 마술 같은 수법이 송강군宋江軍 승리의 열쇠가 되었다. 또한 실제로는 민중 반란의 지도자라고 할 방납도 여기에서는 '마왕'과 같은 존재로, 송강군과 방납군方臘軍의 허허실실 전투의 양상은 확실히 '마법 전투'의 느낌을 주고 있다. 이 대목에서의 전개 방식은 『삼국지연의』에서 제갈량이 남방을 정벌하는 장면과도 유사성을 보이는데, 괴기함을 섞어서 표

현하는 것을 '간판'으로 내세웠던, 저잣거리에서 공연되는
재담의 어투를 방불케 하는 데가 있는 것이다.

대요국大遼國과의 싸움

이야기가 약간 거슬러 올라가는데, 어쨌든 귀순은 받아
들였지만 네 악인을 비롯하여 조정의 수많은 벼슬아치들
이 양산박 군단을 마땅찮게 여기는 탓에 송강 등에게는 이
름뿐인 관직만이 제수除授[1]되었다. 그러던 차에 휘종의 칙
명을 받아 양산박 군단은 관군의 자격으로 대요국과의 싸
움에 임하게 된다. 출진에 앞서서 이미 본 바와 같이 송강
은 일단 양산박 산채로 돌아가 아주 깨끗이 뒷정리를 마쳤
다. 출진한 양산박 군단은 낯선 땅에서 고전하였지만 「혼
강룡混江龍」 이준李俊 등이 이끄는 수군의 활약, 돌팔매질
명수 「몰우전沒羽箭」 장청張淸과 활쏘기 명수 화영의 고군
분투, 임충·관승·호연작·「쌍창장雙槍將」 동평董平 등의 위력
적인 분전 등에 힘입어 점차 요나라를 궁지로 몰아넣었다.

1) 원문에는 요나라와의 싸움에 앞서 송강을 '파요도선봉사破遼都先鋒使', 곧 '요나라
를 물리치는 군대의 사령관'에, 노준의는 '부선봉사副先鋒使'에 각각 제수하였을 뿐
이다.

이렇듯 양산박 군단의 당해낼 수 없는 기세에 겁을 집어먹은 요나라 왕은 유리한 조건을 제시하며 송강군을 요나라 쪽으로 귀순시키려 하였다. 요나라 왕의 사자가 찾아와 왕의 그러한 의향을 전했을 때, 책사 오용은 송강을 향해 네 악인이 발호하는 북송 조정을 이대로 섬긴들 그들에게는 앞날에의 희망이 없으니 차라리 요나라로 넘어가는 편이 좋겠다고 솔직히 의견을 말하였다. 그러나 송강은 예상했던 대로 '비록 송나라 조정이 나를 버린다 할지라도 나의 충심은 송나라를 저버리지 않을 것이오'라는 식의 진부하기 짝이 없는 충신 코스프레를 하면서 전혀 받아들이려 하지 않았다. 그 결과 이 또한 책사 오용의 계략을 써서 양산박 측은 요나라 왕의 귀순 제안을 받아들이는 척하면서 이를 역이용하여 요나라의 중요 거점인 패주霸州를 점령하는 데 성공하였다. 그 후에도 지리적 이점을 잘 활용하는 요나라 군대의 변화무쌍한 배진配陣[2]에 농락당해서 양산박 군단은 고전을 거듭하였다. 그러나 결국 양산박 호걸들의 총력을 다한 분전奮戰, 공손승의 뛰어난 법술, 게다가 구천현녀의 '꿈의 계시'까지 더해져서 마침내 요나라

---

2) 싸움에 임하여 진을 배치하는 진법을 말함.

군대를 격파하고 대승리를 거두기에 이르렀다. 이렇게 고전과 격전의 연속이었음에도 불구하고 108명의 호걸들은 모두가 함께 생환할 수가 있었다.

그러나 전장에서 의기양양하게 개선하였지만 오용이 저어하였던 대로 채경을 비롯한 조정의 네 악인의 방해로 말미암아 기대했던 논공행상도 받지 못하게 되자 송강은 낙담하여 맥이 풀리고 말았다. 물론 다른 호걸들의 불만도 쌓여가기만 해서, 모두 다시 모반을 일으킬 생각도 해보았지만 오직 충의忠義만을 외곬으로 고집하는 송강에게 신경이 쓰여서 손 쓸 도리가 없었다. 이런 때에 이규가 모두의 기분을 대변해 딱 찍어서 아래와 같이 쏘아붙였다.

"애당초 형님은 일이 이 지경이 될 줄은 생각도 못 했지요? 당초 양산박에 있을 때는 얼마나 멋이 있었소. 누구한테 괄시받는 일이 없이 자유자재로 살았는데 지금은 보시오. 그토록 오늘도 귀순, 내일도 귀순, 밤낮 귀순 타령만 하시더니 정작 귀순하니 꼬락서니가 어떠냐 말이오? 배알이 뒤틀리는 일이 날마다 생기지 않소? 우리 형제들이 그냥 여기서 눌러 있을 바엔 차라리 양산박으로 되돌아가서 다시 한 번 통쾌하게 살아봅시다, 제길." (제90회)

송강이 성을 내며 이규를 엄히 꾸짖자 이규는 '(형님이 내 말을 듣지 않는다면) 그럼 내일 아침부터 분한 꼴을 두고두고 보게 될 거요'라며 웃어넘겼다. 그 말에 다른 호걸들도 와 하고 모두 웃어버렸다. 송강의 밤낮 없는 귀순 타령, 충의 타령에는 누구 할 것 없이 질려버렸지만, 송강이 미리 손을 써서 본거지인 양산박도 헐어버린 탓에 달리 갈 곳도 마땅히 없게 된 호걸들의 심정이 전해지는 장면이라 하겠다.

독자들이 요구하였던 것

북송 초기, 분명히 북송은 요나라와 교전을 벌였는데, 제3대 황제 진종眞宗 치세인 경덕景德 원년(1004년)에 요나라 군대에 무참하게 패배한 이후로는 매년 막대한 배상금을 지불하는 조건으로 간신히 평화적으로 공존하게 되었다.[3] 따라서 북송 말기에는 요나라와 전쟁을 치른 적이 없으며, 하물며 양산박 같은 강력한 군단 조직이 편입된 북

---

3) 1004년 요나라가 북송을 침공하였으나 이내 전연澶淵의 맹약을 맺고 서로 화친하였다.

송의 군대가 요나라 군대를 격파했다는 사실 따위는 역사적 사실로는 전혀 확인할 길이 없다. 실제로는 여진족 왕조인 금나라가 먼저 요나라를 멸망시키고 그 기세를 몰아 북송까지도 멸망으로 몰아넣었던 것이다.[4] 구태여 역사적 사실을 무시하고 양산박 군단이 요나라를 무찔렀다고 하는 것은, 어떤 의미에서는 황당무계한『수호전』의 스토리 전개에 '이랬으면 좋았을 것'이라는 사람들의 소망이 반영되어 있었기 때문이다. 게다가『수호전』에는 모처럼 양산박 군단이 요나라를 멸망 직전에까지 몰아세웠음에도, 요나라에서 뇌물을 받은 채경을 비롯한 조정의 네 악인이 획책하여 계속 존속시켰다는 식으로 스토리가 전개되고 있다. 이것 또한 황제인 휘종의 책임은 일절 묻지 않으면서, 모든 악의 근원은 발호하는 간신들이라는 식의,『수호전』 세계를 관통하는 관념이 선명하게 드러나 있다고 하겠다.

이 책이 대상으로 삼고 있는 100회본에는 이다음에 양산박 군단이 방납과의 전투에 돌입하게 되지만, 고다 로한幸田露伴이 번역 저본으로 삼았던 120회본에는 그 중간에

---

4) 만주에서 일어난 여진족은 1115년 금나라를 세웠고, 1121년에 요나라를 멸망시켰다. 이어서 1127년에 북송 왕조를 멸망시키고 휘종을 금나라로 연행해갔다. 역사에서는 이를 '정강靖康의 변'이라고 부른다.

회서淮西의 왕경王慶, 하북河北의 전호田虎와 벌이는 싸움 장면이 삽입되어 있다.

덧붙여 말하자면 이 두 싸움에서 새롭게 등장하는 인물들은 최후의 방납과의 전투가 시작되기 전까지는 모두 서사 세계로부터 퇴장하고 있다. 요컨대 선행하는 100회본의 서사적 전개를 기본적으로 훼손하지 않는 범위에서 딱 20회분의 분량으로 두 싸움의 스토리가 끼워져 있는 것이다. 이러한 형태로 120회본이 성립된 것은 가능한 한 조금이라도 더 서사 세계에 빠져 있고 싶었던, 이대로 끝나지 않았으면 하는 독자들의 요구에 호응했던 결과라고 생각한다.

'죽음'의 묘사 방법

방납과의 전투는 출진하기 전부터 이미 법술사 공손승이 귀향한다거나 몇몇 호걸들은 아예 참가하지 못한다거나 하여서 예전처럼 호걸들 전원이 참전하지 않았다는 점 또한 불길한 징조였다. 이후로 잇따른 격렬한 전투의 와중에서 주요 호걸들이 속속 서사 세계로부터 퇴장하게 되는 것이다.

　방납과의 전투에서 살아남았던 주요 호걸들은 거우 서른여섯 명뿐으로, 대략 70%의 호걸들이 이 전투에서 목숨을 잃었던 것이다. 더욱이 그들의 죽음의 방식이 대체로 너무도 어이가 없는데, 불사신의 인간이어야 할 호걸들의 최후치고는 맥이 풀릴 정도라 하겠다. 적장인 방걸方杰과의 일대일 대결 끝에 목숨을 잃는 진명의 경우 등은 그래도 아직 극적인 장면에 속하는 편이지만(제98회), 화살에 맞아 죽는 사람, 익사하는 사람, 낭떠러지에서 추락사하는 사람, 종내에는 치열한 혼전 중에 말발굽에 밟혀 죽는 사람 등등 전혀 극적이라고 할 수 없는 죽음을 맞는 호걸들도 많은 것이다. 그러나 그나마 죽는 모습이라도 묘사되는 경우는 그래도 괜찮은 축에 속한다고 하겠으니, 종반에 접어들게 되면 각 회 말미에 '이번 회에서 전사한 장수는 모두 몇 명이다'라고 기록한 다음, 단지 전사자의 이름만을 나열하는 경우도 늘어나고 있다. 5) 독자들은 이러한 '전사자 명단'을 보고서야 비로소 아! 그 호걸도 전사했구나

5) 이런 방식으로 기록하는 곳은 제91회에서 3명, 제92회에서 5명, 제93회에서 3명, 제94회에서 3명, 제95회에서 9명, 제96회에서 6명, 제97회에서 6명, 제98회에서 24명으로 후반으로 갈수록 점차 많아지는데, 전사자는 모두 59명에 이른다.

하는 식으로 확인하게 되는 것이다. 이 책 상권에서 살펴보았듯이 『삼국지연의』 또한 전사하는 이들의 모습을 한탄을 섞지 않은 채 담담한 필치로 묘사하고 있지만, 『수호전』이 보여주는 이러한 담담함은 『삼국지연의』에 비할 바가 아니라 하겠다.

여하튼 간에 작품의 종막까지 108명의 호걸 전원을 퇴장시키지 않으면 안 되는 까닭에 전속력으로 내달려서, 그토록 대단했던 양산박 군단도 마치 '구조 조정 사업단'을 방불케 할 정도로, 단지 '정리'의 대상으로만 전락함으로써 이제는 정말로 끝장이라는 분위기가 짙게 감도는 것이다.

이렇게 보면 결국 방납과의 전투는 양산박 호걸들을 퇴장시키기 위해 설치한 서사적 장치와 다름이 없다고 하겠다. 『삼국지연의』에서도 마찬가지로 전반부는 다루어야 할 에피소드가 산더미처럼 많아 1년분의 사건들을 몇 회로 나눠 넉넉히 이야기하고 있지만, 종반이 가까워짐에 따라 템포가 빨라져서 마지막 2회 정도의 분량에서는 생략한 듯한 말투로 무려 30년분의 세월을 정리·기술하고 있다. 종반에 이르면서 서사 세계가 점점 빈약해져가는 양상은 『수호전』의 세계에서도 동일하다. 아무리 무시무시한 '마법 이야기'를 꾸며내어 홍취를 돋우려 해도, 결국은 매력적인 등장인물이 '정리'되고 끊임없이 죽어나가기 때문에 가슴이 뛰는 재미 따위를 기대할 여지도 없게 되었다. 이렇게 되자 작품의 어조는 더욱더 생략된 모습을 띠게 되고, 줄거리를 좇아가는 속도 역시 점점 빨라져, 눈이 핑핑 도는 듯한 빠른 전개 속에 별다른 감회도 탄식도 없이, 이윽고 정신을 차려보면 이미 수많은 등장인물이 퇴장해버렸던 것이다.

　재담꾼들도 저잣거리의 공연 현장에서는 무송의 호랑이 퇴치나 노지심과 이규가 보여주는 활약상 등 전반부의 볼 만한 장면들은 몹시도 재미나게 충분히 다루었던 반면, 종반 부분은 약간 보태는 정도이거나 때로는 거의 언급하지 않았을는지도 모른다. 또한 방납의 전투 등은 장편소설화되는 과정에서 새로 구상되었을 가능성도 있다 하겠다. 『삼국지연의』든 『수호전』이든 설화를 직접적인 모태로 삼는 중국 백화 장편소설은 전반부의 풍요로운 전개와 비교해 후반부 특히 종반 부분은 마치 결승점을 향해 달리듯이 일사천리로 전개되고, 분량도 줄어들면서 마냥 적막해져는 것이다.

퇴장하기 시작하는 호걸들

살아남은 호걸들도 방납과의 전투 이후에 서사 세계에서 퇴장하기 시작한다.

우선 노지심은 개봉으로 개선하는 도중에 항주杭州의 육화사六和寺에서 전당강錢塘江으로부터 조수潮水[6] 밀려오는 소리를 들으며 좌화坐化[7]한다. 이 책의 제1장에서 거론한 것처럼, 노지심은 출가할 적에 오대산 지진 장로에게서 '강을 만나 잠길 것이다(遇江而止)'라는 게를 받았던 일이 있었다. 그의 최후는 이에 딱 들어맞는 것이었다 하겠다(26쪽 참조). 더욱이 노지심은 요나라와 치렀던 전투에서 귀환하는 도중에 송강과 함께 오대산을 다시금 방문하여 지진 장로에게서 '조신潮信을 듣고 보면 원적하리라(聽潮而圓 見信而寂)'라는 게를 또한 받았던 적이 있었다. 노지심은 불현듯이 육화사의 승려에게서 '원적圓寂'이 죽음을 뜻하는 말임을 알게 되자 물을 데워 몸을 깨끗이 씻은 뒤에 선탑禪榻[8]에 앉아 조용히 임종을 맞이하였다. 참으로 감탄할 만한 최후라고 해야 할 것이다.

---

6) 원문에서는 이를 달리 일컬어 전당강의 '조신潮信' 소리라고 한다
7) 불교 용어로 앉은 채로 평안한 죽음에 이르는 것을 말한다.
8) 참선할 때 앉는 의자인데 달리 '선의禪椅'라고도 한다.

생전에 노지심과 내내 함께 움직이던 무송은 방납과의 전투에서 왼팔을 잃는 불상사를 당했기 때문에 수도 개봉으로 돌아가지 않고 그대로 육화사에서 출가하여 불목하니로 지내다가 80세에 편안한 죽음을 맞이하였다. 독립불기獨立不羈[9]의 위대한 호걸 노지심과 무송은 이렇게 각자 편안하게 최후를 마쳤던 것이다. 또한 가장 먼저 양산박에 가담하였던 임충은 개봉으로 개선하기 직전에 중풍에 걸려 육화사에서 무송의 병구완을 받으며 요양하였지만 반년이 지나 죽고 말았다. 그 밖에 독룡강 전쟁의 원인을 제공했던 양웅과 시천도 개봉으로 개선하기 직전에 급병急病에 걸려 병사하고 말았다.

살아남은 호걸 중에서도 멋진 미남자 연청은 물러날 때에도 깨끗하게, 혼자서 어디론가 자취를 감추어버렸다. 그리고 수군의 영웅이었던 「혼강룡」 이준, 「출동교出洞蛟」 동위童威는 배를 타고서 바다로 떠나버리는[10] 등 방납과의 전투에서 살아남은 서른여섯 명 중에서 새로이 죽은 사람

---

9) 독립하여 남에게 속박되지 않는다는 뜻임.
10) 원문에는 이때 바다 건너 다른 나라로 간 이준은 훗날 섬라국運羅國 왕이 되었고, 그를 따라 간 동위와 비보費保 등은 모두 섬라국 대신이 되어 바닷가를 차지하고 살았다고 되어 있다. 섬라국은 지금의 태국을 가리킨다.

과 떠나버린 이들이 생겨났기 때문에, 수도 개봉으로 개선
했을 적에 양산박 군단에 남아 있는 호걸은 단지 스물일곱
사람뿐이었다.

양산박의 최후

드디어 수도 개봉으로 개선한 27명의 호걸에게는 각각
논공행상을 거쳐 작위가 제수되었다. 송강은 초주楚州 안
무사安撫使 및 병마도총관兵馬都總管, 노준의는 여주廬州 안
무사 및 병마부총관兵馬副總管에 임명되었고, 나머지 25
명 역시 각각 각 주州의 도통제都統制를 맡는 무절장군武節
將軍[11]과 각 노路의 도통령都統領 소임을 맡는 무혁랑武奕
郞[12]에 임명되었다. 그러나 조정의 네 악인의 모함에 걸려
들 것을 두려워하여 그 이후로도 병을 핑계로 사임하는 이
들이 줄을 이었다. 이리하여 시진은 칭병하고서 고향으로
돌아가 자유롭게 살았고, 「박천조撲天鵰」이응李應과 「귀검
아鬼臉兒」두흥杜興도 독룡강으로 귀향하여 부호가 되는 등

---

11) 군대를 관할하는 총지휘관의 직책임.
12) 군대를 지휘하는 지휘관의 직책임.

호걸들의 그 이후의 삶의 방식은 각인각색이었다. 걸음이 빨랐던 대종 역시 이내 사직하고 동악묘東岳廟에서 출가해 도사로 지내다가 몇 개월 후 여러 도사들을 불러다 하직을 고하고 나서 크게 웃으며 세상을 떠났다. 그 자신 파란만장한 세월을 되돌아보고서 "재미있었구먼" 하면서 크게 웃었던 것일까? 아무리 봐도 특수 기능의 소유자답게 깔끔하고도 참으로 개운한 최후였다.

이렇게 자신의 의지로 사임했던 호걸들은 그나마 다행이었지만, 최후까지 송강과 행동을 같이하며 북송 조정을 섬겼던 이들의 최후는 비참하기 짝이 없었다.

우선 노준의가 조정의 네 악인의 간계에 빠져 수은에 중독되어 무참히도 물에 빠져 죽고 말았다. 이어서 송강도 부임지인 초주에서 네 악인의 지시를 받은 칙사에게서 (약발이 천천히 퍼지는) 지효성遲效性 독이 들어간 어주御酒[13]를 하사받아 마시게 되었다.

(독주를 마셨음을 알고) 이제는 만사가 끝이구나 하고서 죽음이 다가왔음을 깨달은 송강은 윤주潤州에서 도통제로 근무하는 이규에게 사람을 보내어 그를 불러들였다. 무슨

---

13) 황제가 신하에게 내리는 술을 일컬음.

일이 있는가 싶어 황급히 달려온 이규에게 송강은 먼저 아무 일도 없다는 듯이 술을 권하면서 이렇게 말하였다.

"'아우는 모르고 있지만 조정에서는 사람을 나한테 보내어 사약을 내리려고 한다네. 그렇게 해서 내가 죽으면 어떻게 된단 말인가?'

이규는 큰 소리로 대꾸하였다.

'형님, 그래 앉아서 죽기를 기다리기만 하겠소? 일어나 조정과 또 한 번 싸워야지요.'

'이 사람아, 지금이 어느 때인가? 군사들도 모두 없어지고 형제들도 모두 흩어진 판에 무엇을 믿고 반기를 들고 조정과 싸운단 말인가?'

그러자 이규가 답했다.

'왜 군사가 없어요? 내 있는 진강鎭江에도 3,000명의 군사가 있고, 형님네 이 초주에도 군사들이 많지 않아요? 이 군사들을 모두 동원하고 백성들까지 모두 동원한다면 그리고 이 밖에도 또 군사들을 모집하고 말을 사들인다면 무슨 일인들 못 해내겠어요. 그리고 양산박으로 다시 올라가 통쾌하게 살아봅시다. 간신들 밑에서 이 따위로 살아가느니 그 쪽이 훨씬 낫습니다.'" (제100회)

그러나 송강이 이규에게 먹인 술에도 또한 지효성 독이 섞여 있었다. 솔직히 일의 자초지종을 털어놓자 이규는 눈물을 흘리며 송강을 용서하였고, 임지인 윤주로 돌아간 지 얼마 안 되어 숨을 거두었다. 이규를 배웅하고 난 뒤에 송강 역시 눈을 감았다. 그리하여 이 두 사람은 양산박과 풍경이 조금도 다름없는 곳으로 송강이 미리 못자리로 보아둔, 초주 교외의 요아와蓼兒注에 나란히 묻히게 되었던 것이다(첫머리 부분에 인용함).

양산박 군단, 더 나아가 『수호전』 세계 최후의 마무리를 짓는 인물은 책사 오용과 화영이다. 송강과 이규가 요아와에 묻힌 뒤에, 송강이 오용과 화영의 꿈에 현몽해서 원망을 늘어놓고서 무덤을 보러 와달라고 청하였기 때문에 이 두 사람은 임지에서 요아와로 달려갔던 것이다. 결국 그 두 사람은 송강의 묘 앞에서 목을 매고 죽음으로써 송강, 이규와 함께 나란히 묻히게 되었다. 이렇게 해서 요아와에는 네 개의 무덤이 생겨났고, 스산한 풍경 속에서 『수호전』 세계는 기본적으로 막을 내리게 된다. 땅속에서 천공으로 흩어졌던 108명의 마왕이 다시 땅속으로 돌아갔음을 암시하는 결말이라 하겠다.

부언하자면 오용은 『삼국지연의』의 제갈량을 떠올리게 하는 유능한 책사로 시종일관 송강을 떠받쳐온 캐릭터이지만, 최후까지 '구로고黑子'[14]처럼 눈에 띄지 않는 존재였다. 그처럼 눈에 띄지 않았던 오용이 또한 눈부신 활약을 보여준 장면은 거의 없었지만, 그러던 그가 성실무비誠實無比한 화영과 함께 송강을 따라서 목숨을 바침으로써 서사 세계의 최후를 장식하는 것도 꽤나 깊은 여운을 느끼게 하는 끝맺음이라 할 수 있다.

송강과 이규의 최후

앞서 논했던 바와 같이 『수호전』은 대체로 죽음을 묘사하는 방식이 담담하며 호걸들의 퇴장 방식 역시 매우 간결하지만, 송강과 이규가 죽음에 이르는 과정은 아주 상세하게 묘사되어 있다. 바로 그런 이유에서 역으로 독자들은 송강은 왜 이규를 저승 가는 길동무로 택했을까 골똘히 생각하게 되는 것이다. 송강이 간절히 원해서 우격다짐으

---

14) 일본의 전통극 가부키歌舞伎에서 검은 옷을 입고 배우 뒤에서 연기를 돕는 사람을 가리킨다.

로 밀어붙였던 귀순 노선 탓에 양산박 군단은 (조정에) 이용당하고 버려졌으며, 다수의 호걸들이 전쟁터에서 전사함으로써 결국 괴멸해버리고 말았다. 송강은 이러한 사태를 야기한 책임자이므로 목숨을 잃어도 할 말이 없을 것이다. 그러나 최후의 순간까지도 '양산박으로 되돌아가서 다시 한 번 모반을 일으키자'며 여전히 반역 정신을 불태우는 이규를 어째서 저승 가는 길동무로 삼았던 것인가? 이래 가지고는 '내가 죽으면 앞으로 어찌 될 것인지'라며 자식들과 억지로 동반자살을 행하는 부모와 무엇이 다르겠는가? 이런 식으로 누구든지 이규를 위하는 척하면서도 자기 명분만을 꾀하는 송강에게 분노를 느끼고, 도리어 최후까지 인간미 없는 해맑음과 에너지가 충만했던 이규를 역성들고 싶어질 정도인 것이다.

이미 언급했듯이 송강과 이규라는 두 명의 '흑黑'[15]은 『수호전』 세계에서 전자는 '(알맞은) 정도'를 아는 현실주의자, 후자는 '(알맞은) 정도' 따위는 도무지 없는 허점투성이의 무법자라는 식으로 완전히 대조적인 캐릭터라 하겠다. 그러나 사실 이 두 사람은 빛과 그림자처럼 표리일체의 관

15) 송강의 별명은 「흑삼랑黑三郎」이고, 이규의 별명은 「흑선풍黑旋風」이다.

계에 있으며, 어떤 의미에서 이규는 송강의 분신으로 설정되어 있었다. 그 때문에 한쪽의 '혹'이 사라져버리면 다른 한쪽의 '혹' 또한 함께 사라질 수밖에 없는 것이다.

『수호전』의 서사 세계는 미리부터 땅속에 봉해져 있던 108명의 마왕이 해방된 후에 인간세계로 환생해 잠시 대활약을 벌이고 난 뒤에 다시금 땅속으로 돌아간다는 (짜놓은) 틀이 설정되어 있었던 것이다. 송강의 귀순 노선은 다름 아닌 108명 마왕의 화신이었던 양산박의 주요 호걸을 땅속으로 돌려보내기 위한 장치와 다름없으며, 독자들의 애를 태우는 송강은 그 길잡이 역할을 담당하는 존재라고 할 수 있다.

그러나 그렇다고는 해도 호걸들이 한 사람 한 사람 죽어가고, '그리고 아무도 남지 않았다'라는 『수호전』의 결말은 참으로 쓸쓸하고 애처로운 것이다. 죄다 죄를 짓고 천상세계에서 하계로 추방된 삼장법사 일행이 '서천취경西天取經'16) 여행이라는 통과의례를 헤쳐나가며 순조롭게 천상세계로 복귀하는 『서유기』의 해피엔딩으로 끝나는 대단원은 말할 것도 없고, 유선劉禪의 경박한 웃음으로 종막을 알

---

16) 서천西川은 인도의 별칭으로, 곧 '인도에 가서 불경을 구해온다'라는 뜻이다.

리는 『삼국지연의』의 결말과 비교해봐도 『수호전』의 결말의 어두운 비극성은 달리 유례가 없는 것이었다.

'인간'을 연결하는 이야기

　한편 이렇게 보면 『수호전』에도 역시 『삼국지연의』, 『서유기』에서 지적하였던 바와 같은, 중국 고전소설의 특징이 계승되고 있는 것이 분명하다. 요컨대 『수호전』에서도 『삼국지연의』나 『서유기』와 마찬가지로 등장인물의 성격은 고정되어서 시간이 경과하여도 성장·변화하거나 하는 일은 없었고, 등장인물의 내면 묘사나 심리 묘사도 거의 이루어지지 않고, 모든 것을 투시하는 '전지적 시점의 화자'도 존재하지 않는 것이다. 또한 '보이는 것'이나 '들리는 것'의 기술에 중점을 두는 연극적인 서사 작법도 세 작품 모두의 공통점이라 하겠다.

　이미 말한 것처럼 『수호전』의 등장인물은 적어도 양산박 군단이 존재하는 동안에는 나이의 변화를 느낄 수가 없다. 게다가 서사 세계에서 커다란 이미지 변화를 보여주는 등장인물의 경우에도 그것은 결코 내재적 변화나 성장에 의한 변화가 아니었다. 예를 들면 공손승의 경우 첫 등장 장면에서는 조개에게 채경에 바치는 생신강生辰綱[17]을 강탈할 것을 제안하는 '불량 도사'에 불과하지만, 이윽고 그는 가공할 법술을 구사하는 양산박 군단의 대법술사로 변신한다. 그러나 이 또한 공손승이 단계를 밟아서 성장·변화해가며 대법술사로 성장하는 과정은 전혀 그려지지 않았고, 오히려 스토리 전개상 어떻게 해서든 양산박에 초일류 마술사가 있어야 한다는 (절박한) 상황 때문에 그러한 역할이 공손승에게 할당되어 순식간에 대법술사로 변신한다는 방식인 것이다. 이것 역시 『삼국지연의』나 『서유기』와 마찬가지로 서사 세계에서 줄거리가 이렇게 전개되어야만 하기 때문에 이런 등장인물은 여기에서는 이런 성격, 이런 역할을 담당해야 한다는 '서사적 논리'가 가장 우선시된다는 사실을 보여주고 있다.

'서사적 논리'를 가장 우선시하면서, '사건의 관계성'과 '등장인물의 관계성'을 묘사해가는 백화 장편소설의 특징적 어조는 『삼국지연의』나 『서유기』보다도 『수호전』에서

---

17) 생일 축하를 위한 선물이라는 뜻임.

더욱 현저하게, 그리고 효과적으로 운용되고 있다고 여겨진다. 『수호전』은 특히 전반부에서는 '염주 알처럼 많은 인물을 한 줄로 늘어세우는' 형식으로 삽화를 서로 연결해 가면서 절묘한 타이밍에서 차례차례로 매력적인 호걸들을 상호 연관지어 등장시켜가는 것이다.

사실史實과 이야기

번화한 저잣거리에서 공연되던 재담을 직접적인 모태로 삼는 백화 장편소설 『삼국지연의』, 『서유기』, 『수호전』은 어느 것이나 역사적 사실을 바탕으로 해서 허구를 부풀려 완성한 서사물이다. 그러나 사실과 허구의 비율은 한결같지 않아 정사正史 등 정통적인 역사 자료와 꼼꼼히 대조하면서, 민간에 전승되던 '삼국지 설화'를 집대성한 『삼국지연의』가 큰 틀에서 역사적 사실과의 일관성이 가장 높으리라는 점은 말할 필요도 없겠다. 또한 역사상 실존했던 당나라 고승 현장玄奘의 「서천취경」 여행을 토대로 마음껏 환상을 부풀려 완성한 『서유기』는 내용이 초현실적이며 대체로 역사적 사실과는 조금도 닮지 않은 것이다. 단지 장편소설화된 것이 다른 두 작품과 비교해 200년 가까이 뒤늦은 16세기 명대明代 중엽에 상당한 교양과 학식이 있는 저자에 의해 정리된 것으로 보이며, 문장 표현도 서사 구조도 극히 완비되어 있어 서사물로서의 완성도는 매우 높다고 할 수 있다.

이 두 작품에 비해『수호전』은 민중 반란이 빈발하던 북송 말기의 시대 상황을 반영하면서 서사 세계가 전개되고는 있지만, 『삼국지연의』와는 달리 역사적 사실은 아주 적은 양의 효묘[18]에 불과하며, 마음껏 허구를 부풀려 거대 공동체인 양산박을 창출해내었던 것이다. 또한 문장 표현이나 서사 구조도 재담 공연 현장의 분위기를 농후하게 간직하고 있으며, 다양한 종류의 '수호水滸 설화'를 그대로 수용한 부분도 많았다고 여겨진다. 따라서 위대한 역사소설인『삼국지연의』나 위대한 환상소설인『서유기』가 민간 예능의 전승을 계승하면서 이에 주도면밀하게 손을 더해서 완성도 높은 장편소설을 만들어냈던 것에 반해,『수호전』은 구석구석까지 두루 살펴서 자기 완결하는 데까지 이르지는 않고, 한편에 미완의 여지를 남겨놓은 경우라고

---

18) 빵 만들 때 쓰는 이스트를 가리킨다.

볼 수도 있는 것이다. 100회본 이외에도 120회본이나 70회본 같은 이본들이 생겨난 것도 아마도 이러한 이유 때문이었으리라고 생각해볼 수 있다.

이렇듯 어떤 의미에서 미완의 여지를 남겨놓은『수호전』으로부터 이를 실마리로 해서 중국 고전소설의 흐름을 크게 바꾸어놓는『금병매』가 태어난 사실 또한 실로 흥미롭다 하겠다. 남성 상호 간의 대단히 윤리적인 '협俠'의 세계를 그렸던『수호전』으로부터 처절한 남녀 간의 색정과 욕망의 뒤얽힘을 묘사하는『금병매』에로, 중국 고전소설은 어떤 형태의 대전환을 이루었던 것인가에 대해서 뒤이어서 살펴보기로 하자.

『금병매』편
- 미궁의 '작자'와 뒤집힌 악몽

1. '수호전'으로부터의 갈림길
- 무대武大 살인과 살아남은 '악의 꽃'

　　"춘삼월 봄볕이 따사로이 내리쬘 무렵, 반금련潘金蓮은 화장을 곱게 하고서 무대武大가 외출하기를 기다렸다가 문 앞의 발을 걷어 올리고는 밖을 내다보면서 무대가 돌아올 때 쯤에는 얼른 발을 내리고 안으로 들어와 앉아 있곤 했다. 그러던 어느 날 공교롭게도 한 남자가 발 아래로 지나가고 있었다. 자고로 우연한 사건이 없으면 이야깃거리가 될 수 없다고 하지만, 남녀의 연분이야말로 정말로 우연히 이루어지는 모양이다. (중략) 반금련은 황망해하면서 웃음을 띠었다. 눈을 들어 그 사람을 바라보니 나이는 스물대여섯 살쯤 되어 보이는 탕아풍의 사내였다. 머리에는 술이 달린 모자를 쓰고 금빛이 영롱한 비녀와 금과 옥으로 만든 장신구로 치장하고 있었다. (중략) 그 모습은 마치 장생張生[1]과도 같은 얼굴, 반악潘岳[2]과도 같은 용모이니, 참으로 마음이 끌리는 멋진 남자였다. 반금련이 발 아래로 얼핏 내려다보고 있을 적에 남자는 마침 발을 걸어 놓은 장대에 머리를 부딪치고는 걸음을 멈추었다. 남자가

---

1) 원나라 시대 회곡 『서상기西廂記』의 주인공 이름.
2) 서진西晉 시대 시인이자 미남으로 유명했는데 판본에 따라서 '반안潘安'으로 되어 있는 곳도 있다.

막 화를 내려고 얼굴을 돌려서 보니 생각지도 않게 요염하고도 아름다운 여인이 있는 것이 아닌가!" (제2회)

'창작 소설'의 탄생

북송 말기를 시대적 배경으로 신흥 졸부 상인 서문경西門慶을 둘러싼 욕망과 에로스의 세계를 강렬하게 묘사하는 백화 장편소설 『금병매金瓶梅』. 대개 『금병매』라고 하면 에로틱한 묘사가 끊임없이 이어지는 작품이라는 인상이 널리 퍼져 있지만, 사실 이 『금병매』라는 소설이야말로 중국 소설사에서 매우 중요한 의미를 지니는 획기적인 위대한 소설 작품이라고 하겠다.

무엇보다 주목해야 할 사실은 이 책에서 여태껏 다뤄왔던 『삼국지연의』, 『서유기』, 『수호전』이 저잣거리 번화가에서 재담꾼이 공연한 '설화'를 모태로 태어난 작품인 데 반해, 『금병매』는 처음부터 단독 저자가 구상해 창작한 작품이라는 점이다. 『금병매』의 출현으로 중국 고전 백화 장편소설은 '이야기되는 설화'에서 '창작되는 서사물'로 대전환을 이루게 된다. 덧붙여 말하자면 『금병매』의 작자는 이러한 대전환을 이뤄내면서 선행하는『수호전』에 있던 하나의 삽화를 발판으로 삼아 새로운 서사 세계를 구축해내는 놀랍고도 기발한 수완을 보이고 있는 것이다.

『금병매』는 다양한 판본의 텍스트가 있지만 현존하는 가장 오래된 간행본은 만력萬曆 연간(1573~1620년) 말엽부터 천계天啓 연간(1621~1627년)에 걸쳐 간행된『금병매사화金瓶梅詞話』(전 100회)로 추정된다. 실제『금병매』가 저술된 것은 아마도 16세기 말 만력 연간 중순이며,『금병매사화』가 간행될 때까지 20년 정도의 기간은 사본 형태로 유통되었던 것 같다.

『금병매사화』간행 이후에 여러 종류의 텍스트가 간행되었는데『금병매사화』와 크게 차이가 나는 경우가 많아서『금병매』의 전모를 파악하는 단계에는 좀처럼 이르지 못하고 있는 형편이다. 그러나 1932년 인멸되었다고 알려진『금병매사화』의 완본[3]이 발견되어 현재는 영인본은 물론, 원문에 구두점을 찍은 텍스트도 간행되고 있다. 이 책에서도『금병매』의 본래 모습에 가장 근접한 것으로 여겨

---

3) 이 판본은 서문에 따르면 만력 정사년丁巳年(1617년)에 간행되었다고 되어 있어 흔히 '만력본萬曆本'으로 불린다.

지는 『금병매사화』의 텍스트를 토대로 논의를 진행해가기로 한다.

이 『금병매사화』에는 흔흔자欣欣子라는 인물의 「서문」이 달려 있고, 여기에 이 소설의 원작자가 '난릉蘭陵의 소소생笑笑生'[4]이라고 기록되어 있다. 물론 '소소생'은 필명이며 어떤 인물인지에 대해서는 간행 당시로부터 장장 400년에 걸쳐서 계속 논의가 이루어져왔지만 현재까지도 특정되지 않고 있는 형편이다.[5]

『금병매』의 문장 표현은 뒤에서 살펴볼 『홍루몽』에 비하면 백화 표현으로서 정비되지 않은 느낌이 강하고 상당히 읽기 어려운 편이다. 또한 빈번하게 사용되는 삽입시揷入詩 역시 결코 수준이 높다고는 말할 수 없다. 이렇듯 문장 표현이 정비되지 않았다는 사실과는 모순되게 전체적인 스토리 구성은 제1회부터 100회까지 볼 만하게 수미일관首尾一貫하며, 실로 치밀하게 배려하고 있다 하겠다. 이렇듯 문장 표현과 내용 구성 간의 불균형으로 말미암아 작자

---

4) 난릉은 산둥성의 지명으로, 곧 '난릉의 웃기는 사람'이라는 뜻이다.
5) 원작자 문제와 관련해서는 유력한 후보로 거론되는 인물만 하여도 왕세정王世貞, 이개선李開先, 도륭屠隆, 왕치등王穉登, 이지李贄, 탕현조湯顯祖, 설응기薛應旗, 풍유민馮惟敏, 서위徐渭, 노남盧柟, 가삼근賈三近, 이어李漁 등등 십수 명에 이른다.

가 어떠한 경력의 소유자인지 더욱더 흥미를 불러일으키지만, 작자는 '소소생'이라는 의뭉스러운 필명의 그늘 아래 본모습을 숨기고 일절 정체를 드러내지 않는 것이다.

그렇지만 작자가 누구든 간에 영웅호걸의 호쾌한 활약상을 묘사한 『삼국지연의』나 『수호전』의 방향성을 완전히 역전시켜, 신흥 졸부 상인 서문경을 중심으로 뒤엉킨 남녀관계의 갈등에 초점을 맞춰 에로스의 세계를 적나라하게 묘사함으로써 중국 백화소설의 흐름을 크게 바꾸어낸 역량은 무조건 찬양받아야 마땅할 것이다.

부연하자면 『금병매』의 서사적 시간은 이 소설이 본보기로 삼았던 『수호전』과 마찬가지로 12세기 초기의 북송 말기로 설정되어 있지만, 이것은 상투적인 '비틀기' 수법으로 실제로 무대가 되었던 것은 작자가 살았던 시대, 곧 정치적 퇴폐에도 아랑곳없이 상업이 지극히 번성하여 수많은 거상巨商들이 잇따라 출현했던 16세기 말 명나라 말기 사회와 다름없다고 해야 하겠다.

시작은 무송 설화로부터

『금병매』의 첫머리에서는『수호전』의 제23회부터 27회까지 무송을 주인공으로 하는 이른바 '무십회武十回'의 전반부가 거의 그대로 재현되고 있다(이 책의 65쪽 참조). 세간에 이름이 알려진 호걸 무송에 비해 형 무대는 정말로 궁상스러운 몰골에 보잘것없는 취병炊餅장수였다. 그러나 무대의 아내 반금련은 '이런 좋은 양고기가 어찌하여 개 입에 떨어졌단 말인가'(제1회)라는 소문이 나돌 만큼 빼어나게 요염하고 음탕한 미녀였던 것이다. 『금병매』의 서사 세계는 이렇듯 어울리지 않는 이 부부 곁에 경양강景陽岡에서 호랑이를 퇴치했다는 일로 평판을 얻어서 이윽고 양곡陽谷현 도두都頭로 등용되었던 동생 무송이 함께 살게 되는 데서부터 막이 열린다. 『수호전』의 독자에게는 너무도 친숙한 대목이라 하겠다.

반금련은 바느질 일을 하는 반씨네의 딸로 어릴 적부터 얼굴이 예뻤는데,[6] 아홉 살에 부친이 죽자 생활고에 시달

---

6) 원문에 따르면 얼굴이 예쁘고 작은 발에 전족을 했기에 이름을 '금련金蓮'이라고 불렀다고 한다. 곧 옛날 중국에서는 전족을 '금련'이라고 불렀기 때문이다.

렸던 모친[7]이 고위 관료인 왕초선王招宣[8]의 부중府中에 딸을 팔아버렸다. 이곳에서 화장법부터 노래와 춤과 악기 다루는 법, 그리고 그림과 자수까지 몸에 익힌 뒤에, 이윽고 왕초선이 죽게 되자 다시금 부호인 장대호張大戶에게 하녀로 팔려갔다.

그런데 주인 장대호가 반금련의 미모에 반하여 둘은 깊은 사이가 되었고, 이를 알게 된 부인이 격노했기 때문에 장대호는 어쩔 수 없이 반금련을 시집보내기로 한다. 그러나 장대호는 시집을 보낸 후에도 반금련과의 관계를 계속 이어갈 속셈이었고, 이에 눈여겨보았던 대상이 장씨 집안 부지 내에 살았던 소심한 취병장수 무대였던 것이다. 참고로 무대는 상처를 하고 열두 살짜리 딸[9]과 둘이서 장대호의 부지 내에 기거하면서 그곳에서 취병을 팔러 다녔던 것이다. 장대호는 이윽고 반금련과의 사이에서 무리했

---

7) 반금련의 어미인 '반 노파'는 작품에서는 가끔 서문경의 집에 찾아와 반금련의 처소에 묵었다는 식으로 언급되고 있는데, 제82회에 이르러 사망하는 것으로 되어 있다.
8) '초선招宣'은 관직명인데, 왕초선에 대해서는 이후에 별다른 언급이 나타나지 않는다. 왕초선의 집안에서 반금련은 하녀 일은 하지는 않았고, 왕초선이 얼마 후에 죽었던 점 등으로 미루어보아 반금련은 애초에 왕초선의 동첩童妾으로 팔려간 것이 아닐까 의심하는 견해도 있다.
9) 무대와 전처 사이에서 난 딸로 원문에서는 이름이 '영아迎兒'로 되어 있다.

던 것이 탈이 나서 피폐해 죽고 말았다. 죽을 때까지도 반금련과의 관계가 이어졌지만 무대는 보고도 못 본 척할 뿐이었다.

그런데 『수호전』에서는 반금련이 장대호에게 호락호락 곁을 주지 않자 장대호가 홧김에 무대에게 그녀를 시집보내는 것으로 되어 있어, 이 부분의 전개는 『금병매』와는 차이를 보인다. 대강의 줄거리에서 『금병매』는 『수호전』의 전개를 그대로 본뜨면서도 세세한 부분에서는 은근슬쩍 반금련의 음탕성淫蕩性에 대해 강렬하게 인상 지우려고 생각을 짜내었던 것이다.

장대호가 죽은 뒤로 반금련은 착실하기만 할 뿐 인물도 못나고 장사 솜씨도 형편없는 무대에게 더욱 진저리가 나서 주위 사람들에게 공공연히 역정을 내었다. 그러던 참에 늠름한 호걸인 시동생 무송이 형 무대의 권유로 한집에 동거하게 되자 반금련은 모든 힘을 쏟아부어 시동생 무송을 유혹하려 들었다. 그러나 여자에게 관심이 없고, 심지가 굳었던 무송은 전혀 동요하는 기색도 없이 그녀의 유혹을 매몰차게 거절하였다. 그러던 차에 때마침 무송은 수도 개봉으로 장기 출장을 떠나게 되었다. 그는 형 무대가

절조가 없는 반금련에게서 업신여김을 당할까 봐 염려하여 '(집에서) 매일 늦게 나가고 일찍 들어와서' 그녀에게 한시도 눈을 떼지 말라고 넌지시 주의를 주고는 출장길을 떠났다. 이 부근에서의 전개는 『수호전』과 완전히 일치하고 있다.

서문경의 등장

무송의 조언이 주효하여 반금련은 기를 펼 여지도 없이 울적한 나날을 보내고 있었다. 그러던 어느 날, 반금련의 눈앞에 더할 나위 없는 인물이 나타난다. 청하清河현[10] 현청 앞에서 생약방을 하고 있는, 세상없는 색남色男[11]인 서문경이었다. 반금련이 발을 걷다가 대나무 장대를 쓰러뜨리는 바람에 우연히 지나가던 서문경의 두건에 장대가 부딪치고 말았다. 이 두 사람이 조우하는 장면은 첫머리에 인용한 그대로이다.

중국에서 미남자의 대명사로 손꼽히는 서진西晋 시인 반

---

10) 지금의 산둥성의 지명이다.

11) 본래 일본어인 '色男'에는 '미남자', '호색한', '정부情夫'의 뜻이 다 포함되어 있는데, 서문경이 이 세 역할을 다 겸하고 있으므로 여기에서는 그대로 번역하였다.

악潘岳[12]에 비유되는 서문경은 잡기란 잡기, 놀이란 놀이는 못하는 것이 없는 팔난봉이었다. 반금련을 만났을 무렵 서문경은 아직 28세의 젊은 나이[13]였지만 장사 수완이 뛰어났던 덕분에 일찍이 한밑천 모아서 신흥 상인으로 성장하는 한편으로 현청에도 드나들어 관리들에게도 제법 얼굴이 알려져 있는 등 어엿한 '지역 토호'가 되어 있었다.

서문경은 난봉 중에서도 계집이라면 사족을 못 쓰는 색사色事였다. 전처가 외동딸 서문대저西門大姐[14]를 남기고 죽은 뒤로 지방 관리의 딸 오월랑吳月娘을 후처로 맞아들였지만, 집에는 이 정실 외에도 여러 명의 첩실과 깊은 관계를 맺은 하녀들로 북적거리는 형편이었다. 게다가 '(부녀자를 꾀어서) 집에 들여 자기 여자로 만들었다가 조금이라도 마음에 들지 않으면 중매인을 시켜 팔아버렸는데, 한 달에도 중매인이 스무 차례 이상이나 오갔다'(제2회)고 할 정도였다. 이런 서문경이 이상한 인연으로 요염한 반금련과 만났으니 그대로 지나칠 리가 만무하였다. 그녀가 유부녀

---

12) 제4장 참조.
13) 반금련은 당시 25세임.
14) 서문경과 전처 진씨 사이에 태어난 딸. 진경제와 결혼하여 살다가 진씨 집안이 몰락하자 친정으로 돌아와 얹혀 살게 된다. 나중에 진경제와 다시 재결합하여 살다가 이윽고 자살하고 만다. '대저'는 '큰아씨'라는 의미이다.

라는 것쯤은 개의치도 않고 어떻게든 반금련을 제 여자로
만들고자 계략을 궁리하기 시작하였다.

왕王 노파가 꾸민 책략

여기서 서문경과 반금련 사이에서 뚜쟁이 노릇을 하는
인물이 무대·반금련 부부의 옆집에서 찻집을 운영하는 매
파媒婆[15] 왕 노파이다. 서문경은 그런 왕 노파에게 다리를
놓아달라고 부탁하는 것이 빠른 길이라 여기고 찻집을 찾
아갔고, 눈치 빠른 왕 노파는 사례금도 두둑하게 준다는
제안도 받고 해서, 이야말로 좀처럼 없는 돈벌이 기회라며
두 사람 사이에서 뚜쟁이 노릇을 하기 시작하였다. 그리
하여 왕 노파는 몇 단계나 절차를 밟는 주도면밀한 작전을
세워 무대가 집을 비운 사이를 틈타 자신의 집 이층에서
교묘하게 두 사람의 대면을 성사시키기에 이르렀다.

반금련에게 첫눈에 반해버린 서문경은 말할 것도 없고
무기력한 무대에게 신물이 나 있던 반금련 또한 본래 천

---

15) 중매쟁이 노파를 말한다. 원문에는 왕 노파가 매파 외에도 '매파賣婆(사람을 사고파
　는 일을 하는 할멈)'와 '산파産婆'를 겸했다고 되어 있다.

성이 화냥기가 있어, 이내 미남자인 서문경에게 푹 빠져서 왕 노파의 집에서 밀회를 거듭하는 사이가 되고 말았다. 남들의 시선 따위는 아랑곳을 않고 거리낌 없이 행해졌던 두 사람의 행위는 곧 주변 사람들 입에 올랐고 이를 무대에게 고자질하는 자까지 나타나니, 아무리 (사람 좋은) 무대라도 또한 둘 사이를 눈치 채고서 밀회 현장을 덮치는 지경에까지 이르렀던 것이다. 그러나 불운하게도 무대는 서문경에게 명치를 걷어차여 피를 토하고, 이것이 원인이 되어 병석에 몸져눕는 신세가 되고 말았다. 서문경과 반금련은 그런 상황임에도 전혀 관계없다는 듯이 "(무대가) 차라리 죽어주면 좋겠다"라고 큰소리치며 태연하게 매일같이 왕 노파의 찻집 이층에서 밀회를 이어나갔다. 그러던 어느 날 병구완도 못 받고서 내버려진 데 몹시 화가 난 무대가 "내 동생 무송이 돌아오면 절대 가만두지 않을 테다"라고 반금련을 위협하면서 사태는 급변하고 만다.

여기서 또다시 등장하는 것이 악의 화신 같은 왕 노파이다. 무송의 보복이 두려워 새파랗게 질린 서문경과 반금련을 향해 왕 노파는 웃으며 '짧은 부부'가 되어 오늘 바로 헤어져버리는 것이 좋은지, '긴 부부'가 되어 평생을 매일

같이 있게 되는 것이 좋은지를 질문하였다. 물론 '긴 부부'가 되고 싶다고 대답한 서문경에게 왕 노파는 태연하게도 감히 다음과 같은 제안을 하였던 것이다.

> "'이 방법을 쓰려면 한 가지 물건이 필요한데, 다른 집에는 없고 나리 집에는 있습니다.'
> 서문경이 즉시 답했다.
> '만약 내 눈이 필요하다 해도 당장이라도 빼내주리다. 도대체 무슨 물건이오?'
> '지금 그 사고뭉치는 병이 심해 골골하고 있으니 이 틈을 타서 손을 쓰는 게 좋지요. 나리 댁에서 비상砒霜을 약간 가져오세요. 그리고 부인은 직접 가서 가슴 통증에 먹는 약을 지어오세요. 그런 다음에 나리가 가져온 비상을 약에 넣으면 그 난쟁이 목숨도 끝나는 거지요. 그런 후에 불로 깨끗이 화장해버리면 흔적도 남지 않아요. 무이武二[16]가 돌아온다고 한들 어쩌겠어요?" (제5회)

진정한 악마의 속삭임이라 하겠다. 이 말에 찬동한 두 사람은 곧바로 실행에 옮겨 무대를 살해하고 말았다.

무대의 사체에는 분명히 독살의 흔적이 남아 있었지만,

---

16) 무송을 가리킨다.

왕 노파가 솜씨 좋게 사체의 뒤처리부터 장례식 절차까지 전광석화와 같이 일을 진척시켰던 것이다. 그 위에 더욱 주의에 주의를 거듭해서 서문경이 검시관 우두머리에게 뇌물을 쥐어주고서 독살임이 폭로되지 않도록 손을 쓰고는 부랴부랴 서둘러 시체를 화장하도록 하였다. 이것으로 사건이 일단락되자 죄책감이라고는 눈곱만큼도 없는 서문경과 반금련은 훼방꾼이 사라졌다는 듯 치정 싸움에 더욱 열을 올렸던 것이다.

이 대목에서는 서문경과 반금련의 파렴치함도 응당 그러하지만 간사한 지혜의 덩어리라고 할 왕 노파의 존재는 참으로 오싹할 정도의 전율을 느끼게 한다. 이러한 왕 노파처럼 작간作奸을 부리는 데 뛰어난 매파는 명나라 말기 풍몽룡馮夢龍[17]이 편찬한, 설화를 모태로 한 세 편의 백화 단편소설집인 『삼언三言』에 수록된 작품에도 자주 등장하는데, 화본話本의 세계에서는 매우 친숙한 캐릭터이다. 『금병매』의 작자는 설화에서 태어난 『수호전』을 본보기로

---

17) 1574~1646년. 명대의 학자 겸 소설가로 통속 문학의 대가. 『삼국지연의』 『서유기』 『수호지』 『금병매』를 중국의 '사대기서四大奇書'로 처음 명명한 이로 알려져 있다. 「유세명언喩世明言」, 「경세통언警世通言」, 「성세항언醒世恒言」으로 이루어진 단편 백화소설집 『삼언』을 편집·교정한 것으로 유명하다.

삼으면서 새로운 서사 세계를 구축해가는 과정 중에, 이처럼 다른 설화에서 익히 알려진 캐릭터도 함께 교묘하게 배치하였던 것이다. 이것은 『금병매』의 작자가 선행하는 '설화'의 세계에 습숙習熟한 인물이며, '설화'로부터 많은 힌트를 얻는 동시에 그것들을 능숙하게 소화해서 새로운 '서사물'의 세계를 완성해갔던 것임을 엿볼 수 있는 것이다.

『수호전』으로부터의 갈림길

　『금병매』의 서사 세계는 다소의 수정은 있었겠지만 기본적으로 제6회까지 『수호전』의 줄거리를 그대로 되풀이하는 형식으로 전개되다가 이 대목에서부터 길이 각각 나뉘게 된다. 『수호전』에서는 얼마 뒤 돌아온 무송이 친형인 무대 독살 사건의 진상을 알고서 격노해, 반금련과 서문경의 목을 베는 등의 처참한 복수를 행한다(제26회). 그 후 무송은 왕 노파를 끌고 현청에 출두하여 왕 노파는 능지처참의 형벌에 처해지고, 무송은 정상 참작을 통해 귀양 가는 처분을 받는다. 이 대목에서 만약에 '서문경과 반금련이 살해당하지 않았다면'이라는 가정하에서 『금병매』의 새로운 서사 세계가 시작되는 것이다.

『수호전』에서는 무대가 살해당한 지 두 달이 지나서 무송이 돌아오지만, 『금병매』에서는 무송의 귀향을 무대의 백일재百日齋 날, 곧 살해당한 지 석 달이 조금 지난 시기로 설정하였다. 이러한 시간차를 교묘하게 활용해 『금병매』는 『수호전』과 서서히 갈라서게 되는 것이다. 우선 무송이 귀향하기까지 『수호전』에는 없었던 두 가지 사건이 일어나게 된다. 하나는 서문경이 부자 상인의 과부인 맹옥루孟玉樓를 세 번째 부인으로 맞이하는 사건이고, 또 하나는 반금련이 다섯 번째 부인으로 서문씨 집안에 '시집'을 가는 사건이다.

다음 장에서 다시 살펴보겠지만 맹옥루는 재색을 겸비한 데다 돈도 많은, 그야말로 서문경에게는 더 바랄 나위가 없는 신붓감 여성이었다. 서문경은 매파 설씨薛氏 아주머니에게서 맹옥루를 소개받자마자 무대 살해의 공범자이자 상사상애相思相愛의 상대였던 반금련에게 이내 흥미를 잃고서, 크게 기뻐하며 새 여자와의 혼인을 매듭 짓고 순식간에 맹옥루를 집으로 들였던 것이다(제7회). 눈앞에 매력적인 여성이 나타나면 바람기 다분한 남자인 서문경은 곧 새로운 대상에 마음이 끌려 정신없이 빠져들고, 이에 안절부절못해 초조해진 반금련이 갖은 수단을 다해 서문경의 마음을 되돌리려 애쓰는 것은 이후 『금병매』 세계에서 누누이 반복되는 패턴이다. 『수호전』에서 갈라져 나와 『금병매』만의 독자적인 서사 세계가 시작되자마자 우선 이러한 패턴이 배치되는 것 또한 매우 의미심장하다 하겠다.

이렇듯 버림받다시피 했던 반금련이 일약 다섯째 첩으로 서문씨 집안으로 들어가게 된 것은 다름 아닌 무송의 귀향 소식이 날라들었기 때문이다. 맹옥루에 푹 빠져서 두 달 동안 연락이 없었던 서문경 때문에 속을 끓이던 반금련은 왕 노파와 서문씨 집안의 하인을 이용해 가까스로 서문경과 연락이 닿아서 오래간 만에 겨우 대면할 수가 있었다. 그때 마침 출장이 예정보다 길어졌던 무송한테서 형 무대 앞으로 곧 귀향하겠다는 내용의 편지가 도착하자 서문경과 반금련은 둘 다 간담이 내려앉았다. 안절부절못하던 두 사람은 다시금 책사인 왕 노파의 지혜를 빌려 무송이 참견할 수 없도록 무대의 백일재 공양이 끝나자마자 곧 이어서 반금련이 다섯 번째 부인으로 서문씨 집안으로 시집을 가버렸던 것이다.

이렇듯 반금련이 계획한 대로 서문씨 집안으로 들어간 시점에 드디어 무송이 출장에서 되돌아온다. 이윽고 무송은 왕 노파에게 원한을 품은 소년[18]에게서 무대가 살해당한 전말을 전해 듣고는 현청에 소장을 제출하여 반금련과 서문경을 고발하였다. 그러나 이러한 사실을 알게 된 서문경이 발 빠르게 관리들을 매수한 탓에 소장은 기각되어 버렸다. 격노한 무송은 서문경의 살해를 시도하였지만 아슬아슬하게 놓치고 말았고, 우연히 서문경과 함께 있던 말단 관리인 이외전李外傳을 잘못 때려 죽여버린다. 이리하여 살인범이 되어버린 무송은 서문경에게 회유당한 현청 관리에 의해 사형의 처분을 받게 되지만, 다행히도 상부 기관의 부윤府尹[19]이 공정한 인물이었던 덕분에 사형을 면하여 자자를 뜨고서 맹주孟州로 유배간 채로 종막이 가까워질 때까지 서사 세계에서 퇴장해버리고 마는 것이다.

이후에 무송의 피의 보복을 벗어나게 된 서문경과 반금련을 중심으로 해서, 무송 등과 같은 '협俠의 정신'을 체현

18) 원문에는 과일 장사를 하는 '운가鄆哥' 소년으로 나온다.
19) 동평부를 다스리는 지사에 해당하는 직책.

한 호걸들에 의해 펼쳐지는 『수호전』의 서사 세계를 멋지게 역전시킨 『금병매』의 서사 세계가 본격적으로 전개된다. 『금병매』는 『수호전』이 철저히 배제하였던 온갖 '욕망'을 바로 정면에서 포착한 작품이다. 게다가 여기에서는 『수호전』이 의도적으로 혐오하고 배제하였던 여성이 대거 등장하고 있는 것이다.

서문경이나 반금련은 물론이거니와 『금병매』 세계에 등장하는 대부분의 인물들은 색욕, 식욕, 물욕 등 다양한 욕망의 충족을 탐욕스럽게 추구하며 죽을 때까지 현세적인 쾌락을 추구해 마지않는다. 여기서 전개되는 것은, 일반적으로 윤리관이나 도덕관과는 무연한, 오직 욕망에 들씌운 인간들의 철겨운 개화開花인 것이다. 이렇듯 때늦은 개화의 에너지는 섣불리 상대할 수 있는 것이 아니어서, 이것을 받아내며 읽는 쪽에서도 '체력'을 필요로 하게 된다. 그러면 이제 등장인물이 욕망 추구를 위한 과도한 에너지를 분출하였던 나머지 내남없이 모두가 타오르는 불 속에서 파멸해가는 과정을 인정사정없는 필치로 추적한 『금병매』의 서사 세계를 모두 정신을 차리고 헤쳐 들어가보기로 하자.

2. 서문씨 집안의 여인들 - 반금련의 밀통 사건

"반금련은 우선 오월랑에게 머리를 조아려 절을 올리고 (선물로) 신발을 드렸다. 오월랑은 반금련에게서 네 번 절을 받았다. 이어서 반금련은 이교아李嬌兒, 맹옥루孟玉樓, 손설아孫雪娥에게 인사를 하여 예를 올린 뒤에 그대로 옆에 서 있었다. 오월랑이 하녀에게 의자를 가져오게 해 금련을 앉게 하고는, 다른 부인과 하녀들에게 금련을 '다섯째 마님'[1]이라 부르도록 명했다. 반금련은 옆에 앉아서 눈도 돌리지 않고 월랑을 뚫어지게 바라보았다. 그녀는 나이는 스물일곱으로 팔월 십오일 생인지라 어려서 '월랑'이라 불렸다. 생김새는 은쟁반 같은 얼굴에 눈은 살구씨처럼 둥글고 행동거지가 따스하고 유순해 보였으며 진중하면서도 말수가 적었다. 둘째 부인인 이교아는 본시 기루에서 노래를 부르던 가기歌妓 출신으로 살이 찌고 풍만한 몸매에 사람들 앞에서 기침을 자주 하는 습성이 있으나 잠자리 기술이 있어 나름대로 명기라는 이름은 들었다. 그러나 세련미나 놀고 즐기는 면에서는 반금련에게는 상대가 되지 않았다. 셋째 부인은 바로 얼마 전에 맞이한 맹옥루로 나이가 서른이며 배꽃 같은 얼굴에 버드나무 가지와도 같은 허리, 늘씬한 몸매, 갸름한 얼굴에는 주근

---

1) 원문에는 '오랑五娘'으로 되어 있다.

깨가 약간 나 있어 자연스러운 아름다움이 돋보였다. 치마 속에 감추어진 전족을 한 발 한 쌍은 금련과 비슷하게 자그맣다. 넷째 부인 손설아는 하녀 출신으로 오 척의 자그마한 키였으나 곱상한 얼굴이며, 다섯 가지 생선을 넣은 생선국을 잘 끓이고 춤도 꽤 잘 추었다." (제9화)

'주역' 서문경

『금병매』 세계의 중심인물은 말할 나위도 없이 서문경이다. 제1장에서 다루었던 서사 세계의 도입부에서는 아직 그 정도까지는 아니었지만, 회를 거듭할수록 확실히 '섹스 괴물'[2]이라고 부를 수밖에 없을 만큼 변태적인 색정광色情狂의 면모가 점차 강조되어간다. 수많은 첩실을 집으로 들여서 문자 그대로 처첩 동거를 할 뿐만 아니라 하인의 아낙을 건드리고 유곽 출입에 광분하는 등 분별이 없을뿐더러 남녀의 경계조차 없어서 하인인 미소년[3]과도 태연하게 비역질을 하는 형편이었다. 정말로 닥치는 대로

---

2) '섹스 중독'의 의미임.
3) 원문에서는 하인인 '서동書童'을 가리킨다.

상대하는, 괴물과도 같은 정력의 소유자라고밖에 할 수 없었다.

그렇다고는 해도『삼국지연의』의 유비,『서유기』의 삼장법사,『수호전』의 송강과 마찬가지로 서문경 역시 주체적으로 서사 세계를 역동적으로 추동해가는 적극성을 지니고 있지는 않다. 서문씨 집안의 가장으로서 수많은 처첩을 확실히 관리하는 것도 아니며, 반대로 쉽사리 속는다거나 구슬리면 금방 넘어가는 등 의외로 줏대가 없는 편이라 하겠다. 바깥일도 마찬가지여서 중요한 장사 일은 남에게 맡기고 태연하게 눈앞의 쾌락에만 탐닉하는 등 참으로 무책임하다고 할 수밖에 없다. 결국 서문경 또한 다채로운 등장인물을 서로 연결시키는 역할을 맡은 '중심인물'이며, 그런 의미에서 중국 백화 장편소설의 이론에 따랐던 존재라고 해야 하겠다.

개개의 인물에 초점을 맞추어 그 변화나 성장을 추적하는 것이 아니라 다수의 등장인물이 만들어내는 '관계성'을 묘사하는 데 역점을 두는 서사 작법에서도『금병매』는 선행 작품들을 답습하고 있다. 다만『금병매』의 서사 세계는 서문씨 집안이라는 '집'을 무대로 전개되었기 때문에, 광대한 세계를 무대로 영웅호걸의 활약상을 그린 『삼국지연의』나 『수호전』, 또는 등장인물이 천상계에서 하계에 이르기까지 전체 우주 공간을 자유롭게 왕래하는 『서유기』에 비하면 무대 공간 자체는 훨씬 제한되어 있었다. 한정된 '집'이라는 공간에서 중심인물 서문경과 그 주변에 모여들었던 여성들과의 농밀한 관계성을 묘사해내는 일이야말로 『금병매』의 주제인 것이다. 또한 선행하는 3대 소설에서는 대체로 '여성'의 존재감이 미미했고, 특히 『수호전』의 경우에는 여성을 배제하려는 경향이 현저하지만 『금병매』에서는 사정이 완전히 달라져 여성이 속속 전면에 등장하고, 게다가 한 사람 한 사람이 각자 강렬한 존재감을 발산하고 있다. 이 정도로 강렬하고 선명한 형태로 각양각색의 여성을 생생하게 구별하여 묘사했다는 의미에서도 『금병매』는 획기적인 작품임에 틀림없다 하겠다.

여성들의 네트워크

반금련이 혼인했을 적에 서문경의 집에는 이미 네 명의 부인이 있었다(첫머리 부분에 인용함). 많은 여성들과 하인들로 이루어진 '대가족'을 관리하고 다른 집안과의 교제 등 바깥일도 도맡아서 처리하는 본부인 오월랑, 기녀 출신으로 서문경이 접대에 활용하는 유곽과 예인藝人을 알선하는 일이 특기인 둘째 부인 이교아, 죽은 셋째 부인의 후임으로 시집온 맹옥루, 원래는 서문경의 외동딸 서문대저西門大姐의 시녀였지만 지금은 서문씨 집안의 부엌일을 관장하는 셰프와 같은 존재인 넷째 부인 손설아가 바로 그들이다.

본부인 오월랑은 예외로 하고 다른 부인들은 첩실이라는 의미에서는 모두 같은 처지였지만 각자 자신의 '입장'과 '역할', 그리고 '서열'을 강하게 의식하고 있다. 이것은 대단히 중국적인 관계 의식 내지 위치 감각이라 할 수 있다. 다만 본부인은 제쳐놓고 둘째 부인에서 다섯째 부인까지의 서열에는 별다른 의미가 없고, 단지 부인이 되었던 차례를 나타내는 것에 불과하였다. 맹옥루의 경우 셋째 부인이 죽고 그 자리가 비어 있었기 때문에 그 지위를 차지했을 뿐이며, 뒤에 나오는 이야기이지만 마지막으로 서문씨 집안에 들어온 이병아李瓶兒는 반금련에 이어서 여섯째 부인이 된다.

또한 서문씨 집안에서는 본부인 오월랑이 반금련을 '육저六姐'[4]라고 부르는 것처럼 부인들은 서로를 '언니'라든가 '동생'으로 부르고 있다. 이것은 그녀들이 각각 서문경과의 일대일 관계뿐만 아니라 여성끼리의 상호 간의 관계성도 또한 강하게 의식하면서 처신하고 있음을 보여주는 것이다. 서문씨 집안 내부에는 여성들의 네트워크가 빈틈없이 둘러쳐져 있었다고도 할 수 있겠다.

여성들의 상호 관계성을 규정하는, 가장 알기 쉬운 포인트는 나이이다. 『금병매』는 나이에 대하여 실로 (예민하다 못해) 신경질적이며(때때로 오기誤記가 있기는 하지만 말이다), 주요 등장인물의 생일이 언제인가를 그때마다 매번 자세하게 기재하고 있다. 참고로 반금련과 만났을 당시 서문경은 28세(생일은 7월 28일), 반금련은 25세(생일은 1월 8일)였다고 되어 있다. 이 점에서도 나이에 대해서는 거의 기재하지 않았던 『수호전』과는 참으로 대조적이라 하겠다.

---

4) '여섯째 언니'라는 뜻으로 반금련이 친정인 반씨 집안 여섯 번째 딸임을 의미한다.

셋째 부인 맹옥루[5]와의 혼인

같은 첩실이라고는 해도 그녀들 자신의 경제력은 다 같지는 않았다. 전 남편의 유산을 넉넉히 가진 채로 서문씨 집안으로 들어온 맹옥루의 경우와 거의 무일푼의 맨몸으로 뛰어 들어오다시피 한 반금련은 의지하는 경제적 기반이 전혀 달랐다. 이미 명백해졌듯이 이 시대에 여성의 경제적 기반이나 경제력은 결국 친정이나 전 남편의 경제력 여하에 달려 있는 것이다. 제1장에서 언급한 셋째 부인 맹옥루와의 혼인 때에도 그녀의 재산이 중요한 포인트로 묘사되고 있다.

맹옥루는 포목상 양씨楊氏의 정실이었지만 남편을 여의고 자식도 없이 과부로 살고 있었다. 앞서 이야기했듯이 그런 그녀를 눈여겨보았던 매파 설씨薛氏 아주머니가 서문경에게 혼담을 넣자, 색욕도 재물욕도 여간이 아니었던

---

5) 서문경의 셋째 부인. 포목점 상인의 미망인으로 서문경이 그 재산을 탐내 집안으로 들였는데, 본부인 오월랑과 마찬가지로 균형 잡힌 성격에 타인과도 화기애애하게 지내는 인물이다. 하녀인 춘매와 더불어 반금련과 유일하게 사이가 좋은 편이다. 서문경과는 정상적 절차를 밟아 혼인한 관계로 그의 사후에도 다른 데로 팔려가지 않고 본부인 오월랑과 함께 평안한 삶을 살았다. 일부 비평가의 견해로는 맹옥루야말로 '진정한 미녀'인데, 그것을 정당히 평가하지 않는 데에 작자가 의도한 서문경의 인간상이 드러나는 것이라고 보는 입장도 있다. 단지 사람이 좋을 뿐만은 아니고, 작품에서는 자신을 위협하는 진경제를 냉정히 상대하면서도 역으로 함정에 빠뜨리고자 하는 담대한 일면도 보이고 있다.

서문경은 크게 기뻐하며 답치기를 놓았던 것이다. 어쨌든 인물도 좋은 데다 재산도 있고, 혼수품까지 훌륭하다고 하므로 서문경으로서는 더 바랄 나위가 없는 '좋은 연분'이었다. 이러한 혼담이 이루어지기까지의 과정을 살펴보면 여성 쪽의 경제력이 얼마나 중시되었는지를 잘 알 수가 있다. 설씨 아주머니가 처음 서문경에게 맹옥루의 이야기를 꺼냈을 적에도 대번에 그녀의 재산을 화제로 삼아 서문경의 주의를 끌고 있는 것이다.

"이 부인으로 말씀드리자면, 나리께서도 아마 아실 텐데, 바로 남문 밖에서 포목점을 하는 양씨의 본부인이랍니다. 수중에 돈도 있고, 남경에서 만든 고급 침대도 두 개나 있는 데다, 사계절 입을 옷과 무늬 있는 두루마기며 제대로 입지도 않은 옷들이 네댓 상자나 된답니다. 게다가 진주 머리띠, 호박으로 만든 귀고리, 금은보화로 장식한 머리 장식, 금은 팔찌 등 이루 다 말할 수가 없지요. 그리고 손에 든 현금만 해도 아마 천 냥은 넘을 거고 좋은 비단도 이삼백 필은 가지고 있을 거예요." (제7회)

참으로 노골적이라고밖에 할 수 없지만 이렇듯 재산에 집착하는 쪽은 설씨 아주머니뿐만이 아니었다. 맹옥루의 후견인을 맡고 있는 죽은 남편의 고모 노파 또한 맹옥루와 혼인하고 싶다고 인사를 하러 온 서문경에게 거리낌 없이 교환 조건을 제시하고 있다.

> "(제가 이런 말씀을 드려야 할지 잘 모르겠지만), 제 조카[6]가 살아 있을 적에는 돈을 잘 벌었는데 불행히도 죽고 말았다오. 지금은 모든 것이 조카며느리 소유가 되었는데 적어도 아마 천 냥 이상의 은자는 갖고 있을 겁니다. (중략) 저는 그애 친고모로 그다지 멀다고는 할 수 없으니 관이나 살 돈이나 좀 주시면 두 번 다시 더는 바라지 않겠습니다." (제7회)

이 말을 듣자 서문경은 곧바로 가지고 있던 현금 서른 냥을 그녀 앞에 가지런히 꺼내놓고 나중에 다시 현금 일흔 냥과 명주비단 두 필을 추가로 준다고 약속하였다. 현금을 본 고모 노파가 금세 얼굴에 웃음을 가득 머금으면서 이 혼담에 흔쾌히 찬성을 했던 것은 달리 말할 필요도 없을 것이다. 그것 참, 참으로 '돈에 팔리는 이야기'[7]라고 하겠다.

---

6) 맹옥루의 전 남편을 가리킨다.
7) 물질적 이해관계에 눈이 어두워져 자신의 주장이나 태도를 싹 바꾼다는 뜻이다.

덧붙여 맹옥루는 매우 총명하며 여인들이 서로 뒤섞여 있는 서문씨 집안에서도 언제나 냉정하게 다른 첩실들과의 거리를 유지하는, 균형 감각이 매우 뛰어난 여성이었다. 이 정도로 총명하고 게다가 재산도 넉넉했던 편이므로 구태여 복잡한 서문경 집안에 들어갈 필요까지는 없었던 것처럼 보인다. 그러나 그녀 주위에는 저 고모 노파뿐만 아니라 지극히 탐욕스러운 시댁 쪽 친인척들이 눈을 번뜩이며 감시하였을 뿐만 아니라 어렵사리 포목점도 꾸려나가야만 했기에, 이런저런 사정으로 차라리 재혼하는 쪽이 팔자가 피는 길이라고, 머리 좋은 맹옥루가 판단했을는지도 모를 일이다. 유교적 규범으로 보자면 '정숙한 여인은 두 지아비를 섬기지 않는다(정녀불경이부貞女不更二夫)'[8]고 하지만, 실제로는 특히 서민 계층에서는 여성의 재혼이나 삼혼三婚은 그리 드문 일은 아니었던 것이다. 『금병매』의 서사 세계에서도 재혼은 고사하고 그보다 훨씬 기박하게 전신轉身을 거듭하는 여성도 많았는데, 각자가 '내 길을 간다'는 듯이 윤리 규범을 걷어차버리고서 용감하고 꿋꿋하

8) 『사기』「전단田單 열전」에 실려 있는 말로 흔히 '충신은 두 임금을 섬기지 않는다(충신불사이군忠臣不事二君)'라는 말과 짝을 이뤄 한 문장처럼 쓰인다.

게 살아갔던 것이다.

반금련의 '밑천'

부유한 셋째 부인 맹옥루와 대조적인 경우가 다섯째 부인이 된 반금련이다. 궁핍한 취병장수의 처였던 그녀에게는 경제적 기반 따위는 아예 없었다. 이것은 그 이후로 서문경 집안에서 보여준 그녀의 처신술과 관계되는 중요한 포인트가 된다. 경제적인 뒷받침이 없는 반금련이 수많은 여인들로 북적거리는 서문경 집안에서 경쟁자를 압도하는 존재로 당당히 살아가기 위해서는 서문경의 마음을 사로잡는 방법 외에 달리 수가 없었다. 서문경이 새로운 여인에게 열중할 때마다 반금련은 모든 수단을 동원하여 그의 마음을 되돌리려 있는 힘을 다하게 된다. 이렇듯 필사적이고도 끈질긴 점착력粘着力은 사실 남녀의 애증만으로는 설명되지 않는, 이면에 또한 이해관계가 얽혀 있는 것이라고 할 수 있다. 반금련에게는 자신의 전 존재를 내던지는 에너지만이 그녀의 밑천이었던 것이다.

서문경 집안에 들어갈 때도 맹옥루와는 큰 차이가 있어

반금련은 혼수도 없었다. 지녔던 헌 옷가지와 변변찮은 가구 등을 죄다 왕 노파에게 주고 몸뚱이 하나로만 시집온 그녀를 위해 서문경은 기거할 방을 따로 마련해주고 호사스러운 침대 등 여러 생활 집기도 장만해주었다. 또한 본래 오월랑을 모시던 하녀였던 춘매春梅[9]와 새로 사서 데려온 추국秋菊 두 계집애를 반금련을 시중드는 하녀로 배정하였다. 이렇게 해서 정식 부인으로서의 면모를 갖추어주었던 것이다. 참고로 이 두 명의 전속 하녀 가운데 춘매야말로 『금병매』의 '매'에 해당하는 존재[10]로 이후에 전개되는 서사 세계에서 반금련과 일심동체라고 해야 할 정도로 깊은 인연을 이어가게 된다.

춘매는 용모가 빼어났고 머리 회전도 빨랐으며, 성격도 반금련을 쏙 빼닮아서 어떻게든 지지 않으려는 호승심好勝心이 강한 계집종이었다. 그러나 춘매는 결함투성이인

---

9) 반금련의 하녀. 본가의 성은 방龐 씨였다. 본래는 오월랑의 하녀였으나 반금련이 시집왔을 적에 오월랑이 그녀에게 양보하였다. 미인으로 서문경이 눈독을 들여 반금련의 묵인하에 깊은 관계를 맺었으나 정식으로 첩실이 되지는 못했다. 반금련은 춘매를 총애했으며, 그녀도 반금련에게 충성심이 깊어서 내내 서로 깊이 신뢰하는 사이로 지냈다. 한편으로 반금련과 사이가 좋지 않았던 손설아와는 갈등이 심했다. 서문경이 죽은 후에 부잣집에 첩으로 들어갔고, 하녀로 팔려온 손설아를 학대하다가 다른 곳으로 팔아버렸다. 반금련이 사후에 그녀의 꿈에 현몽하여 자신의 매장을 부탁하기도 하였다.
10) '금'은 말할 것도 없이 반금련을 가리킨다.

반금련의 좋은 이해자였으며, 의심이 많아 좀처럼 남에게 경계심을 풀지 않던 반금련도 그녀만큼은 전폭적으로 신뢰해서, 이윽고 춘매와 서문경의 은밀한 관계 역시 오히려 자신이 나서서 적극적으로 추진할 정도였던 것이다. 이렇게 반금련과 춘매는 최후까지도 결코 서로 배신하거나 배신당하는 일 없는 전면적인 신뢰 관계를 유지해갔던 것이다.

본부인 오월랑[11]

그럼 서문경 집안의 내부를 도맡아 꾸려가던 본부인 오월랑은 대체 어떤 여성이었을까? 그녀가 시집온 반금련을 맞이하면서 보였던 반응을 살펴보기로 하자.

"다음 날 반금련이 머리를 풀고 화장을 하고서 화려한 옷으로 갈아입고 춘매에게 차를 들려서 본부인인 오월랑

---

11) 서문경의 본부인. 서문경 집안을 도맡아 관리했는데 현숙한 성격으로 본부인다운 위엄으로써 첩실들을 통솔했으므로 서문경도 그녀를 함부로 대하지 못하고 새로운 첩실을 들일 적마다 반드시 상의를 하곤 했다. 서문경과의 사이에서 첫 아이는 반금련의 저주로 사산했고, 둘째로 낳은 아들이 서문효가西門孝哥였다. 서문경이 죽은 후 금나라 군대가 쳐들어왔을 적에 사찰로 피신해 효가를 출가시켰고, 대신 하인인 대안代安을 양자로 삼아 집안을 잇게 하였다. 성실한 성격의 여인답게 온전히 70세까지 장수를 누렸다.

의 방으로 가서는 월랑을 시작으로 다른 첩들에게도 첫 인사를 하면서 작은 선물로 신발을 주었다. 오월랑이 의자에 앉아 반금련의 모습을 자세히 살펴보니 나이는 아직 스물대여섯을 넘지 않았고 빼어난 미모의 소유자였다. (중략) 오월랑이 반금련을 머리에서 발끝까지 훑어보니 예쁘고 세련돼 보이고, 다시 봐도 역시 예쁘고 세련돼 보였다. 생김새는 마치 수정 쟁반 위에 구르는 명주 구슬과도 같았으며, 자태는 붉은 살구나무 가지에 아침 햇살이 걸린 것과도 같았다. 오월랑은 이러한 반금련의 모습을 한번 보고는 말로는 하지 않았지만 내심 이렇게 생각했다.

'하인 놈이 와서 매번 무대 마누라 얘기를 이리저리 떠드는 것을 들었지만 실제로 만나보지는 못했다가, 오늘 만나보니 과연 용모가 아름답구나. 어쩐지 날강도 같은 양반[12]이 사랑하실 만하네!" (제9회)

오월랑에게는 일부다처제를 제일로 여기는 전통 중국의 대가정에서 일종의 전형적인 본부인 이미지가 부여되어 있다. 그녀는 인간관계가 복잡한 대가정을 어떻게든 결속해가는 그녀 나름의 관리능력을 지녔으며, 예상 밖으로 우유부단해서 타인에게 이리저리 휘둘리기 십상인 남

---

12) 서문경을 가리킨다.

편 서문경을 맵짜게 나무라는 배짱도 있었다. 다만 몸이 허약해서 자질구레한 살림살이까지는 미처 손이 미치지 못하였고, 금전의 출납 역시 전적으로 둘째 부인인 이교아 李嬌兒[13]의 손에 맡기고 있었다. 이것이 본부인 오월랑의 결점이라면 결점이었다.

당초 오월랑은 서문경이 '소문의 여자'인 반금련을 집에 들어앉히는 일에 대해 마뜩지 않게 여기고 있었다. 그러나 서문경 집안 내부의 힘의 관계를 민감하게 알아차린 반금련이 은연한 힘을 발휘하는 오월랑에 대해 철저하게 저자세를 취하였기 때문에 그토록 완강하던 그녀도 완전히 기분이 좋아져, 둘째 부인인 이교아나 넷째 부인인 손설아[14]의 반발에도 아랑곳 않고 반금련을 총애하게 되었다.

---

13) 서문경의 둘째 부인. 본래 기루妓樓의 기녀 출신으로 서문경 집안에서는 가계를 돌보았다. 특히 돈에 대한 욕심이 많은 편으로 서문경의 사후에 집안의 재물을 몽땅 훔쳐 유곽으로 되돌아갔다가 이내 다른 남자에게 시집가버린다.

14) 서문경의 넷째 부인. 본래 서문대저의 하녀였는데 서문경이 관계를 맺고 첩실로 들어앉혔다. 하녀들을 지휘해 부엌에서 집안의 음식 만드는 일을 관장했는데 특히 생선국을 잘 끓였다. 불평불만이 많아서 반금련과도 갈등이 많았으며, 서문경의 총애를 잃게 된 후로는 다른 첩실에 비해 현격히 낮은 대우를 받아 이윽고 하인 내왕과 눈이 맞아 깊은 관계를 맺기도 하였다. 심지어 판본에 따라서는 중간에 서문경의 비위를 거슬러 그에게 맞아죽는 것으로 되어 있기도 하다. 반금련의 하녀인 춘매와도 사이가 무척 안 좋아서 서문경이 죽은 후에 이윽고 고위 관리의 본부인이 되었던 춘매에게 하녀로 팔려가 온갖 핍박을 받다가 다시 유곽으로 팔려가는 등 파란곡절의 운명을 살다가 결국 자결하고 말았다.

트릭스터 반금련

이렇게 반금련은 본부인인 오월랑을 구슬려서 환심을 사는 일에는 성공하였지만 아무래도 '매우 의심이 많아 남들이 하는 험담에 온 신경을 쓰고, 시빗거리를 찾는 데 머리를 썼던'(제11회) 상태였으므로 다툼이 일어나지 않을 턱이 없었다. 이리하여 반금련은 투쟁심을 드러내어서 눈에 거슬리는 상대에게는 이유 여하를 불문하고 툭하면 시비를 걸어 여기저기서 소동을 일으켰던 것이다. 그런 그녀의 모습에는 『금병매』의 서사 세계를 격렬히 교란하는 트릭스터의 이미지가 엿보인다고 하겠다.

반금련의 둘도 없는 '동반자'라 해야 할 하녀 춘매 역시 유달리 투쟁심이 강했기 때문에, 이들 주인과 하녀 콤비가 일심협력하면 가히 '소향무적所向無敵'[15]의 상태가 되고 말았던 것이다. 반금련 주종主從[16] 콤비의 최초의 표적이 되었던 이는 넷째 부인 손설아였다. 손설아가 어느 날 사소한 일로 춘매를 놀렸는데 콧대가 센 춘매는 화가 나서 반금련에게 가서 있는 일, 없는 일 얘기를 만들어서 죄다 일

15) '어디를 가든지 대적할 상대가 없다'는 뜻이다.
16) '주인과 종복'의 뜻.

러바쳤다. 화가 치밀어오른 반금련은 때를 보다가 서문경을 부추겨 손설아를 호되게 때려주도록 하였던 것이다.

일이 이렇게 되자 손설아 역시 화를 삭이지 못하고 본부인 오월랑에게 달려가 반금련은 음탕하다는 둥 전 남편을 독살했다는 둥 격렬하게 욕설을 퍼부었다. 창가에 서서 이를 엿듣고 있던 반금련이 곧장 그 방 안으로 쳐들어가 손설아에게 통렬하게 대거리하며 한바탕 퍼부어댔다. 급기야 서로 드잡이를 하고 싸우려는 찰나에 오월랑이 끼어들어 그 상황은 어떻게든 수습이 되었던 것이다. 그러나 반금련은 도저히 참을 수가 없어서 머리를 풀어헤치고 몹시 울어 퉁퉁 부은 눈을 하고서, 그야말로 동정심을 자아내려는 듯 애처로운 몸짓으로 서문경을 향해서 줄기차게 호소하였다. 반금련의 이야기를 곧이곧대로 받아들인 서문경은 이내 화가 머리끝까지 나서 손설아를 때리고 차는 폭행을 가하면서 죽도록 패주었던 것이다.

이와 같이 반금련은 교묘하게 서문경을 부추겨 음험한 손설아를 흠씬 두들겨 패줌으로써 묵은 체증이 가신 듯 속이 후련해졌던 것이다. 그러나 재난은 그치지 않고 계속되었다. 이번에는 고난 속에서도 그나마 믿고 의지하던

서문경이 유곽 출입에 넋이 빠져 기생 이계저李桂姐[17]에게
돈을 쏟아부으며 집에는 도통 들어오지 않게 되었다. 이
에 화가 난 반금련은 분풀이라도 하듯 맹옥루가 데려온 하
인 금동琴童과 밀통密通을 하고 말았다. 평소에 반금련이
기녀를 '음부淫婦'쯤으로 취급하던 일에 앙심을 품었던 이
교아[18]와 손설아가 이러한 밀통 사실을 알게 되자 또 한
차례 소동이 벌어졌다. 손설아와 이교아는 밉살맞은 반금
련의 약점을 잡았다 싶어 용기백배하여 곧바로 서문경에
게 반금련이 금동과 벌인 일을 자세하게 일러바쳤다. 격
노한 서문경은 금동을 죽도록 두들겨 패서 집에서 쫓아내
고 반금련에게도 지독하게 채찍질을 해대었다. 그러나 눈
물을 흘리며 끝까지 "그런 기억이 없다"고 하소연하는 반
금련과 필사적으로 그녀를 감싸며 무고를 주장하는 춘매
에게 농락당하여 결국 이 사건은 유야무야되고 말았던 것
이다.

　반금련이 이런 봉변을 겪고서도 가만히 있을 리가 만무
하였다. 맹옥루가 은근슬쩍 그녀를 감싸면서 서문경을 구

---

17) 이교아의 조카로서 기생이다.
18) 이교아는 본래 기녀 출신이다.

슬렸던 덕분도 있고 해서, 그 후에 반금련은 서문경을 향해 "(당신의 몸을 생각해서 한 말을) 저 마음속이 엉큼한 두 사람19)이 몰래 엿듣고서 한통속이 되어 저를 해치려고 흉계를 꾸민 거예요"라고 그럴듯하게 둘러대며 자신의 결백을 믿게끔 하였다. 이렇게 두 사람에게 결정적 타격을 가해 온전한 승리를 거두었던 것이다. 이교아와 손설아는 서문경과의 에로스적인 관계성도 이미 희박해져서 사실상 하인에 가까운 존재였다. 그런 만큼 더욱더 이 두 사람은 서문경에게 사랑받고 있다고 기고만장해 있는 반금련에게 강한 적대감을 품게 되었다. 반금련은 우선은 이 두 사람을 물리치고 자신의 안위를 도모하는 일에 성공하였다. 그렇다고는 해도 하인 금동과의 떳떳지 못한 밀통 사건을 역으로 되치기해서 만만치 않은 적수를 때려눕힌 반금련의 강한 역습 능력은 결코 어설픈 것이 아니었다. 이에 반해서 누가 부추기면 이내 이성을 잃고 마는 서문경의 단순함이야말로 도저히 악한惡漢다운 중심인물로서의 박력은 찾아볼 수가 없는 편이라 하겠다.

---

19) 손설아와 이교아를 가리킨다.

개성 넘치는 여인들

이 한 가지 사건만을 놓고 보아도 서문경 집안 여인들의 처신술은 실로 다양하기 그지없다. 되는 대로 마구잡이로 소동을 일으키며 어떻게든 서문경을 뜻대로 조종하려 드는 반금련. 본부인으로서 여유를 가지고 거리를 두고 여인들 간의 갈등을 바라보고 있는 오월랑. 냉정하게 상황을 읽어가며 언제나 반금련의 아군이 되어주는 총명한 맹옥루. 미움 받는 처지로 가장 밑지는 역할을 맡아 언제나 이를 갈며 분해하면서도 손쓸 도리가 없어 점차 배제되어가는 이교아와 손설아. 천성이 괄괄한 전투적 성향의 소녀이면서도 반금련에게만은 결코 배신을 하지 않은 춘매. 정도의 차이는 있지만 각자 서문경과 관계하며 복잡한 상하 관계를 의식하면서 함께 살아가는 이들 여성 하나 하나가 실로 뚜렷하게 구분 지어져 묘사되고 있다. 이렇듯 다양한 여성상을 (선명하게) 분별하여 그려내는 방법은 훗날 『홍루몽』에서 한층 더 정련된 형태로 계승되어가게 된다.

『금병매』도 후반부로 접어드는 제69회에서 매파 문씨文

氏 아주머니가 어느 고관의 부인[20]에게 가서 서문경을 소개할 때도 크게 장사를 벌이고 있다는 점과 돈이 넘칠 만큼 재산이 많다는 사실을 자랑하는 동시에 "후실이 대여섯 명이 있고, 그 밖에 노래를 하거나 춤을 추거나 시중을 두는 여인네도 수십 명은 되지요"라고 의기양양하게 이야기하는 대목이 있다. 이것을 보면 당시는 여성도 사치품의 일종[21]으로 마치 재화처럼 다루어지고 있다는 사실을 알 수 있다. 그러나 『금병매』에 등장하는 여성들은 개개인의 특성이 너무도 뚜렷해서, '내가 어째서 물건인가'라고 짐짓 항의할 듯도 하다. 그녀들은 결코 체념하거나 자기만족하거나 하는 법 없이 감정을 폭발시키고 일방적으로 주어진 '틀'에서 벗어나 각자 자신만의 방식으로 '반란을' 꾀하는 것이다. 굳이 말하자면 이러한 '재화들의 반란'의 다이나미즘dynamism이야말로 『금병매』의 가장 흥미로운 측면이라 하겠다.

중국 고전소설사의 흐름을 쭉 둘러보아도 여성이 이야

---

20) 왕초선의 미망인 임부인林夫人으로 왕삼관王三官의 모친이며 '임태태林太太'로 불린다. 아들의 일을 핑계 삼아 서문경과 관계를 맺는데 잔혹하고 무자비한 성격을 지니고 있다.
21) 마치 현대에 있어 성공한 중장년 남성이 자기 과시용으로 결혼하는 상대인 젊고 아름다운 여성을 가리키는 '트로피 와이프trophy wife'라는 말을 연상시킨다.

기의 중핵을 차지하고 더욱이 다양한 유형의 여성들이 이 정도로까지 많이 등장하는 작품은 달리 눈에 띄지 않는데, 그런 의미에서도 『금병매』는 확실히 전대미문의 획기적 작품임에 틀림없다고 하겠다. 게다가 『금병매』는 다채로운 여성을 구분하여 묘사하는 데도 추상적인 언어로 규정하는 것이 아니라 그녀들이 처한 구체적 장면에서의 구체적 언동에 조명을 비추어 그들의 특성을 입체적으로 부각하고 있는 것이다. 이런 인물 묘사법은 『삼국지연의』, 『서유기』, 『수호전』과 공통되는 것으로 『금병매』가 선행하는 이들 백화 장편소설로부터 얼마나 많은 것을 습득하였는지를 여실히 보여주고 있는 것이다.

이야기에서 소설로

이제까지 살펴본 바로 이미 명백해졌듯이 『금병매』는 독자를 비일상적 세계에서 노닐게 하는 것과는 전혀 무관한 작품이라 하겠다. 『삼국지연의』처럼 최후에 누가 천하를 차지하는가와 같은 스릴 넘치는 재미도 없고, 『서유기』에서의 '천축'처럼 자명한 결승점도 없다면, 『수호전』에서 보이는 '권력 대 반反권력'이라는 명확한 이항二項 대립도 없다. 앞서 다루었던 무대 살해 그리고 뒤에서 나오게 될 이병아와 서문경이 죽는 대목 등을 제외하면 줄거리가 크게 전환하는 계기가 될 만한 장면도 드물고, 스토리가 한층 고조되는 클라이맥스다운 클라이맥스도 거의 없는 편이다. 참으로 '전혀 아무것도 없는 상태'이며 큰 줄거리만 좇아가서는 그 재미가 온전하게 느껴지지도 않는다 하겠다.

『금병매』의 서사 세계에서는 서문경 집안이라는 대가정의 내부를 주요 무대로 일상적인 시간 중에 일어난 사건·사고가 길게 이어지며 서술되고 있다. 그럼에도 독자는 어느덧 그 세계로 끌려들어가 대체로 싫증이 난다고 하는 경우는 없는 것이다. 참고로 이 책 상권에서도 언급했듯이 『서유기』에서는 삼장법사 일행이 겪어야 할 81가지의 수난受難 이야기[22]를 차례차례 배치하면서 서사적으로 전개해가는 구성이다. 그러나 이 81가지 수난 이야기의 배치 순서에는 필연성이 없는 연유로 그 순서를 바꿔버린다고 해도 서사 전개에 미치는 영향은 거의 없다고 말할 수

───────────────

22) 이 책 상권의 406~423쪽 참조.

있다. 그러나 『금병매』 세계에서 묘사되는 무수한 사건·사고의 경우는 순서를 바꿔치기하는 것이 아예 불가능하다. 『금병매』에서는 일상적인 지평 속에서 잇따라 일어나는 사건이나 사고를 묘사하는, 각각의 '작은 스토리'가 지극히 유기적으로 결합하여 '거대한 스토리', 곧 서사적인 줄거리로 연결되어가는 것이다. 이처럼 견고하면서도 긴밀한 서사적 구성이야말로 독자를 매료시키는 원동력으로 작용하는 것이라고 여겨진다.

부언하자면 전체적인 서사적 구성의 긴밀함에 더하여, 『금병매』는 앞서도 언급한 것처럼 나이, 날짜, 금전 등의 수치를 꼼꼼히 기록하고 철저하게 디테일을 고집함으로써 서사 세계의 리얼리티를 높이고 있다. 등장인물에 대해서도 개개의 언동을 어떠한 환상도 없이 냉철한 수법으로 있는 그대로 묘사하여 일종의 극단화極端化된 리얼리티를 느끼게까지 해준다. 등장인물 상호 간의 관계성 또한 나열하는 식으로 서술하는 것이 아니라 한층 복합적이고 복선적으로 묘사하여 개개의 등장인물이 서문경 집안이라는 '세계' 안에서 어떤 존재인가를 볼 만하게 부각시키고 있는 것이다.

이런 특징들을 종합해볼 때『금병매』는 명백히 에피소드를 나열하고 스토리를 좇아가는 '이야기'나 '설화'의 단계에서 이륙해서, 문자 그대로 '장편소설'로 비상하기 시작하고 있다는 것이 확실하다고 하겠다.

다음 장에서는『금병매』의 '병'에 해당하는 이병아가 마침내 등장하는데 이 대목에서도 마찬가지로 '소설' 특유의 면밀한 세부적 묘사가 여기저기에 보이고 있다. 이 점에 주목하면서 이병아의 출현이 어떠한 파문을 불러일으켰는지를 스토리 전개를 더듬어가면서 살펴보기로 하자.

3. '축제적 일상'의 리얼리즘 – 이병아의 등장

"점심때가 되니 이병아는 객실에 식탁 네 개를 내다놓고, 동교아董嬌兒와 한금천韓金釧이라는 두 기녀를 불러다가 악기를 연주하고 노래를 부르게 하고서는 술을 마시기 시작한다. 이윽고 술이 다섯 순배 정도 돌고, 음식이 세 차례 정도 상에 올려졌을 때 앞 건물 이층에 술좌석을 준비해 오월랑 등 사람들에게 자리를 옮겨 누각에 올라가서 등롱을 보면서 놀기를 청했다. 누각의 처마 끝에는 상주湘州에서 만든 대나무 발이 드리워져 있었고, 갖가지 색깔의 등롱이 걸려 있었다. 오월랑은 소매가 긴 붉은색 저고리에 진한 녹색 비단 치마, 담비 모피로 만든 겉옷 차림이었다. 이교아와 맹옥루와 반금련은 모두 흰 비단 저고리에 남색 치마를 입고 있었다. 이교아는 짙은 다갈색 조끼를 걸치고 있었고, 맹옥루는 녹색 조끼에 머리에는 진주와 비취로 가득 꾸미고 봉황 모양의 비녀를 꽂고 머리 뒤쪽에는 각양각색의 등롱까지 달았다. 이렇게 차려입은 여인들이 일제히 이층 누각 난간에 기대어 오가는 사람들을 구경하며 아래를 내려다보고 있으니, 이 연등 축제를 보려는 사람들이 구름같이 운집하여 매우 시끌벅적하면서도 화려했다." (제15회)

이웃집 여인 이병아[1]

　반금련은 이교아와 손설아를 물리치고는 크게 흡족하였지만 그것도 잠시뿐, 이내 최대의 라이벌인 이병아의 등장을 감수해야 했다. 이병아는 원래 『수호전』에 나오는 북송 말기 조정의 네 악인 중의 하나인 채경의 사위로, 북경北京 유수를 지낸 양중서梁中書의 첩실이었다. 그러나 양씨 집안이 양산박 군단의 습격을 받아 일가권속 대부분이 몰살당하는 사태[2]가 벌어졌고, 양중서는 간신히 목숨은 건졌지만, 이때 첩인 이병아도 늙은 유모와 함께 북경을 탈출하여 수도 개봉 친척집으로 피신하였다. 이 일로 양씨 집안과는 연이 끊긴 이병아는 그 후에 매파의 주선으로 재력가이자 고위 환관이었던 화태감花太監의 조카 화자허花

---

1) 서문경의 여섯째 부인. 본래 화자허의 처였으나 서문경과 바람이 났고, 이윽고 남편이 병으로 죽자 재산을 싸들고서 서문경과 재혼하였다. 애초에 반금련과 사이 좋게 지내려 했으나 반금련이 그녀를 라이벌로 생각하는 탓에 둘 사이는 그리 원만하지 않았다. 무지하고 이기적이기는 하나 반면에 상냥하고 기품이 있는 여성의 면모도 지녀서 여러 면으로 반금련과는 대조적인 유형의 인물이다. 중간에 한때 서문경과의 사이가 소원해지자 의원인 장죽산과 눈이 맞아 재혼에까지 이르렀으나 결국 서문경의 방해로 무산되고 만다. 이후에 서문경의 아들인 서문관가西門官哥를 낳았지만 반금련의 사주로 아이가 고양이에게 놀라서 죽어버리자, 이 때문에 실의에 빠진 나날을 보내다가 병으로 죽고 말았다. 『금병매』에서 가장 불쌍한 운명을 겪는 여인으로 알려져 있다.

2) 『수호전』에서는 다름 아닌 흑선풍 이규가 양중서의 저택인 취운루에 난입해 이들 일가권속을 몰살시키는 것으로 되어 있다.

子虛[3]와 결혼해 정실이 되었다. 이윽고 화태감이 고향인 청하현 집에서 병사하면서 화자허는 많은 재산을 상속받게 되었고, 청하현의 저택 역시 물려받게 되었다.

이 집이 서문씨 집과 이웃해 있었기 때문에 화자허는 곧 서문경의 주색잡기 패거리 중의 일원으로 어울려 방탕한 나날을 보내게 되었다. 참고로 서문경의 주색잡기 패거리는 모두 열 명이었는데, 쇠락한 옛 명문가 자제[4]로 지금은 (일을 알선하는) 거간꾼부터 술자리 시중이나 들며 좌흥을 돋우는 알랑쇠 역할까지 뭐든지 다 하는 응백작應伯爵[5]을 필두로 대부분 돈 있는 재력가들에게 빌붙어서 이득을 챙기려는 무리들이었다. 여기에 (한 친구가 죽자 그 빈자리를 메꾸려고) 돈 많은 화자허가 끼어들게 되었으니 이내 모임 최고의 물주 노릇을 하는 봉이 되고 말았다.

---

3) 이병아의 남편으로 화태감의 많은 재산을 물려받고서는 서문경, 응백작 등과 어울려 주색잡기로 살아가는 한량이 되었다. 서문경이 이병아와 바람을 피우면서 그녀를 차지하려고 온갖 계략을 꾸몄고, 그 와중에 화자허는 재산 송사로 관아에 끌려가는 등 고초를 겪다가, 얼마 후에 분을 삭이지 못하고 열병에 걸려 젊은 나이로 죽고 말았다.

4) 판본에 따라서는 포목점을 하던 응원외라는 인물의 아들로 나오기도 한다.

5) 한량 유형의 인물로 가산을 탕진하고서 서문경, 화자허 등과 기생집에나 어울려 다니는데 별명이 '응·비령뱅이'(應花子)였다. 아첨에 능한 배은망덕한 인간으로 서문경에 빌붙어 그의 수하 노릇을 하다가, 그의 사후에는 새로운 물주 장이관張二官에게 들러붙었다. 이윽고 이교아를 장이관에게 개가시키는 역할을 떠맡기도 하였다.

그러던 어느 날, 화자허가 집을 비운 사이 화씨 집을 방문한 서문경은 우연히 이병아와 정면으로 마주치게 되었다. 서문경은 예전에 그녀를 우연히 본 적이 있어 진작부터 그 미모에 관심이 있었던 참이었다. 한편 이병아는 방탕하게 노는 일에만 정신이 팔린 남편 화자허에게 정나미가 떨어졌던 참에 놀기도 하지만 장사 일도 돌보는 정력적인 미남자 서문경과 만나게 된 터라 한눈에 매료되었다. 이후 그녀 쪽에서 적극적으로 기회를 만들어서 두 사람은 순식간에 깊은 관계를 맺는 사이가 되고 말았다. 아무튼 화씨 집과 서문씨 집이 서로 이웃하였으므로, 이후에 화자허가 집을 비울 때를 틈타 이병아가 하인을 시켜 미리 약속된 신호를 보내면 서문경은 얼씨구나 하고 담장을 넘어 화씨 집에 몰래 들어가 밀회를 즐기는 일이 반복되었다. 이런 날들이 이어지던 중 남녀 사이의 일에 눈치가 빨랐던 반금련이 안절부절못하는 서문경의 수상한 거동에 의심을 품기 시작하였다.

　반금련은 서문경을 추궁하고 을러대고 하여서 이병아와의 관계를 자백케 하고는 아무에게도 말하지 않겠다고 약속하고 향후에는 자신에게만은 그녀와의 사이에 있었던 일을 숨기지 않고 모두 보고하도록 하였다. 결국 그녀는 또다시 서문경과 공범이 되는 길을 선택했던 것이다. 반금련과 서문경은 원래 무대 살해의 공범자로서 처음부터 떳떳지 못한 비밀을 공유하는 사이였다. 더욱이 반금련에게 서문경은 말하자면 생명줄이었으므로 그의 약점을 쥐고 있으면 자기 뜻대로 움직이게 할 수 있으리라는 계산도 있었던 것이다.

분에 못 이겨 죽은 화자허

반금련이 공범자가 되었기 때문에 서문경과 이병아의 남사스러운 추문은 탄로가 나지 않고 넘어갔지만, 그 와중에 화태감의 유산 상속을 둘러싸고 화자허가 친족들에게 고소를 당해 체포되는 사건이 벌어진다. 곤란해진 이병아는 관리들에게 줄이 닿는 서문경에게 어떻게든 연줄을 대서 화자허를 도와달라고 부탁하고 교제비용으로 은 삼천 냥과 죽은 화태감이 몰래 주었던 고가의 보석과 골동품을 죄다 내어주었다. 게다가 남은 금품도 낭비벽이 심한 화자허의 손에 넘어가면 금세 없어져버리고 말 염려가 있으니 서문경이 맡아달라고 하면서 그에게 모든 재산을 넘기고 말았다. 이렇듯 무방비 상태로 모든 것을 맡길 정도로 이병아는 서문경에게 빠져 있었던 것이지만, 서문경의 입장에서 보자면 힘들이지 않고 막대한 재산이 수중에 굴러들어온 격이었다.

서문경은 재빨리 북송 조정의 네 악인 중 하나인 양전楊戩을 통해 채경에게 청탁을 넣었고, 돈도 별로 쓰지 않고 화자허를 석방시키는 데 성공하였다. 그러나 이러한 석방에는 화자허가 소유한 가옥부터 전답, 셋집에 이르는 모든 부동산을 팔아서 친족에게 재산을 분배해야 한다는 조건이 붙어 있었다. 다른 부동산은 금방 팔렸지만 서문씨 집과 담장으로 이웃한 집만은 행실이 안 좋은 서문씨를 꺼려서 좀처럼 사려는 사람이 없었다. 이 집에 대해서는 사연이 있었으니 일찍이 서문경이 이병아에게서 매입해달라고 부탁을 받았지만, 본부인 오월랑에게 상의한 결과 "그것은 담당 관원들이 값을 매기는 대로 내버려두시고, 당신께서는 그 집을 떠맡지 않으시는 게 좋겠어요. 혹시라도 그 댁 남편이 의심할까 봐 그래요'(제14회)라는 반대에 부딪쳐서 흐지부지되고 말았다. 서문경은 일단 손을 뗐지만 아무리 해도 팔리지 않자 몹시 곤란해진 이병아에게서 재차 (앞서) 맡겨둔 돈으로 매입해주었으면 한다는 부탁이 있었기 때문에 마침내 오백사십 냥으로 값을 흥정해 집을 사들였던 것이다.

이제껏 보았던 대로 칠칠치 못한 남편 화자허에게 오만 정이 떨어졌던 이병아가 도리어 서문경에 대해서 퍼붓는 애정과 집착은 지독스러울 정도였다 하겠다. 서문경에 대한 연모가 깊어지면 깊어질수록 그녀는 남편 화자허에게는 더욱 냉담해졌고, 서문경에게 건넸던 삼천 냥의 행방에 대해 추궁을 당해도 "이런 병신 못난이하고는! 당신은 온종일 해야 할 일은 팽겨쳐두고 밖에서 계집질이나 하며 놀기나 하고 집안일은 거들떠보지 않다가 결국 남의 꾐에 빠져 감옥까지 가지 않았어요"(제14회)라고 온갖 욕설을 퍼부을 뿐 전혀 상대를 해주지 않았던 것이다.

모든 것을 잃고 만 화자허는 오만 군데 손을 벌려 이백오십 냥을 마련하여 사자가獅子街 거리에 집을 사서 이병아와 함께 이사를 하였다. 그러나 이내 분한 마음에 속을 끓인 나머지 상한증傷寒症[6]에 걸리고 말았다. 그러나 치료

---

6) 장티푸스를 뜻한다.

비용 걱정 때문에 의원에게 제대로 진찰도 받지 못한 탓으로 병세가 악화일로를 치달아 결국 죽고 말았다. 이제 향년 스물넷의 젊은 나이였다. 한시름 놓게 되어서 속이 후련해진 이병아는 즉시 서문경을 불러 장례 치를 일을 상의하고서, 그 이후로도 희희낙락하며 서문경이 오기를 기다리게 되었던 것이다.

이병아는 남편 무대를 독살했던 반금련처럼 그 자신이 직접 손을 댄 것은 아니었으나, 결국 남편을 막다른 곳으로 몰아넣어 죽음에 이르게 한 것이 되고 말았다. 작품의 후반부에서, 서문씨 집안에 들어간 이후의 이병아는 실로 너그럽고 상냥한 여인으로 변모하지만, 이 근처 대목의 전개에서는 마치 딴사람같이 맹독을 내뿜는 악녀의 이미지를 보여주고 있다.

원소절 연등 구경

화자허가 죽은 후에 이병아는 하루라도 빨리 서문씨 집으로 '시집'가고 싶다고 소망했던 나머지 아직 화자허의 오칠제五七祭[7]도 지내지 않았는데도 새해가 밝은 정월 초 아흐렛날, 반금련의 생일임을 핑계 삼아서 선물을 가지고 서문씨 집을 방문하였다. '서로 만나서 얼굴을 익히려는' 이유에서였다. 반금련을 제외하고 사정을 모르는 서문경 집안 여성들은 그녀를 환대하고 인사가 끝나자 곧바로 술자리을 열었고, 이윽고 자고 가라는 권유에 못 이기는 척하고서 이병아는 그날 밤 반금련의 방에서 묵게 되었다. 이튿날 아침 이병아는 시중을 드는 풍馮 노파에게 일러서 사자가 거리의 집에서 호화로운 금비녀 네 개를 가져오게 해, 생일 선물로 이미 보냈던 반금련을 제외한 네 명의 부인[8]에게 선물로 주기도 하였다. 이것저것 할 것 없이 모두 그녀들에게 좋은 인상을 주어서 서문경 집안에 빨리 들어갔으면 하는 일념에서 행했던 일이었다. 이에 더해 그녀는 엿새 후인 정월 대보름 원소절 밤에 서문경 집안 부인들을 사자가 거리의 집으로 초대하기까지 하였다. 이날은 마침 이병아의 생일로 모두 함께 축하하자는 제안에 금세 이야기가 결정되었던 것이다.

---

7) 죽은 지 35일째 되는 날에 지내는 제사.
8) 오월랑, 이교아, 맹옥루, 손설아를 가리킨다.

원소절이 되자 거리 여기저기에는 연등 수십 개를 단 등대가 세워졌고, 집집마다 처마 끝에 멋있게 만들려고 고심한 연등들이 걸려 있었다. 눈부시게 화려한 옷차림을 하고 사자가 거리로 나선 서문경 집안의 부인들은 이병아의 집 이층에 진을 치고 연등 축제를 구경하려고 나온 인파로 붐비는 거리를 내려다보면서 술자리에서 매우 흥겨워했던 것이다. 그 화려한 광경에 길 가던 사람들이 이층을 올려다보며 어느 대갓집 부인들이거나 황족 첩실들이 연등 구경을 나온 것이란 소문을 퍼뜨려서 순식간에 사람들이 **빽빽**하게 모여들었을 정도였다(첫머리 부분에 인용함).

그 무렵에 서문경은 여느 때처럼 패거리들에게 이끌려 기생집에서 주색잡기에 한창이었는데, 좋은 술과 좋은 음식을 늘어놓고 패거리들이 공차기[9]나 쌍륙 놀이를 하는 것을 바라보며 흥겹게 즐기고 있었다. 그러나 이날 아침, 이병아에게서 밤늦게라도 남몰래 사자가 거리의 집으로 와달라는 편지가 도착해 있었기 때문에 서문경은 볼일이 있는 체하며 기생집을 살짝 **빠져나와** 이병아의 집으로 서

---

9) 원문에는 '축국蹴鞠'이라고 되어 있는데 송대에는 '원사圓社'라는 공차기 전문 모임이 있을 정도로 유행하였다.

둘러 갔다. 이미 밤도 깊어서 부인들은 벌써 귀가하였으므로 이병아와 서문경 단둘이서만 술잔을 나누면서 서로의 이야기를 충분히 나누었다.

이때 이병아는 서문경에게서 사들인 화씨 집을 헐어버리고 서문씨 집과 하나로 이어서 앞쪽에 호화로운 동산과 화원을, 그리고 뒤편에 누각을 지을 것이란 이야기를 듣는다. 그러자 그녀는 (상자 속에) 숨겨두었던 재산인 값비싼 향료와 향신료, 곧 '침향이 40근, 백랍 200근, 수은 두 단지, 후추 80근'(제16회)이 있음을 알리고 이것을 모두 팔아 집 고치는 비용으로 썼으면 좋겠다고 제안하였다. 자신이 가진 모든 것을 아낌없이 바치면서까지 서문경 집안에 받아들여지기를 간절히 원했던 이병아에게 서문경은 화자허의 백일재[10]를 지내고, 그 두 달 후에 위패를 태워버리면 그녀를 꼭 집안으로 맞이하겠다고 약속하였다. 이리하여 이병아는 서문경 집안으로 시집가는 일을 대비해 만반의 준비를 갖추었고, 서문경은 그녀가 장차 거주할 공간을 계획에 넌지시 포함시켜서 집을 뜯어고치는 공사에 착수하였던 것이다.

---

10) 원문에서는 삼월 초열흘로 나온다.

서문경 집안의 축제 같은 일상

앞서 언급한 장면에서도 명백하듯이 『금병매』의 서사 세계에서는 원소절 등 축제일이나 장례식 등의 의식 또는 누군가의 생일처럼 특별한 날에는 모두가 모여 떠들썩하게 시간을 보내는 풍경이 반복해서 묘사되고 있다. 앞 장에서 『금병매』의 디테일에 대한 집착에 관해 언급하였지만 특별한 날의 정경에 대해서도 등장인물의 옷차림, 잔칫상에 나오는 요리, 모두가 즐기는 놀이 등등 매우 세세한 사항까지 묘사가 이루어져 있다.

『금병매』는 주로 서문경 집안을 무대로 펼쳐지는 일상의 사건을 그리고 있다고는 하지만, 기실 여기서 묘사되고 있는 것은 아무런 변화나 강약(의 리듬)도 없는 평범하기 그지없는 일상은 아니라 하겠다. 축제 같은 날, 바꿔 말하면 특별하고 경사스러운 날에 역점을 두고 서사 세계를 구성해가고 있는 것이다. 축제일에는 서문씨 집에서는 손님을 초대하고 기생이나 광대를 불러 떠들썩하게 잔치를 여는 일이 다반사였다. 이날은 부인들도 술을 많이 마시며 마음껏 즐기는 것이다. 이런 축제 같은 상황을 계속적으로 늘어놓으면서 줄거리를 전개해가는 『금병매』 세계에서는 축제 같은 '비일상'이 '일상'으로 역전되어 있다고 해도 좋을 것이다.

음식의 묘사 방법

여성들의 화려한 옷차림이나 다종다양한 놀이에 더해서 『금병매』의 '축제 같은 일상'을 강화하는 요소는 먹는 장면이 몹시도 많이 나오는 것이다. 게다가 음식상에 오르는 음식물에 대해서도 상세한 기록이 행해지고 있다. 여기서 등장하는 음식물은 대체로 질박함이나 풍아風雅와는 무관한 것으로 마시는 차 하나만 하더라도 '매화와 소금에 절인 수박씨를 잘 끓인 차'(제15회)라는 식으로 이것저것 자질구레한 첨가물이 많아서 복잡한 편이다. 참고로 『수호전』에서도 먹고 마시는 장면이 자주 등장하지만 '고기 한 근, 익힌 채소 세 접시'라는 식으로 요리 이름은 거의 등장하지 않는다. 물론 술의 종류 등에 대해서도 전혀 기술되지 않는다. 여기에 또한 '고기', '채소', '술'과 같은 기본적인 분류만 되어 있어 참으로 '소박'하고도 '야취野

趣'[11]가 흘러넘친다고 해야 할 것이다.

이에 반해서 『금병매』에서는 '요리'의 이름이 꼼꼼하게 기록되어 있다. 그러나 그 요리라는 것이 아무리 보아도 신흥 졸부 상인의 취향을 드러내는 것으로, 값비싼 식재료를 푼푼히 사용한, 번들번들하게 기름진 음식이 많고, 그것이 계속 연거푸 요란하게 차려져 놓이는 것이다. 좀 뒤쪽의 회回에 나오는 장면으로 서문경이 벼슬아치가 되어 한층 더 위세를 부리게 되었을 무렵 측근의 추종자인 응백작에게 대접했던 '조반早飯'[12]의 식단은 다음과 같았다.

"오래지 않아 서동書童은 평상을 내려놓고 밥상을 차렸고, 화동畵童[13]은 칠을 한 찬합에 음식 네 가지를 가져왔는데, 그릇의 바깥 운두에 모두 꽃 모양이 그려진 것들이었다. 달게 볶은 가지 한 접시, 달콤한 완두콩 한 접시, 향기로운 밀감 한 접시, 붉은빛이 도는 삶은 죽순절임 한 접시였다. 큰 접시에는 밥반찬이 담겨 있었는데 양머리 삶은 것 한 접시, 잣 구워낸 오리고기 한 접시, 채소와 계란

<hr />

11) '거칠고 소박한 취향'이라는 뜻이다.
12) 여기서는 '아침 끼니를 먹기 전에 간단하게 먹는 음식' 정도의 뜻으로 쓰인다.
13) '서동'과 '화동'은 둘 다 시중을 드는 소년 종복을 가리키는데, 특히 '서동'은 작품에서 서문경의 동성애의 대상으로 등장한다.

을 풀어 끓인 만둣국 한 대접, 참마로 만든 경단 한 접시였다." (제45회)

　확실히 맛있는 음식이기는 하나 너무나도 진한 맛[14]이라 이름을 듣는 것만으로도 식상할 것 같은 느낌이 든다. 이 정도가 '가벼운 조반'이므로 '정찬'의 경우에는 얼마나 다채롭게 차려 내올지는 미루어 짐작할 수 있겠다.

　참고로 위진 시대의 명사들의 일화 모음집이라 할『세설신어世說新語』[15]에도 이미 미식가에 관한 이야기가 보이는데, 3세기 후반부터 4세기 전반의 서진西晉 시대에 일찍이 '미식美食 지향'이 유행했음을 알 수 있다. 그러나 이 당시의 '미식'은 반드시 '좋은 맛'(美味)과 직결되는 것은 아니었는데, 값비싼 소재나 진귀한 재료를 연료, 도료塗料, 사료로써 두드러지지 않게 아낌없이 사용하느냐의 여부가 중시되었고, 이것을 '궁극의 사치'라고 여겼던 것이다. 예를 들면 사치로 유명했던 서진 귀족 석숭石崇은 비싼 양초를 연료로 해서 밥을 지었고, 역시 사치로 이름이 났던 왕

---

14) 여기서는 음식이 지나치게 '유니油膩', 곧 '기름지다'는 의미로 쓰인다.
15) 달리 '식통食通'이라는 말을 쓰기도 한다.

제王濟는 섬뜩하게도 사람의 젖으로 기른 돼지를 요리에
사용했던 것으로 알려져 있다. 약간 이상 심리적인 기미
가 있기는 해도, 요컨대 요리 자체보다는 그 이면에 감춰
진 조리 과정에서 돈과 수고를 아낌없이 쓰는 행위가 진
정으로 '귀족적'인 것이라고 보았다는 것이다. 시대가 내
려와서 10세기 후반 북송 시대로 접어들면 정말로 맛있
는 음식을 찾는 경향이 강해진다. 이 시대에는 골탄骨炭[16]
과 같은 화력이 센 연료가 보급되었던 관계로 불의 조절이
임의로 가능해지면서 조리 방법 역시 다양해지게 되었다.
이렇듯 기술면에서의 변화 또한 요리의 좋은 맛을 추구하
는 데 박차를 가했던 요인으로 여겨진다.

　더욱 시대가 내려와 16세기 말 명말明末 문화를 배경으
로 하는 『금병매』 세계에 이르면 나열되는 요리는 대체로
과장된 졸부의 취미로 물들어 있기는 하나, 거기에도 또
한 시대의 흐름과 함께 한층 미묘한 맛을 추구하는 요리
문화의 변천이 투영되어 있다고 하겠다. 예를 들면 하인
[17]의 처의 신분으로 서문경의 애인이 되었던 송혜련宋惠蓮

---

16) 달리 '코크스cokes'라고도 한다.
17) 하인 '내왕'을 가리킨다.

(뒤에서 언급함)은 '돼지 머리 통찜' 요리가 장기였는데, 긴 장작 하나를 아궁이에 넣고 불을 붙인 후, 돼지 머리를 넣은 솥에 기름과 간장을 큰 공기로 하나씩 넣은 뒤에 향신료와 갖은 양념을 넣고 뚜껑을 잘 닫아 삶는데, 한 시간쯤 지나면 푹 익어서 흐물흐물 껍질이 잘 벗겨지고 게다가 좋은 냄새가 나는 돼지 머리 통찜을 만들어내는 것으로 되어 있다(제23회). 그다지 많은 품과 시간을 들이지 않고도 그야말로 맛있는 요리를 만들어내었다는 그 언저리쯤에 확실히 '요리 문화의 진화'를 느끼게 해주는 바가 있는 것이다.

그러나 대체로 『금병매』 세계의 요리는 앞서 들었던 '(간단한) 조반'의 인용에서도 보았듯이 이른바 '산해진미'나 좋은 술을 늘어놓고 있을 뿐 전체적인 균형을 배려하는 미의식 따위는 전혀 없다고 하겠다. 그도 그럴 것이 서문경 집안에는 전문 요리사가 따로 없었고, 다섯째 부인 손설아가 부엌을 관장하였을 뿐이기에, 음식 가짓수가 많은 것만이 유일하게 칭찬받을 구석인 진수성찬으로 (손님에게) 대접하는 일이 기본이었기 때문이다. 이렇듯 서문씨 가문의 그다지 세련되지 못한, 어떤 의미에서는 우스꽝스럽기까지 한 진수성찬의 총집합과도 같은 '식(욕)의 쾌락'을 추구하는 모습은 과도한 욕망에 사로잡힌, 서문경을 비롯한 대다수 등장인물의 양상과도 분명히 서로 닮은꼴을 이루고 있는 것이다. 이러한 점에서 집요할 정도로 다채로운 요리 메뉴를 계속 나열해가는 작자의 냉철한 시선이 느껴진다고 하겠다.

이와 같이 『금병매』 세계에서는 요리를 언급하는 행위가 등장인물의 가증스러운 생태를 폭로하려는 시도와도 연결되는 바이지만, 이것이 훗날 『홍루몽』의 세계에서는 의미가 전혀 달라지게 된다. 『홍루몽』에서도 식사 장면이 빈번히 등장하는데, 여기에서 등장하는 요리는 『금병매』의 그것과는 크게 다르다고 하겠다. 여기에서의 요점은 값이 비싸다거나 외양이 화려하다는 점 등이 아니라, 얼마나 시간과 품을 들여 식재를 가공하고 복잡다단하게 섬세한 맛을 빚어내었는가 하는 데 있었던 것이다. 이것 역시 주인공 임대옥林黛玉을 비롯한 소녀들의 섬세하고도 영묘한 이미지와 상통하는 바가 있다는 사실은 새삼 말할 필요도 없는 것인데, 이에 대한 자세한 논의는 뒤로 미루고자 한다.

이병아, 마침내 서문경 집안으로

다시『금병매』의 서사 세계로 돌아가보자. 이병아는 서
문씨 집으로 '시집'가기 직전의 지점까지 도달했지만 여기
서 다시금 기다리라는 요구가 들어오게 된다. 본부인 오
월랑이 그리 되면 체면이 사납다고 단호히 반대했던 것이
다. 서문경이 본부인을 설득하는 데 공을 들이고 있는 사
이 큰일이 벌어졌다. 서문경의 외동딸 서문대저가 시집을
간 집안은 북송 말기의 조정의 네 악인 중 하나인 양전의
친척이었다. 이 양전이 탄핵을 당해 서문대저의 시아버
지 진홍陳洪도 함께 체포될 위기에 처하자 몹시 놀라고 당
황한 서문대저와 사위 진경제陳經濟[18]가 서문경의 집으로
도망쳐왔던 것이다. 게다가 화가 미쳐 사돈지간인 서문경
까지도 체포될 수 있는 상황이 벌어지자 당황한 서문경은

18) 서문대저의 남편이자 서문경의 사위. 본래 상인이었는데 한량이어서 부친의 재
산만 믿고 방탕하게 살다가 부친이 정치적으로 몰락하자 처가로 들어와 살게 된
다. 서문경은 사위에게 생약방의 관리를 맡겼으나 이윽고 진경제는 장모인 반금
련과 간통하다가 발각되어 처가에서 쫓겨나고 말았다. 이후 반금련과의 밀애 관
계를 유지하다가 이윽고 서문경 사후에 집에서 쫓겨난 반금련을 돈을 주고 데려
오려고 했으나 결국 돈을 마련치 못해 실행에 옮기지는 못했다. 이후 진수비에
시집간 춘매와 다시 관계를 맺기도 하는데, 이윽고 진수비의 수하이자 손설아와
도 관계가 있는 장승이라는 인물의 칼에 찔려 죽고 만다. 작품 종반부에 서문경
의 뒤를 잇는 가장 중요한 인물의 하나로 등장하는데, 시종 출세와 전락의 과정을
반복하고 있다.

서둘러 생약방 점장[19]을 수도 개봉으로 보내 조정의 고관들에게 막대한 뇌물을 뿌리고 어떻게든 체포를 면하게 되었다.

그사이 발등에 불이 떨어진 서문경은 이병아에게 연락할 여유조차도 없었다. (그녀를 새 부인으로 맞는 일 따위는 까맣게 잊고서) 이러구러 순식간에 세월이 지나가니 사정을 알 길이 없던 이병아는 갑자기 소식이 끊어진 서문경 때문에 초조함에 속을 끓이다가 병이 나고 말았다. 버림받았다고 생각한 이병아는 너무도 절망한 나머지 이즈음 (병을 치료해) 자신의 목숨을 구해준 의사 장죽산蔣竹山[20]에게서 구혼을 받자 그날로 청혼을 받아들여 순식간에 그를 신랑으로 집안에 맞아들였다. 그뿐만 아니라 생활력이 없는 장죽산을 위해 자금을 마련해주고 사자가 거리 집 앞채를 헐어서 생약방을 열게끔 해주었다.

한편 겨우겨우 체포당할 위기에서 벗어나 차츰 안정을 되찾은 서문경은 그사이에 이병아가 장죽산을 남편으로 맞이한 사실을 알게 되자 화가 머리끝까지 치솟아 복수를

19) 원문에서는 내보와 내왕이 간 것으로 되어 있다.
20) 이병아를 치료했던 의원. 본래 홀아비였는데, 이병아가 남편과 사별한 후 서문경과도 관계가 소원해지자 잠깐 동안 재혼하여 함께 살았던 인물이다.

결심하였다. 이윽고 두 명의 건달을 시켜 장죽산의 생약방으로 들어가 행패를 부리게 하고 그가 (한 건달에게서) 서른 냥의 빚을 떼어먹었다는 둥 생트집을 잡아서 장죽산이 관아에 끌려가게끔 하였다. 서문경이 배후에서 조종하여 현청 관리에게 (곤장을 맞고서) 호되게 혼쭐이 난 장죽산은 이병아에게 애걸복걸 서른 냥을 변통해 관아에 내고서는 간신히 방면되었다. 그러나 이 일로 이병아는 정말이지 장죽산에게 정나미가 떨어져서 "당신과는 이제 남남이야. 내가 몹쓸 열병에 걸려서 그 서른 냥으로 당신에게 약을 지어 먹은 셈 칠 테니까! 그러니까 빨리 내 집에서 나가줘"(제19회)라고 고함을 치면서 그 자리에서 장죽산과 이혼해버리고 말았다.

그 뒤 이병아는 서문경의 하인[21]을 통해 그와의 관계 회복을 도모하는데, 하인이 중간에서 재바르게 움직여준 덕분에, 서문경의 승낙을 받자마자 전광석화와 같이 서문씨 집에 (뛰어들다시피) 시집을 가서, 전 남편 화자허의 집을 허물고 새로 지은 별채에서 여섯째 부인으로 살게 되었던 것이다. 그러는 동안 서문경은 그녀와 한 번도 만나지 않았

---

21) 원문에서는 하인 대안을 가리킨다.

고 모든 일을 하인에게 맡겼지만, 이병아의 입장에서 보자면 나중 일은 어찌 되든 간에 우선은 순조롭게 숙원을 이룬 셈이 되었다. 더욱이 이병아에게는 아직 상당한 재산이 있었으므로 사자가 거리의 집은 그대로 남겨두었고, 혼수 역시 자기 부담으로 훌륭하게 갖추는 등 여유작작하게 시집을 왔던 것이었다. 이 부분은 무일푼에 맨몸으로 서문경 집안에 뛰어든 반금련과의 차이가 두드러지게 눈에 띄는 대목이라 하겠다.

『금병매』의 리얼리즘

그렇다고는 해도 남편 화자허의 죽음에서 서문경 집안으로의 재가에 이르기까지 이병아의 처신술은 놀라울 정도로 재빠른 동작의 연속이라고 해야 할 것이다. 화자허가 사망한 것이 전해 십일월 말, 그의 위패를 불사르고 서문씨 집으로 재가할 준비를 시작한 것이 다음 해 오월 십오일. 그 직후 서문경이 양전의 탄핵으로 촉발된 큰 사건에 연루된 지 한 달 후인 유월 십팔일에 소식이 끊긴 서문경에게 실망해서 장죽산을 신랑으로 맞이하였지만 약 두 달 후에는 벌써 이혼. 지체 없이 팔월 스무 날에 서문씨 집으로 재가하고 있는 것이다. 그렇다면 이병아는 전 남편이 죽은 지 불과 아홉 달 남짓 되는 기간에 두 번씩이나 혼인을 한 셈이 된다. 이렇듯 갈피를 잡을 수 없을 정도의 민첩한 동작은 서문경에게 마음을 빼앗겨 그 남자 이외에는 어떤 것도 눈에 보이지 않게 된 이병아의 허둥대는 모습이 극명하게 드러난다고 하겠다.

참고로 이 날짜들은 모두 『금병매』에 명기되어 있는 것으로 이러한 예를 통해서도 명백해지듯이 『금병매』의 작자는 시종일관 연월일에 대해서 신경질적일 정도로 집착하며 서사 세계를 전개해가고 있다. 또한 등장인물의 나이나 생일 역시 그때마다 명기하지 않고는 배기지 못하는 성향이 있고, 금전에 대해서도 상세한 기술이 보이고 있다. 나이와 날짜를 극명하게 기술하는 수법은 서사물 가운데서도 남녀 관계를 테마로 하는 '이로모노色物'[22] 계통 중에 1회로 완결되는 단편 야담에서 비롯된, '화본話本'[23]

---

22) 여기서 말하는 '이로모노色物'는 일반적으로 정통파가 아닌 것을 통칭하는 말로 쓰인다.
23) 송대에 생긴 백화소설로 통속적인 글로 씌어져 주로 역사 고사와 당시 사회생활을 제재로 하였음.

이나 '의화본擬話本'[24](310쪽 참조) 백화 단편소설에서 서사 세계의 현실성을 높이기 위해 상투적으로 이용하는 방법이다. 『금병매』의 작자는 이러한 상투적 수법을 장편소설에 이식하여 확대된 서사 세계의 '세부의 현실성'을 높이고 있는 것이다. 아울러 작자 자신이 상당한 고강도의 '숫자 덕후'라는 점 또한 확실한 사실이라 할 수 있다.

현실성이라고 하면 화자허의 집을 사들임으로써 단번에 웅장하고 화려한 대저택으로 변모시킨 서문경 저택의 주택 구조 내부에도 극히 현실적이고 실용적인 부분이 있다는 점이다. 대대적인 개축을 거쳐 풍아風雅한[25] 정원도 만들어져 누각 이층에서 내려다보면 '(누각 앞에는) 모란이 피어 있고, 작약 밭이며 해당화와 장미와 목향이 늘어져 담장을 이루고 있었으며, 또한 추위에도 잘 견딘다는 군자君子 대나무에, 눈도 두려워하지 않는다는 대부大夫 소나무도 있었으니, 정말로 사시사철 언제나 꽃이 피고 일 년 내내 봄이 이어지는 풍경으로 아무리 봐도 부족함이 없고 여유가 있는'(제19회) 상태로 훌륭하게 완성되었던 것이다.

---

24) 송대의 화본 형식을 모방하여 명대의 문인이 지은 소설을 가리키는데, 화본이 후대의 소설로 전이되는 과도기에 나타나는 중간 형태로 평가받고 있다.

25) '풍아'는 '속되지 않고 멋이 있다'라는 뜻이다.

그 반면에 반금련이 거주하는 곳의 이층은 생약을 쌓아놓는 창고로, 이병아가 거주하는 곳의 이층은 서문경이 새로 개점한 전당포의 저당물 창고로 쓰이고 있는데 이것 또한 속되면서도 실리적이라고 할 수 있겠다. 이렇듯 풍아한 정원과 요염하고 아름다운 미녀들, 그리고 상품 창고를 아무렇지도 않게 혼재시키는 측면에서 신흥 졸부 상인 특유의 미의식의 근본적 결여가 자연히 드러나고 있다고 하겠다.

그러나 작자가 풍자적인 필치로 파헤치고 있는 이런 속된 세부적 묘사야말로 영웅호걸이 초인적인 활약상을 보이는 『삼국지연의』나 『수호전』, 혹은 초능력자가 속출하는 『서유기』 등 설화를 직접적인 모태로 삼은 백화 장편소설의 이를테면 '신화적' 또는 '전설적'인 서사 세계에서 벗어나, 최초의 창작 백화 장편소설인 『금병매』의 서사 세계를 밑바닥에서부터 지탱하고 있다고 해도 좋을 것이다. 『금병매』의 서사 세계에서는 큰 틀에서는 확실히 욕망 덩어리로서 요괴 같은 인간들이 차례차례 등장해 상궤를 벗어난 야단법석의 대소동을 벌이면서 '축제 같은 일상'을 전개해나간다. 그러나 한편으로는 날짜, 나이, 금전, 주택 구조 등의 세밀한 묘사나 노골적으로 주고받는 대화를 주저함이 없이 기록함으로써, 현장감을 높이고 리얼한 반응으로 가득 찬 서사 세계를 눈앞에 드러내주고 있는 것이다.

승승장구하는 서문경

그런데 이병아가 시집왔던 당초에 서문경은 장죽산 문제로 심사가 뒤틀려서 그녀를 모질게 대하지만, 골똘히 생각(하다 기어코 죽음을 선택)한 그녀의 자살 소동을 계기로 마음의 응어리도 풀어져, 애초의 두 사람의 상사상애相思相愛의 관계는 날이 갈수록 호전되어갔다. 참고로 그들이 처음으로 부부로 연을 맺은 이튿날의 아침 역시 '작은 접시 네 개에 담긴 달게 절인 오이와 가지, 채소 볶음, 통째로 삶은 비둘기 요리 한 접시, 부추를 넣어 만든 흰 떡, 식초를 넣어 삶은 배추, 훈제 돼지고기 한 접시, 준치 한 접시, 그리고 은 주발 두 개에 희고 부드러운 질 좋은 멥쌀밥을 담고 상아 젓가락 두 쌍'(제20회)이라는 식으로 참으로 영양 만점의 호화로운 식사 코스였다.

이후로 서문경은 이병아가 맡겼던 재산 중 남은 돈에다

부정한 수단으로 벌어들인 다른 돈을 더해 본업인 생약방 이외에 전당포도 개점해서, '쌀과 밀 등 곡식은 창고에 가득하고, 말과 나귀도 무리를 이루었으며, 노비들도 떼를 이룰 지경이었다'(제20회)라고 할 정도로 비약적으로 사업이 번창해갔다. 다음 장에서는 정점에 다다른 서문경 집안에 초점을 맞추어 욕망이 소용돌이치는 인간 군상의 모습을 살펴보기로 하자.

4. 끝없는 욕망의 광연狂宴
- 관가官哥의 탄생과 인도의 미약

"잠시 후에 방 안에서 응애 하는 소리가 들려왔고 아기가 태어났다. 산파인 채蔡 할멈이 말했다.

'가서 나리마님께 말씀드려 축하금이나 받아주세요. 사내아이를 낳았어요.'

이에 월랑은 바로 서문경에게 알렸다. 서문경은 급히 손을 씻고서 천지신명과 조상들의 신위 앞에 향을 피워 제사를 올리고, 또한 120제위의 행운 신들에게도 향을 가득 올린 후에 모자의 건강과 평안, 출산의 기쁨, 그리고 무사히 산욕을 보낼 수 있도록 기원하였다. (중략)

내보來保와 오 지배인[1]은 똑같은 모양의 도장이 찍힌 임명장 두 장과 병부와 이부의 부절符節[2]을 함께 꺼내 탁자 위에 놓았다. 서문경이 받아보니 과연 조정의 임명장으로 수많은 도장이 찍혀 있어 자기가 정말로 부천호副千戶의 관직에 임명된 것이 틀림없었다. 서문경은 좋아서 어찌할 줄을 모르며 바로 조정의 임명장을 들고 안채로 들

---

1) 원문에는 '오전은吳典恩'으로 되어 있다. 서문경의 주색잡기 패거리 중의 한 명이자, 생약방의 지배인으로 서문경의 지시로 많은 일들을 맡아 처리한다. 서문경이 현의 고위 관리에 임명되었을 적에 함께 발탁되어 현의 역승이 되었다. 그러나 서문경의 사후에는 사건을 날조하여 오월랑을 해치려고 하는 등 악행을 일삼았다.
2) 후일에 맞춰보아 증거로 삼는 일종의 등록 문서임.

어가 오월랑 등의 여인들에게 보여주며 말하였다.

'채 태사 대감님께서 나를 등용해 금오위金吾衛 부천호에 임명해주셨어. 이로써 나는 오품대부五品大夫의 자리에 오른 것이야.'(제30회)

송혜련의 등장

신변에 분쟁이 그칠 새 없었던 서문경이었지만, 이병아와의 혼인으로 냉랭해졌던 본부인 오월랑과의 관계도 호전되어 일단은 안정된 상태인 것처럼 보였다. 이때 등장한 것이 하인 내왕來旺이 새로 재혼한 처인 송혜련이다. 송혜련은 '말띠로 반금련보다 두 살 아래인 방년 스물넷으로 살결이 희며 몸은 마르지도 통통하지도 않고, 키는 크지도 작지도 않았으며, 발은 반금련의 발보다도 더욱 작았다. 영리하고 총명한 데다 재치가 있었으며 멋도 부릴 줄 알았다'(제22회)는 매력 만점의 여인으로 지금까지 몇 차례나 남자와 관련된 추문을 일으켜왔다. 그녀는 다른 하인의 아낙들과 함께 서문경 집안의 부엌일을 돕고 있었는데, 서문경은 그런 그녀에게 재빨리 눈독을 들이게 되었다.

그런 까닭에 먼저 남편 내왕을 장기 출장을 보낸 다음 기회를 틈타 송혜련에게 옷과 용돈을 주며 넌지시 유혹했는데 오는 정이 있으면 가는 정이 있는 법, 그녀는 아주 간단히 서문경의 유혹에 넘어가서 두 사람은 금세 깊은 사이가 되었다.

서문경의 거동에 항상 신경을 곤두세우고 있던 반금련이 이를 눈치 채지 못할 리가 만무하였다. 당초 반금련은 이병아 때와 마찬가지로 공범자를 가장하여 서문경과 송혜련을 도와주는 듯한 모습까지도 보인다. 그러나 여느 때처럼 두 사람의 동향에 신경이 쓰인 나머지 (산기슭의 장춘오藏春塢 설동雪洞[3] 밖에서 두 사람의 대화를) 몰래 엿듣고 있던 차에 송혜련의 독살스러운 말을 들은 반금련은 울컥 화가 치밀어 올라 (송혜련을) 그냥 두지 않겠다며 승부욕을 불태우기에 이른다. 반금련이 몰래 주워들은 대화 내용은 다음과 같았다.

"'귀여운 것, 자네 발이 다섯째보다 작을 줄 누가 알았겠어!'

_____

3) '눈 속을 파서 만든 동굴과 같은 구덩이'라는 뜻이다.

'어찌 감히 반금련과 비교할 수 있겠어요! 사실은 어제 제가 슬쩍 반금련의 신발을 가져다가 신어보았더니 제가 신을 신고 있었는데도 신을 수가 있더군요. 그런데 크고 작은 것은 별반 중요한 것이 아니고 정말로 신이 예쁘더군요! (중략)

송혜련이 다시 서문경에게 물었다.

'나리는 다섯째 부인을 맞이한 지 얼마나 되었지요? 처녀 몸으로 시집온 초혼인가요? 아니면 재혼인가요?'

'몇 사람을 거친 재혼한 여인이야.'

'어쩐지, 그래서 남자를 후려치는 솜씨가 보통이 아니었군요! 그러니까 눈이 맞아 부부가 된 거군요.'

이 말을 반금련이 못 들었으면 몰라도 듣고 나니 기가 막혀 온 다리의 힘이 빠져 마비가 된 듯 잠시 꼼짝할 수가 없었다." (제23회)

당시 여성에게는 전족纏足의 풍습이 있었는데 발의 크기가 작을수록 진중하게 여겨졌다. '금련金蓮'4)이라는 말도 원래는 '전족을 한 작은 발'이라는 뜻이다. 송혜련은 심

---

4) 본래 '금(으로 된) 연꽃'이라는 뜻으로, 미인의 예쁜 걸음걸이를 비유적으로 일컬은 데서 이후 '전족'을 가리키게 되었다. 여기서 '금金'은 '귀하다'라는 의미를 지닌다. 이를 그대로 영어로 'golden lotus'로 번역하기도 하는데, 『금병매』의 번역본으로 정평이 있는 클레멘트 에저튼Clement Egerton의 영역본 제목이 『황금 연꽃The Golden Lotus』으로 되어 있다.

술궂은 방법으로 반금련의 발보다 자신의 발이 작다는 사실을 과시하였고, 자존심에 심한 상처를 입은 반금련은 몰래 복수를 다짐하기에 이르렀다. 이를 눈치 채지 못한 송혜련은 그 후에도 서문경이 자신을 총애하는 것을 믿고 우쭐대어 뻐기면서, '머리에는 진주로 만든 머리띠에, 귀고리는 금빛으로 번쩍이며 소리를 내었고, 옷 아래에는 노주산 비단으로 만든 붉은색 바지에 잘 엮은 무릎받이를 하고 있었고, 또한 넓은 소매 안에는 향주머니를 서너 개 넣고 다녔다'(제23회). 서문경에게서 받은 용돈으로 구입한 현란한 장신구와 옷으로 온몸을 감싸고, 숨이 막힐 정도로 많은 양의 향료를 몸에 지녔는데 참으로 득의양양의 절정에 있었다. 이뿐만 아니라 송혜련은 겉으로는 반금련을 떠받들면서 비위를 맞추었으나, 때마침 정월 대보름 원소절 밤[5]에 외출하였을 적에 자신의 신발 위에 반금련의 신발을 껴 신고서 일부러 여러 차례 신발이 벗겨질 듯 다시 고쳐 신으면서 진창길을 걸어 다녔다. 일이 이렇게까지 되자 반금련의 인내심도 결국 한계를 드러낼 수밖에 없었다.

---

5) 이병아가 서문경 집안의 부인들을 사자가 거리의 집으로 초대한 지 딱 일 년 후의 시점이다.

자멸하는 송혜련

당장에라도 '산비가 오려고 하는'[6] 이 일촉즉발의 불안한 시기에 송혜련의 남편 내왕이 장기 출장에서 되돌아온다. 그러자 이 기회를 놓칠세라 부엌일을 관장하는 넷째 부인 손설아가 반쯤은 시새움으로 송혜련과 서문경 두 사람의 밀애密愛에 대한 일들을 곧바로 내왕에게 알려주었다. 이치로 보아서 도저히 일어날 수 없는 일이 일어난다고나 할까, 이 일을 계기로 주변에서 소외된 이들끼리 마음이 통한 것일까, 손설아와 하인 내왕은 눈이 맞아 어느새 깊은 사이가 되고 말았다. 손설아가 부추긴 탓도 있었지만, 자신의 처를 빼앗아간 서문경에 대한 내왕의 분노는 가라앉지 않았고, 마침내 술에 잔뜩 취해 하인과 사동들을 상대로 서문경과 반금련이 무대를 살해했다는 사실을 폭로하며 반드시 담판을 지어 본때를 보여주겠다며 마구 떠들어대었던 것이다.

내왕과 사이가 나빴던 하인 내흥內興에게서 이러한 이야기를 낱낱이 전해 들은 반금련은 내왕을 내버려두었다

6) 당나라 시인 허혼許渾의 「함양성동루咸陽城東樓」라는 시 작품에 나오는 '산비가 오려고 누각에 바람이 분다山雨欲來風滿樓'라는 구절에서 유래한 말로 '큰 사건이 일어나기 직전의 불안한 분위기'를 뜻하는 표현으로 자주 쓰인다.

가는 위험하겠다고 판단하고, 서문경에게 고자질하여 그를 벌주려고 하였다. 그런데 서문경이 송혜련에게 사실을 추궁하자 그녀는 내왕이 주인의 험담을 할 리가 없다며 강하게 부정하고, 그가 방해가 된다면 또다시 먼 곳으로 장기 출장을 보내면 되지 않겠냐고 필사적으로 호소하였다. 송혜련은 태연하게 서문경과 깊은 관계가 되었지만 남편인 내왕에게 이러한 사실이 알려지는 것을 두려워했고, 한편으로는 남편이 처벌받을까 걱정하여 정신없이 그를 두둔하였던 것이다. 팔랑귀였던 서문경은 금세 그 말에 넘어가서 송혜련 말대로 할 작정이었다. 그러나 이 사실을 알게 된 반금련이 날선 말로 몰아세우며 내왕을 쫓아내라고 성화를 부리자 서문경은 생각이 또다시 내왕을 내쫓는 방향으로 돌아서게 되었다. 이렇게 서문경을 사이에 두고 반금련과 송혜련은 격렬한 승강이를 벌였지만, 결국에는 반금련이 승리를 거둬 서문경은 마침내 내왕을 내쫓아 버릴 결심을 굳히게 되었다. 이리하여 서문경이 여느 때처럼 관아의 관계자에게 미리 손을 썼던 결과, 내왕은 흉계에 빠져 기억도 못 하는 횡령죄를 뒤집어쓰고 체포당해서 곤장을 맞은 뒤에 유배형에 처해지게 되었다. 한편으

로 내왕이 체포되었을 때, 어떻게든 남편을 석방시켜달라
며 울고불고 매달리는 송혜련 때문에 서문경은 다시금 흔
들흔들 그 말에 따르려고 생각했다가, 이번에는 반금련에
게서 그 일로 호되게 치도곤을 당하고는 금세 마음이 또다
시 돌아서고 만 그런 상태였던 것이다. 반금련과 송혜련
사이를 우왕좌왕하며 이랬다저랬다 태도를 바꾸는, 이 부
근 대목에서의 서문경의 줏대 없음과 매가리 없음은 참으
로 어이가 없어 말문이 막힌다고 해야 할 지경이었다.

　송혜련은 결국 내왕이 곤장을 심하게 얻어맞고 (고향 서
주로) 추방당하게 되었다는 사실을 알게 되자 비탄에 잠겨
자살을 기도하였지만 미수에 그치고 말았다. 서문경이 그
런 송혜련에게 더욱 집착하면서 이것저것 염려하는 모습
을 보게 된 반금련은, 불쾌감이 더해져서 송혜련을 아예
몰아붙일 작정으로, 내왕을 두고서 대립 관계에 있는 손
설아와 송혜련 양쪽을 부추겨 서로 충돌하도록 만들었던
것이다. 손설아와 격렬하게 서로 욕을 퍼붓고 대거리하며
대판 싸움을 치렀던 송혜련은 억울하고 원통한 마음을 풀
길이 없어 그 직후에 결국 조용히 목을 매 자살하기에 이
르렀다. 당초 송혜련은 반금련에게 격렬한 대항심을 드러

내 보이는 등 꽤나 만만찮은 면모도 있었지만, 자신이 빌미가 되어 남편 내왕이 배제되는 상황을 견디지 못하고 혼란을 겪던 나머지 자멸해버리고 말았다. 근본적으로 마음이 여려서 악녀가 될 수 없었던 송혜련은 과도한 욕망과 악의 에너지가 분출하는 『금병매』세계에서는 도저히 싸워 이겨서 살아남는 일은 불가능했던 것이다.

'발'의 페티시즘

앞에서 인용한 송혜련의 에피소드에서도 엿볼 수 있듯이 『금병매』에서는 종종 발이나 신발이 화제로 등장하고 있다. 서문경의 사위인 진경제가 어린아이가 주운 반금련의 신발을 직접 전해주러 갔다가 엉큼한 속셈을 섞어서 놀리는 이야기처럼(제28회), 에로틱한 소도구로 쓰이는 경우도 있고, 여성들끼리 신발이나 재료가 되는 천을 서로 주고받는 이야기도 자주 등장한다. 서문경 집안에서는 비녀와 같은 장신구는 출입하는 상인에게 만들게 하고 있지만, 신발만은 부인들이 천을 고르고 자수를 놓아 손수 만드는 것이 관례였다. 신발의 경우에는 발 크기가 문제가 되는

데, 반금련의 발은 '세치(三寸)[7]'가 되지 않아 말 그대로 '삼촌금련三寸金蓮[8]'이며, 이 작은 발이 그녀의 매력이기도 하였다. 자멸한 송혜련의 발은 이보다도 더 작았는데, 그 이유 때문에 송혜련은 매우 우쭐대었고 반금련은 점점 더 애가 탔던 것이다.

전족은 주지하다시피 서너 살 되는 어린아이 때부터 붕대 모양의 기다란 천으로 발을 단단히 묶어 발이 자라지 못하게 만드는 중국 사회만의 독특한 풍습이었다. 전족은 여성만이 했는데 발이 작으면 작을수록 맵시가 있는 것[9]으로 여겼고, 이렇듯 억지로 굽게 만든 발에 굽이 높은 신발을 신고 아장아장 걷는 것이 미녀의 조건이었다. 어쨌든 엄지발가락 이외의 나머지 발가락들을 안쪽으로 접어 넣고 천으로 단단히 묶었기 때문에 성장함에 따라 발잔등이 볼록 솟아올라 발 자체가 하이힐 같은 모양이 되어버린다. 현대의 관점에서 보자면 너무도 부자연스럽기 그지없는 관습이라고 해야 할 것이다. 전족을 하는 과정에서는

---

7) 약 10㎝에 해당함.

8) 여자의 전족을 한 작은 발을 가리킨다. 참고로 사촌四寸 이내는 '은련銀蓮', 사촌 이상의 발은 '철련鐵蓮'이라고 불렀다.

9) 극단적인 경우 '삼촌三寸'보다 더 작게 '이촌육분二寸六分', '이촌사분二寸四分'의 전족까지도 있었다고 한다.

물론 심한 통증이 뒤따랐고, 발과 신발에서는 썩은 내와 같은 독특한 냄새가 나게 된다. 그러나 이 냄새가 또한 에로틱하다며 좋아하는 남성도 있었던 것이다.

『금병매』가 써진 명나라 때에는 계층을 불문하고 대부분의 여성이 전족을 했던 것으로 보인다.[10] 낮은 계층의 여성은 가난 때문에 기생으로 팔려가는 경우도 종종 있었는데 기생이 되는 데도 전족을 한 작은 발이 절대 필요조건[11]이었다. 전족만큼은 아니지만 서양에서도 허리가 가늘고 잘록한 여성이 매력적이라고 여겨진 시대(이것은 현대에도 그대로 계승되고 있지만)에는 귀부인들은 죄다 실신할 정도로 몸에 꽉 끼는 코르셋으로 허리둘레를 단단히 조이고 있었다. 중국의 전족이든 (서양의) 극단적으로 가는 허리이든 후대에서 보자면 참으로 비정상적이고 기괴한 것이지만, 당시에는 미의 극치로 간주되었던 것이다. 시대에 따라 현저하게 달라지는 '미의 기준'에는 참으로 헤아리기 어려운 섬뜩한 그 무엇이 있다고 하겠다.

그렇다고는 해도 3,000년 훨씬 이전의 그 옛날 은殷나

---

10) 전족을 하는 풍습이 생겨난 것은 북송 때라고 하는데, 원대를 거쳐 명대에 이르러 급속하게 퍼졌던 것으로 추정한다.
11) 심지어 발이 오촌五寸 이상이 되면 여성이 시집가기가 힘들다고 할 정도였다.

라에서 시작되었다고 여겨지는 환관宦官이라든가, 근세의 전족과 같은 기이한 풍습이라든가, 전통 중국에서는 '몸과 머리카락과 살은 부모에게서 받은 것이므로 감히 훼손하거나 상하게 하지 않는 것이 효도의 시작이다(신체발부 수지부모 불감훼상 효지시야身體髮膚 受之父母 不敢毁傷 孝之始也,『효경』「개종명의開宗明義」)라고 교화하는 한편으로 억지로 인체에 손을 대고 서슴없이 개조해버리므로 정말 너무나 이상하다고 할 수밖에 없겠다.

전족의 기원에 대해서는 여러 설[12]이 있지만, 오대五代 시대 남당南唐 마지막 황제 이욱李煜[13]이 궁정 무희[14]의 발을 천으로 묶고 춤추게 했던 일에서 시작되었다고 보는 것이 대체적인 정설이다. 이 풍류 천자의 취향에서 발단된 기이한 풍습이 북송 시대 이후 크게 유행하였던 것이다. 그렇다면 전족이라는 기이한 관습은『수호전』의 배경 무대가 되는 북송 말기에는 이미 널리 행해지게 되었던 것이다. 그러나 「일장청一丈靑」 호삼랑扈三娘과 같은 『수호전』

---

12) 일찍이 공자 시대나 진시황제, 그리고 수나라 양제煬帝 때부터 있었다는 설 등이 있으나 신빙성이 없고, 대체로 오대 이후로 생겼다고 보는 입장이 일반적이다.

13) 937~978년. 오대십국五代十國 시대 남당南唐의 세 번째 황제이자 마지막 황제로 보통 '이후주李後主'로 불린다.

14) 이 궁정 무희의 이름은 '요낭窅娘'으로 알려져 있다.

세계의 용감무쌍한 여장이 전족을 했을 리 만무하므로, 아마도 북송 말기 무렵까지는 자연스러운 '발'을 가진 여성도 적지 않았을 것으로 보인다. [15)

시대가 내려와 명나라 시대가 되면 여성에게 전족은 당연한 풍습이 되었지만, 그에 뒤이은 청대에는 다소간 양상이 변화하게 된다. 청나라는 만주족이 세운 왕조여서 전족 풍습이 없었고, 그래서 이러한 한족의 기이한 풍습에 비판적이며 부정적이었다. 이 때문에 네 번째 황제 강희제康熙帝는 전족 금지령을 내린 바 있으나 벌칙 규정이 미비했던 탓으로 요란한 구호에 그쳤을 뿐 별달리 실행되지는 못하였다. [16) 그래서인지 어떤지는 모르겠으나 명나라 말기에 써진 『금병매』에는 전족과 관련된 '발'의 페티시즘이 숱하게 묘사되고 있음에 반해 청나라 중기에 저술된 『홍루몽』에는 이러한 화제는 전혀 나타나지 않는다. 작자인 조설근曹雪芹은 한족이지만 집안 대대로 청나라 황제의 측근으로서 은연한 세력을 휘둘렀던 가문 출신이었으므

---

15) 북송 시대에 전족이 크게 유행한 것은 사실이나, 이 시기의 전족은 발을 곧게 묶었을 뿐 굽히지는 않았다는 의미에서 '쾌상마快上馬'라는 이름으로 불렸다.
16) 그러나 청대 이후로는 전족의 크기에 변화가 일어나 '사촌四寸' 내지 '오촌五寸', 심지어 그 이상의 크기로 하는 경우도 있었다고 한다.

로 아마도 그의 주변에 있던 여성들 대다수는 한족이라 하더라도 전족을 하지 않았을 것으로 생각된다. 그 때문에 조설근은 근세 시기 한족의 '고질병'이라고도 해야 할 전족 취향과는 거리가 멀어 『홍루몽』 세계의 소녀들 역시 '천족天足'[17] 그대로 마음껏 활약하게끔 했던 것으로 보인다.

장남의 탄생과 관계로의 진출

다시 『금병매』의 서사 세계로 돌아가보자. 송혜련의 일 따위는 그녀의 죽음과 함께 이내 까맣게 잊어버린 서문경은 그 후로 점차 상승세를 타기 시작하였다. 그 고비가 되는 것이, 스토리의 전개가 대략 3분의 1을 경과한 제30회부터이다(첫머리 부분에 인용함).

우선 최초의 경사는 이병아가 서문경에게는 첫 아들인 관가官哥를 출산한 일이다. 정화政和 6년(1116년) 6월 23일, 이병아가 서문씨 집에 들어간 지 약 열 달 후의 일이었다(이병아의 혼인은 전해 8월 20일이었다). 조속히 하인들을 시켜 친

---

17) '전족을 하지 않은 자연 그대로의 발'이라는 뜻이다.

척과 친구들에게 축하 국수(희면喜麵)[18]를 나누어주는 등 서
문경이 장남의 탄생에 뛸 듯이 기뻐하고 있던 바로 그때에
한층 더 기쁜 소식이 날아들었다. 북송 말기 조정의 네 악
인 중 하나인 실력자 채경에게 생일 축하 선물을 보내기
위해 개봉으로 보냈던 지배인 오전은과 하인 내보가 돌아
왔는데, 그들의 보고에 따르면 서문경에게 '금오위부천호'
의 관직이 주어졌고, 청하현 제형소提刑所의 이형理刑[19]에
임명되었다는 것이다. 무위 무관의 졸부 상인에서 현의
고위직 관리로, 이렇듯 파격적으로 발탁되어 벼슬을 받은
것은 전적으로 서문경이 매년 거르지 않고서 채경에게 호
화로운 생일 선물을 보낸 덕택으로, 은혜를 입었다고 생각
한 채경의 주선에 의한 것이었다.

　이리하여 관계官界의 한쪽 말단에 교묘하게 이어지게
된 서문경은 이후로는 지방, 중앙을 불문하고 권력을 쥔
관료 무리들을 종종 집으로 초대해 호화로운 잔치를 열어
대접하거나 호화로운 선물을 선사하거나 해서 줄을 댈 수
있는 인맥을 한층 더 넓혀갔다. 요컨대 '정상政商'[20]이 되었

---

18) '경사스러운 날에 먹는 국수'라는 뜻이다.
19) 현청의 재판이나 처벌을 담당하는 관직으로 지금의 경찰 차장 정도에 해당함.
20) '정치권력과 결탁하여 자신의 사사로운 이익을 꾀하는 사람'이라는 뜻이다.

던 서문경은 생약방과 전당포 외에 이병아 소유의 사자가 거리의 집을 개조하여 비단실 가게를 개점하는 등 점점 사업 영역을 확장하면서 계속 부를 쌓아갔던 것이다.

서문경은 한편으로 장남을 출산한 이병아에게 애정이 깊어져 그녀 곁에 노상 죽치고 앉아 있었다. 이렇게 되자 가슴속 질투의 불길을 태우면서 안절부절못하고 마음 편할 일이 없었던 사람이 반금련이었다. 반금련은 관가가 태어나 집안 전체가 홍분에 휩싸였을 적에도 통한의 눈물에 젖어 몸져누웠을 정도였다. 그러나 언제까지나 홀쩍홀쩍 울고 있을 성격이 아니어서 순식간에 태세를 다잡고서 서문경과 이병아를 향해 타고난 격렬한 공격성을 불태우기 시작했다.

"맹옥루가 물었다. '나리께서는 어디에 계시니?'
춘매가 대답하였다. '여섯째 마님21) 방으로 가셨어요.'
반금련이 이 말을 듣자마자 마치 뜨거운 횃불이 심장 위에 놓이는 듯한 심정이 되어 악담을 퍼부었다.
'날강도 같으니라고! 내일부터 영원히 넘어져 다리가 부러져 내 방에는 들어오지도 마라. 감옥에 들어가 뼈가 마

---
21) 이병아를 가리킨다.

디마디 부러져 나오지도 마라!" _(제31회)

반금련은 이렇게 이병아와 관가를 애지중지 끔찍하게 위하는 서문경을 저주하고, 동시에 서문경을 독점하는 이병아에게 적개심을 불태웠다. 그리고 기회를 보아 선천적으로 허약하게 태어난 관가官哥를 안아주며 갑자기 높이 추켜올려서 경기를 일으키게 하는 등 한발 한발 자신의 공세를 강화해갔던 것이다.

새로운 인연의 상대 왕륙아王六兒

반금련의 이런 불온한 움직임에도 아랑곳을 않고서 서문경은 이병아와의 금실을 키워가면서, 다른 한편으로는 단단히 혼나고도 질리지도 않는지 또다시 새로운 대상에 빠져들어 여색을 탐닉하게 되었다. 이번 상대는 사자가 거리 비단실 가게에 새롭게 고용한 지배인 한도국韓道國의 처 왕륙아였다.

음탕한 왕륙아는 이전부터 한도국의 동생이자 불량배였던 한이韓二와 불륜 관계에 있었는데, 이런 낌새를 알아

챈 근처 불량소년들이 반쯤은 질투심에서 밀애 현장을 덮쳐 들통이 났고, 이윽고 (사람들이) 두 사람을 포박하여 관아에 넘긴 탓에 대단한 소동이 벌어지게 되었다. 어쨌든 당시에는 형수와 시동생 간에 간통이 일어나면 교수형으로 처벌하였다. 다급해진 남편 한도국은 서문경의 추종자 응백작을 통해 서문경에게 도움을 요청했는데, 서문경은 자신의 '이형理刑'의 직권을 남용하여 별반 곤란 없이 한이와 왕륙아를 석방시켜주고는 거꾸로 이들을 고발한 불량소년들을 혼내주었다. 이렇듯 남사스러운 사건이 서문경과 왕륙아의 인연의 시작이 되었던 것이다.

뒤이어서 서문경과 왕륙아의 관계는 한도국·왕륙아 부부의 외동딸 한애저韓愛姐[22]의 '혼담'을 둘러싸고 급진전하게 되었다. 서문경은 채경의 집사로, 평소에 여러 모로 자신의 편의를 봐주는 적겸翟謙에게서 (후사를 잇기 위해) 젊고 인물이 있는 첩실을 한 사람 구해주었으면 한다는 부탁을 받고, 매파인 풍 노파로 하여금 대상자를 물색케 하였다. 결국 여러 조건에 들어맞는 것이 한애저였는데, 풍 노파의 이야기를 들은 부친 한도국 역시 집이 가난해서 제대로 준

22) 이 당시 열다섯 살의 나이였다.

비할 수가 없지만 그래도 괜찮다면 하고서 슬며시 허락하였다. 이를 전해 들은 서문경은 곧바로 애저의 선을 보기 위해 한씨 집을 방문했는데, 인사를 하기 위해 나온 애저는 거들떠보지도 않고 옆에 서 있는 모친 왕륙아만을 눈도 깜빡이지 못한 채 바라보며 '마음이 흔들리고 눈이 어지러워 마음을 진정시키지 못했다'(제37회)고 할 정도로 이내 넋을 빼앗기고 말았다. 참고로 왕륙아는 호리호리하고 늘씬한 몸매에 붉은빛을 띤 갸름한 얼굴로 꽤 에로틱한 용모의 소유자였다. 그녀를 보고 몹시 흥분한 서문경은 애저를 위해 혼수를 마련해주고 부친인 한도국이 딸아이를 개봉 적겸의 집으로 데려다주러 간 사이에 재빠르게 왕륙아와 깊은 관계를 맺었던 것이다.

여기까지는 송혜련의 경우와 같지만 왕륙아는 송혜련보다 훨씬 만만찮고 악랄한 경우였다. 송혜련은 필사적으로 서문경과의 관계를 남편인 내왕에게는 숨기려 했지만, 웬걸 왕륙아는 득의만면하여 서문경과의 관계에 대해 빼지 않고 시시콜콜 집에 돌아온 남편 한도국에게 들려주었다. 그러한 이야기를 듣자마자 남편인 한도국 역시 '나리

[23]를 모시는 데 태만하지 말고 무슨 말이든 고분고분 잘 모시도록 해요. 이렇게 손쉽게 돈을 벌 수 있는데 뭐 하러 다른 방법을 쓴단 말이오!'(제38회)라고 하며 도리어 크게 기뻐하고 적극적으로 아내를 후원하는 지경이었다. 그 이후로 이들 부부는 모처럼 잡은 돈줄을 놓치지 않으려 공모하여, 왕륙아가 서문경을 그럴 듯하게 사탕발림으로 속여 집을 사게 한다든가 끊임없이 돈을 달라고 보채든가 해서 서문경에게서 계속 돈을 뜯어냈던 것이다. 비열한 잔챙이 악당이라 할 이 부부는 악의 꽃이 피어나는『금병매』세계에 딱 어울리는 사악한 욕망의 덩어리에 틀림없다고 해야 하겠다.

'고전'이 된 에로티시즘

이렇게 집 안에서는 이병아와 금실을 키우고 집 밖에서는 왕륙아와 벌이는 욕망의 치정극에 휘말리는 한편 서문경은 또한 하인 서동書童[24]을 살친구로 삼아 남색男色 관계

---

23) 서문경을 가리킨다.
24) 서문경의 동성애 상대인 서동은 본래 현청의 시종으로, 이름은 '소장송小張松'이고 나이는 열여덟 살이었다.

를 맺기에 이른다.

　서동은 서문경이 이형 벼슬에 오른 것을 축하하기 위해 지현知縣이 보낸 '얼굴은 분을 바른 듯, 이는 하얗고, 입술은 붉은'(제31회) 용모의 미소년이었다. 이렇게 집 안팎을 불문하고, 또한 남녀를 불문하고, 사리분별 없이 나대며 색정을 폭발시키는 서문경의 모습은 가히 상궤를 벗어난 '욕망의 기계'라고 말할 수밖에 없다.

　그렇다고는 해도 '욕망의 기계' 서문경이 그렇게 혼나고도 질리지도 않고 반복하는 '운우雲雨[25]' 장면에 관해서는 어느 경우에나 패턴은 거의 동일하다고 하겠다. 처음 읽을 적에는 깜짝 놀랄 만한 묘사도 집요하게 반복적으로 이루어짐에 따라 독자는 점차 '또 시작이군' 하는 정도의 권태감을 느끼게 되는 것이다. 작자는 이렇게 '욕망의 기계'로 변해버린 신흥 상인 서문경이 벌이는 단조로운 패턴의 치정 이야기를 차가워진 시선으로 응시하며, 냉혹한 필치로 파헤치고 있는 것이다. 『금병매』 작자의 이렇듯 강인한 비판정신에는 참으로 경탄해 마지않는 바가 있다고 하겠다.

　단지 에로틱한 소설이라는 관점에서 보자면 명나라 시

---

25) 남녀 간의 육체관계를 일컫는다.

대에는 『육포단肉蒲團』[26] 등과 같이 『금병매』보다 더욱 자극적인 작품들도 적지 않았다. 그러나 이런 작품들은 읽고 난 후 잊혀지고 도태되었던 데 반해 『금병매』는 오래도록 살아남아 '고전'으로서 계속 읽혀져왔던 것이다. 그렇다는 것은 『금병매』가 단지 에로티시즘만을 흥밋거리로 내세우는 작품이 아니라는 것을 의미한다고 하겠다. 앞서 언급했듯이 작자는 서문경의 단조로운 패턴의 치정 이야기를 집요하게 묘사하면서 방향성을 잃어버린 욕망의 폭발이 가져다주는 공허함을 파헤치고, 나아가서는 명나라 말기라는 시대를 감싸고 있던, 기묘한 활기가 넘치는 깊은 어둠 속을 섬광처럼 날카롭게 갈라서 보여주고 있는 것이다. 이러한 작자의 복안複眼과 냉철한 어투가 『금병매』로 하여금 시대를 초월해 살아 있는 고전으로서의 저력을 지니게끔 해주었다고 할 수 있겠다.

그렇다 해도 서문경의 여성 관계는 심미적 기준 또한 도무지 종잡을 수가 없어, 말 그대로 되는 대로 닥치는 대로

---

26) 중국의 대표적 황색黃色 소설, 곧 에로 소설로 『금병매』와 함께 이른바 호색好色 문학의 쌍벽으로 평가받는다. 명나라 말기에 이어李漁가 지은 것으로 알려져 있는데, '포단'은 '부들방석'이라는 뜻으로 여성을 상징하는 말이다. 일명 『각후선覺後禪』으로도 불리는데, 영역본의 제목도 이에 근거해 『성과 선Sex and Zen』으로 되어 있다.

라고밖에 표현할 길이 없다. 한편으로 그런 서문경의 난봉질의 표적이 된 여성 쪽에서도 반금련, 이병아, 송혜련이 그러하듯이 이들 또한 한결같이 마치 기다리고 있었다는 듯이 서문경을 받아들이고 적극적으로 그와의 관계를 이어가는 것이다. 그중에는 왕륙아처럼 역으로 철저하게 이용해 먹으려는 경우까지도 있었던 것이므로 백약이 무효라 도무지 손쓸 방도가 없는 것이다.

참고로 서문경은 서진西晉 시대 시인 반악潘岳에 버금가는 미남으로 설정되어 있다. 반악은 역사상 유명한 미남으로 여성들에게 인기가 있어, 젊은 시절 그가 거리에 모습을 드러내면 여인들이 모두 손을 맞잡고 함께 그를 에워쌌다는 일화[27]가 전해지고 있다(『세설신어』「용지容止」편).

반악은 육기陸機[28]와 함께 서진 시대를 대표하는 문학자로, 수사주의修辭主義의 극치라고 해야 할 만큼 화려하고도 정치한 미문美文의 작가로 알려져 있다. 특히 인간의

---

[27] 『세설신어』의 원문에는 '부인우자婦人遇者 막불연수공영지莫不連手共縈之'라고 되어 있다. 아울러 그가 외출할 때마다 여인들이 과일을 그에게 던져서 수레에 가득 찼다는 데에서 유래된 '척과영거擲果盈車'의 고사도 유명하다고 하겠다.

[28] 261~303년. 중국 서진 시대를 대표하는 문인. 그의 시작품은 수사에 중점을 두고 미사여구와 대구의 기교를 살려 육조 시대의 화려한 미문학美文學의 선구자로 평가받고 있다.

죽음을 애도하는 애상哀傷의 시문에 뛰어나, 처의 죽음을 애도해 지은 「도망시悼亡詩」 세 수는 지금껏 고금의 절창으로 평가받고 있다. 그렇지만 이른 시기부터 육기와 비교해서 '반악의 문장은 얕지만 깨끗하고, 육기의 문장은 깊지만 잡되다'(『세설신어』 「문학편」)[29], 곧 '반악의 문장은 내용은 없지만 미끈하고, 육기의 문장은 심오한 사상적 내용이 있지만 지나치게 복잡하다'라고 평가받았는데, 이로부터 그의 시문은 유려한 서정성이 넘치는 반면에 사상적 내용이 부족하다는 것이 일종의 정평으로 세간에 자리 잡게 되었다. 이러한 비판은 평생 걸핏하면 권력에 굴종하기 일쑤였던 그의 처세술[30]과도 겹치면서 생겨난 것이다. 이렇듯 권력에 약했던 반악의 일면 또한 얄궂게도 서문경과 공통점이 있다고 해야 하겠다. 참고로 반악과 비교되는 육기는 오나라 손책孫策의 증손 손권孫權의 뛰어난 책사였던

---

29) 『세설신어』에는 손홍공孫興公, 곧 왕희지의 난정회蘭亭會에도 참여했던 유명한 문인 손작孫綽의 두 사람의 문학에 대한 평어인 '반문천이정潘文淺而淨 육문심이무陸文深而蕪'라는 구절이 인용되어 있다.

30) 반악은 세상에 보기 드문 재주와 용모를 타고 났지만 초기에는 정치적으로 불운하였다. 이후 정치 권력의 부침에 따라 그도 줄타기를 하면서 출세와 전락을 거듭하는데, 이러한 그의 처신에 대해 일찍이 그의 모친이 분수에 만족하면서 살라고 충고하기도 하였다. 이윽고 그는 정치적으로 승승장구하다가 300년에 일어난 '팔왕八王의 난'에 연루되어 체포·살해당하고 말았다.

육손陸遜[31]의 손자로서 『삼국지연의』 세계의 쟁쟁한 영웅의 후예이다.

그런데 서문경은 그와의 비교 대상인 반악도 놀라서 자빠질 정도로 색욕, 식욕, 물욕, 출세욕 등 온갖 욕망을 동시에 그리고 전면적으로 추구하는 욕망의 덩어리와 다름없다고 하겠다. 따라서 서문경에게 있는 것은 오로지 '색욕'뿐이며, '사랑'이나 '연애'와 같은 감정이 개입할 여지는 아예 없었다. 그와 같은 존재인 서문경을 중심 위치에 배치한 『금병매』의 서사 세계는 따라서 감상적 요소를 송두리째 끊어내버리고, 대단히 건조한 톤으로 전개되고 있는 것이다.

계속해서 여성 편력을 거듭하는 (문학 작품의) 대표적인 '주인공'이라고 하면 『겐지 이야기源氏物語』[32]의 히카루 겐지光源氏[33]가 연상된다. 그러나 10세기 말부터 11세기의

31) 오나라 손책의 사위이기도 하다.
32) 일본 헤이안 시대의 궁중 생활을 묘사한 장편소설로 고대 일본 문학의 최고 걸작으로 평가받고 있다. 작자는 11세기 초 궁정의 궁녀였던 무라사키 시키부紫式部로 알려져 있다.
33) 『겐지 이야기』 제1·2부의 주인공인 히카루 겐지는 천황의 두 번째 황태자로 태어났는데, 잘생긴 외모와 뛰어난 학문에 이르기까지 모든 면에서 완벽한 인물로 묘사된다. 소설의 주된 줄거리는 이러한 주인공이 일생에 걸쳐 만나는 수많은 여성들과 사랑을 나누는 이야기를 묘사하고 있다.

헤이안平安 시대에 쓰인 궁정 귀족의 스토리인『겐지 이야기』와 그로부터 500년 이상이나 세월이 흐른 16세기 말 명나라 말기에 써진 신흥 상인의 스토리인『금병매』에는 결정적인 시간차가 존재하고, 묘사된 등장인물의 캐릭터나 서사 구조도 근본적으로 너무나 이질적이라 하겠다. 분별없는 노악적露惡的[34] 특성으로 넘쳐나는 서문경은 우아한 호색가 히카루 겐지와 전혀 비슷하지도 않은 존재이며, 반금련을 비롯한 계산적이고 교활한『금병매』세계의 여성상은 각인각색으로 이목구비가 뚜렷해서, 일반적으로 몽롱하게 아름다운『겐지 이야기』세계의 여성상과는 완전히 다른 것이다.『금병매』의 작자는 여성을 신비적으로 미화하는 베일을 인정사정없이 벗겨서, 그녀들의 날것 그대로의 원형질을 보여주려고 하였던 것이다. 추악함에 대해 시선을 돌리지 않고 오히려 그러한 추악함을 드러내려는 이러한 어투는『겐지 이야기』에서는 결코 보이지 않는 것이며, 바로 이 점에서 중국 근세 백화 장편소설『금병매』의 현실성이 성립한다고 할 수 있다.

그러나 노악적露惡的인 욕망의 덩어리라고는 하나 기실

---

34) '자기의 결점을 일부러 드러내 보이다'라는 뜻이다.

'중심인물'인 서문경 자체에는 그 정도로 악랄한 이미지는 없다고 하겠다. 확실히 정력적이고 괴물 같기는 하지만 앞에서도 말한 바 있듯이 의외로 주체성이 결여되어서 다른 사람의 꼬임에 잘 넘어가며, 장사 일이든 여성과의 관계든 간에 자신이 적극적으로 전망하거나 전략을 세워 그 일에 임하는 것이 아니라, 주먹구구식으로 요행을 기대하며 별다른 자각도 없이 덩치를 키워갔던 것에 지나지 않았던 것이다.

이처럼 완급緩急이 없이 무의식적으로 팽창膨脹하기만 하는 유형의 중심인물 서문경에 비하면 그 주변에 꾀어 있는 조연급 인물들이 훨씬 자각적이고 교활한 편이라고 하겠다. 예를 들면 남편과 공모하여 서문경에게서 돈을 뜯어내고, 이후에 전변轉變을 거듭하면서도 마지막까지 살아남는 왕류아, 돈벌이를 위해서라면 살인까지도 서슴지 않는 왕 노파, 또는 권세 있는 이라면 누구에게나 체면 불구하고 은근스레 접근하는 파렴치한 응백작, 서문경의 축소판이라고 해야 할 사위 진경제(뒤에서 논의함)와 같은 인간들 쪽이 오히려 '악당'이라고 할 수 있겠다. 근본적으로 얼없는 욕망의 괴물 서문경을 중심에 놓고 그 주변에 수많은

악랄한 조연들을 배치하여 서사 세계 전체를 뒤흔드는 욕
망의 광란극을 연출하게 한 것은, 작가가 구석구석 세부에
이르기까지 얼마나 치밀하게 계산하여 서사 세계를 구축
하였는지를 엿볼 수 있게 해주는 대목이라 하겠다.

호승胡僧[35)의 미약

한편으로 서문경은 기회를 살펴서 자신의 후원자가 되
어줄 가능성이 있는 유력 관료들을 집으로 초대해 접대하
는 일에 힘썼는데, 돈을 아낌없이 들여 산해진미와 좋은
술을 차려놓은 연회석에 기녀와 악공들을 불러다가 요란
뻑적지근하고 화려한 향연을 펼쳤던 것이다. 이러한 접대
공세와 선물 공세에 힘입어 중앙의 관계까지 깊숙이 파고
든 서문경은 그러한 연줄을 최대한 활용해 이윤이 큰 소금
전매專賣[36)에서부터 해상 운송업, 고리대금업 등에까지 손
을 뻗쳐서 잠깐 사이에 여러 종류의 사업을 경영하는 상인
이 되었다. 그러한 와중에 이형의 지위를 악용해 고액의

---

35) 인도나 서역에서 승려를 가리킨다.
36) 송대에는 소금에 관한 전매를 규정하는 염초법鹽鈔法이 시행되었다고 한다.

뇌물을 받고 살인범을 석방해준 일이 있었는데, 이 일이 탄로 나서 탄핵될 뻔한 적도 있었지만 이번에도 또한 강력한 연줄 덕분에 유야무야 넘어가는 등 확실히 '나쁜 놈일수록 발 뻗고 잔다'는 말을 실생활에 그대로 옮겨놓은 듯한 상승세였던 것이다. 『금병매』 제30회부터 49회까지의 줄거리는 이렇듯 가정의 안팎, 공사公私의 모든 영역에서 절정기에 있었던 서문경의 모습을 묘사하고 있다.

그러나 이쯤 해서 서문경에게 본질적인 전환점이 되는 사건이 일어나게 된다. 우연히 만난 괴이한 형상의 호승37)에게서 강한 인상을 받은 서문경은 그를 집으로 불러 대접한다. 이때 호승은 서문경에게 백수십 알의 미약媚藥38)과 정력 강화에 효험이 있는 두 돈(錢)39) 정도의 연고 한 덩어리를 선물로 주었다.

"호승은 이렇게 말했다.
'제가 약을 하나 갖고 있는데 이것은 태상노군太上老君40)

---

37) 원문에서는 '서역西域 천축국天竺國 밀송림密松林 제요봉齊腰峰 한정사寒庭寺'에서 온 호승으로 되어 있다.
38) 성욕을 일으키는 약을 말한다.
39) 약 8g 정도 무게에 해당함.
40) 노자를 가리킨다.

이 만들고 서왕모가 조제 방법을 전한 것입니다. 임자가 아니면 제조하지 않고, 인연이 없으면 전하지 않으니, 오직 인연이 있는 자에게만 전하는 것이지요. 나리께서 이렇게 후하게 대해주시니 제가 몇 알 드리지요.'

호승은 이윽고 행낭에서 호로병을 꺼내어 100여 알을 꺼내주면서 이렇게 당부하였다.

'한 번에 한 알만 드세요. 그 이상은 안 됩니다. 그리고 꼭 소주와 함께 드세요.'

그러고는 다른 배낭에서 담홍색의 고약을 두 돈(錢) 정도 뜯어내어 서문경에게 주면서 이렇게 말했다.

'한 번에 약 두 리厘[41] 정도만 쓰세요. 그 이상은 안 됩니다. 만약 너무 부어오를 것 같으면 손으로 꽉 쥐어 양편 무릎에 대고 한 100여 대를 때리면 좀 가라앉을 것입니다. 아껴 쓰시고 절대로 남에게 얘기하지 마십시오.'" (제49회)

어느 것이나 극약이지만 정량만 잘 지키면 놀랄 만한 효과가 있어서, 이후로 서문경은 이 약들을 상용하여 무제한의 쾌락에 빠져들게 된다. 요컨대 서문경은 이 두 종류의 약물을 상용함에 따라 '정력 강화', 나아가서는 '육체 개조'

---

41) 약 1㎎ 정도의 무게에 해당함.

에 힘쓴 것이 되어서 마침내 말 그대로 '욕망의 기계'가 되어버렸던 것이다.

바꿔 말하면 이것은 그토록 강렬한 욕망의 덩어리였던 서문경도 이쯤 되자 육체를 인공적으로 강화하지 않고서는 에너지를 연소시킬 수 없게 되었다는 것, 곧 그 분방한 에너지가 쇠퇴하였다는 것을 의미한다. 그리하여 약이 끊어지면 목숨을 부지할 길 없게 되어서, 이러한 약물의 복용이 결국은 서문경의 명줄을 재촉한 결과가 되었는데, 그 일의 전말에 대해서는 다음 장에서 살펴보기로 하자.

5. 팽창했다 꺼져가는 명말의 사회 정황
- 잇단 죽음의 결말

"이병아는 두 손으로 서문경의 목을 꼭 부둥켜안고서 흑
흑 흐느껴 한참 동안을 울다 보니 나중에는 소리가 제대
로 나오지 않았다. 그러면서 겨우 다음과 같이 말했다.

'여보, 저는 진심으로 당신과 오래도록 살기를 바랐어
요. 그런데 이렇게 제가 먼저 죽을 줄을 누가 알기나 했
겠어요! 아직 눈을 감지 않았으니 몇 마디 말씀을 드릴게
요. 집에서 하실 일은 많은데 의지할 데도 없고 또 도와주
는 사람도 없으니 모든 일에 신중하게 생각을 하시고 절
대로 충동적으로 성질내지 마세요. 큰 마님에게는 당신
이 특히 신경을 써주셔야 해요. (중략)

그래도 제가 살아 있으면 아침저녁으로 당신께 충고를
해드릴 텐데, 제가 죽은 다음에는 누가 당신께 그런 듣기
싫은 소리를 하겠어요? (중략)

서문경은 이병아가 숨을 거두었다는 이야기를 전해 듣
고서 오월랑과 함께 부리나케 앞채로 건너와 이불을 들추
고 살펴보니 얼굴은 살아 있을 때와 조금도 변함이 없고
몸에는 아직까지도 따스한 기운이 남아 있는 듯했으나 조
용하게 숨을 거둔 것이다. (중략)

서문경은 이병아의 아랫도리가 붉은 피로 흥건히 젖어 있는 것도 개의치 않고 두 손으로 이병아의 두 뺨을 어루만지고 입술을 문지르며 울부짖으며 이렇게 절규하였다.

'내가 당신을 구하지 못했구려! 인자하고 착하던 당신, 그런 당신이 나를 버려두고 이렇게 가다니! 차라리 이 서문경을 죽게 할 것이지, 나도 이 세상에 오래 못 살 거야. 공연히 살아서 무엇을 한단 말인가!' 이렇게 말하며 침상에서 방 안으로 이리 뛰고 저리 뛰며 대성통곡을 하였다. 곁에 있던 오월랑도 흐르는 눈물을 어쩌지 못하고서 오열하였다. 잠시 뒤에 이교아와 맹옥루, 반금련, 손설아와 집안의 크고 작은 계집종들과 하인들이 모두 몰려와서 통곡을 하니 울음소리가 땅을 울릴 정도였다." (제62회)

이야깃거리

제1장에서 언급한 것처럼 『금병매』에는 당시 사람들에게 널리 알려진 유명한 설화나 희곡[1]을 감쪽같이 편입시켜놓은 부분이 있다. 『금병매』 세계에서 이러한 '전고典故' 혹은 '인용'의 운용은, 설화나 이것을 문자화한 '화본話本소

---

1) 원곡元曲을 가리킨다.

설' 혹은 '의화본擬話本소설'에서 이미 친숙한, 산전수전을
다 겪어 노회하기 그지없는 매파의 이미지를 그대로 옮겨
놓은 왕 노파처럼 유형적인 인물을 등장시키는 데만 그치
지 않고, 더욱 구체적인 형태를 취하는 경우도 적지 않다
고 하겠다. 예를 들면 서문경 집안의 연회에서 연극을 공
연하는 극단을 하나 불러다가 원대의 유명한 희곡 등을 공
연토록 하거나,[2] 집에 출입하는 비구니 여승에게 화본 등
으로 잘 알려져 있는 설화를 구연케 하는 방식[3]으로 '스토
리 속의 또 다른 스토리'를 포함시켜놓았던 것이다.[4]

　　예로부터 '전고'나 '인용'은 중국 문학의 주요한 표현 기
법이지만, 소설에서도 이처럼 '이야기 속에 이야기'를 포
함시키는 방식을 통해 독자의 연상이나 공통 감각에 호소
하여 서사 구조를 중층화重層化하는 효과를 낳게 하였다.

---

2) 제48회에 청명일에 배우 등을 불러다가 공연을 시킨다는 대목이 나온다. 이 밖에
　　제58회, 63회, 64회, 72회 등에도 배우들을 불러다가 연극을 시킨다는 언급이나
　　연극 공연의 대목이 나오고 있다.
3) 제39회에 오월랑 등이 두 비구니 여승을 집으로 불러 불교의 인과에 관련된 설화
　　를 듣는 장면이 나온다.
4) 이것은 이른바 '액자額子소설', 곧 스토리 속에 또 다른 스토리를 액자처럼 끼워놓
　　는 구조의 소설과도 유사하다고 하겠다. 이러한 액자 구조 기법은 소설뿐만 아니
　　라 희곡 심지어 영화, 회화 등에서도 널리 쓰이는데 박지원의 『옥갑야화』나 김만
　　중의 『구운몽』 등이 대표적이다. 달리 '격자格子소설', 또는 '극중극', '미장아빔mise
　　en abyme('영화 속의 영화'와 같은 격자 구조)이라고도 한다.

『금병매』는 이러한 소설에서의 '전고' 기법을 교묘하게 운용하고 있는 것이다.

참고로 독자들이 이미 잘 알고 있고, 모두가 재미있다고 느끼는 이야기는 말하자면 '이야깃거리'로서 다양한 작품의 갖가지 문맥 속에서 반복해서 이용되고 있다. 예를 들면 다음과 같은 사례가 있다. 명나라 말기의 공안公案소설집[5] 『포공안包公案』[6]에 「검은 질버치[7](오분자烏盆子)」라는 이야기가 있었다. 왕로王老라는 인물이 검은 질버치를 사서 소변용 변기로 쓰고 있었는데, 어느 날 질버치가 말을 하며 (자신의 입에다 오줌을 눈다고) 항의하면서 자신의 원통한 처지를 이야기하였다. 그 이야기에 따르면 질버치는 원래

---

5) '공안公案'은 본래 옛날 중국에서 '재판관이 안건을 심리할 때 쓰는 큰 책상' 또는 '재판 사건의 문서'라는 뜻인데, 의미가 파생되어 '사회적으로 문제시되거나 괴이한 형사 사건'을 가리키는 말로 쓰이게 되었다. 이후 중국의 소설이나 희곡의 한 갈래 명칭으로 쓰이게 되었다.

6) 중국 송대 문신·정치가 포증包拯은 인종仁宗 치세에 동경 개봉부윤開封府尹으로 있으면서 부패와 비리를 척결하고, 고관대작을 불문하고 공정한 판결을 내린 일로 유명했다. 그의 이러한 고사를 바탕으로 사후에 남송과 금나라 시대를 거치면서 포증을 주인공으로 한 여러 문학작품이 나타나게 되었다. 명나라 말기에 이르러 수백 권으로 된 화본소설 『포공안』, 청나라 때는 장편소설 『삼협오의三俠五義』, 『칠협오의七俠五義』 등의 형태로 간행되어 세상에 크게 유행하였다. 현대에 이르러서는 라디오와 텔레비전 드라마 등으로 활발하게 제작되었는데, 한국에서도 텔레비전 드라마 '판관 포청천'으로 소개되어 커다란 인기를 누렸던 바가 있다.

7) 자배기보다 조금 깊고 아가리가 벌어진 큰 그릇을 '질버치'(와분瓦盆)라고 하는데 달리 '버주기' 또는 '소래기'로 일컫기도 한다.

부유한 상인이었는데 장사를 하러 간 지방에서 2인조 강도에게 살해당해 가마에서 화장을 당하고 말았다는 것이었다. 더욱이 두 사람은 시신의 재와 뼈를 꺼내 산산이 빻아서 진흙과 반죽해서 또다시 가마에서 구워 검은 질버치로 만들어 팔아버렸다. 그래서 2인조 강도를 고발하고자 하니 자신을 명판관 포증包拯에게 데려다달라는 것이었다. 이 이야기를 듣고 깜짝 놀란 왕로는 다음 날 검은 질버치를 안고 관아에 가서 포증에게 하소연하였다. 그런데 포증이 아무리 심문을 해도 검은 질버치는 아무 말도 하지 않았고, 화가 난 포증은 왕로와 검은 질버치를 관아 밖으로 내쫓아버렸다. 그러자 그날 밤이 되어, 다시 검은 질버치가 말하기 시작했는데 포공 앞에서 입을 다물었던 것은 알몸이라 부끄러웠기 때문이니 무언가로 옷을 입혀서 다시 한 번 더 데려다달라고 부탁하였다. 그래서 다음 날 왕로가 검은 질버치에 옷을 입혀 또다시 포증이 있는 관아로 갔는데 이번에는 검은 질버치가 사건의 자초지종을 청산유수로 냅다 말을 하였던 것이다. 검은 질버치의 고발에 따라 마침내 두 명의 살인범이 체포되었다고 하는 것이 이 이야기의 결말이었다.

참으로 기묘한 이야기지만 실은 원곡元曲에 「질버치 속의 귀신(분아귀盆兒鬼)」[8]이란 작품이 있었는데, 이 『포공안』에 보이는 「오분자」는 이 작품을 바탕으로 만들어진 것이다. 자기도 모르게 독자로 하여금 웃음을 터뜨리게 만드는 이 기묘한 이야기는 어지간히 사랑받았던 것으로 보이는데, 청나라 때의 장편소설 『아녀영웅전兒女英雄傳』에도 그대로 인용되고 있을 정도이다. 이러한 사례는 눈에 띄게 재미난 이야기의 경우 얼마나 다양한 작품에서 반복되어 인용되고 있는지를 보여주는 적당한 예라고 하겠다.

『금병매』에는 특히 화본소설이나 의화본소설로부터의 인용이 많이 보이고 있다. 작자는 말하자면 독자를 유인

8) 이 작품은 현대에도 '기원보奇冤報'라는 제목의, 경극京劇의 인기 있는 레퍼토리의 하나로 공연되고 있으며, 일찍이 서양에도 『항아리 속의 귀신The Ghost of the Pot』이라는 이름으로 소개될 정도로 유명한 작품이다. 그 대강의 줄거리는 대동소이한데 다음과 같다. : 북송 시대 비단장수인 유세창劉世昌이라는 상인이 객지로 장사하러 갔다가 여인숙에 머물게 되었는데 본의 아니게 돈이 많다는 사실을 들키고 말았다. 여인숙 주인 조대趙大 부부는 그 돈에 욕심이 나서 상인을 죽이고 시신을 태워 그 재를 찰흙과 반죽해 가마에 구워서 검은 질버치로 만들어버렸다. 몇 년 뒤에 장별고張別古라는 이가 있어, 조대에게 찾아와 자신이 팔았던 짚신값을 요구했는데, 조대는 돈은 주지 않고 바로 이 검은 질버치로 짚신값을 대신하였다. 장별고가 질버치를 갖고 집으로 돌아왔는데 갑자기 질버치 안에서 '딸랑딸랑'(정정당당打打璫璫) 소리가 울려왔는데, 알고 보니 그 유세창의 혼령이 자신의 억울한 사정을 호소하려는 것이었다. 장별고는 곧바로 질버치를 안고 포중의 관아로 가서 고소장을 제출하니, 포공이 조대를 심문하여 진실을 밝혀내고서는 이 원안冤案을 매듭지었다. 그런데 판본에 따라서는 주인공 상인의 이름이 '양국용楊國用'으로 되어 있거나, 장별고가 퇴직한 하급관리 등으로 나오는 경우도 있다.

하는 장치로 이러한 이야기들을 교묘하게 써먹고 있는 것인데, 이것은 또한『금병매』와『삼언三言』등에 수록되어 있는 세와모노世話物[9]풍의 화본 및 의화본소설과의 혈연적 계승 관계가 얼마나 깊은지를 저절로 드러내주는 바로서 주목된다고 하겠다.

오월랑의 임신

　『금병매』세계에서 이렇듯 재미있는 이야기의 재담꾼으로 등장하는 인물은 본부인 오월랑의 처소를 출입하는 비구니 여승이었다. 오월랑은 욕망의 색깔로 물들어 있는 『금병매』세계에서는 보기 드물게 불교에 관심이 깊은 편이어서 자주 비구니를 불러 불교 설화나 인연담 등을 들려 달라고 하였다. 다만 화본소설이나 의화본소설에 등장하는 비구니의 대부분은 매파도 무색케 만들 정도로 닳고 닳은 여자로 으레 정해져 있는데, 오월랑의 처소를 드나드는 비구니들도 대동소이해서 사이비 냄새가 풀풀 나는 그런

---

9) 원래 일본의 가부키歌舞伎 등에서 주로 서민을 주인공으로 해서 당대의 세태, 풍속, 인정을 묘사하는 작품 경향을 일컫는 말이다.

존재들이었다.

사실 오월랑은 이병아가 관가를 출산한 직후, 이층으로 올라가다 돌계단에 발이 걸려 미끄러지는 바람에 아기를 유산하고 말았다. 거의 다섯 달에 접어든 사내아이였던 것이다(제33회)[10]. 그녀는 이 일이 남의 뒷담화나 즐기는 사람들의 입방아에 오르내리는 것을 두려워해 사정을 잘 아는 맹옥루에게는 입단속을 하고 서문경에게는 회임을 했었다는 사실이나 유산을 했다는 사실조차도 일절 알리지 않았다. 수개월이 지나고 새해가 밝은 정월에 우연히 이 이야기를 들은 왕王 비구니가 오월랑에게 자기와 함께 있는 설薛 사부라는 비구니가 조제한 물약에 첨가물을 더해서 임자壬子 일에 먹으면 반드시 한 달 후에는 회임을 할 것이라는 이야기를 하였다. 참고로 그 첨가물이란 '초산인 아이의 탯줄을 꺼내 술로 잘 씻어서 태워 만든 재'로서 그 야말로 엽기적인 것이라고 하겠다(제40회). 이러한 이야기에 귀가 솔깃해진 오월랑은 왕 비구니에게 돈 한 냥을 주고서 일을 잘 처리해달라고 부탁하였다. 그러나 얼마 후

---

10) 나중에는 육칠 개월의 사내아이였다는 언급도 나온다.

약물과 첨가물[11]을 입수하고서도 그녀는 좀처럼 약의 복용을 결심하지 못한 상태에서, 여러 가지로 이병아가 낳은 관가에게 마음을 쓰는 날들이 이어졌다. 반금련은 이렇듯 관가를 돌보려는 오월랑의 태도가 마음에 들지 않아, 사이가 좋은 맹옥루를 상대로 '큰형님[12]도 제 정신이 아니야! 자기 애도 아니고 다른 사람이 낳은 애새끼를 그렇게도 끔찍이 아끼는지'(제53회)라고 하는 등 뒷전에서 험담을 늘어놓았다. 우연히 이를 엿들은 오월랑은 화가 나기도 하고 분하기도 했는데, 마침 그다음 날이 임자일이어서 드디어 앞서 말했던 그 약을 복용하였던 것이다. 그 결과 믿어지지 않는 이야기이긴 하지만 오월랑은 경사스럽게도 사내아이를 임신하였던 것이다. 남편인 서문경은 미약, 부인 오월랑은 회임약, 부부가 나란히 미덥잖은 승려들에게서 입수한 약물을 복용함으로써 그들의 운명이 변했다고 해야 할 것이다. 이렇듯 수상쩍은 민간요법과 관련된 이야기 역시 화본소설이나 의화본소설에 자주 나오는 대목들이라 하겠다.

---

11) '남자 아기의 탯줄'을 말한다.
12) 오월랑을 가리킨다.

아무래도 수상쩍다는 것은 회임약을 빌미로 서문경의 집에 빈번히 출입하게 된 설 사부는 양갓집에 출입하기 쉬운 비구니의 신분을 악용해 수수료를 받고 불륜의 사랑의 길잡이를 하는 등 보통 정도 이상으로 만만찮은 여인이었다.[13] 이 설 비구니가 약을 가지고 처음 서문씨 집에 왔을 때 그 모습을 우연히 보게 된 서문경은 오월랑에게 설 비구니가 얼마나 악랄한 여자인지를 이야기해주면서 갖은 욕설을 퍼부으며 매도하였다(제51회). 이때 서문경은 설 비구니가 서로 사랑에 빠진 어느 양갓집 도령과 규수의 밀회를 주선했는데, 그만 밀회 도중에 너무도 감격한 나머지 도령이 급사하는 바람에 큰 난리가 나서 (밀회를 주선한) 설 비구니도 곤장형에 처해졌다는 이야기를 해주었다. 그런데 이 이야기는 사실「한운암閑雲庵에서 완삼阮三이 전생의 원한을 갚다(한운암완삼상원채閑雲庵阮三償冤債)」(『삼언』,「고금소설

---

13) 원문에 보면 설 비구니는 원래 광성사廣成寺라는 절 앞에서 떡장수를 하던 여인이었는데, 이윽고 절의 중들과 사통을 하는 관계를 맺었다가, 남편 사후에 절에 출가하여 여승이 되었다고 한다. 그러나 그녀는 불도에는 관심이 없었고 사대부 집안에 드나들며 염불이나 해석을 해주고 돈이나 뜯는 것이 주된 활동이었다. 그가 서문경 집안의 오월랑에게 접근한 것도 결국은 돈을 뜯기 위한 심산이었다고 하겠다.

古今小説 권4)[14]라는 화본소설에서 그대로 가져온 것으로 이 경우 또한 『금병매』와 세와모노世話物풍의 백화 단편소설 사이에 깊은 혈연관계가 있음을 보여주는 예가 된다고 하겠다. 그건 그렇다 치고 처음에는 경계하여 경멸의 태도를 보이던 서문경도 공덕을 쌓기 위해서는 경전을 인쇄하여 사방으로 널리 배포해야 한다고 설교하는 설 비구니의 절묘한 언설에 혹하여서 어느덧 자신도 모르게 거금을 건네주고 말았으니, 그녀가 얼마나 대단한 수완을 지녔는지를 알 만하다고 하겠다.

'공허한 번식'과 정체停滯

첫아들인 관가가 탄생한 것은 서문경에게 관계官界로의

---

14) 이 이야기는 원래 명나라의 홍편洪楩의 저술인 『우창집雨窗集』 상권에 실렸던 「계지아기戒指兒記」라는 작품을 풍몽룡이 송인宋人이 지은 소설이라고 하면서 발췌·수록했던 것인데, 그 대강의 줄거리는 다음과 같다. : 진씨陳氏 집안의 딸 옥란玉蘭은 완삼이라는 도령이 연주하는 퉁소 소리를 듣고 몰래 마음을 허락하고는 자신의 반지를 주어 사랑의 증표로 삼았다. 완삼은 그녀를 그리워하는 나머지 상사병이 들고 말았다. 후에 한운암에서 비구니의 도움으로 두 사람이 만나 사랑을 나누던 중 뜻하지 않게 완삼이 그만 급사하고 말았다. 옥란은 그 후에 자신이 임신했다는 사실을 알게 되었고, 아이를 출산할 즈음에 완삼에 대한 제사를 올렸는데, 꿈속에 완삼이 현몽하여 사실은 자신이 그녀에 대해 전생의 원한을 갚았다는 사실을 알려주었다. 이윽고 그들 사이에서 태어난 아이는 과거에 장원급제하여 훌륭한 인물이 되었다.

진출과 사업의 번창을 능가하는 기쁨이었음에도 불구하고 이러한 후계자의 탄생에는 애초부터 불길하고도 어두운 그림자가 드리워져 있었다. 서문경은 욕망과다증(환자)이며 계속해서 수많은 여성과 깊은 관계를 가졌는데도 자식이라고는 죽은 본부인이 낳은 딸 서문대저 하나뿐이었다. 사실 모처럼 태어난 관가 역시 계속 자랄지의 여부가 불투명한 허약아虛弱兒였으며, 오월랑 역시 말하자면 부자연스러운 형태로 임신하였던 것이다. 결국 서문경은 공사 모든 영역에서 왕성하게 번영·증식하는 것 같았으나, 그것은 근본적으로 아무 발전이 없는 공허한 번식에 불과했던 것이다. 이 때문에 허약아였던 관가의 탄생은 정점에 도달했다가 이윽고 내리막길에 접어드는 서문경의 장래를 암시하고 있다고도 할 수 있겠다.

점차 쇠약해져가는 것은 (필연코) 번식력이 약해지게 되니, 그것은 동물이나 인간이나 마찬가지이다. 역사적으로 봐도 출발부터 불안정 요인을 내포했던 후한後漢 왕조 등은 시간이 지남에 따라 즉위하는 황제의 나이가 점차 어려지고, 겨우 성장하여도 요절하기 일쑤여서, 결국에는 갓 태어난 젖먹이가 황제에 즉위하는 지경에 이르렀던 것이다. 이렇듯 정권 담당 능력이 아예 없는 영·유아가 즉위하게 되면 정치적 혼란이 일어날 것은 불을 보듯 뻔한 일이었다. 결국 황제든 서문경 같은 상인이든 어느 경우에나 번식력의 쇠퇴는 총체적 쇠망으로 이어지게 되는 것이다.

공사 모든 영역에서 정점에 달했던 서문경, 더 나아가 『금병매』의 서사 세계 역시 관가의 탄생을 경계로 조금씩 쇠망을 향해 나아간다. 참고로 앞 장에서 언급했듯이 『금병매』 제30회는 관가의 탄생 및 서문경의 관계 진출 등 경사스러운 일뿐인 서문경 집안의 정경을 묘사하고 있다. 그러나 실은 그 직전에 서문씨 집에 온 신선神仙15) 같은 관상쟁이가 찾아와 서문경과 여섯 부인의 운세를 점치며 불길한 예언을 하는 대목이 삽입되어 있다(제29회).

그에 따르면 서문경은 언젠가 여성이 원인이 되어 중병에 걸리고,16) 부인들도 오월랑과 맹옥루를 제외한 반금련,

---

15) 원문에서 오 신선의 본명은 오석吳奭이며, 천태산 자허관紫虛觀에서 출가한 도사로 나온다. 그가 관상법과 길흉을 점치면서 자유롭게 살아간다고 하자 서문경이 그를 신선처럼 산다고 극찬하고 있다.

16) 제29회의 원문을 그대로 인용하면 다음과 같다. : "팔자 중에 음수淫水가 너무 많아 좋지 않습니다. 후에 갑자甲子의 운에 이르면 항상 여인들의 위에 있을 상입니다. 이에 밑에 있는 여인들에 의해 교란을 받게 되고, 또한 임오壬午 일에 파괴되어 육육六六 년을 넘기지 못하고 피를 토하고 고름을 흘리는 재앙이 있어 몸이 마르고 형태가 초췌해지는 병에 걸리게 됩니다."

이병아, 손설아 모두가 화를 입을 것이라고 하였다. 또한 이때 딸 서문대저와 반금련의 하녀 춘매에 대해서도 관상을 봐주었는데, 서문대저는 가는 곳마다 험한 일을 당할 거라 하고, 춘매는 귀인 남편을 얻어 자식을 보겠지만 최후에는 눈물 날 일을 볼 것이라는 식으로, 이 두 사람 또한 모두 불길한 예언을 받았던 것이다. 오 신선의 표현이 실로 교묘했던 탓에 이런 치명적인 예언을 들으면서도 서문경을 비롯한 모든 사람은 깊이 마음에 담아두지 않았다. 그러나 그 이후의 전개는 결국 오 신선의 예언대로의 과정을 밟아나가게 된다. 서사 세계가 정점에 다다르기 직전에 이런 형태로 사전에 등장인물의 앞날을 암시하는 대목에서도 작자의 주도면밀한 배려가 엿보인다고 하겠다.

부언하자면 『홍루몽』에서도 초반부에(제5회) '금릉십이차 金陵十二釵', 곧 주요 등장인물인 열두 명의 아름다운 소녀들의 미래를 암시하는 장면이 등장하는데, 이것은 아마도 『금병매』의 이 장면에서 힌트를 얻은 것으로 추정된다.

고양이 소동과 관가의 죽음

가장 먼저 목숨을 잃는 것은 서문경 집안 번영의 상징이었던 장남 관가와 생모인 이병아였다. 두 사람을 죽음으로 내몰았던 이는 다름 아닌 반금련이었다. 반금련에게 서문경은 생명줄이었는데도 서문경은 관가가 태어난 뒤로 이병아를 특별한 존재로서 애지중지하게 되었다. 상황이 이렇게 되자 안 그래도 공격적인 성격이던 반금련은 울분을 풀길이 없어 이병아의 흉을 보거나 허약한 체질의 관가를 깜짝 놀라게 해서 울리는 등 사사건건 이병아 모자에게 못되게 굴었다. 이렇게 끊임없이 반복되는 반금련의 집요한 공세에 노출되어 원래 조그마한 소리에도 겁에 질려 경기를 일으키는 허약아 관가와 산후에 몸을 잘 추스르지 못해 건강을 해쳤던 이병아 모자 두 사람은 점점 쇠약해져갔다.

반금련이 이병아 모자에 대한 적의를 더욱 불태우고, 철저하게 두 사람을 없애 치우려는 결심을 굳히게 되었던 계기는 서문경이 무심결에 내뱉은 한마디 말 때문이었다. 어느 날 서문경과 오월랑이 나란히 이병아의 방을 찾았을 적의 일로서 이병아와 오월랑이 아직 갓난아기인 관가의 장래를 화제로 이야기를 나누었다. 오월랑이 가슴에 꼭 안긴 관가를 향해 "아가야, 네가 크면 니 엄마에게 어떻게 효도를 할래?"라고 하자 이병아가 ^(만약) 이 애가 커서 작은 관직에라도 오른다면 아무래도 봉증封贈[17]은 (본부인 이신) 큰 마님부터 받으셔야지요"라고 하면서, 서로 상대방을 치켜세우며 절도 있는 대화를 나누고 있었다. 그러자 옆에서 이를 듣고 있던 서문경이 갑자기 관가를 보고 다음과 같이 타일렀던 것이다.

"'아가야, 너는 커서 아비처럼 무관이 되지 말고 문관이 되거라. 무관이 그런 대로 무게를 잡고 지내기는 괜찮지만 사람들에게 존경은 받지 못하거든.'

이렇게 이야기를 하고 있을 적에 생각지도 않게 반금련이 밖에서 이 말을 듣고는 자기도 모르게 심사가 뒤틀려 욕을 해댔다.

'염치도 없고 내숭이나 떠는 음탕한 계집년[18]이! 제 년이 무슨 애를 기른다고 야단이야! ^(중략) 아직도 골골거려서 언제 뒈져서 염라대왕께 갈지도 모르는 애새끼인데 무

---

17) 황제가 조정 관리의 증조부, 조모로부터 부모와 처에게 직위를 수여하는 것을 말한다.
18) 이병아를 가리킨다.

슨 벼슬이고, 무슨 봉작을 여편네[19]에게 내리고 한다고? 염병할, 염치도 없는 저 양반[20]은 애새끼더러 무관이 되지 말라는 둥 나처럼 되어서는 안 된다는 둥 그렇게 잘도 되시겠다!"(제57회)

참으로 극악한 욕설을 퍼붓고 있다고 하겠다. 서문경의 말은 그야말로 정규 코스를 밟지 않고 뇌물을 써서 간신히 관료 조직의 말단에서 벼슬을 사는 사람다운 실감을 절절히 느끼게 해주고 있다. 벼슬아치가 되려면 과거에 합격해서 정규 코스를 밟아 문관이 되지 않는 한 별 의미가 없다는 말이다. 지극히 당연한 의견이라 하겠다. 그러나 반금련은 서문경이 갓 태어난 관가에게 저토록 과분한 기대를 거는 모습을 목도하고는 심사가 뒤틀려 아무래도 이병아 모자를 그냥 두어서는 안 되겠다고 생각해서 맹렬한 공세를 퍼붓기 시작하였다. 그리하여 개를 두들겨 패서 죽는 소리를 내지르게 하거나, (그 일의 책임을 물어) 하녀인 추국秋菊을 채찍으로 징벌을 가해 돼지 먹따는 소리를 지르

---

19) 오월랑 또는 이병아를 가리킨다.
20) 서문경을 가리킨다.

게 하는 등[21] 온갖 방법으로 그들을 압박하고 궁지로 몰아넣었던 것이다.

이 상황에서 대체 흉기로 등장하는 것이 설사자雪獅子[22]로 불리는, 반금련이 기르는 고양이였다. 반금련은 평소에 이 설사자라는 고양이에게 붉은 비단에 싼 고기를 보이면서 덮쳐 뜯어 먹게끔 하였고, 이윽고 고양이가 조건반사적으로 붉은 것을 보면 반드시 달려들도록 훈련을 시켰다. 그 결과 어느 날, 방에 들어간 설사자는 우연히 붉은 저고리를 입고 있던 관가에게 (고기인 줄 알고) 사납게 달려들어 물어뜯고 할퀴어서 관아로 하여금 심한 경기를 일으키게 하였다. 이때 이병아는 마침 안채의 오월랑에게가 있었는데 소식을 듣자마자 오월랑과 함께 황급히 뛰어와 유모와 하녀에게서 사건의 자초지종을 전해 듣고서는, "아가야, 내내 나리와 큰 마님의 기대를 저버려서는 안 된다고 했건만 오늘은 어찌할 도리가 없구나. 에미를 두고

---

21) 제58회에 보면 반금련이 실수로 개똥을 밟아 비단신을 더럽히고는 앙갚음으로 몽둥이로 개를 때리고 그 일의 책임을 물어 하녀 추국을 채찍질하는 이야기가 나온다.

22) 원문에는 이 고양이에 대해 '온통 흰 털로 단지 이마에 거북 잔등처럼 검은 점이 하나 있었다'고 되어 있다. 그래서 고양이의 이름을 '설사자' 또는 '설리송탄雪裡送炭', '설적雪賊' 등으로 불렀다고 한다.

먼저 가는 길밖에 없구나'(제59회)라고 하면서 눈물만 흘릴 뿐이었다. 옆에서 듣고 있던 오월랑은 반금련을 불러 관가가 이런 봉변을 당한 것은 반금련이 기르는 고양이 때문이 아닌가 하고 힐난을 하였지만, 반금련은 공연한 생트집을 잡지 말라고 버티다가, 도리어 정색을 하고는 뻔뻔하게 나오면서 허튼소리 지껄이지 말라며 하녀에게 호통을 치는 형편이었다. 결국 관가는 그대로 회복하지 못하고 정화 7년(1117) 8월 23일, 겨우 1년 2개월을 살고서 짧은 생애를 마감하였다.

'진상'을 전해주는 이야기꾼

관가의 죽음과 관련해서 이것이 과연 반금련의 계획적 범죄였는지 아닌지의 여부는 실제의 서사 전개 속에서는 그다지 명확하게 묘사되고 있지는 않다. 고양이 설사자를 훈련시키는 등 질투와 복수심에 휩싸인 반금련의 원한 서린 행동거지에 대한 묘사는 단편적으로 이루어지고 있지만, 이것이 관가를 쇼크사시키려는 것까지를 염두에 두었던 계획적 행동인지의 여부에 관해서는 전혀 언급이 없다고 하겠다. 이 때문에 관가의 죽음과 연관된 인과관계가 약간은 분명하지 않아서 정말이지 부자연하고 급작스럽다는 인상을 주고 있다. 적을 제거하기 위해 수단과 방법을 가리지 않는 반금련의 꺼림칙한 행동의 궤적을 가차 없이 묘사해낼 수 있었다면 '악녀' 반금련의 이미지가 더욱 선명히 부각되었으리라 생각하니 이 점이 아쉽다고 하겠다. 아마도 이러한 전개상의 애매모호함을 작자도 자각하여서 이대로는 설득력이 부족하다고 판단했던 것인지 관가의 사건의 발생 바로 직후에 다음과 같은 논평을 붙이고 있다.

"여러분, 제 말 좀 들어보소. 속담에도 '꽃과 가지 밑에 가시가 숨겨져 있는데, 사람들 마음에 어찌 독을 품지 않으리?'라고 하지 않았던가! 반금련은 평소에 이병아가 관가를 낳고나서는 서문경이 이병아가 원하는 대로 다 해주며 이병아를 너무나 귀여워하고 예뻐하는 것에 마음속으로 줄곧 질투와 불평이 쌓였다. 그래서 고의로 이러한 일을 꾸미고자 미리 고양이를 훈련시킨 것이다. 애가 놀라죽으면 서문경의 이병아에 대한 애정도 시들해질 것이고, 그러면 그 사랑이 온전히 자신의 차지가 될 것이라고 믿

고 있었다."(제59회)

여기에 보이는 '여러분, 제 말 좀 들어보소', 원문에서는
'간관청설看官聽說'[23]이라는 표현은 단편, 장편을 불문하고
재담에서 유래된 백화소설에 자주 나오는 구절이다. 이것
은 재담꾼이 재담 도중에 청중에게 직접 말을 걸 때의 화
법을 그대로 전용한 것이라 하겠다. 『금병매』의 작자는 이
러한 방법을 흉내 내어 고양이 설사자 사건의 진상을 명백
히 밝히고 있는 것이다.

설화를 직접적인 모태로 하지 않는 『금병매』에는 이런
형식으로 작자 자신이 모습을 드러내는 장면이 그리 많지
는 않다. 그러나 전체적인 어조를 살펴보면 『금병매』는 등
장인물의 움직임에 의해 저절로 서사 세계가 전개되어가
는 스타일을 취하지 않고, 거기에는 항상 '이야기꾼'[24]이
존재해 재담꾼이 아닌 이야기꾼이 청중이 아닌 독자들을
향해 이야기를 진행해가는 스타일을 취하고 있다. '이야기

---

23) 간관看官은 본래 재담꾼이 '청중 여러분'의 의미로 사용하던 말이었으나, 이후
명·청 시대의 장회소설에서는 '독자 여러분'의 뜻으로 쓰이게 되었다. '청설聽說'은
'말을 들어보라'라는 의미이다.
24) 여기에서는 '화자話者'의 의미로 보아야 하겠다.

되는 것'으로부터 '창작된 것'으로의 전환점에 위치하고 있는 『금병매』의 작자는 『수호전』을 실마리로 삼아 새로운 서사 세계를 전개해가는 동시에, 어조 또한 『삼국지연의』나 『수호전』 등 설화를 직접적 모태로 하는 선행 작품들의 스타일을 교묘하게 답습·모방하면서 창작된 것으로서의 새로운 장편소설을 만들어갔던 것이다.

이병아의 유언

그런데 이보다 앞서 '악의 꽃' 반금련은 집요하게 이병아 모자를 괴롭히는 한편, 서문경이 채경에게 생일 선물을 전달하기 위해 직접 개봉으로 간 틈을 이용해 진작부터 마음이 통했던 사위 진경제와 드디어 소원 성취를 하게 되어 육체관계를 맺는 등 변함없이 에너지를 분출하고 있었다. 의지할 데라고는 서문경밖에 없다는 사실을 너무도 잘 알면서도 눈앞에 나타난 새로운 대상에게 무턱대고 달려드는 점에서, 반금련은 참으로 '닥치는 대로'라는 식의 '욕망 덩어리'인 서문경과 천생 배필이라고 하겠다.

한편 반금련의 공세에 시달려 그렇지 않아도 심신이 모

두 쇠약해져 있던 차에 애지중지하던 아들까지 여읜 이병아는 비탄에 빠져 다시 예전 병이 도져 급속히 악화되어갔다.

이병아 역시 서사 세계에 처음 등장했을 때는 남편 화자허를 막다른 궁지로 몰아넣어 죽음에 이르게 하거나, 서문경과의 혼인이 좌절되자 홧김에 서방질한다고 의원인 장죽산과 재혼해버리는 등 반금련 뺨치는 악마적인 독살스러움이 있었다. 그러나 서문경의 여섯째 부인이 되어 관가를 낳은 뒤로는 순식간에 마성도 독성도 사라져버리고, 너그럽고 상냥한 여인으로 변신하였다. 색욕과 이해타산이 소용돌이치는 『금병매』 세계에서 이병아만큼은 외곬으로 서문경을 사랑하였고, 서문경 역시 그런 그녀를 소중히 여겼던 것이다.

그러나 이렇듯 상냥함의 화신으로 변모한 이병아는 결국 『금병매』 세계에서는 살아남는 것이 불가능하였다. 관가의 죽음을 경계로 생명력이 고갈된 이병아는 여전히 공격의 손길을 늦추지 않던 반금련의 공세를 되받아칠 기력도 없어, 날이 갈수록 쇠약해지고 밥도 제대로 못 먹고 게다가 하혈도 멈추지 않더니 마침내 자리보전하고 누워 꼼짝도 못 하는 지경이 되고 말았다. 엎친 데 덮친다고 밤마다 전 남편 화자허가 꿈에 나타나 밤잠을 설치는 바람에, 병세는 더욱 악화일로를 치달았다. 제 손으로 독살했던 무대가 현몽하는 꿈 따위는 단 한 차례도 꾸지 않았던 반금련과는 달리, 이병아에게는 화자허를 죽음으로 내몰았던 과거에 대한 깊은 죄책감이 남아 있었던 것이다.

그리하여 날이 갈수록 더욱 쇠약해진 이병아는 자신이 부리던 하인들의 처우 등 신변의 뒤처리를 오월랑에게 당부하고서, 서문경에게는 부디 신중하게 처신할 것을 타이르고 이별을 안타까워하며 세상을 하직하였다. 관가가 죽은 지 채 한 달도 되지 않은 정화 7년 9월 17일의 일이었다. 서문경을 만난 지 채 4년이 되지 않은 스물일곱 살의 생애였다. 관가에 이어 이병아까지 잃은 서문경은 큰 충격을 받고 한탄하며 슬퍼하였고(첫머리 부분에 인용함), 성대한 장례를 치러주고는 그녀의 넋에 정성스럽게 공양을 바쳤던 것이다.

거품의 붕괴

서문경은 이병아의 죽음을 받아들이지 못해 초상을 치르고 난 뒤에도 그녀의 방을 드나들며 위패가 놓인 제단 앞에서 초상화나 불상을 바라보며 식사를 하고는 그대로 쓰러져 자는 등 비탄에 빠진 나날을 보내고 있었다. 그러나 다른 한편으로는 상실감을 상쇄하려는 듯이 그의 여성 관계는 점점 더 문란해져갔다. 이병아의 방에 머무는 중에 어느 사이엔가 관가의 유모였던 여의如意[25]와 깊은 사이가 되었는가 싶더니, 기녀 정애월鄭愛月에게 푹 빠져보기도 하고, 또한 매파의 소개로 고위 관리 왕초선王招宣[26]의 과부로 음탕하기 그지없는 임태태林太太[27]의 집을 출입하기도 하는 식으로 허둥지둥 날아다니며, 집에서는 뻔질나게 반금련의 방을 찾는 등 무엇에 홀린 듯이 색욕에 빠져들었던 것이다.

한편으로 반금련은 염원을 이루어 이병아를 제거하는 데 성공하고, 서문경과의 관계도 다시금 친밀도를 더해가

---

25) 서문경의 아들 관가의 유모로, 이병아의 사후에 서문경의 눈에 띄어 관계를 맺는다.
26) 반금련이 어릴 적에 팔려갔던 곳이 왕초선의 부중府中이었다.
27) 245쪽 참조.

자, 재차 기고만장해져서 눈에 거슬리는 행동도 점점 늘어
나게 되었다. 그런데 여기서 반금련의 앞을 떡 버티고 막
아서는 이가 있었으니 다름 아닌 본부인 오월랑이었다. 오
월랑은 이병아의 생전에는 반금련이 교묘하게 처세한 덕
분이기도 하였지만 반금련과는 비교적 원만한 관계를 유
지하고 있었다. 그러던 것이 사정이 일변하여 반금련을 경
계하고 그녀가 활개치고 다니는 것을 엄하게 비난하게 되
었던 것은 이병아의 유언이 있었기 때문이다. 임종의 순
간에 이병아는 눈물을 흘리며 오월랑에게 이렇게 고하였
던 것이다. "마님, 훗날 아기를 낳으시면 잘 기르시어 영
감의 대를 잇게 하세요. 저처럼 신경을 제대로 쓰지 않아
서 남의 음해에 걸리면 안 돼요"(제62회). 자신에 대한 반금
련의 악랄한 처사를 그저 묵새기고만 있었던 이병아가 죽
음을 직전에 두고 넌지시 토로했던 의미심장한 이 말이 오
월랑의 마음을 강하게 움직여서, 다가올 장래에 반금련의
비운悲運을 결정하게 되었던 것이다. 오로지 묵새길 뿐 결
코 반격하지 않았던 이병아는 최후의 순간에 이르러 이런
식으로 보복하고서 반금련을 떼밀어 지옥의 구렁텅이에
빠뜨렸던 것이다. 이렇게 보면 이병아 역시 단지 상냥한

것만은 아니었으니, 자신의 맹독성을 끝까지 유지하다가 이것을 반금련에게 퍼붓고서 절명했다고도 할 수 있겠다.

이병아의 유언도 있었던 데다 본부인인 자신에게까지 조금의 배려도 없이 도를 넘어서는 투쟁심을 드러내며 대들고 반항하는 반금련에게, 그토록 관대하던 오월랑도 더이상 참지 못하고 마침내 여럿이 보는 앞에서 서로 심하게 언쟁하면서 여차하면 싸움을 벌이기 직전의 상태에까지도 이르렀던 것이다.[28] 이렇게 오월랑과 반금련 사이에 생겨난 균열은 시간이 지남에 따라 더욱더 깊어져가기만 할 뿐이었다.

집안에서 일어나는 분쟁은 아랑곳하지 않고, 서문경은 그 후로도 조정에 있는 채경의 후원과 발탁에 힘입어 더욱더 승진[29]하지만, 관료들과 교제하는 기회도 그만큼 늘어나 심신이 모두 소모되어가고 있었다. 그와 동시에 미약의 힘을 빌려 행하였던 여성과의 문란한 성관계 또한 정점에 달하여서, 그렇게 되리라고 예상했듯이 서문경은 기진맥진 지쳐서 몸의 상태가 비정상임을 호소하게 되었던 것

---

28) 오월랑과 반금련의 언쟁과 충돌의 양상은 제75회에 자세히 묘사되어 있다.
29) 제70회에 따르면 서경문은 화석강花石綱을 운반하는 일에 관여하여 공을 세웠다는 이유로 한 등급 올라서 정천호正千戶 장형掌刑으로 승진하였다.

이다. 모든 욕망이 정점까지 팽창하여 육신이 도저히 따라가지 못하게 되었던 것이다. 서문경이 누렸던 팽창에 팽창을 거듭한 부귀영화는 말하자면 일종의 '거품 경기'였으며, 그러한 거품은 최고점까지 부풀어 오른 뒤에는 대번에 꺼져서 텅 빈 무의 상태로 되돌아갈 수밖에 없는 것이었다.

서문경의 최후

그런데 결국 서문경을 파멸시키고 마는 것도 역시 반금련이었다. 어느 날 밤에 반금련의 처소에 찾아온 서문경은 과도한 음주와 과로로 곤히 잠이 들어, 반금련이 아무리 흔들어 깨워도 눈을 뜨려 하지 않았다. 애가 탔던 반금련은 예의 그 미약을 찾아 꺼내서, 한 번에 한 알만 먹어야 하는 것을 한꺼번에 무려 세 알을 서문경에게 먹이고는 자신 또한 한 알을 먹었던 것이다. 약효는 직방이어서 서문경은 만판 음욕을 폭발시켰으나, 그다음 날 아침부터 어지럼증이 시작되어 멈추지 않았고, 이내 자리보전하여 꼼짝도 못 하는 중병이 되고 말았다. 오월랑은 황급히 의사와 관상쟁이[30]를 불러들였으나, 병세는 악화일로여서 달리 손 쓸 방도가 없었던 것이다. 최후가 다가왔음을 깨달은 서문경은 자신이 죽은 뒤에도 모두와 잘 지내도록 반금련을 타일렀고, 오월랑에게는 다음과 같이 유언하였던 것이다.

"나는 이제 틀린 것 같소. 내 당신한테 두 가지만 부탁할게. 내가 죽은 뒤에 당신이 사내아이건 계집아이건 낳으면 여러 자매와 함께 잘 키워줘. 한곳에서 살며 서로 흩어지지 말고. 안 그러면 사람들이 비웃기나 할 테니 말이야.'
그러면서 서문경은 반금련을 가리키며 이렇게 말했다.
'이 사람이 종전에 했던 일은 다 잊어버리고 너그러이 대해줘!'
오월랑은 자기도 모르게 복숭아꽃 같은 얼굴에 진주 같은 눈물을 뚝뚝 흘리면서 소리 내어 울며 비통한 마음을 금치 못했다." (제79회)

이어서 서문경은 사위인 진경제를 불러다 사업과 장사일의 뒤처리를 지시하고는 중화重和 원년(1118년) 정월 스

30) 앞에서 등장했던 '오 신선'을 말한다. 320쪽 주석 15) 참조.

무하루, 세상을 떠났던 것이다. 이병아의 죽음으로부터 다섯 달 뒤의 일로 바야흐로 서른세 살의 나이였다. 결국 서문경이 『금병매』 세계에 등장하고부터 퇴장하기까지의 세월은 불과 다섯 해에 지나지 않았다. 기이하게도 서문경이 죽은 이날에 만삭이던 오월랑이 아들인 효가孝哥를 출산한다.

부언하면 수상한 호승이 그에게 주었던 미약은 최후에 서문경에게 먹였던 세 알과 반금련이 먹었던 한 알로 모두 소진되어버렸다. 서문경에게는 약이 떨어지는 순간이 곧바로 생명이 끝나는 순간이 되고 말았던 것이다.

명말明末 시대를 투영한 하나의 비유

욕망을 폭발시키고 난 뒤에 허망하게 사라져간 서문경의 모습은 『금병매』가 써진 명말明末이라는 시대의 에토스 ethos[31]를 상징하는 것이라고도 하겠다. 명말 시대는 무능한 황제가 잇따라 즉위하고 이들의 약점을 쥐고 이용해먹는 악랄한 환관들이 발호함에 따라 정치적으로는 혼란과

---

31) 어느 시대에 있어 사회 집단이나 민족 등을 특징짓는 기풍이나 관습.

부패가 일상이 되어버린 시기였다. 이러한 반면에 상업은 두드러지게 발전하여 막대한 부를 축적한 거상巨商들이 나타났고, 도시 또한 공전의 번영을 이룩하였다.

혼란과 번영, 폐색감과 개방감이 기묘한 형태로 공존했던 이 시대에는 사대부 지식인의 의식 또한 크게 변화하고 있었다. 그러한 흐름의 가장 앞장에 서 있었던 인물이 이단의 사상가로 불리는 이탁오李卓吾[32]이다. 이탁오는 '수신, 제가, 치국, 평천하'를 근본이념으로 삼았던 전통적인 유교 가치관을 통렬히 비판했고, 종래 떳떳지 못한 것으로 배제되어왔던 인간의 욕망을 적극적으로 긍정하는 등 참으로 굳세고 과격한 사상가였다. 이탁오가 보여준 기성 권위에 대한 도전은 문학 갈래에도 영향을 미쳐 이제껏 경시되어왔던 속문학俗文學, 특히 백화 장편소설인 『수호전』과 원곡 『서상기』를 '천하의 지문至文'[33]으로 높게 평가하

---

32) 1527~1602년. 중국 명말 시대 양명학 좌파에 속하는 사상가. 본명은 이지李贄이며 유학자로서 이슬람 사상에 영향을 받은 것으로 알려져 있다. 교조화된 주자학을 맹렬히 비판하고, 거짓 없고 순수하고 참된 동심으로 돌아갈 것을 주장한 동심설童心說을 근거로 이른바 속문학을 적극적으로 평가한 일로 유명하다. 자유분방하고 독창적인 사상과 견해를 주장함으로써 중국 사상사 최대의 이단아로 평가받고 있으며, 대표적 저술로는 『분서焚書』, 『장서藏書』 등이 있다.

33) 그의 말에 따르면 음란을 가르치는 『서상기』나 도둑질을 가르치는 『수호전』이야말로 고금 천하에 더없이 훌륭한 문장이라는 것이다.

고, 반면에 불멸의 성전聖典으로 추앙받아온 육경六經이나 『논어』, 『맹자』를 철저하게 비판[34]하였다.

이러한 이탁오의 사상이 명말 시기 사대부 지식인에게 끼쳤던 영향의 정도는 헤아릴 수 없을 정도로 컸다. 사대부 지식인 계층 가운데서 틀에 박히지 않은 '나 자신의 자유로운 삶의 방식'을 추구하는 이들이 속출하였고, 한편으로 상업의 발전에 따른 출판업 또한 번창했던 시기였던 터라 속문학의 집필과 편집에 적극적으로 참여하는 사람도 생겨나게 되었다. 그중에서 가장 저명한 인물은 앞서 언급했던 단편 백화소설집인 『삼언』의 편자, 풍몽룡馮夢龍[35] 이지만, 추측컨대 『금병매』의 작자 역시 어떠한 형태로든 이러한 명말 시기 발달한 저널리즘과 관계가 있었던 인물이었을 것으로 생각된다. 아무튼 『삼언』에 수록된 단편들이나 『금병매』에서 전개되는, 적나라한 인간 욕망 추구의 양상을 살펴보면 이러한 작품들은 과감무쌍하게 인간의 욕망을 긍정한 이탁오의 명맥을 계승한 편자나 작자의 손에 완성된 것임에 틀림없다고 하겠다.

---

34) 그는 육경과 『논어』, 『맹자』야말로 도학자들의 구실로서 위선자를 만드는 본원이라고 주장하면서 맹렬히 비판하였다.

35) 풍몽룡은 '사대기서四大奇書'라는 말을 처음 만들어 사용하기 시작하였다.

이렇듯이 명말 시기에는 분명히, 이제껏 뒤쪽에 억지로 밀쳐놓았던 욕망이 개방되었지만, 그와 동시에 이 시대는 정치나 사회 어느 쪽으로도 앞날을 전혀 내다볼 수 없는, 폐색되어 한발 한발 막다른 골목으로 내몰리는 종말적 상황에 처해 있었다. 사정이 이렇다 보니 개방된 욕망 또한 방향성을 찾지 못하고 진탕 탕진하는 수밖에 달리 방법이 없게 되었던 것이다. 서문경이나 반금련이 보여주는, 참으로 어리석고 아무런 결실도 없는 욕망의 폭발 양상은 멸망을 목전에 두고도 무신경하고 천연스러운 개방감으로 흥청댔던 명말 시기 사회를 극단적인 형태로 상징한다고 볼 수도 있겠다. 그런 의미에서 『금병매』는 명말 사회를 총체적으로 파헤치는 일종의 비유analogy와도 같은 소설 작품으로 읽는 일도 가능하리라고 여겨진다.

그렇다 해도 욕망의 덩어리였던 서문경이 인공적으로 욕망을 자극하여, 육체를 강화하는 미약을 과다하게 섭취한 탓에 목숨까지 잃는 것은 정말이지 얄궂고도 우스꽝스러운 사고라고 말할 수밖에 없겠다. 게다가 그러한 원인 제공의 당사자가 반금련이었다는 사실 또한 그야말로 의미심장한 구석이 있는 것이다. 반금련은 무대, 송혜련, 관가, 이병아라는 순서로 자신의 앞길을 방해하는 이들을 차례차례 제거해가는 과정에서, 마침내는 자신이 믿고 의지할 대상인 파트너 서문경까지도 말살해버리고 말았던 것이다. 반금련에게는 본부인이 되어 서문경 집안을 지배하고 싶다는 권력욕 따위는 아예 없었고, 오직 있었던 것은 마구잡이식 공격 정신뿐이었다. 욕망이나 공격 정신 모두가 극단적이었던 그녀는 이해나 손익 자체를 떠나 모든 것을 가지려 했고, 또한 모든 것을 불태워버려야만 직성이 풀리는 인간이었다.

『금병매』의 서사 세계는 제79회에서 서문경이 죽은 뒤에 제80회부터 마지막 100회까지 20회 분량에 걸쳐서 남아 있는 주요 등장인물이 밟아가는 앞길을 따라가며 종막을 맞이하고 있다. 서문경의 사후에 기반이 없이 계속 팽창하였던 사업의 다각多角 경영은 마침내 파탄에 이르렀고, 이익을 좇아 모여들었던 인간들은 거미 새끼가 흩어지듯 이내 뿔뿔이 흩어져버리고 말았다. 또한 반금련은 무모하게도 진경제와 치정 놀음을 벌이다가 오월랑의 역린을 건드리는 등 서문경 집안 역시 혼란 상태에 빠지고 말았다. 서문경이라는 중심을 잃은 『금병매』의 서사 세계는 이렇게 밑바닥부터 붕괴되기 시작하였고, 반금련 또한 비참한 말로를 맞이하게 된다. 결국 서문경까지도 모두 파멸시킨 반금련은 어리석은 행동을 거듭한 끝에 스스로를 불태우면서 멸망해가는 것이다. 이러한 전말에 대해서는 다음의 최종 장에서 살펴보기로 하자.

6. 축소 재생산과 '암흑 신화'의 종말 - 춘매에 의한 종결

"큰 마님, 우리 다섯째 마님께서 계시던 화원에 좀 데려다주시겠어요?'

춘매가 오월랑에게 부탁하자 월랑이 대답했다.

'화원이 아직 있기는 해요. 하지만 나리께서 돌아가신 뒤에는 누구 하나 제대로 손질해놓지 않았어요. 그래서 지금은 다 부서지고 돌더미도 쓰러지고 나무도 죽고 해서 나도 가보지 않았답니다.'

'괜찮아요, 그냥 마님께서 계시던 곳이라 가보고 싶어서 그래요.'

이에 오월랑도 더는 어쩌지 못하고 소옥에게 화원의 열쇠를 가져와 문을 열게 했다. 오월랑과 오대구吳大舅 부인이 춘매 등 여러 사람과 같이 안으로 들어가 한참을 구경했다. (중략) 춘매는 한 차례 둘러본 뒤에 먼저 이병아가 있던 곳으로 건너갔다. 누각 위에는 부서진 탁자, 못 쓰게 된 등의자와 등받이 없는 의자가 버려져 있고, 아래의 방들도 모두 텅 비어 잠겨 있었다. 땅 위에는 잡초들만 무성하고 황량하게 자라 있었다. 그런 다음에 금란이 있던 곳으로 건너와보니 누각 위에는 아직도 여전히 약재와 향료가 약간 쌓여 있었고, 아랫방에는 옷 장 두 개만이 덩그러니 놓여 있을 뿐 침대는 보이지 않았다." (제96회)

오월랑의 수난

서문경이라는 중심이 사라진 뒤로 이익을 좇아 모여들었던 인간들은 순식간에 흩어져버린다. 그중에서도 추종자였던 응백작이 보여주는 변신의 양상은 기가 막힐 정도였다. 곧 서문경이 죽은 지 채 며칠도 되지 않아 본래 서문경에게 가져갈 참이었던 돈벌이 이야기를 선물로 귀띔해주면서, 제2의 서문경이라고 불러야 할 장이관張二官 같은 인간에게 아첨을 하고 있는 것이다. 이렇듯 응백작은 눈 깜박할 사이에 자신이 들러붙어야 할 대상을 바꿔치웠을 뿐만 아니라, 소개료를 챙기면서 바깥주인을 잃은 서문경 집안의 첩실이나 하녀를 장이관에게 알선하기까지에 이르니, 그야말로 신의고 나발이고 없이 이해타산만을 따지는 잔챙이 악당이라고밖에 할 수 없는 것이다. 응백작의 이런 수작에 제일 먼저 끌려들었던 사람은, 기회를 포착하는 데 민첩하기 그지없는, 기녀 출신의 둘째 부인 이교아였다. 이교아는 서문경이 죽던 날 산통이 시작된 오월랑의 머리맡에서 일찌감치 도둑질[1]을 시작해서, 집안이 어

---

1) 원문에 따르면 이 때 원보元寶 다섯 개, 곧 이백오십 냥을 훔치는데, 이 정도 돈이면 웬만한 집 한 채 값에 해당한다.

수선한 틈을 타서 훔친 금품이나 물건들을 기원妓院으로 옮겨다놓고 나서는 이윽고 응백작이 인도하는 대로 재빨리 장이관의 처소로 거처를 옮기고 나서 마침내 그의 둘째 부인이 되었다.

탐욕배 왕륙아와 한도국 부부도 물론 이러한 기회를 놓칠 리가 없었다. 베와 면을 매입하기 위해 출장 가 있던 곳에서 서문경이 죽었다는 소식을 듣게 된 한도국은 재빨리 사들였던 베의 일부를 팔아 대금 일천 냥을 가지고 남몰래 집으로 되돌아왔다. 한도국이 처 왕륙아에게 일천 냥의 반 정도쯤 자신들이 슬쩍하는 것이 어떨지를 물어보자, 왕륙아는 남편을 "멍청한 양반"이라고 힐책하면서 "자고로 하늘의 도리를 다 지키다가는 제대로 얻어먹지도 못한다고 하잖아요. 나리가[2] 남의 아낙을 그렇게 데리고 놀면서 그 정도 돈을 썼다고 생각한다면 뭐 별로 벌을 받을 일도 아니잖아요!"(제81회)라고 지껄여댔다. 그리하여 부부는 일천 냥을 몽땅 착복한 뒤에 딸 한애저가 살고 있는 동경으로 달아나버렸다.

이렇듯 혼란이 계속되는 와중에 서문경 집안의 가장이

---

2) 서문경을 가리킨다.

된 오월랑은 남편의 유언대로 저택 문 앞의 전당포와 생
약방만을 남기고 다른 모든 가게는 장사를 접고 집 안팎
의 기강을 다잡는 일에 매진하였다. 그러나 하인 중에 누
구 하나 의지할 데가 없었고, 의지할 만한 남자가 없다는
오월랑의 약점을 알아채고는 가게의 돈을 착복하거나 말
도 없이 달아나버리거나, 발칙하게도 오월랑을 유혹해보
려는 위인[3]까지 등장하는 형편이었다. 또한 서문경의 생
전에 못다 한 간원懇願[4]을 풀기 위해 오빠 오대구吳大舅와
함께 태산泰山을 향해 길을 떠났는데,『수호전』에도 등장
하는 악덕 관리 은천석殷天錫에게 욕을 당할 뻔한 사건이
있어났다. 또한 되돌아오는 길에는 역시『수호전』에서 이
미 친숙한 청풍산淸風山 산적 패거리에게 납치되어 하마터
면 호색한 왕왜호王矮虎의 노리갯감이 되려는 찰나에 때마

---

3) 제81회에 보면 특히 하인 내보는 오월랑을 마님이 아닌 '부인'이라는 식으로 호칭
   하고, 틈틈이 농간과 야료를 부리다가, '항시 술만 취하면 바로 월랑의 방으로 건
   너가 회롱하기를 두어 차례 하였다'라고 되어 있다.
4) 서문경이 중병을 앓고 있을 적에 오월랑은 남편의 치료를 위해 태산에 가서 태산
   을 다스리는 여신 천선낭랑天仙娘娘을 모시는 벽하궁碧霞宮에 가서 제사를 올리기
   를 간절히 소원하였다. 천선낭랑은 동악대제東嶽大帝의 딸로서 '벽하원군碧霞元君',
   '태산낭랑', '태산할미' 등으로도 불린다. 이른바 태산낭랑 신앙은 특히 송나라 이
   후에 유행했다고 하는데, 중국 고유의 여신 신앙인 낭랑 신앙 가운데 마조 낭랑과
   함께 가장 높은 지위를 차지하고 있는 것으로 알려져 있다. 제79회의 원문에는
   '(오월랑은) 남편의 병이 좋아지게만 해주신다면 태산의 꼭대기에 올라 3년 동안 태
   산의 신인 낭랑께 향과 도포를 바치겠다고 하늘에 맹세를 했다'라고 되어 있다.

침 청풍산에 몸을 의탁하고 있던 송강의 도움을 받아 무사히 풀려나는 등 이런 식으로 참으로 고난의 연속으로 졸경을 치렀던 것이다. 이렇게 출발로부터 보름이 지난 시월이 되어서야 간신히 집으로 되돌아왔던 것이다. 이와 같은 오월랑의 태산 참배 대목에서 갑자기 『수호전』의 등장인물 몇몇이 얼굴을 내미는 것은 이를테면 덤으로 끼워주는, 독자들에 대한 서비스와 다름없다고 하겠다.

사통私通이 부른 결말

엉금거리며 기다시피 하여 집으로 돌아온 오월랑을 기다리는 것은 반금련과 진경제가 밀통했다는 추문이었다. 여전히 변함없이 마구잡이로 행동하던 반금련은 서문경의 장례가 채 끝나기도 전부터 둥둥 바람이 들어 진경제와 치정 놀음을 벌이며, 하녀 춘매[5]까지 끌어들여 진경제와 점점 더 깊은 관계로 빠져들었다. 급기야는 진경제의 아이를 임신하기에 이르렀고 마침 오월랑이 집을 비운 틈

---

5) 반금련과 진경제, 그리고 춘매 세 사람이 함께 성행위를 하는 일종의 '스리섬three-some' 관계를 가리킨다. 제83회에서 이런 '스리섬' 관계가 하녀 추국에게 들통 나는 바람에 커다란 소동이 벌어지게 된다.

을 타서 약으로 낙태를 하는 지경에까지 이르렀다. 그러나 그러한 반금련에게도 드디어 그동안 저질러온 악행의 죗값을 치러야 할 때가 다가왔던 것이다. 반금련이 평소에 심하게 구박해왔던 하녀 추국이 오월랑에게 몇 차례나 두 사람의 관계를 고자질한 탓에 결국 오월랑에게 간통의 현장을 들키고 말았다. 이 사건을 경계로 반금련은 쇠락의 길을 걷게 되었던 것이다.

격노한 오월랑은 우선 반금련의 심복인 춘매를 맨몸으로 내쫓아서, 매파인 설씨 아주머니에게 넘겨 팔아버리도록 하였다. 헤어지는 순간 반금련은 너무나 슬퍼서 넋이 나간 듯했지만 춘매는 눈물 한 방울 흘리지 않고 꿋꿋하게 다음과 같이 반금련을 격려하였다.

"마님, 왜 우세요? 제가 나가고 나면 인내심을 가지고 꾹 참고 지내시고 걱정하지 마세요. 걱정하시다가 병이라도 나면 누가 마님께서 아픈지, 열이 나는지 알기나 하겠어요? 저는 나가요. 옷 같은 건 안 줘도 괜찮아요. 자고로 '남아대장부는 남이 남긴 찌꺼기는 먹지 않고, 지조 있는 여자는 시집올 때의 옷을 입지 않는다'고 하잖아요!"
(제85회)

이렇게 말하고 춘매는 뒤도 돌아보지 않고 서문씨 집 대문을 나가버렸다. 『금병매』의 '매梅'에 해당하는 이 춘매라는 인물은 지금까지의 서사 전개에서 '금金'의 반금련, '병瓶'의 이병아에 비하면 활약상이 별로 보이지 않았던 관계로 어째서 그녀의 이름이 작품 제목에 포함된 것인지 이해하기 어려운 측면이 있었다. 사실 춘매라는 존재의 비중이 높아지는 것은 종막 단계에 이르러서며, 종당에는 그녀가 『금병매』 세계의 막을 내리는 역할을 떠맡게 되는 것이다. 잘 만들지 못한 서문경의 복사판으로서, 과도한 욕망에 몸을 불사르며 멸망해가는 진경제와 최후까지 반금련과 일심동체로 그 그림자를 본뜬 것처럼 서사 세계의 붕괴를 지켜보면서 스스로도 파멸해가는 춘매. 『금병매』 세계는 서문경과 반금련의 이야기를 다시금 '축소재생산'하는 듯한, 춘매와 진경제의 파멸극을 핵으로 삼으면서 참으로 비참하면서도 음울하고 끔찍한 종말을 맞이하게 되는 것이다.

여하튼 그 이후로 서문경 집안 사람들이 걸어갔던 궤적을 따라가보기로 하자.

『수호전』으로 되돌아가는 이야기

그런데 오월랑은 매파에게 넘긴 춘매의 거처에 진경제가 몰래 출입한다는 사실을 알고는 몹시 불쾌해하던 차에, 어느 날 진경제가 서문경의 유복자인 효가를 어르면서, '이 애는 꼭 내 자식 같단 말이야' 따위의 말을 했다는 이야기를 듣고는 부아가 치민 나머지 정신을 잃고 말았다. 반금련과 불구대천의 원수였던 손설아는 이 기회를 놓칠세라 진경제와 반금련을 쫓아내야 한다고 오월랑에게 피리를 불어대었다. 손설아의 말대로 하리라고 완전히 마음을 먹은 오월랑은 우선 손설아를 비롯해 하인의 아낙들과 하녀들을 시켜서 진경제에게 흠씬 뭇매질을 가한 뒤에 내쫓아버렸던 것이다.[6] 이어서 매파인 왕 노파를 불러 최근에 반금련이 벌인 일들을 죄다 이야기해주고 그녀를 도로 데리고 나가게끔 하였다. 과거에 반금련과 서문경 사이를 중매했던 왕 노파가 책임을 지고 그녀를 데려가, 팔아버리든 시집을 보내든 본인이 하자는 대로 신변을 정리해달라는

---

6) 제86회에 보면 진경제는 이러한 봉변에서 벗어나기 위해 다음과 같은 방법을 쓰고 있다.

"얻어맞던 진경제는 다급해지자 참지 못하고 바지를 벗고서 그 뻣뻣하게 일어선 물건을 끄집어 드러내자 부인네들은 놀라 기겁을 해서 모두 몽둥이를 던져버리고 사방으로 흩어졌다."

것이었다. 오월랑은 한술 더 떠서 이제껏 반금련에게 많은 돈을 썼으니 그녀의 갈 곳이 정해지면 결납전結納錢은 얼마를 받든지 반드시 자신에게 건네주도록 왕 노파에게 엄하게 명토를 박아두었다. 이제는 서문경 집안의 가장인 오월랑의 그렇듯 단호한 결정 앞에 밀통의 추문으로 덜미를 잡힌 반금련은 달리 거역할 방도도 없었던 것이다.

이리하여 반금련은 눈물을 흘리며 서문씨 집을 뒤로하고 왕 노파의 집에 몸을 맡기게 되었다. 그러나 회복이 빠른 반금련은 다음 날부터 짙은 화장을 하고 아무 일도 없다는 듯이 천연스럽게 비파 등을 연주하며 나날을 보내던 중 금세 왕 노파의 아들인 왕조王潮와 깊은 관계를 맺고 말았다. 참으로 전형적인 욕망과다중 환자라고밖에 할 수 없겠다. 그러던 어느 날 이러한 소식을 들은 진경제가 왕 노파의 집을 찾아와, 어떻게든 반금련을 데려가고 싶다고 왕 노파에게 청을 하고서는 가격 흥정에 착수하였다. 그러나 탐욕스러운 왕 노파는 오월랑이 요구한 결납전 일백 냥, 자신의 수수료 열 냥, 도합해서 백열 냥을 한 푼도 모자람이 없이 가져 오지 않으면 반금련을 넘겨줄 수 없다며 배짱을 퉁기는 판이었다. 그래서 진경제는 하릴없이 돈을 마련키 위해 재력가 부모가 살고 있는 개봉을 향해 서둘러 길을 떠났다. 새삼 언급할 필요도 없이 오월랑은 일백 냥의 결납전을 요구한 적이 없었는데, 왕 노파는 그녀를 구실로 이때다 싶어 떼돈을 벌어볼 요량으로 턱없는 가격을 불렀던 것이다.

실은 이때 마침 고위 관리 주수비周守備에게 팔려갔던 춘매 역시 반금련에게 구원의 손길을 뻗치려 하고 있었다. 그녀는 무관인 주수비에게 타고난 영리함과 예쁘장한 얼굴로 총애를 받아 순식간에 둘째 부인이 되었고, 본부인이 염불만 하며 속사俗事[7]에 관심이 없었던 탓에 제 맘대로 움직일 수 있는 몸이 되어 있었다. 그래서 춘매가 눈물을 흘리며 반금련의 장점을 열거하고 어떻게든 그녀를 돈을 주고 사왔으면 좋겠다고 주수비에게 간청했더니, 마음이 움직인 주수비는 왕 노파에게 부하를 보내어 가격 흥정을 시켰지만, 막무가내로 값을 깎지 않으려는 왕 노파에게 애를 먹으며 교섭을 질질 끌고 있었다.

이렇게 진경제와 춘매의 반금련 인수 공작이 꾸물거리는 사이에 제삼의 인물이 출현하게 된다. 다름 아니라 반

---

7) 일상생활의 잡다한 일을 가리킨다.

금련의 전 남편 무대의 동생으로 저『수호전』에 등장하는 호걸 무송이었다. 잘못하여 사람을 죽인 사건[8]으로 유배형에 처해졌던 무송은 대사면령의 덕택으로 무죄 방면이 되어 드디어 청하현으로 되돌아왔던 것이다.

반금련의 소식을 듣게 된 무송은 복수할 결의를 다지고서 용의주도하게 계획을 가다듬은 후에 우선 왕 노파에게 형수인 반금련과 혼인하겠다는 뜻을 밝혔다. 이때 그는 마침 우연히 가지고 있던 결납전 백 냥과 수수료 다섯 냥을 즉석에서 지불하여 왕 노파를 방심하게 만들었다. 욕심이 곰 발바닥 같았던 왕 노파로서는 언제 돌아올지 알 수도 없는 진경제나 옴니암니 따지며 값을 깎으려 드는 주수비 쪽보다는 믿음직하기로는 눈앞의 현금만 한 것이 없었던 것이다. 또한 반금련은 그녀대로 '나는 역시 팔자가 이 사람과 함께 살아야 하나 보다'라고 자위하는 등 덤벙대며 황홀해하고 있는 형편이었다.

무송은 그런 두 사람의 모습을 곁눈질로 주시하며 부랴부랴 서둘러 혼례 준비를 마치고서, 혼례 당일 신부의 모습으로 얌전히 나타난 반금련과 곁에서 시중드는 왕 노파

8) 서문경으로 잘못 오인해서 하급 관리 이외전을 때려 죽였던 일을 가리킨다.

를 집으로 맞이하였다. 이리하여 우선 반금련을 형 무대
의 위패 앞에 팔을 비틀어 꿇어앉히고는 무대 살해의 전말
을 죄다 자백하게 한 다음, 칼로 단번에 푹 찔러 내장을 도
려내어[9] 무대의 영전에 바쳤다. 이어 한칼에 목을 베어버
림으로써 처참한 복수를 완결 지었다. 이러한 광경에 절
규하는 왕 노파 역시 그냥 넘어갈 수는 없는 노릇이어서,
순식간에 목을 베어 이 일을 끝장내버렸던 것이다(제87회).
숙원을 이룬 무송은 이웃한 왕 노파의 집으로 담을 넘어
들어가 앞서 지불했던 결납전을 되찾고는 이것을 품에 쑤
셔 넣고서 곁눈질도 하지 않고 곧장 도망을 쳤다. 실은 이
때 무송이 건넸던 도합 백다섯 냥은 이미 스무 냥이 줄어
들어 여든닷 냥이 남아 있었다. 왕 노파가 결납전이라고
하면서 오월랑에게 스무 냥을 건네주었기 때문이다. 이는
남은 여든닷 냥을 그대로 자기 돈으로 떼어먹으려 했던 속
셈으로 너무나도 철면피한 욕심쟁이라고 해야 할 것이다.

　도망친 뒤로 무송은 우선 십자파十字坡에서 주막을 운영
하는 지인 장청張靑 부부[10]의 도움을 받아 행각승 행색을

---

9) 제87회 원문에서는 두 손으로 반금련의 가슴을 벌리고서 심장과 간장 등 오장을
　모두 끄집어내었다고 되어 있다.
10) 장청과 손이랑孫二娘 부부를 말한다.

하였고, 여러 변모 과정을 거쳐 양산박에 들어가서 두 번 다시는 고향에 돌아오지 않았다. 이미 본서의『수호전』편에서 논의한 바 있듯이 모름지기 여성적인 것을 악으로서 배제하는『수호전』세계에서 '악녀는 죽어야 한다'는 것은 철칙이나 다름없었다 하겠다.『수호전』세계의 틈새에서 용케 살아남았던 '악의 꽃' 반금련은 결국 무송의 제재를 받고 싹둑 잘려버림으로써 원래의『수호전』세계로 되돌아갔던 것이다. 참고로 부언하자면 살해당했을 시점에 반금련은 서른두 살이었다. 서문경을 만났을 때가 스물다섯 살이었으므로 겨우 일곱 해밖에 경과하지 않았던 것이다.

그렇다 해도 서문경이 죽은 후로는 그토록 대단하던 반금련도 초기의 에너지나 투쟁 정신을 완전히 상실하고 그저 사리분별 못 하는 색정광이 되어버린 감이 없지 않다. 오월랑에게 쫓겨나 왕 노파의 상품으로 거래되기에 이르러서는 이미 생명 없는 인형 내지 단순한 '재화'로 전락해버린 상태였다고 할 수 있겠다. 자신의 유일한 기반이었던 서문경을 파멸시킨 시점에서 반금련 또한 빈껍데기만 남게 되어서, 멸망의 비탈 아래로 굴러떨어질 수밖에 없었던 것이다.

청명절의 영복사永福寺에서

서문경도 반금련도 모두 퇴장한 뒤, 『금병매』의 서사 세계를 추동하는 역할을 맡은 것은 춘매였다. 춘매는 우선 주수비의 부하들[11]에게 명하여 시신을 거두어가는 사람도 없어서 길가에 묻혀 있던 반금련의 시신을 현청의 관리에게 허가를 받고 다시 파내어, 주씨 집안의 원찰願刹[12]이던 영복사로 옮겨 정중하게 장례를 지냈다. 그 후 춘매는 주수비의 장남을 낳았고, 반년 후에 본부인이 병사하자 당당히 본부인의 자리를 꿰차고는 무엇 하나 부족함이 없는 생활을 보내게 되었다. 이처럼 서문경 집안의 하녀(의 최하층) 신분에서 고위 관리의 본부인으로, 춘매는 기적적인 신분 상승을 성취하였던 것이다.

이보다 앞서 아직 장남을 임신 중[13]이었던 때에 맞이한 청명절[14]에 춘매는 반금련의 묘에 성묘하기 위해 영복사

---

11) 주수비의 수하인 이안李安과 장승張勝 두 사람을 가리키는데, 이 중에서 특히 장승의 경우는 나중에 손설아와 깊은 관계를 맺는데, 손설아로 인해 최후에 진경제와 갈등을 겪으면서 그를 살해하는 인물로 다시 등장하고 있다.

12) 원문에서는 '향화원香火院'으로 나오는데, 선조 대대의 묘나 위패를 모신 절이라는 뜻이다. 우리나라에서는 소원 성취를 하거나 죽은 이의 명복을 빌기 위해 왕실이나 유력 가문에서 세운 절을 '원찰' 내지 '원당願堂'이라고 불렀다.

13) 원문에서는 임신 8,9개월 정도 된 것으로 나와 있다.

14) 보통 음력으로는 춘분에서 15일째 되는 날이고, 양력으로는 4월 5·6일 무렵이다.

로 나섰을 적에 오월랑과 맹옥루 등 서문경 집안 여인들과 우연히 딱 마주치게 되었다. 오월랑 일행은 서문경의 묘에 제사를 올리고 난 뒤에 아름다운 봄날 풍경을 찬양하며[15] 산책하던 중 우연히 영복사에 들렀던 것이다. 미천한 하녀였던 춘매가 화려하게 변신한 모습에 오월랑 일행은 단지 놀랄 뿐이었다. 그녀와 얼굴을 마주 대하는 일도 거북살스러워 어떻게든 춘매를 피하려 하였지만 영복사의 장로가 재촉하는 바람에 어쩔 수 없이 대면하게 되었던 것이다.

이때 춘매는 여유 만만하니 침착한 태도로 오월랑 등에 대응하여 "(오늘 내가 이 절에 온 것은) 내 어머니[16]가 이 절 뒤편에 묻혔기 때문입니다. 나는 그분 손에 자랐고 그분께서는 일가친척도 없으므로 나라도 신경을 써서 지전紙錢을 태워 올려야 하지 않겠어요?"라고 말하고서, 이윽고 "다섯째 마님이 살아계실 적에 얼마나 저를 끔찍이 생각

---

15) 제89회에 나오는 봄날 경치를 찬양하는 대목의 일부를 인용하면 다음과 같다. :
   "날씨가 따스하면 훤暄이라 하고 차면 요초料峭라 한다. 타는 말을 보마寶馬라 하고, 타는 가마는 향거香車라 하며, 가는 길은 향경香徑이고, 땅에서 이는 흙먼지는 향진香塵이요, 수천 가지 꽃이 피고 수만 가지 새싹들이 돋아나니 이것이 바로 봄소식 춘신春信이라!"
16) 반금련을 빗대어 가리킨다.

해주셨는지를 생각해보세요. 그런데 오늘날 그렇게 비참하게 돌아가시고 시체도 길가에 버려져 제대로 거두는 사람 하나 없는데 어찌 모른 척하고서 묻어주지 않을 수 있겠어요!"(제89회)라고 서슴지 않고 기탄없이 말해버렸다. 반금련을 매몰차게 쫓아냈던 오월랑은 아픈 데를 찔려서 한순간 흠칫하고 말았다. 그러나 춘매는 그 이상 추궁하려 하지 않고 시중드는 하인들에게 명하여 집에서 가져온 호화로운 요리와 다과, 게다가 좋은 술까지 내어놓고는 오월랑을 비롯한 일행 모두를 극진하게 대접하였다. 오월랑은 영화로운 신분이 되어서도 예전 주인인 자신에게 겸손하게 예를 다하는 춘매의 태도를 보고 기분이 되게 좋아져서 이를 계기로 이래저래 서로 내왕하게 된다.

이윽고 춘매에게 이별을 고하고 영복사를 뒤로한 오월랑 일행은 행화촌杏花村 주점 부근의 높다란 언덕을 향하였고, 넓은 하늘 아래 술자리를 벌이며 한껏 호기를 부렸다. 하인 대안이 미리 전망 좋은 자리를 찾아서 장막을 치고 자리를 깔고 술과 안주를 장만해놓고는 오랫동안 기다리고 있었던 것이다.

"잠시 후에 술이 데워져 나오자 일동은 자리에 앉아 술을 마시기 시작했다. 한창 술을 마시고 있는데 주막 아래로 비단 휘장을 드리운 가마들이 오가며 또 사람들의 시끌벅적한 소리며 수레와 마차 소리가 우레와 같이 크게 들려왔고, 악기들의 소리도 요란스레 어우러져 들려왔다. 오월랑 일행은 언덕 위 높은 곳에 자리를 잡고 있었기에 눈을 들어 사방을 쉽게 내려다볼 수 있었다. 보아하니 사람들이 삥 둘러서서 말 위에서 재주를 부리는 곡예사들의 묘기를 구경하고 있었다. 한편 이곳 청하현 지현의 아들인 이아내李衙內는 (중략) 낭리廊吏[17] 하불위何不違와 함께 이삼십 명의 젊은이들을 이끌고 활과 화살, 격구에 쓰이는 막대기[18] 등을 가지고서 마침 행화촌의 큰 술집에서 이귀李貴라는 곡예사가 말 위에서 펼쳐 보이는 묘기들, 이를테면 말 위에서 거꾸로 서기, 달리는 말 밑으로 들어갔다가 다시 안장으로 올라앉기, 말 위에서 창과 곤봉을 돌려가며 춤추기 등 다양한 기예를 보고 있었다. 많은 남녀들이 그를 에워싸고서 폭소를 터뜨리고 있었다." (제90회)

이때 청하현 지현知縣의 아들인 이아내는 얼핏 보았던 맹옥루에게 마음을 빼앗겨서 그 후에 정식 절차를 밟아

---

17) 관아 중 비교적 지위가 낮으며 양낭상방兩廊廂房에서 일하는 자를 일컫는다.
18) 원문에는 '구봉毬棒'으로 되어 있다.

서 청혼하였다. 물론 맹옥루로서도 싫다 할 이유가 없었고 크게 기뻐하며 그에게 시집을 가버렸던 것이다. 참고로 축제일, 특히 원소절과 청명절에는 평상시에는 외출하지 않는 규중의 부인이나 양갓집 규수도 공공연하게 돌아다니므로, 뜻하지 않은 우연한 만남으로 사랑이 싹트게 되는 일은 화본소설에서도 자주 등장하는 패턴이었다. 이아내와 맹옥루의 우연한 만남 역시 이런 패턴을 충실히 따랐던 것에 지나지 않는다 하겠다.

게다가 이 책의 제3장에서도 『금병매』의 서사 세계가 원소절이나 청명절과 같은 축제일에 역점을 두면서 구성되었다는 사실을 언급했지만, 종막으로 향하는 전환점이 된 이 대목에서도 역시 청명절이 중요한 포인트로 작용한다고 하겠다. 유명을 달리했던 산 자와 죽은 자가 서로 교감하는 이 특별한 날에 지금은 고위 관리의 부인이 된 춘매가 오월랑 등 서문경 집안 사람들과 재회를 하게 되고, 맹옥루는 장래 재혼할 상대와 우연히 조우하는 등 그때까지 접점이 없었던 인간들이 서로 만남을 가짐으로써 서사 세계는 새로운 방향으로 전개되어가는 것이다.

그런데 이아내와 결혼한 맹옥루는 이아내 전처의 하녀

로 이아내와도 관계를 맺었던 옥잠玉簪이라는 인물에게서 끈질기게 괴롭힘을 당하지만, 뭐라 해도 이아내가 맹옥루에게 푹 빠져 있던 터라 방해를 받으면 받을수록 부부의 금실은 더욱더 깊어만 갔다. 원래 이 옥잠이라는 하녀는 전혀 생각할 수도 없는 용모임에도 불구하고, 요괴같이 화장을 짙게 하고 방탕하면서도 점잖지 못한 옷차림을 하고 다니는, 참으로 기이한 여성이었다. 작자는 그녀에 대해서, '머리는 감아 올려 손수건으로 동여매었고', '귀에는 참외 모양의 귀고리를 달았고', '몸에는 푸르면서도 붉은 저고리와 치마를 입었고', 사람들 앞에 나설 적에는 '쥐가 마치 연꽃잎을 뒤집어쓰고 있는 모습과도 같았다'(제91회)고 하는 등 대체로 재미있어하면서 그 우스꽝스러움을 과장하여 묘사하고 있다. 『금병매』 작품 세계에서 가장 해학적 감성이 흘러 넘치는 이 대목에서는 작자의 짓궂은 유머 감각이 유감없이 드러나고 있다고 하겠다.

굴러떨어지는 돌과 같이

맹옥루가 재혼하고 난 뒤, 부인들 가운데 서문씨 집에

남아 있는 사람은 구박데기 손설아뿐이었다. 그러나 그 손설아도 예전 송혜련의 남편이었던 내왕과 다시 만나 재결합하고서, 서문경 집안의 패물들을 챙겨 사랑의 도피를 하려던 참에 체포되어 관아의 중매인을 통해 팔리는 신세가 되었다. 간통 상대인 내왕은 또다시 유배형에 처해지고 말았다. 반금련의 불구대천의 원수였던 손설아가 관아에서 공매로 나왔다는 사실을 알게 된 춘매는 일부러 그녀를 사들여 부엌일로 혹사시키면서 여러 해 동안 쌓였던 원한을 풀게 되었던 것이다.

순풍에 돛을 단 듯 전성기를 구가하는 것처럼 보였던 춘매에게도 사실은 커다란 고민이 있었다. 바로 저 서문경의 사위인 진경제의 행방을 도무지 파악할 수가 없다는 것이었다. 진경제는 춘매가 인생의 상승 기류를 탔던 것과는 대조적으로 불과 몇 년 사이에 격렬한 신분 변동을 겪으면서 추락일로를 걷고 있었던 것이다.

서문경 집안에서 쫓겨난 뒤에 진경제는 우선 반금련을 사오기 위한 결납전을 마련해야 했기 때문에 개봉의 친가로 향하였지만 당도해보니 부친은 이미 사망한 뒤였다. 재력가 집안이었던지라 필요한 돈은 모친에게서 쉽게 변통하였지만 이내 왕 노파의 집으로 달려갔을 적에는 반금련은 이미 무송에게 죽임을 당한 뒤여서 아무 소용이 없었다. 하릴없이 진경제는 청하현에 남겨두었던 자기 집으로 돌아가서 개봉에서 이사 온 모친과, 오월랑에게서 남편과 함께 살도록 설득당해 돌아온 아내 서문대저와 함께 생활하게 되었다. 얼마 지나지 않아 생계를 유지하기 위해 진경제는 모친에게 장사를 할 테니 밑천을 내놓으라고 들볶아서 천가게를 개업했지만, 워낙 게으른 데다 놀기를 좋아하던 탓에 놈팡이 친구들과 어울려 노름과 음주로 나날을 보내다 보니 순식간에 본전을 다 까먹고 말았던 것이다. 초초해진 진경제는 양대랑楊大郎이라는 사기꾼을 신용하여 가게 지배인으로 앉히고 장사를 새롭게 다시 시작하자마자 모친에게 삼백 냥을 더 보태게 하고 별도로 이백 냥을 마련하여 도합 오백 냥을 가지고 양대랑을 데리고 임청臨淸의 항구로 포목을 구매하러 나섰다. 그러나 막상 임청에 도착해서는 물품 구입 따위는 나 몰라라 하고 유곽에 틀어박혀 매춘부 풍금보馮金寶에게 넋이 나가서 돈을 내어 기적妓籍에서 빼내는 등 주색에 곯아 빈털터리 신세가 되고 말았다. 면포는 제대로 사 오지도 않고 덜렁 매춘부를 데려온 아들 진경제를 보고 모친은 끝내 화병이 더 심해져 죽고 말았던 것이다(제92회).

모친이 죽은 지 얼마 되지 않아 유품에서 일천 냥을 찾아낸 진경제는 얼씨구나 하고 그중 풍금보에게 당분간의 생활비로 일백 냥을 건네고는, 또다시 양대랑을 데리고 남은 구백 냥으로 생사, 명주, 비단 등의 견직물 매입에 나섰다. 물품 구입은 순조롭게 진행되었는데, 한편으로 신혼인 맹옥루와 이아내가 사는 집이 근처에 있다는 것을 알고 나서, 과거에 우연히 주웠던 맹옥루의 비녀를 증거로 삼아 (자신과의) 불륜 관계를 날조하여 그녀를 위협하기로 마음 먹었던 일[19]이 결국은 그 자신의 운이 다하여 폭망하는 계기가 되고 말았다. 맹옥루 부부의 집에 제 발로 찾아갔지만, 오히려 합심해서 그런 진경제를 혼내주려고 두 사람이 만든 함정에 걸려들어서, 절도 현행범으로 관아에 연행되어 투옥되고 말았던 것이다. 현명한 관리의 판결 덕분에 겨우 무죄 방면이 되기는 하였지만 모친의 유산을 털어 사

---

19) 진경제는 옛날 화원에서 우연히 맹옥루의 비녀를 주웠는데, 이를 증거로 그녀와 과거에 정을 통했고 그 비녀도 그런 그녀가 자신에게 주었던 것이라고 이아내를 속여서 결국 그로 하여금 맹옥루와 헤어지게 만들고 이어서 자신이 그녀를 차지하고자 할 심산이었다.

들인 견직물은 이미 사기꾼 양대랑이 몽땅 가지고 달아나
버리고 만 상태였다. 또다시 빈털터리가 되어버린 진경제
가 너덜너덜한 옷차림에 꾀죄죄한 얼굴을 한 불쌍한 모습
으로 청하현에 돌아오자, 사정을 알게 된 아내 서문대저는
격렬하게 그를 매도하였다. 대판 싸움[20]을 벌인 끝에 진경
제에게 주먹으로 맞고 발로 걷어차이는 폭행을 당한 서문
대저는 절망한 나머지 결국 스스로 목을 매어 자살해버리
고 말았다. 이러한 소식을 듣고 격노한 오월랑은 하인들
을 데리고 진경제의 집으로 몰려가, 진경제와 풍금보에게
뭇매질을 가하고 난 뒤에 두 사람을 관아에 학대죄로 고발
하였고, 이윽고 체포당한 진경제는 사형 판결을 받게 되었
다.

　다급해진 진경제는 어떻게든 돈 일백 냥을 마련해 이 돈
을 관아의 지현에게 뇌물로 바치고 나서야 간신히 사형을
면하고 무죄 방면이 되었다. 참으로 돈만 있으면 귀신도
부릴 수 있다는 옛말이 딱 들어맞는 대목이라 하겠다. 참
고로 이때 매춘부 풍금보는 봉형棒刑에 처해졌고 임청에

---

20) 판본에 따라서는 서문대저와 풍금보가 진경제의 면전에서 싸움을 벌이는 것으
　　로 되어 있다.

있는 기생집으로 되돌려보내졌다. 진경제는 가까스로 목숨은 건졌지만 이후로 그의 인생은 몰락일로를 밟게 되었다. 집도 살림살이도, 몇 사람 남지 않은 하인들까지도 남김없이 죄다 처분해버리고, 살 곳도 딱히 없게 된 알거지가 되어버린 그는 거지 소굴로 기어들어가 거지 두목이 일삼는 비역질의 살친구[21] 노릇을 하면서, 동시에 자신도 구걸을 해서 그럭저럭 입에 풀칠하며 살아가는 형편이었다. 그렇듯 완전히 영락해버린 진경제에게 도움의 손길을 뻗친 이가 있었으니 바로 부친의 옛 친구인 왕선王宣이었다. 왕선은 진경제에게 옷과 신발을 주고 그 위에 생활비로 동전 오백 문, 그리고 작은 장사라도 할 수 있는 밑천으로 한 냥을 주었다. 그러나 천성이 나태한 진경제는 동전 오백 문은 술집에서 먹고 마시는 데 써버리고, 한 냥의 은자는 웬걸 백동과 섞어서 위조전을 만들어 썼는데, 이윽고 위조전을 썼다는 죄목으로 관아에 끌려가 쓰던 위조전을 몰수당했을 뿐만 아니라 몽둥이로 죽도록 매질을 당하는 지경에 이르고 말았다. 그 결과 예전의 거지꼴로 되돌아가게 되었고, 다시 부친의 옛 친구인 왕선의 도움을 받지만 이

---

21) 남색의 상대가 되는 사람을 가리킨다.

번에도 받은 돈을 모두 탕진하고 말았다.

아무리 자비로운 왕선이라 해도 참는 데는 한계가 있는 법, 이 상태로는 도저히 세상살이를 할 수 없다고 판단한 그는 진경제를 임청의 도관道觀[22]으로 데려가 지인인 임도사任道士 밑에 제자로 들여보냈던 것이다. 사실 이 임도사라는 인물은 상당한 악인惡人으로 몰래 쌀가게와 전포錢舖[23]를 운영하면서 그곳에서 신자들이 기부한 돈이나 쌀을 팔아치워서 돈으로 바꿔 사리사욕을 채우고 있었다. 진경제는 임도사가 가장 신뢰하는 수제자의 비역질 살친구 노릇을 하며 완전히 기분을 맞춰주면서 이윽고 도관 각 방의 열쇠를 관리하게 되었다. 사정이 이렇게 되자 나머지는 진경제가 하고 싶은 대로 제 멋대로 하였다. 곧 진경제는 항시 돈을 가지고 줄곧 유곽을 드나들었던 것이다. 거기서 저 풍금보와 다시 재회한 일이 재앙의 근원이어서, 진경제는 또다시 사건에 말려들어 체포되고 말았다.[24] 무려 세 번째의 체포였던 것이다(제94회).

---

22) 도교의 사원을 가리킨다.
23) 옛날 중국에서 개인이 운영하던 금융업 점포를 말한다. 달리 '전장錢莊', '전점錢店', '은호銀號', '표장票莊', '표호票號' 등으로 불리기도 한다.
24) 이 사건에서 진경제를 폭행한 이는 술집 주인이자 포주의 우두머리 격인 유이劉二라는 인물이다.

이번에 진경제가 끌려가게 된 곳은 수비부守備府의 관아였다.[25] 과거에 주인인 반금련과 함께 진경제와도 깊은 관계를 맺었던 춘매는 진경제의 행방에 대해 내내 걱정을 해왔는데, 이때에 뜻밖에도 바깥쪽 관아 대청 앞에서 죄인으로 심문을 받고 곤장을 맞고 있는 사람이 다름 아닌 진경제라는 사실을 알아차렸다. 이에 남편인 주수비에게 지금 태형을 당하고 있는 사람이 외가 쪽 고종사촌 동생이라고 둘러대면서 그에게 간청하여 진경제를 석방시키는 데 성공하기에 이른다. 그러나 관아 안쪽의 안채에는 부엌일을 하는 손설아가 있는 관계로 진경제를 데려올 수는 없는 일이었다. 이에 그녀는 손설아를 내쫓아버릴 결심을 굳히고 이래저래 트집을 잡아 구박을 해댄 끝에 매파인 설씨 아주머니에게 넘겨서 손설아를 딴 곳에 팔아치우도록 엄하게 명하였던 것이다. 그리하여 손설아는 매파 설씨 아주머니의 주선으로 임청 지역의 뚜쟁이에게 팔려가 최하층의 논다니[26]로 전락하는 신세가 되고 말았다.

---

25) 원문에 따르면 수비부의 역할은 '지방의 안전을 보장하고, 도적을 방비하고, 또한 운하의 관리를 책임지도록 되어 있다'고 한다. 곧 춘매의 남편인 주수비는 이 수비부의 책임자인 것이다.

26) 술과 함께 몸을 파는 일을 직업으로 하는 기생이나 창녀 따위를 통틀어 일컫는 말이다.

손설아는 이리하여 밑바닥 인생으로까지 전락하고 말지만, 거지가 된 진경제에 대해 살펴보면 대갓집 귀공자가 여자 문제로 패가망신하고서 거지로까지 전락한다는 서사적 전개는 실은 전례가 있다고 하겠다. 당나라 때의 전기傳奇「이와전李娃傳」[27]이 바로 그것에 해당한다. 그러나 거지가 될 뿐만 아니라 가난하면서 탐욕스러워지고, 심지어 남색의 상대로 비역질도 마다하지 않는다는 이야기는 전대미문의 경우로서, 『금병매』의 작자가 「이와전」을 마음껏 패러디한 것임에 틀림없다고 하겠다. 전고인 「이와전」을 충분히 의식하면서 이 정도로까지 철저하게 데포르메 déformer[28]해서 보여주는 것은 『금병매』 작자의 예사롭지 않은 수법을 엿보게 해주는 대목이라고 할 수 있겠다.

---

27) 「이와전」의 대략적인 줄거리는 다음과 같다. : "형양공滎陽公이 뒤늦게 얻은 아들 생生은 문재가 있어 과거에 응시하기 위해 많은 돈을 가지고 장안으로 가게 되었다. 우연히 장안의 기생 이와에게 반한 생은 과거 응시는 뒤로 미룬 채 이와의 기생집에 기거하게 되었다. 일 년이 지나서 가지고 있던 돈을 탕진하자 포주의 압력으로 사랑하는 이와는 떠나버렸고, 생은 부친에게서도 버림을 받고 만다. 이후 빈곤과 병으로 고난을 겪으면서 밑바닥 생활을 전전하다가, 우연히 이와와 다시 재회하게 된다. 이와는 생에게 지난날을 사죄하고 그를 극진히 보살폈는데, 이윽고 생은 그녀의 도움으로 학문에 힘써서 과거에 급제하게 되었다. 그렇게 되자 형양공은 두 사람을 정식으로 부부의 인연을 맺게 해준다."
28) 회화, 조각 등에서 대상이나 소재의 자연스러운 형태를 변형하는 것을 말한다.

지옥 세상을 유람하고 난 최후

　이렇듯 춘매가 손설아를 내쫓으려는 공작에 매달려 있
는 동안 자신을 구해준 은인이 춘매라는 사실을 까맣게 모
르는 진경제는 또다시 행방이 묘연해지고 말았다. 사실 그
는 수비부에서 석방된 후에 청하현으로 되돌아와서 다시
비렁뱅이 생활을 하는 와중에, 이전의 남색 상대였던 거지
두목29)을 다시 만났는데, 이제는 인부들을 데리고 토목작
업을 하는 도십장으로 인근 절의 개축공사를 하고 있던 이
남자와 동거하면서 그 자신도 공사 현장에서 허드렛일을
하고 있었다. 이때 춘매에게서 울며불며 베개송사를 당한
주수비의 엄명으로 진경제의 행방을 수소문하던 부하 장
승張勝이 마침내 진경제를 찾아내어 주수비의 집으로 데
려오게 되었던 것이다. 이것을 기화로 간신히 천 길 나락
에서 헤어나게 된 진경제는 그를 춘매의 고종사촌 동생으
로 믿고 있는 주수비의 호의에 힘입어 주수비의 집 서쪽
서재에 기거하면서 사무 일을 맡아 보게 되었다(제97회).

　춘매의 심모원려가 주효해서, 손설아를 내치고 난 후였

---

29) 일찍이 진경제가 거지 소굴에서 생활할 적에 만났던 거지 떼 우두머리 비천귀飛
　天鬼 후림아侯臨兒라는 인물이다.

기 때문에 원래부터 깊은 사이였던 진경제와 춘매 두 사람
은 이내 예전의 관계로 되돌아갔다. 그런 줄은 꿈에도 모
르고 무등호인인 주수비는 진경제를 유복한 비단가게 딸
30)과 혼인시키고, 그 후에도 부부가 함께 주수비 집 서쪽
사랑채에 기거하게 하였으며, 진경제에게는 계속해서 사
무 일을 맡아보게 하였던 것이다. 한편 진경제는 옛날에
자기가 사들였던 견직물을 가지고 달아났던 사기꾼 양대
랑을 붙잡아 변상금을 받아내고, 그 돈으로 임청에서 술집
을 경영하는 등 운명이 일변하여 급상승 무드를 타기 시작
하였다.

결혼 후에도 진경제와 춘매의 관계는 계속되었고, 그러
잖아도 눈 코 뜰 새 없이 바쁜 진경제 앞에 또 한 명의 새
로운 여성이 출현하였다. 다름 아닌 왕륙아와 한도국 부
부의 딸 한애저였다. 채경의 집사 적겸의 첩실 노릇을 하
던 한애저는 개봉에서 정변이 일어나자31) 부모와 함께 임
청으로 도망쳐왔던 것이다. 여기서 술집을 경영하는 진경
제와 만나게 된 한애저는 이내 그와 깊은 사이가 되고 말

---

30) 원문에 따르면 비단가게를 하는 갈원외葛員外의 딸 갈취병葛翠屛으로 나온다.
31) 원문에 따르면 태학 국자생의 탄핵 상소로 말미암아 채경, 동관, 고구 등이 탄핵
당해 귀양을 갔고, 채경의 아들 채유는 참형에 처해졌다는 것이다.

왔다. 아주 짧은 동안의 관계였지만 한애저는 온몸과 온 마음을 바쳐 진경제에게 빠져 있었고, 그가 비명횡사한 뒤에도 재혼하기를 거부하고 기어이 출가하여 비구니가 되는 등 생애를 다 바쳐서 진경제만을 그리워했던 것이다. 눈을 씻고 찾아봐도 도무지 장점이라고는 없는 진경제라는 남자에게 한애저가 이토록 사랑을 바치고, 야무지기 짝이 없는 춘매조차도 그토록 집착하는 것은 도대체 어째서일까? 그가 발산하는 썩은 내와도 같은 퇴폐적인 무드가 어떤 종류의 여성을 매혹시키는 것일까? 다소 이해하기 어려운 대목이지만, 진경제의 이러한 이미지에도 명말 시대의 데카당스décadence[32)가 짙은 그림자를 드리우고 있는 점만은 분명하다고 하겠다.

그것은 그렇다 치고 전락의 구렁텅이에서 겨우 헤어 나와 상승 무드를 타는 것처럼 보였던 진경제의 운명은 어이없는 종말을 맞이하고 만다. 그 계기로 작용했던 인물이 바로 손설아였다. 매춘부가 되었던 그녀는 우연히 주수비

---

32) 퇴폐주의를 뜻하는 말. 본래 '쇠미' 또는 '조락'을 뜻하는데, 어느 시대나 체제가 난숙爛熟한 단계에서 쇠퇴와 파멸로 가는 과정에서 나타나는 병적이고 향락주의적인 경향을 가리키는 것으로 이해할 수 있다. 일반적으로 관능주의적 성향, 성적인 도착증 이외에 병적인 상태에 대한 탐닉, 기괴한 제재에 대한 흥미 등의 성향을 지니는 것으로 알려져 있다.

의 부하 장승과 연인 사이가 되었는데, 이 장승의 처남인 깡패 왕초 유이劉二가 한애저의 어머니 왕륙아에게 싸움을 걸어 커다란 소동이 벌어졌다. 이 사실을 알게 된 진경제가 유이와 장승의 신변을 조사하던 과정에서 손설아의 존재가 드러나게 되었다. 진경제는 자신의 정체가 손설아를 통해 장승에게 폭로되고 주수비에게 보고라도 되는 날이면 모든 것을 잃고 말 것이라는 판단하에 장승을 추방해 버리기로 결심하였다. 그래서 먼저 손설아를 끔찍이 미워하는 춘매에게 이러한 사실을 알리고, 남편인 주수비를 움직여 장승을 쫓아버렸으면 좋겠다고 설득하였고, 춘매 역시 곧바로 그럴 마음을 먹게 되었다. 그러나 장승이 순시를 돌다가 창밖에서 이들의 대화를 죄다 엿듣게 되면서 진경제의 운이 다하여 폭망해버리고 마는 것이다. 피가 거꾸로 솟은 장승은 그 자리에 뛰어들어가 비수로 진경제를 찔러 죽이고 말았다(제99회). 춘매는 마침 장승이 숙직실로 비수를 가지러 간 사이에 우연히 그 자리를 떠났던 덕분에 간발의 차로 재난을 면하게 되었다. 범행을 저지른 후에, 장승은 화가 난 주수비에게 곤장으로 매를 맞다가 죽었고, 손설아도 자기한테까지 누가 미쳐 잡혀갈까 두려워 스스로 목을 매달아 자결하고 말았다. 서문경 집안에 있을 때부터 어두운 성격 탓에 늘 왕따를 당하던 인물이기는 했지만, 그녀의 최후는 비참하다고 할 수밖에 없다.

격렬한 부침을 거듭하던 끝에 진경제는 이렇듯 제 명대로 못 살고 비명횡사하고 말았다. 이때 그의 나이 스물일곱 살이었다. 그는 서문경과 같은 압도적 에너지는 아예 없었고, 갈피를 못 잡을 정도로 인생 전변을 거듭하던 끝에 물욕에 사로잡혀 욕망을 부풀리다가 비참하게 멸망해 갈 수밖에 없었던 것이다. 암울한 지옥 세상을 유람하고 난 후에 죽어버린 진경제의 모습은 종막을 향해 치닫는 『금병매』 세계를 상징하는 듯한 느낌을 주고 있다.

서문경 집안의 영화가 사라진 뒤

진경제가 칼에 찔려 죽는 대목은 『금병매』 제99회이지만, 이보다 앞서 제96회에서는 진경제가 춘매의 도움으로 석방된 후 다시 행방을 감추어버린 기간 동안 춘매가 서문경 집안을 방문하는 장면이 묘사되어 있다(첫머리 부분에 인용함). 이때 춘매는 진경제의 일을 신경 쓰고 있었지만, 뭔가 께름칙한 구석은 하나도 없는 고위 관리 부인의 모습이었고, 수많은 하인과 수종들을 거느린 채 화려하고 아름답게 차려입고 당당하게 서문씨 저택의 문 안으로 들어섰던 것이다. 춘매의 이번 방문은 서문씨 집에서 경영하는 전당포가 소송 사건에 휘말려 곤란을 겪고 있을 때 춘매가 남편 주수비에게 부탁하여 편의를 봐주었던 일에 대해 이를 고맙게 여긴 오월랑의 초대로 실현된 자리였다. 그러나 춘매의 눈에 비친 서문경 집안의 정경은 확실히 옛날의 영화는 자취도 없이 사라져버렸고 온통 황폐해져 있는 상태였다. 호화로웠던 정원에는 잡초만 무성했고 석가산石假山[33]도 기암괴석이 모두 무너져내린 몰골이었다. 이병아가 지내던 방에는 못쓰게 된 가구들만이 널브러져 있을 뿐이고, 반금련의 방 또한 텅 빈 상태 그대로였다. 이렇게 보면 춘매에게는 『금병매』 세계에서 서문경과 반금련이 퇴장하고 난 뒤 서문경 집안의 쇠망을 끝까지 지켜보는 역할이 부여되어 있음을 알 수 있다. 그러나 이렇듯 똑똑히 서문경 집안의 쇠망을 모두 지켜본 뒤에는 춘매 그 자신도 지옥에서 온 사자라고 해야 할 진경제와의 재회를 기점으

---

33) 정원 따위에 돌을 모아 쌓아서 만든 조그마한 인공 산을 가리킨다.

로 당당한 본부인으로서의 자리에서 타락하기 시작하면서 한발 한발 파멸의 구렁텅이로 끌려들어갔던 것이다.

그런데 진경제가 살해당한 시점은 북송 말기의 정강靖康 원년(1126년)으로 되어 있는데, 바로 여진족이 세운 금金나라 군대의 침공으로 벌벌 떨던 휘종이 퇴위하고 흠종欽宗이 즉위한 해에 해당한다. [34] 그다음 해인 정강 2년, 승진을 거듭한 주수비는 금군金軍을 맞아 싸우기 위해 군대를 이끌고 출진하지만 무운武運이 다하여 전사하고 말았다. 그의 나이 향년 마흔일곱 살이었다. 이때 춘매가 낳은 장남 금가金哥는 이미 여섯 살이 되어 정식 후계자로 인정받았기 때문에, 춘매는 명실공히 주씨 집안의 실력자로서 군림하기에 이른다. 그러나 이렇듯 무엇 하나 아쉬울 것 없는 몸이 된 춘매는 파멸의 길로 치달았던 서문경과 반금련, 진경제의 뒤를 쫓는 것처럼 무턱대고 파멸을 향해 나아갔던 것이다. 그녀는 진경제가 죽은 지 얼마 안 되어 미소년인 하인 주의周義와 깊은 관계를 맺는데, 주수비가 전

---

34) 역사적으로 보면 1126년 정강의 변으로 휘종과 흠종은 모두 금나라 군대에 사로잡혀 금나라로 끌려가고 말았다. 이후 남송이 수립되고 나서 고종高宗이 즉위한 뒤에도 흠종은 끝내 고국으로 돌아가지 못하고서 1161년 금나라에 억류된 채로 숨을 거두고 말았다고 한다.

사한 이후로 점점 더 부화방탕해져 주의와의 관계에 골몰한 나머지 폐결핵[35]에 걸려 각혈을 하고 이윽고 절명하기에 이르고 마는 것이다(제100회). 진경제의 죽음으로부터거의 일 년 후, 그녀의 나이 스물아홉 때였다. 죽을 때까지색정色情에 미쳤던 춘매의 모습에는 참으로 소름이 끼칠정도로 음산한 귀기鬼氣가 서려 있는 것이다.

춘매의 자기 파멸극을 남김없이 묘파해낸 시점에서『금병매』의 서사 세계는 기본적으로 막을 내리게 되지만, 끝까지 주도면밀한 작자는 서사 세계에서 살아남았던 오월랑의 이후의 행적에 대해서도 빠뜨림 없이 기록해서 남기고 있다. 오월랑은 금군金軍의 침공으로 빚어진 대혼란의와중에서 이미 열다섯 살이 된 장남 효가와 남동생 오이구吳二舅[36], 그리고 두 명의 하인과 함께 피난을 가던 도중에 어떤 승려[37]를 만나게 되었는데, 그는 10년 전에 오월랑이 효가를 출가시켜 제자로 주겠다는 약속을 분명히 했

---

35) 원문에서는 골증노중骨蒸勞病, 곧 과도한 성생활로 신장이 허해지고 손상이 오는병인 폐결핵에 걸렸다고 되어 있다. 달리 '노점勞漸', '색로色勞', '방실로房室勞'라고도 한다.
36) 이때 오빠 오대구는 이미 사망하고 난 뒤였다.
37) 예전에 오월랑이 태산의 대악묘岱岳廟에 참배하러 갔다가, 악덕 관리 은천석에게변을 당할 뻔하였을 적에 산속 동굴에 피신하여 도움을 받았던 일이 있었다. 그때 그녀를 도와주었던 스님 보정普靜을 가리킨다.

다고 하면서, 당시 약속을 지키라고 요구하는 바람에 그녀는 매우 곤혹스러운 처지에 놓이게 되었다. 그러나 꿈속에서 전생에서부터의 모든 인연이 현몽[38]하는 등 불가사의한 체험을 겪으면서 이 모든 것이 또한 운명임을 깨닫고 오월랑은 결국 아들 효가를 그 승려에게 맡겨 출가시키기에 이르렀던 것이다.[39] 이렇게 아들을 잃었지만 그녀는 그후 하인인 대안을 양자로 삼아[40] 생약방을 잇게 하고 자신은 평온한 생애를 보냈다고 적는 것으로 작자는 『금병매』세계의 막을 내리고 있는 것이다.

'소설'은 디테일에 좌우된다

『금병매』는 『삼국지연의』, 『서유기』, 『수호전』과 함께 '4대 기서奇書'[41], 곧 네 편의 걸출한 백화 장편소설 중의 하나로 여기는 것이 통례로 되어 있다. 그러나 '창작된 것'으

---

38) 원문에 따르면 하녀 소옥이 목격하는 바로 주수비, 서문경, 진경제, 반금련, 무대, 이병아, 화자허, 송혜련, 방춘매, 장승, 손설아, 서문대저, 주의의 순서대로 그들의 영혼이 차례로 나타나 자신들이 죽고 난 뒤에 현세에 다시 환생하였음을 고하고 있다.
39) 효가는 명오明悟라는 법명을 받고 출가하였다.
40) 대안의 이름을 서문안西門安으로 개명했는데, 이후에는 서문소원외西門小員外로 불리게 되었다.
41) 이 용어를 처음 사용했던 사람은 풍몽룡馮夢龍이다.

로서 최초의 백화 장편소설인『금병매』는 지금까지 누누이 언급해왔듯이 설화를 직접적인 모태로 하는 다른 세 편의 작품과는 서사 구조에서 근본적인 차이를 보인다고 하겠다.

복잡하게 착종된 역사적 사실을 바탕으로 하는『삼국지연의』는 제쳐두고라도, 이 또한 앞서 언급한 바 있듯이『서유기』는 삼장법사 일행이 떼를 지어 몰려드는 수상한 요괴들을 격퇴하고 81난難을 극복해가면서 '(인도에 가서 불경을 구해오는) 서천취경西天取經'을 달성하는 파란만장한 과정을 묘사한 작품이지만, 서사 구조는 기본적으로 수많은 에피소드를 염주 알처럼 한 줄로 늘어세우는 단선 형식의 짜임새를 취하고 있다.『수호전』의 경우도 마찬가지로 108명의 호걸을 차례차례 염주 알처럼 한 줄로 늘어세워 등장시킴으로써 서사 세계를 형성해가는 구조로 되어 있는 것이다. 그렇지만 동일하게 염주 알처럼 한 줄로 늘어세우는 단선 형식을 취한다고는 하지만,『서유기』가 기본적으로 1회로 완결되는 스토리를 연결해가는 데 반해『수호전』은 어떤 인물의 스토리가 다른 인물의 스토리를 이끌어내는 단서가 되는 방식으로 이야기와 이야기가 지극히 유기적으로 관련지워져 있다고 하겠다. 이 때문에 『서유기』는 스토리의 전개 순서를 바꿔놓아도 큰 줄거리에 영향이 없지만, 『수호전』의 경우에는 순서를 바꿔넣는 일이 애초에 불가능한 것이다.

어쨌든 간에 『서유기』와 『수호전』의 이렇듯 '염주 알처럼 한 줄로 늘어세우는' 단선 형식의 어조는 이들 작품이 원래는 연속 야담이었던 데서 필연적으로 생겨나는 것이라 하겠다. 이에 반해서 『금병매』의 서사 구조는 이와 같은 염주 알처럼 한 줄로 늘어세우는 단선 형식에서 완전히 벗어나 있다. 『금병매』의 작자는 제1회부터 100회까지 전체를 꿰뚫어보면서 주도면밀하게 복선을 곳곳에 깔고, 동시에 수많은 등장인물을 배치하여 유기적으로 관계 짓는 일을 하면서도 치밀하고 견고한 '서사 세계'를 완성시키고 있는 것이다. 아마도 작자는 놀랄 만한 정도의 강인한 지적 능력의 소유자였음에 틀림없을 것이다. 또한 철저한 계산 아래 능란한 솜씨로 수미일관하게 짜놓은 서사 세계에 생생한 현장감을 불어넣어 주는 요소는 금전, 요리, 의상 그리고 생생하게 주고받는 대화 등 면밀하게 쓰인 세부적인 묘사라 하겠다.

이것도 또한 앞에서 이미 언급했듯이 『금병매』는 『삼국지연의』, 『서유기』, 『수호전』과는 달리 독자를 비일상적인 세계에서 노닐게 하는 것과는 무관한 작품이라 하겠다. 이런 차이는 다른 세 편의 작품이 설화의 세계에서 성장했던 시대와 창작소설로서의 『금병매』가 써진 시대[42] 간의 차이이기도 하다. 『금병매』가 써진 명말 시기는 상업이 크게 발전하였고, 그에 따라 도시 문화 역시 난숙해져가는 시기로 사대부 지식인뿐만 아니라 시정市井 서민의 의식이나 감각도 또한 크게 변화하였던 것이다. 이런 시대 풍조 속에서 영웅호걸이나 초능력자가 활약하는 역사물이나 모험담이 아닌 『금병매』는 명말 시기를 무대로 한 일종의 '현대소설'로서 쓰였고 읽혀졌다고 할 수 있는 것이다. 철저한 세부 묘사는 그러한 '현대소설'로서의 리얼리티를 보강하는 장치와 다름없었던 것이다.

한 사람의 등장인물이 내면적으로도 변화해가는 '성장소설'이 아니라 등장인물 상호 간의 관계성을 묘사하는 일에 주안점을 두는 것은 『금병매』 역시 다른 세 편의 작품들과 크게 다르지 않다 하겠다. 이러한 관계성을 좀 더 치

---

42) 16세기 말의 명말 시기를 가리킨다.

밀하게, 더욱 복합적으로 묘사해냄으로써 『금병매』는 이야깃거리를 모태로 하는 '설화'로부터 이륙하여 '소설'로 완성되어갔다고도 할 수 있다. 물론 독자의 성숙도成熟度 또한 현저하게 높아져서 그러한 '소설'을 재미있어하는 계층의 암묵적인 지원에 힘입어 작자는 조금도 주저하지 않고 에로스의 세계를 묘파하는 현대소설 『금병매』를 지었던 것으로 보인다.

'현대'가 투영된 『금병매』

인간 사회와 소설과의 상관성이라는 점에서 살펴보면 유럽에서 태어난 성장소설[43]은 근대 이후, 고정된 신분제가 붕괴된 후에 나타났던 진보 사상의 산물이라고도 할 수 있다. '원숭이는 인간으로 진화할 수 있다'라고 생각하는 것이 진보 사상이라면, 극단적으로 말해서 『금병매』라는 작품은 '인간은 원숭이다'라는 사실을 뼈저리게 느끼게 해주는 작품일는지도 모르겠다. 『금병매』의 작자는 날것 그

---

43) 주인공이 어린 시절부터 어른이 되기까지 정신적, 인격적으로 성장·발전해나가는 과정을 중심으로 묘사해가는 소설 형식으로 달리 빌둥스로망Bildungsroman 또는 교양소설이라고도 한다.

대로의 욕망을 탐람하게 추구하는 추악한 인간 군상의 실상을, 이래도 안 질리나 저래도 안 질리나 하면서 마구 파헤치고, 눈에 잘 띄지 않는 이면의 진실을 노악적露惡的으로 과시한 끝에, 대부분의 주요 등장인물들을 죄다 파멸시키고 난 후에 서사 세계를 완결 짓고 있는 것이다. 이와 같이 극단적일 만큼 허무주의적인 발상은 인간의 성장이나 진보를 신봉하는 사상과는 전혀 무관한 것이라고 할 수 있다.

『금병매』가 태어난 명말 시기는 말하자면 뚜렷하고도 짙은 색채의 데카당스에 뒤덮인 하나의 시대였지만, '진보'에 대해 점점 회의적으로 변해가고, 출구 없는 폐색감閉塞感에 시달리고 있다는 측면에서는 21세기의 현대와도 공통되는 요소가 인정된다고 하겠다. 게다가 『금병매』의 서사 세계에는 리얼한 일상이 어느덧 악몽과도 같은 세계로 뒤바뀌어 '암흑 신화'로 변모해버리고 마는, 바닥 모를 끝없는 공포가 도사리고 있다. 이것 또한 앞서 언급한 아무런 보장도 없는 현대사회와 깊은 밑바닥에서 서로 상통하는 부분이라고 보아야 할 것이다. 그런 의미에서 명말 시기의 '현대소설'이라 할 『금병매』는 시간의 차이와 국경이라는 공간적 제약을 넘어 오늘날에도 여전히 '현대소설'로서의 지위를 유지하고 있는 것이다. 『수호전』에 서사 세계에 깊숙이 쐐기를 박아넣음으로써 생겨나게 되었던 『금병매』의 세계가 여전히 품고 있는 암흑의 지속적인 파워는 참으로 놀랄 만한 것이라고 할 수 있다.

『홍루몽』편
- 「미소년의 정원」의 급진주의

1. 또 하나의 '역전'
- 경환선녀(警幻仙姑)의 몽환경夢幻境[1]

    "(가가賈家 영국부榮國府 삼대째인 가사賈赦의 동생 가정賈政에게는) 그 후에 다시 아들이 태어났는데 이 아이에 대해 말하자면 더욱 괴이한 일이지요. 태어나면서 입속에 오색영롱한 옥을 물고 나왔다지 뭡니까? 그 위에는 글자도 새겨져 있어 이름을 보옥寶玉이라고 지었다고 합니다. (중략) 또한 기이하게도 지금은 일고여덟 살쯤 되었는데 비록 남달리 장난이 심하긴 하지만 총명하고 기발한 데는 백에 하나도 그 아이를 따르지 못할 겁니다. 어린아이의 말이라기에는 정말 놀라운 일이지만 '여자는 물로 만든 골육이고 남자는 진흙으로 만든 골육이라, 여자아이를 보면 마음이 상쾌해지지만 남자를 보면 더러운 냄새가 진동한다'고 말했답니다. 정말 웃기지 않습니까?"(제2회)

중국 백화소설의 최고 걸작
    이 책의 가장 마지막에 다루는 작품은 『금병매』가 써

---

1) 공상이나 도취 따위에 의해 마음속에 그려지는 환상의 세계를 뜻한다.

진 지 약 150년이 지난 후인 18세기 중엽 청대淸代의 조설
근曹雪芹²⁾이 지은 『홍루몽紅樓夢』³⁾이다. 『홍루몽』은 최초
의 '창작된 작품'으로 중국 백화 장편소설의 새로운 경지
를 열었던 『금병매』를 토대로 하면서도, 이를 철저하게 정
화하여 비할 바 없이 정치한 서사 세계를 구축해낸 작품
이다. 중국 백화소설의 금자탑이라고 마땅히 불러야 하는
동시에 이를 능가하는 장편소설은 중국에서는 오늘날에
이르기까지 아직 쓰이지 못하고 있는 것이 아닌가 하는 생
각이 들 정도라고 하겠다.

---

2) 1724?~1763년. 중국 청대의 소설가이자 문학자. 장쑤성 금릉, 곧 지금의 난징 출
   신. 본명은 점霑이고 자는 몽완夢阮 또는 근포芹圃, 호는 설근雪芹이다. 그의 선조
   는 본래 한족이었으나 후에 만주족으로 고쳐 정백기正白旗 기고좌령旗鼓佐領 출신
   으로 알려져 있다. 증조부 이래 권력과 부를 축적한 명문 귀족의 집안에서 자랐
   으나, 옹정 5년(1727년) 그가 세 살 되던 해에 집안 어른들이 공금 횡령 등의 죄목
   으로 처벌받아 가산이 몰수되면서 집안이 일거에 몰락하고 말았다. 이후 조설근
   일가는 북경으로 이주하여 수도의 서쪽 교외에 살았으나, 집안 형편은 온 식구가
   한 끼 식사에 죽 한 그릇으로 연명해야만 했을 만큼 극심한 가난에 시달렸다고 한
   다. 이렇듯 비참한 환경 속에서 조설근은 만년에 시와 그림을 팔아 생활을 영위
   했으나 사랑하는 아들의 죽음 등의 충격으로 말미암아 마침내 병이 들었고 이후
   이렇다 할 치료도 받지 못하였다고 한다. 이윽고 그가 20년 동안 심혈을 기울여
   지었다는 장편소설 『홍루몽』도 채 완성하지 못한 상태로 남겨놓고 건륭 28년(1763
   년)에 세상을 뜨고 말았다.
3) '홍루몽'의 '홍루紅樓'는 '아녀자들이 사는 붉은 누각인 규방'을 뜻하므로 '규방 속의
   꿈'이라는 의미로 이해할 수 있다. 영역본의 제목은 이에 근거해서 보통 『붉은 규
   방의 꿈The Dream of the Red Chamber』으로 되어 있고, 프랑스 역본의 경우도 마찬
   가지로 『붉은 규방의 꿈Le Rêve dans le pavillon rouge』으로 되어 있다.

신흥 졸부 상인이 활개를 치는, 속취俗臭[4]가 물씬 풍기
는 세태를 묘사한『금병매』와는 달리『홍루몽』은 '세련의
극치'라고 할 '대귀족' 가씨賈氏 집안을 무대로 화려한 건
축, 가구, 기물 등에 둘러싸인 수준 높은 생활 양상을 생생
히 묘사하면서도 복잡한 인간 군상의 상호 관계를 빼어나
게 묘파해낸 작품이다. 중심인물인 소년 가보옥賈寶玉[5]의
주변에는 아름다운 소녀들이 여러 명 모여 있는데, 그녀들
은 대부분의 여성들이 글자조차 읽지 못했던 서문경 집안
의 부인들과는 전혀 딴판으로 시를 짓거나 글씨를 쓰거나
그림을 그리는 등 웬만한 문인을 뺨칠 정도의 솜씨를 지
닌, 수준 높은 교양의 소유자들뿐이었다.

참고로 엄밀한 의미로 보자면, 여기서 사용하는 '대귀
족'이라는 표현은 다소간의 어폐가 있다고 하겠다. 과거제
도가 완비된 북송 시대 이후의 중국에서는 이른바 '문벌귀

---

4) 돈이나 헛된 명예에 집착하는 세상의 천한 기풍을 뜻한다.
5) 입에 옥을 물고 태어나 이름을 보옥이라고 지었는데, 별명은 '부귀한인富貴閒
人'·'무사망無事忙(할일 없이 바쁜 사람)'이다. 영국부의 적손으로 가정과 왕부인 사이에
서 난 아들이다. 임대옥과는 고종사촌지간이고 설보차와는 이종사촌지간이다.
귀족가문의 자제이지만 자유분방하고 전통적인 예교에 반하는 행동을 일삼는다.
괴팍한 성격과 독특한 정신세계를 지닌 인물이기도 하다. 목석전맹木石前盟의 임
대옥과 결혼하기를 원했지만 대부인(가모)과 왕희봉의 계략으로 설보차와 결혼하
게 된다. 인생무상을 느낀 가보옥은 과거장에서 사라지고 훗날 나루터에서 가정
을 만나지만 목례만 남긴 채 눈 덮인 광야로 스님과 도사와 함께 사라져버린다.

족'은 소멸하고 말았다. 『홍루몽』의 배경 무대가 되는 가씨 집안은 '개국공신'의 가계로 되어 있는데, 여기서 말하는 '대귀족'은 대대로 이어져 내려온 특출한 가문이라는 정도의 어감으로 이해하면 좋겠다.

그런데 『홍루몽』의 작자 조설근은 이 '대귀족' 가씨 집안을 연상케 하는 가문 출신이었다. 그의 선조는 만주족이 세운 청나라 왕조가 중국 전 영토를 지배하기 위해 남진했던 당초에 곧바로 항복하여 이른바 '보오이booi(包衣)'[6]로서 청나라에 편입되었던 한족의 일원이었다. 이러한 '보오이'는 황제에 대해서는 노예의 신분이었지만, 당시 사회적으로는 굉장히 높은 지위였던 동시에 황제의 심복으로서 위세를 떨쳤던 것이다. 특히 조씨 집안은 조설근의 증조모가 강희제[7]의 유모였던 덕분에 파격적인 후대를 입어, 증조부인 조새曹璽가 강남江南의 견직물을 총괄하는 '강녕직조江寧織造'에 임명된 이래로 삼대에 걸쳐 네 사람[8]이 50년 동안 이러한 지위를 세습하였던 것이다. 한편으로 강녕직

6) 만주어로 '노예'라는 의미이다. 만주어로 집에서 부리는 종복을 '보오이아하booia-ha(包衣阿哈)'라고 했다는 데에서 유래한 말이다.
7) 청나라 넷째 황제로 재위 기간이 1661~1172년임.
8) 조설근의 증조부, 조부, 백부, 부친의 네 사람을 가리킨다.

조는 반청 감정이 뿌리 깊었던 강남 지역의 정세를 파악하여 황제에게 보고하는 특수 임무까지도 맡고 있었으므로 그야말로 황제와 직결되는 중요한 직책이었던 것이다.

조씨 집안이 최고의 전성기를 누렸던 것은 조설근의 조부 조인曹寅의 시대였다. 조인은 강녕직조와 함께 막대한 이익이 생기는 강남의 소금 전매업을 총괄하는 '양회염정兩淮鹽政'의 직책을 겸임하면서 엄청난 부를 축적하였고, 강남으로 행행幸行[9]하는 강희제를 네 차례나 맞이하면서 성대하게 환대하였던 것이다. 또한 높은 교양을 지녔던 조인은 문화적 후원자로서도 당시에 손꼽히는 인물이었는데, 스스로 자금을 제공하여 『전당시全唐詩』나 『패문운부佩文韻府』 같은 호한한 분량의 서적을 편찬·간행케 하였던 것이다.

그러나 조인이 죽은 지 10년 후에 조씨 집안의 최대의 비호자였던 강희제가 사망하고, 넷째 아들인 옹정제雍正帝[10]가 즉위하자 상황은 일변하여 조씨 가문은 비운의 격랑에 휩쓸리고 말았다. 곧 옹정 5년, 가혹한 긴축정책을

---

9) 군주가 궁궐 밖으로 행차하는 일을 말한다.
10) 청나라 다섯째 황제로 재위 기간이 1722~1735년임.

추진했던 옹정제는 공금을 횡령한 혐의로 조인의 후계자들을 적발해 모든 재산을 몰수해버렸다. 그 결과로 조씨 집안은 완전히 몰락하기에 이르렀던 것이다.

아직 나이가 어렸던 조설근 또한 호사스러운 삶에서 하루아침에 빈곤의 천 길 나락으로 떨어지고 말았다. 이후로 그는 무위무관無位無官의 궁핍한 생활을 참고 견디며 『홍루몽』의 집필을 이어갔는데, 허무의 저편으로 사라져버린, 조씨 가문의 번영에서 몰락에까지 이르는 전체 과정을 상상력을 구사하여 문학적 환상 세계에서 다시금 재현해내는 일에 전 생애를 바쳤던 것이다.[11] 그가 제1회에서 읊고 있는 절구絶句에는 다음과 같은 부분이 등장한다.

　책 속엔 온통 허튼소리 같지만,
　　　(만지황당언滿紙荒唐言)
　실로 피눈물로 쓰인 것이라네.

---

11) 가계도에서도 보듯이 『홍루몽』의 세계에서는 당시 금릉에서 가장 권세 있고 부귀한 이른바 '세가호족世家豪族'의 네 가문, 곧 '가씨賈氏', '사씨史氏', '왕씨王氏', '설씨薛氏'가 등장한다. 제4회에서 이른바 호관부護官符를 언급하는 대목에서 등장하는 이 네 성씨의 글자는 '가사설원假史雪寃'(사료를 빌려서 원한을 풀다)이라는 구절의 글자와 음이 같은데, 이것은 작자 조설근이 자신의 집안이 공금 횡령의 억울한 누명을 뒤집어쓰고 몰락하게 된 원통함을 작품을 통해 하소연하려는 숨은 의도가 있는 것으로 해석할 수 있다.

(일파신산루一把辛酸淚)

모두들 지은이 미쳤다고 하지만,

(도운작자치都云作者痴)

그 누가 진정 참맛을 알리오.

(수해기중미誰解其中味)

그러나 『홍루몽』은 끝내 완성되지 못하고 말았다. 전체 120회 중 제80회까지는 대체로 조설근이 집필한 부분으로, 그는 심혈을 기울여 퇴고를 거듭하며 집필을 이어가던 중에 기진맥진 삶에 지친 나머지 병사하기에 이르렀다. 그러한 관계로 이어지는 나머지 40회 분량은 원작자 조설근의 구상을 바탕으로 고악高鶚[12]이라는 인물이 집필한 것이라고 추정된다.[13] 이러한 후반부 40회는 전반부 80회의 전개와 비교할 때 상호 모순되거나 서로 어긋남을 보이는 부분이 간간이 있어 역시 이 후반 부분은 '보작補作'이라

---

12) 1738~1815년. 중국 청대의 관료이자 문학자. 한군漢軍 팔기八旗의 양황기鑲黃旗 출신으로, 자는 난서蘭墅, 호는 홍루외사紅樓外史이다. 1788년(건룡 53년)에 거인, 1795년에 진사가 되었다. 이후 한림원시독翰林院侍讀, 형과급사중刑科給事中 등을 역임했다. 저술로 『고난서집高蘭墅集』, 『난서시초蘭墅詩鈔』 등을 남겼고, 일반적으로 『홍루몽』 후반부 40회를 속찬續撰했다고 알려져 있다.

13) 이른바 고악의 속작설續作說이라고 불리는 이러한 입장은 후스胡適가 주장한 이래 널리 받아들여지고 있다.

생각하는 편이 타당하다고 하겠다. 이 때문에 이 책에서
는 전반 80회를 중심으로 작품에 대한 생각을 전개해가고
자 한다.

　참고로 덧붙이자면 고악의 '보작' 부분에는 확실히 조설
근의 의도가 아주 많이 반영되어 있다고 보이는데, 『홍루
몽』의 출현 이후 중국에서는 '홍미紅迷'라 불리는 『홍루몽』
애호가들이 속출하면서 작품에 온통 마음을 빼앗긴 나머
지 이윽고 본인 스스로 붓을 잡고 기상천외한 '속작續作'을
저술하는 이들이 또한 끊이지 않았다. 이러한 사실을 통
해서도 『홍루몽』이라는 작품이 얼마나 독자들을 매료시켜
왔는지를 알 수가 있는 것이다(제6장 참조).

　또한 후스胡適[14]의 『홍루몽고증紅樓夢考証』 이래로 『홍루
몽』을 조설근의 자서전으로 보려는 견해가 널리 유포되었
다. 그러나 분명히 조설근 자신의 체험을 토대로 하고 있
다고는 해도, 『홍루몽』의 서사 세계는 앞의 절구에서 언명
하는 것처럼 퇴고에 퇴고를 거듭하여 구축한 결과물이고,

---

14) 일반적으로 『홍루몽』을 연구하는 학문을 '홍학紅學'이라고 부르고, 이러한 홍학의
　　권위자를 일컬어 '홍학대사紅學大師'라고 한다. 또한 시기적으로 1919년 5·4운동
　　이전까지의 홍학 연구자들을 '구홍학파舊紅學派'라 하고, 5·4운동 이후 후스胡適를
　　비롯한 새로운 홍학 연구의 경향을 일컬어 '신홍학파'라고 한다.

작자의 전기적 사실과 대조해보아도 자서전이라는 주장
은 대체로 의미가 없는 것으로 판단되고 있다.

『홍루몽』은 여러 가지 계통의 필사본[15]이 있어 문헌 비
평 방면에서도 방대한 축적이 이루어져왔지만, 이 책에서
는 '경진본庚辰本'[16]을 저본으로 삼고, 그 위에 후반부 40회
를 덧붙인 텍스트에 근거하여 작품을 읽어가고자 한다.

하늘에서 내려온 소년과 소녀

『홍루몽』의 첫머리 부분에서는 서사 세계의 전제가 되
는 신화적 틀이 제일 먼저 언급되고 있다. 『홍루몽』은 『석

---

15) 필사본으로는 건륭 중엽 이후에 가장 많이 유포된 '지연재 경진본'을 비롯해 모
두 13종이 있는 것으로 알려져 있다. 80회본이 주로 필사본인데 반하여, 고악이
덧붙여 쓴 40회분을 합쳐 간행한 각인본刻印本 120회본은 일반적으로 '정고본程高
本'으로 불린다. 이 가운데 1791년 정위원程偉元에 의해 간행된 것을 '정갑본程甲本'
이라 하고, 이 정갑본을 개정하여 1792년 간행한 것을 '정을본程乙本'이라고 일반
적으로 부른다.
16) 조설근의 친척으로 지목되는 지연재脂硯齋가 주석을 붙인 것으로 제64회와 제67
회 부분을 제외한 78회 분량을 남겼다. 경진본의 정식 명칭은 『지연재중평석두기
脂硯齋重評石頭記』인데, 차례 부분에 '지연재가 모두 네 차례 읽고 평하다'라고 명시
되어 있고, 제41회 이후로 전체 회목 중에 '경진추월정본庚辰秋月定本'이라는 구절
이 있어 줄여서 '경진본'이라고 부르게 되었다.

두기石頭記』[17]라는 제명[18]으로 불리는 데서도 보듯이 작품의 첫머리를 장식하는 것은 하나의 돌을 둘러싼 인연담이다. 여와女媧[19]라는 여신이 삼만육천오백한 개의 돌을 깎아서 하늘을 떠받칠 적에 채 쓰이지 못하고 남겨진 돌이 한 개 있었다. 이 돌은 아무 데도 쓰이지 못하는 자신의 기구한 신세를 한탄하여 때마침 지나가는 선인에게 울고불고 매달리면서 '저를 하계의 인간 세상에 데려다주셨으면 합니다'라고 부탁을 함에 그 소원이 받아들여지게 되었다. 한편으로 천상 세계에는 경환선녀(警幻仙姑)[20]라는 여신이 다스리는 「태허환경太虛幻境」[21]이라는 몽환경이 있는

---

17) '석두石頭'는 돌이라는 뜻으로, '석두기'란 '돌 위에 쓰여 있는 이야기' 또는 '바위가 인간 세상에 내려가서 보고 들은 이야기' 정도의 의미로 해석된다. 이것은 인간 세상에 내려간 바위인 통령보옥과 그 보옥을 몸에 지니는 동시에 그 바위로 상징되는 인물인 가보옥의 주변에서 일어난 이야기라는 뜻으로 해석할 수 있다. 아울러 소설의 배경인 금릉의 옛 지명이 석두성石頭城이었다는 사실도 참고가 될 만하다. 또한 『석두기』라는 제명은 일반적으로 120회본 『홍루몽』이 나오기 이전에 조설근이 본래 지었던 80회본이 필사본의 형태로 유포되던 시기에 필사본에 붙었던 원래 제목으로 이해되기도 한다. 이러한 사실에 근거해 『홍루몽』의 일부 영역본의 경우는 『돌의 이야기The Story of the Stone』라는 제명을 쓰기도 한다.
18) 제1회의 원문에 따르면 『홍루몽』은 『석두기』 이외에도 『정승록情僧錄』, 『풍월보감』, 『금릉십이차』, 『금옥연金玉緣』 등으로 불렸다고 한다.
19) 중국 천지창조 신화에 나오는 여신의 이름이다.
20) '경환선녀', 곧 '경환선고警幻仙姑'는 태허환경의 지배자로 인간 세상의 애정 문제와 남녀 사이의 치정 관계를 맡아보는 선녀이다.
21) '태허환경'이란 '아주 허무하고 환상적인 세계'라는 뜻으로, 여기서는 신선들이 사는 환상적 세계를 가리킨다.

데, 그곳에서 경환선녀를 모시는 신영시자神瑛侍者[22]가 어
느 때 번뇌에 사로잡혀 그 또한 하계의 인간 세상으로 내
려가고 싶다고 말하였다. 그러자 또한 일찍이 신영시자가
뿌려준 감로甘露의 물 덕택에 영원한 생명을 얻어 아리따
운 여자로 변신한 신비로운 식물, 강주초絳珠草[23] 또한 신
영시자와 함께 하계로 내려가 자신이 받았던 감로만큼에
해당하는, 자신의 한평생 품은 모든 눈물로써 그 은혜를
되갚겠다고 간청하였다. 두 사람의 소원을 받아들인 경환
선녀는 이 둘을 다른 선녀들과 함께 하계의 인간 세상으로
내려보내기로 하였던 것이다(제1회).

바로 이 신영시자가 『홍루몽』의 중심인물로서 가씨 집
안의 자제인 가보옥이 되어서, 앞서 돌에서 아름다운 구슬
로 변모한 '통령보옥通靈寶玉'[24]을 입에 머금고 하계에서 다
시 태어나는 것이다. 또한 그 강주초는 가보옥의 사촌 여

---

22) 신영시자란 신령한 기운의 구슬을 갖고 모시는 사람이란 뜻이다.

23) 임대옥의 전신으로 영하靈河의 강가 삼생석三生石 곁에서 자라는 신선초로 '강주
선초絳珠仙草'라고도 불린다. 신영시자가 뿌려주는 감로의 물을 마시고 전생의 인
연을 맺어 임대옥으로 환생하게 된다. '강주초絳珠草'라는 말은 '붉은 구슬 열매를
맺는 풀'이란 뜻으로, 붉은 옥은 피눈물을 상징하는데, 여기서는 신영시자가 감로
로 길러준 은혜를 한평생 품은 붉은 피눈물로써 갚겠다는 의미로 이해할 수 있다.

24) 문자 그대로 영기靈氣가 통한 보옥이란 뜻이다. 이렇듯 영기가 통한 돌의 이야기
가 다름 아닌 『석두기』라고 할 수 있겠다. 참고로 영역본 등에서는 보통 'the jade
of Spiritual Understanding'으로 번역하고 있다.

동생인 임대옥林黛玉으로 다시 태어났고, 다른 선녀들도 각자 가써 집안과 인연을 맺는 존재로 다시 환생하게 되었던 것이다.

이렇게 천상에서 하계의 인간 세상으로 내려온 소년·소녀들이 현세現世[25]에서 어떤 시간을 보냈던 것인가? 아득한 세월이 흐르고 난 뒤에, 가보옥과 함께 모든 사건의 자초지종을 지켜보았던 '통령보옥'이 원래의 돌로 되돌아와, 그러한 자초지종을 자신의 몸에 새겨넣었으니, 바로 이 이야기가 『홍루몽』의 원형이 되었다는 식의 설정인 것이다. 이렇게 사전에 신화적 틀을 설정한 뒤에, 바야흐로 본격적으로 『홍루몽』 세계의 막이 올라가게 되는 것이다.

일본에서의 『홍루몽』

『홍루몽』은 중국에서 '홍미紅迷'라는 팬덤을 형성할 만큼 인기가 많았던 데 반해서 일본에서는 그다지 많이 읽히는 편은 아니었다고 할 수 있다. 물론 시마자키 도손島崎藤

---

25) 불교에서 지금 살아 있는 이 세상을 가리킨다.

村26)이 초역抄譯한 작품에 영향을 받아 기타무라 도코쿠北村透谷27)가 『숙혼경宿魂鏡』을 썼다거나, 또는 나가이 가후永井荷風28)의 『묵동기담濹東綺譚』에 임대옥의 시가 등장하였다가 이윽고 그 완전한 번역이 훗날에 『편기관음초偏奇館吟草』에 수록되는 데서도 보듯이, 메이지 시대 이후의 작가들과의 인연이 아주 없는 편은 아니라고 하겠다. 그러나 일반적으로 『삼국지연의』나 『수호전』에 비해서는 읽히는 기회가 현격히 적은 것 또한 분명한 사실이었다. 본래 훨씬 더 많이 읽혀졌어야 할 탁월한 작품인데도 사정이 이런 것은 정말이지 유감이라고 하지 않을 수 없다.

『홍루몽』에는 일단 읽기 시작하면 멈출 수가 없고, 그만두려야 둘 재간이 없는 재미가 있다고 하겠다. 그러나 다른 장편소설과 마찬가지로 아무래도 분량이 방대한 데다 특히 『홍루몽』은 첫머리 부분이 난해하여 더욱 진입 장벽이 높았던 것이라고 여겨진다. 게다가 일본에서는 『홍루

---

26) 일본의 자연주의 문학을 대표하는 시인·소설가. 대표작 『동트기 전』은 일본 근대 문학의 걸작으로 평가받고 있다. 그는 1892년 「홍루몽에 대한 일설紅樓夢の一說」이라는 제목으로 12회에 걸쳐 『홍루몽』을 발췌·번역하여 잡지에 연재한 바 있다.

27) 일본 메이지 시대의 시인·평론가. 근대문학 낭만주의 운동의 선구자로 평가받고 있으나 25세의 젊은 나이로 자살하고 말았다.

28) 일본의 소설가·비평가. 자연주의 문학의 기수로 평가받으며, 대표작으로 일기 『단장정일승斷腸亭日乘』이 있다.

몽』에 대해서 어찌된 영문인지 천편일률적인 이미지가 고착되어버렸고, 이러한 점이 『홍루몽』의 서사 세계에 직접 접근하려 할 때 장해물로 작용했던 것이다. 『금병매』도 그렇지만, 『홍루몽』은 더더욱 정치하게 다듬어져 구축된 서사적 전개를 대충 건너뛰면서, 단순하게 요약해버리면 정감이고 함축미고 할 것도 없는 작품이 되어버리고 만다. 일반적으로 널리 유포되어 있는 『홍루몽』의 판에 박은 요약은 '대귀족의 저택을 무대로 그 집안의 적손인 미소년 가보옥과 불행하고 선병질적인 미소녀 임대옥이 펼치는 애절한 사랑 이야기'라는 식이지만, 실제로 읽어보면 그런 피상적인 요약으로는 도저히 파악할 길이 없는 가공할 정도의 깊이와 두께, 그리고 복잡함과 섬세함 등을 두루 갖추고 있는 작품임을 비로소 알 수 있는 것이다.

『홍루몽』의 최대 특징은 문장의 표현 밀도가 지금껏 읽어왔던 네 작품에 비해 월등하게 높다는 점이다. '줄거리'만을 좇아 대충 넘겨가는 식으로는 도저히 읽어낼 수가 없는, 주도면밀하게 쌓아올리고 잘 버무려서 다듬어놓은 치밀한 어조는 독자를 작품의 서사 세계로 강하게 끌어당기는 엄청난 자력을 지니고 있어서 명실상부하게 중국 백화 장편소설의 최고 걸작이라고 불릴 만한 작품이라고 하겠다. 중국의 일류 언어학자에 의해 『홍루몽』의 문장만을 구체적인 예시로 인용하는 문법 교과서가 쓰인 적이 있고, 일찍이 중국에 유학했던 사람들이 중국어를 높은 수준으로 숙달키 위해 중국인에게서 『홍루몽』을 배우는 일이 빈번히 행해져왔던 것이다. '두드려라, 그러면 열리리라'는 식은 아니겠지만, 선입견에 얽매이지 않고 열린 마음으로 『홍루몽』을 읽기 시작하면 거기에는 전대미문의 그리고 공전절후의 매력을 뿜어내는 서사 세계가 펼쳐져 있다고 하겠다. 『홍루몽』은 조금 과장을 섞어 말하자면 이 작품을 읽지 않고는 중국 소설을 논하지 말아야 하며, 더 나아가 중국 문화를 이야기하지 말라고 할 정도로 중요한 작품으로서 어쨌든 간에 무류무비無類無比할[29] 정도로 재미있는 소설이라고 할 수 있다.

『금병매』로부터의 '역전'

물론 중국 백화 장편소설의 금자탑인 『홍루몽』이 갑자

---

29) 아주 뛰어나서 그 무엇과도 견줄 데가 없다는 말이다.

기 돌연변이처럼 탄생한 것은 아니었다. 이 책에서 지금 껏 살펴보았던 백화 장편소설의 흐름을 줄곧 계승하여서, 특히 중국 소설사의 흐름을 크게 바꾸었던『금병매』를 바 탕으로 하고서야 비로소 생겨날 수 있었던 작품이라 하겠 다. 당초『홍루몽』은『풍월보감風月寶鑑』[30]이라는 제명으로 『금병매』풍의 에로틱한 요소를 상당히 포함하면서 쓰이기 시작했던 것으로 추정된다. 그도 그럴 것이 단지 외적인 서사적 구조만을 놓고 본다면 하나의 커다란 '집'을 무대 로 중심에 한 사람의 남성(가보옥)을 배치하고 그 주변에 자 리하는 여성들과의 상호 관계성을 묘사해간다는 점에서 는『금병매』와『홍루몽』이 상호 공통점을 지니고 있는 것 이다. 그러나『홍루몽』의 작자 조설근이 퇴고에 퇴고를 거 듭하며 작품을 써내려가는 과정에서 노골적으로 번쩍거 렸던 요소들은 점차 정화되었고 이윽고 총체적으로 작품 의 질량 자체도 커다란 전환을 이루어서, 그러한 지점에서 『금병매』를 멋지게 반전시켰던 새로운 서사 세계가 고안

---

30) '풍월'은 연애라는 뜻으로, '풍월보감'이란 제목은 '연애 이야기의 본보기'라는 정 도의 의미이다. 일설에 따르면 조설근에게 본래『풍월보감』이라는 저술이 있었다 고 하는데, 이를 근거로『풍월보감』을『홍루몽』의 일종의 초고본으로 보고자 하는 것이 일반적인 견해이다.

되었던 것으로 판단된다. 『금병매』의 저속성을 얼마나 승화시킬 수 있을 것인가, 선행하는 위대한 소설 『금병매』와 벌였던 은밀하면서도 그러나 끈질겼던 격투가 『홍루몽』을 이 정도의 높은 수준으로까지 밀어올린 원동력이라고 보아야 할는지도 모르겠다.

그렇지만 단지 '속俗'을 배제했다는 것만으로는 일종의 상상화를 그리는 정도의 '재자가인才子佳人 소설'[31]이 되어버리고 말 염려가 있었다. 그러한 점을 충분히 인식하고 있었던 조설근은, 정화된 소년·소녀가 있는 세계의 바깥쪽에 존재하는, 어떤 의미에서는 『금병매』의 세계를 능가할 정도로 강력하고도 견고한 '속俗'의 세계를 극명하게 묘사하고 있는 것이다. 중심인물인 가보옥, 그리고 임대옥[32]

---

31) '재자가인'은 재주 있는 젊은 남자와 아름다운 여자라는 뜻으로, 출중한 남녀 사이의 사랑을 다룬 연애소설을 일컫는 말이다. 문학사적으로는 명말 청초 시기에 이른바 '인정소설人情小說'의 한 유파로서 크게 유행했던 것으로 알려져 있다.

32) 대부인의 외손녀이고 가보옥의 고종사촌 동생으로 금릉십이차 중의 한 명이다. 별명은 '미인등美人燈', '촉협취促狹嘴', '다병서시多病西施'이다. 일찍 부모를 여의었고 그러한 처지 때문에 늘 비애와 상실감에 젖어 산다. 병약하고 감수성이 예민하여 감정의 기복이 심하다. 미모와 재능이 남다르고 가보옥의 정신세계를 가장 잘 이해하는 인물이다. 가보옥과는 목석전맹으로 맺어진 사이이지만 두 사람의 사랑은 비극적 결말을 맞게 된다. 아무것도 모르는 가보옥이 속아서 설보차와 결혼하는 날에 임대옥은 쓸쓸하게 숨을 거두고 만다.

과 설보차薛寶釵[33]를 비롯한 가씨 집안 소녀들의 아름다운 꿈같은 세계를 묘사하는 동시에, 가씨 집안을 핍박하는 재정 상황, 하인들의 급료나 물건값 또는 가씨 집안에서 소용돌이치는 부정이나 불륜 등등 물욕과 색욕투성이의 속악한 어른들과 하인들의 모습을 경탄스러울 정도로 면밀하게 표현해내었던 것이다. 이렇듯 속된 인간들의 추악함을 명료하게 드러내는 수법은 도리어 소년·소녀의 청렬淸冽함이 더욱더 두드러져 보이게 하는 장치였던 것이다. 이러한 '승화의 장치'를 설정함으로써 『홍루몽』은 성聖과 속俗이 복잡하게 교착하는, 성숙도가 높은 위대한 소설로 탈바꿈했던 것이다.

게다가 수도에 있는 가씨 집안에 대하여, 가씨 집안의 본적지인 금릉金陵[34]에는 진씨甄氏[35] 집안이 있었고, 마찬

---

33) 설부인의 딸이고 설반薛蟠의 여동생으로 금릉십이차 중의 한 명이다. 별명은 '냉미인冷美人'이다. 왕부인의 조카딸로 가보옥과는 이종사촌지간이다. 온유돈후하고 인정에 밝은 성품으로 유교의 전형적인 여인상에 가까운 인물이다. 금옥연金玉緣의 연분으로 가보옥과 결혼하지만 가보옥이 출가하면서 독수공방하는 신세가 된다. 가보옥과의 사이에 유복자 가계賈桂를 두었다. '차釵'는 여성의 머리 장식으로 쓰인 비녀로서 여성을 뜻하는데, 일부 사례에서는 '채'로 읽어서 설보채라고 하기도 한다.

34) 지금의 난징南京을 가리킨다. 달리 석두성石頭城으로도 불렸다.

35) '진甄'은 성씨의 경우 '견'으로 읽어야 하지만 중국 병음에서는 '진眞'과 같은 소리이며, 또한 '진가眞假'에서의 '진'의 의미를 지니므로 작품에서는 특히 '진'으로 읽는다.

가지로 보옥이라는 소년과 그 자매들이 살고 있다는 식으로 설정이 되어 있다. '진甄'과 '진眞', '가賈'와 '가假'는 동음이며, '진실(眞)'과 '거짓(假)'이라는 반대 개념을 포함시켜서 서사 구조를 중층화重層化하고 있는 것이다. 원작이 미완성으로 끝난 탓에 이러한 구상이 최종적으로 어떻게 구현되었을는지, 그와 관련해서는 약간 애매한 구석이 있기는 하지만, 낮잠을 잔 가보옥이 거울에 비친 자신의 모습을 실마리로 삼아 꿈속에서 진보옥과 만난다는 몽상적인 에피소드가 남아 있는 것이다(본서의 제6장 참조).

별스러운 주인공, 가보옥

『금병매』에서 『홍루몽』으로 이르는 과정에서 가장 변화했던 것은 중심인물의 존재 양상이라 하겠다. 『금병매』의 중심인물 서문경은 『삼국지연의』와 『수호전』에 등장하는 영웅호걸 계보의 양상을 일변시키면서 욕망투성이의 속악한 존재의 양상을 나타내고 있는 것이다. 한편으로 『홍루몽』의 중심인물 가보옥은 그러한 서문경의 이미지에서 물욕과 출세욕, 더 나아가 지극히 육체적이고 에로틱한 욕망 등등의 현세적 욕망을 모두 씻어내버린 존재로서 뚜렷하게 등장하였던 것이다. 이것은 또한 서문경의 이미지를 완전히 반대로 만들어놓은 존재와 다름없다고 하겠다.

가보옥은 두뇌가 명석하고 수려한 이목구비를 갖춘, 명문가 자제에 어울리는 소년이지만 한편으로 매우 별스러운 면모를 지니고 있었다. 곧 철저한 소녀 숭배자였던 것이다(첫머리 부분에 인용. 또한 이 부분은 소식통으로 도성에서 골동품 장사를 하는 냉자흥冷子興이라는 인물의 발언으로 되어 있다). 아울러 가보옥買寶玉이 아닌 진보옥甄寶玉의 말로 되어 있기는 하지만, 그는 언제나 하인들을 향해서 "이 여자아이란 말은 참으로 거룩하고 깨끗한 것이니, 저 아미타불이나 원시천존元始天尊[36)]보다도 더 거룩하고 영예로우며 절대적인 것이야. 그러니까 너희들은 그 더럽고 냄새 나는 입과 혀로는 함부로 여자아이라는 말을 해서는 안 된단 말이야(제2회)"라고 선언하고 있는 것이다. 가보옥 역시 완전히 같은 생각이라는 것은 새삼 말할 필요도 없다. 그는 '금릉십이차金陵十二釵'[37)]로 불리는 아름다운 자매와 사촌 자매들(금

36) 도교의 신을 일컫는다.
37) 금릉은 난징의 옛 이름이고, 차釵는 비녀로서 여자를 가리킨다. 곧 '난징의 열두 미인'이라는 의미이다. '금릉십이채'라고 읽기도 한다.

룽 출신의 열두 미인. 임대옥, 설보차, 사상운史湘雲, 가원춘賈元春, 가영춘賈迎春[38], 가탐춘賈探春, 가석춘賈惜春[39], 왕희봉王熙鳳, 이환李紈, 가대저賈大姐[40], 진가경秦可卿, 묘옥妙玉 등을 가리킨다),[41] 그리고 시녀들과 즐겁게 놀면서 사대부의 필수 교양이라 할 '사서오경四書五經'[42] 등은 거들떠보지도 않았다. 그로서는 아름다운 소녀들이 즐겁게 지내는 모습을 단지 황홀하게 바라보는 것이야말로 더할 나위 없는 쾌락이었던 것이다. 경환선녀는 나중에 이것을 '의음意淫'[43]이라 규정하고 있다(제3장 참조). 이러한 보옥 같은 남성상은 문언소설과 백화소설을 막론

---

38) 가사의 딸이고 가련의 이복누이로 금릉십이차 중의 한 명이다. 별명이 '이목두二木頭'이다. 성격이 유약하고 순종적이며 모든 일에 대해 묵묵히 방관자적인 태도를 취하는 인물이다. 포악하고 탐욕스러운 손소조에게 시집가 온갖 핍박을 받다가 결국 일 년 만에 죽고 만다.

39) 가경의 딸이고 가진의 누이로 금릉십이차 중의 한 명이다. 가보옥과는 사촌지간이고 가부의 네 자매 가운데 나이가 가장 어리다. 회화에 소질이 뛰어났다. 평소 수월암의 어린 비구니 지능과 자주 어울렸는데 훗날 가부가 몰락한 뒤에는 비구니가 된다.

40) 가련과 왕희봉의 딸로 금릉십이차 중의 한 명이다. 본래 대저大姐로 불리다가 유 노파가 교저巧姐라는 이름을 지어준 후로는 '유교저'로 불리게 되었다. 가부가 몰락한 뒤에 가운과 가환 등이 몰래 팔아버리려고 하나 유 노파의 도움으로 위기를 벗어난다.

41) 원춘元春, 영춘迎春, 탐춘探春, 석춘惜春이라는 네 사람의 이름의 첫 네 글자는 본래 '원응탄식元應歎息', 곧 '원래 탄식하는 것이 마땅하다'라는 구절의 글자와 발음이 유사하다. 여기서는 이 네 사람이 모두 탄식으로 나날을 보낼 기구한 운명을 타고났다는 것을 암시하는 것으로 이해할 수 있다.

42) 유교의 기본 경전인 『대학』, 『논어』, 『맹자』, 『중용』의 사서와 『시경』, 『서경』, 『주역』, 『예기』, 『춘추』의 오경을 가리킨다.

43) '의음意淫'은 문자 그대로 풀이하면 '정신적 음란'이라고 할 수 있다.

하고 『홍루몽』 이전의 중국 고전소설에서는 어디에도 결코 등장한 적이 없는 남성상이었다.

　주인공을 소년으로 설정한 사례는 단편 백화소설에도 이미 선례가 있다고 하겠다. 예를 들면 「오 아내가 이웃 배에 밀애하러 가다(오아내린주부약與衛內隣舟赴約)」(『삼언三言』「성세항언醒世恒言」 제28권)라는 제목의 작품 주인공은 아직 16세 소년에 불과했다.[44] 이 소년은 용모는 단아해도 엄청나게 먹어대는 대식가였다. 그는 모친과 함께 양주부윤揚州府尹으로 부임하는 부친을 따라 배를 타고 여행하던 중, 우연히 폭풍을 만난 탓에 근처 강가로 피난하여 정박하였다. 이때 이웃에 나란히 정박한 배에도 마찬가지로 형주사호荊州司戶로서 임지로 향하던 인물이 처와 딸을 데리고 타고 있었다. 부친끼리는 서로 아는 사이여서 폭풍이 멈추기를 기다리는 동안 서로 왕래가 시작되었다. 이때 소년과 소녀는 첫눈에 서로 사랑에 빠졌는데, 과감한 성격의 소녀에게 이끌려 소년은 밤마다 이웃 배의 소녀의 선실로 숨어들었다. 소년과 소녀는 이내 인연을 맺게 되었는데,

---

44) 남자 주인공의 이름은 오언吳彦이고, 여자 주인공의 이름은 하수아賀秀娥로 되어 있다.

공교롭게 깜빡 잠이 들었던 사이에 (폭풍이 멈추었으므로) 양쪽의 배는 각기 다른 방향을 향해 출발해버리고 말았다. 두뇌 회전이 빠른 소녀는 배가 목적지에 도착하면 어수선한 틈을 타 소년을 하선시키면 되겠다고 생각해, 부모에게 들키지 않게끔 소년을 침대 아래에 숨겨주었다. 그런데 대식가인 소년이 끊임없이 배가 고프다고 투덜대므로 하릴없이 소녀는 자신이 거식증에 걸린 척 행동하면서, 자꾸 식사를 가져오게 하는 등 몹시 마음을 졸이고 애를 써가면서 소년을 계속 감춰주었다. 역시나 노회한 모친은 수상한 낌새를 느끼고 소녀의 선실로 불쑥 들어가 추궁하려는 순간, 침대 밑에서 심하게 코 고는 소리가 들려왔다. 배불리 먹은 소년이 태평하게 낮잠을 자고 있었던 것이다. 그리하여 어린 소년·소녀의 사랑의 모험은 막을 내리고 말았던 것이다.[45)]

참으로 진묘珍妙하다고 할 이 연애담의 소년 주인공은, 과감하게 난관을 헤쳐나가는 늠름한 여주인공 소녀에 비

---

45) 원작에서는 이후에 화가 난 소녀의 부친이 남자 주인공을 죽이려 했으나, 모친의 만류와 도움으로 간신히 부친을 설득하여 두 사람은 우선 약혼을 하였고, 그후에 남자 주인공이 과거에 급제하자 정식으로 혼인을 하기에 이르렀다고 되어 있다.

하면 먹는 것 이외에는 아무것도 할 줄 모르는 전혀 미덥지 못한 존재임에 틀림없다 하겠다. 여기에서 보듯이 소년이 미덥지 못하면 못할수록 그만큼 더욱더 총명하고 용감한 소녀의 이미지가 빛을 더해간다는 식의 구도는 확실히 『홍루몽』의 서사 세계에서 보옥과 소녀들이 보여주는 관계성과 일맥상통하는 점이 있는 것이다.

그렇지만 장편소설인 『홍루몽』의 전체 구조를 감안할 때 이러한 소년·소녀의 역할 분담은 제쳐두고라도, 어째서 서사 세계를 통해 시종일관 소년과 소녀들이 전면에 등장하는 것인지, 그것이 의미하는 바는 무엇인지와 같은 근본적인 문제가 제기된다고 하겠다.

중국의 전통적 가치관에서는 '젊다'는 것이나 '여성'인 것은 기본적으로 찬양의 대상이 되지는 못한다. 으레 '남성', 그 위에 '경험을 쌓은 연장자'가 존경받는 것이 상례인데, 『홍루몽』이 이러한 기존의 상식을 뒤집고, 참으로 경천동지하게도 '소녀를 숭배하는 소년'을 주인공으로 내세웠다는 사실은 진정 대담한 전략이었다고 말할 수 있겠다. 물론 『홍루몽』에도 가보옥의 조모로서 그야말로 '그레이트 마더Great Mother'[46]라고도 해야 할 가모賈母[47]와도 같이 연륜을 쌓은 성숙한 존재도 등장해서 서사 세계에서 중요한 역할을 담당하고 있다. 그러나 가모와 같은 존재를 고려한다 하더라도 여전히 『홍루몽』의 주된 경향이 되는 사고가 무엇보다도 먼저 '젊음'에서 가치를 찾아내려는 점에 있다는 것은 변함없는 사실이다. 일본에서도 '청춘'이라는 개념이 언제부터 나타났는가를 두고 여러 논의가 있어 왔지만, '젊음'을 전면에 내세운 『홍루몽』에도 또한 분명히 일종의 청춘소설과도 같은 측면이 있는 것으로 생각된다.

'젊음'이라고는 해도 『홍루몽』의 서사 세계에서 활약상을 보이는 것은 십대 중반 정도의, 아직은 어리다고 해야 할 소년과 소녀들[48]이며, 그들이 구가하는 것은 아무런 의무나 책임도 지지 않는 시간일 뿐이다. '성숙'이나 '노성老

---

46) 융 심리학에서 말하는 원형元型, 곧 인류 공동의 집합 무의식의 하나로 흔히 '태모太母'로도 번역한다. 여기에서는 모든 것을 수용·포용하는 '위대한 어머니 그 자체' 정도의 비유적 의미로 쓰인다.

47) 가씨 집안의 최고의 어른으로 가대선의 부인이며 가사와 가정의 모친이다. 금릉의 귀족 사후史侯家의 딸로 사태군史太君으로도 불린다. 본가의 성이 사씨史氏이며, 태군太君은 귀인의 모친에 대한 칭호이다. 가보옥의 조모이고 임대옥의 외조모이기도 하다. 적손자인 가보옥을 끔찍이 총애하고 귀하게 여긴다. 가부賈府가 번성하던 시기의 부와 명예를 마음껏 누린 인물이다. 이 책에서는 '가모' 대신에 '대부인'으로 번역한다.

48) 작품의 주요 등장인물 가운데 이환이 가장 연장자이며, 나머지 소년·소녀들의 나이는 대부분 열다섯에서 열일곱 살 사이로 볼 수 있다.

成⁴⁹⁾함'에서 가치를 발견하는 전통 중국에서, 사회나 가정
의 일원으로서 체제에 편입되기 이전의 시기를 찬양의 대
상으로 삼고, 감히 '시간이여 멈추어라'라고 정면에서 과
감하게 주장하는 『홍루몽』은 실로 급진적인 가치관의 역
전을 꾀했던 경우라고 할 수 있다. 가보옥이 처음으로 등
장할 때 작자는 언뜻 보기에 냉정하기 짝이 없는 시선으로
'(나라에도 가문에도) 쓸모가 없는'⁵⁰⁾ 존재로 그를 소개하고 있
는 것이다(제3회).

> 무능하기로는 천하에 제일이고,
>   (천하무능제일天下無能第一)
> 못난 자식으로는 세상에 다시 없으리.
>   (고금불초무쌍古今不肖無雙)
> 젊은 귀공자들아 내 말 들으소,
>   (기언환고여고량奇言紈袴與膏粱)
> 이 어리석은 자의 본일랑 아예 받지를 마소.
>   (막효차아형상莫效此兒形狀)

---

49) 경험이 많아 익숙하고 노련하다는 뜻이다.
50) 원문에 인용한 시의 앞부분을 살펴보면 다음과 같다.
  넉넉할 땐 제 살림 꾸릴 줄도 모르고   (부귀부지낙업富貴不知樂業)
  가난이 찾아드니 쓸쓸히 눈물 짓는 신세   (빈궁난내처량貧窮難耐凄涼)
  가엾어라 좋은 시절 허투루 보냈으니   (가련고부호소광可憐辜負好韶光)
  나라에도 가문에도 쓸모가 없는 존재라네 (어국어가무망於國於家無望)

임대옥, 가씨 집안으로

『홍루몽』의 서사 세계는 별스러운 귀공자 가보옥이 사는 가씨 집안의 대저택을 무대로 전개된다. 지금까지 다루었던 네 작품과는 달리, 시대나 장소는 특정되지 않았지만 대체로 장안長安으로 되어 있고, 가씨 일족은 개국공신의 자손이라는 식의 설정이다. 이러한 가씨 일족은 가연賈演[51]을 시조로 하며, 현재 4대째인 가진賈珍을 주인으로 하는 '녕국부寧國府'와 가연의 동생인 가원賈源[52]을 시조로 하며 3대째인 가사賈赦를 주인으로 하는 '영국부榮國府'로 나뉘어 있다(다음의 가계도 참조). '녕국부'와 '영국부'의 장대하고 화려한 저택은 서로 인접해 있어 빈번히 왕래도 있었지만,『홍루몽』의 서사 세계는 주로 영국부를 무대로 전개되고 있다. 두 집안을 합하면 가씨 일족은 수십 명에 달하여 그 관계도 매우 복잡한 편이다. 세대와 나이가 일치하지 않기 때문에 동년배여도 세대가 다른 경우도 있고, 누구와 누구가 어떤 관계인지는 가계도를 자세히 들여다보지 않으면 좀처럼 파악할 수 없을 정도이다.[53]

---

51) 녕국공寧國公을 가리킨다.
52) 영국공榮國公을 가리킨다.
53) 작품 전체에 걸쳐 약 칠백 명 정도의 인물이 등장하는 것으로 알려져 있다.

가씨 집안 가계도

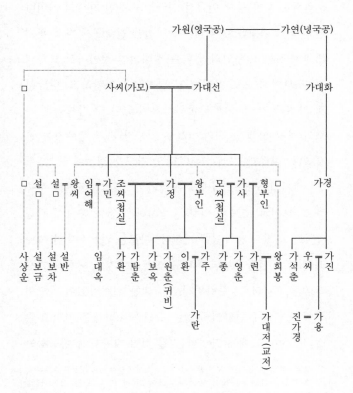

— 가씨 혈연
······ 가씨 이외의 혈연
═ 혼인 관계

이러한 가씨 일족과 수백 명에 달하는 하인들의 정점에 군림하는 이가 앞서 언급한 영국부의 주인 가사의 어머니인 대부인 가모賈母[54]이다. 가씨 집안 전체에서 가장 윗세대에 속하는 대부인의 권력은 절대적인 것이어서 모친의 힘, 조모의 힘으로 가씨 집안 남자들을 위압하고, 당당하게 가씨 집안 일족에게 군림하고 있었다.[55] 가보옥은 가모의 차남 가정賈政[56]의 아들로 가모가 가장 총애하는 손자였다. 이렇게 '그레이트 마더'인 가모를 정점에 둔『홍루몽』세계의 구조는 성별에 관계없이 윗세대 어른을 존중하고, 모친과 조모의 의향을 중시하는 전통 중국의 관습을 교묘하게 전용하였던 것이다. 가모는 가보옥뿐만 아니라 일족의 딸들로부터 시녀에 이르기까지 소녀들의 최강의 비호자였다. 성숙하면서도 강대한 실력자였던 가모의 강력한 후원에 힘입어 무력한 소년과 소녀들은 멋없고 촌스러운 어른들에게 간섭받는 일 없이 자유롭게 행동하는

---

54) 영국부의 안팎 식구들을 모두 합치면 적어도 삼사백 명에 달할 것으로 추정된다.
55) 그녀는 언제나 자신을 '노폐물老廢物'이라고 자칭하였지만 대부인은 가씨 집안의 실질적 가장으로서 그녀의 말은 가씨 집안에서는 '성지聖旨'와 다름이 없었다.
56) 가대선과 가모의 차남으로 영국부의 모든 일은 가정을 중심으로 전개된다. 가보옥의 부친으로 아들에게는 매우 엄격한 편이다. 전통적인 유교의 가치관을 대표하는 인물로 자유분방하고 격식에 얽매이는 것을 싫어하는 가보옥에 대해 늘 불만을 느낀다.

것을 보장받았던 것이다. 이것 또한 참으로 주도면밀하게 고안해낸 서사적 구조라고 할 수 있다. 참고로 이 '그레이트 마더' 대부인에게는 전통 중국에서의 이상적인 노태태 老太太(노부인)[57]의 이미지가 투영되어 있는 것이다.

이 대부인에게는 가민賈敏이라는 딸이 있었다. 가민은 양주楊州의 순염어사巡鹽御史인 임여해林如海에게 시집갔는데 불행히도 어린 외동딸 임대옥을 남겨두고 병사한 탓에, 임대옥의 장래를 염려한 임여해는 그녀를 대부인에게 맡기기로 결심하였다(임여해도 얼마 안 있어 사망하였다). 대부인은 기특하게도 혼자서 찾아온 임대옥을 가엾게 여겨 이후로 그녀의 강력한 비호자가 되었다. 참고로 가씨 집안 사람들이 임대옥을 만나는 첫인상은 다음과 같다.

"사람들이 대옥의 모습을 살펴보니, 비록 나이는 아직 어렸지만 그 행동거지와 말하는 품이 조금도 속되지 않았다. 몸과 얼굴이 퍽 약해 보이지만 어딘지 모르게 깨끗하고 우아한 자태가 엿보이는 것으로 보아 대옥의 비위와 혈기가 허약하고 정기가 부족한 병[58]을 가지고 있음을 알

---

57) '노태태老太太'는 늙은 여자에 대한 존칭으로 '노부인' 또는 '할머님' 정도의 의미이다.
58) 앞에서 언급한 선병질적腺病質的 체질이라는 것을 암시하고 있다.

왔다."(제3회)

빼어나게 총명하면서도 언뜻 보기에 박행薄幸해[59] 보이는 이 미소녀, 임대옥이야말로 작품의 첫머리에 나오는 신화에 등장했던 강주초가 환생한 모습인 것이다. 그녀는 신영시자의 환생이라 할 가보옥과 처음 만나는 순간에 불가사의한 기시감에 사로잡힌다.

"대옥은 마음속으로 궁금해하였다.
'이 보옥이란 도련님은 도대체 어떻게 생겼을까? 무지하고 우악스럽게 생기고 멍청하고 짓궂은 괴짜는 아닐까? 그런 못난이라면 차라리 보지 않았으면 좋았을 것을….'
마음속으로 이런저런 생각을 하면서 퍼뜩 바라보니, 시녀가 아뢰는 소리가 미처 끝나지도 않았는데 벌써 한 젊은 귀공자가 방 안에 들어와 있었다. (중략)
얼굴 모습은 가을밤 둥근 달과 같고, 얼굴빛은 봄날 새벽의 이슬 머금은 꽃잎 같으며, 귀밑머리는 칼로 살짝 도려낸 듯하고, 눈썹은 먹으로 그린 듯하며, 볼은 봉숭아 꽃술이요, 눈빛은 가을날 물결이라, 성을 내도 웃는 듯하고, 눈을 부릅떠도 인정이 넘치는 듯하였으며, 목에는 금빛

---

59) 사람의 삶이 행복하지 못하고 운수가 없다는 뜻이다.

교룡의 작은 구슬 꿴 목걸이를 하고, 또 오색영롱한 색실 끈에는 아름다운 옥돌이 하나 달려 있었다.

대옥은 그를 바라보고는 곧 가슴이 울렁거리도록 놀랐다.

'참으로 이상하기도 하지! 어디선가 만나본 것처럼 어쩌면 이다지도 눈에 익을까?'"(제3회)

한편 가보옥도 역시나 임대옥을 본 순간 '만나본 적이 있다'는 기시감을 느끼게 된다. 전생에서부터 깊은 인연의 실로 연결된 그들은 복잡한 인간관계가 뒤얽혀 있는 거대한 가씨 집안 내부에서 때로는 격렬히 충돌하면서 차츰 상대에 대한 연모의 정을 키워가는 것이다.

2. 거대한 '집'과 여자들의 '정치'

- 왕희봉王熙鳳의 활약과 대관원大觀園의 조영

"후원의 방문을 들어서니 벌써 여러 사람들이 기다리고 있다가 왕부인王夫人이 들어서는 것을 보고는 일시에 밥상을 차리기 시작하였다. 가주賈珠의 처 이씨李氏가 식기를 놓고, 왕희봉은 수저를 놓고, 왕부인이 국을 담아 차린다. 대부인(가모)은 정면에 있는 평상의자인 탑榻에 혼자 앉아 있었다. 식탁 양쪽으로 네 개의 빈 의자가 있는데 희봉이 얼른 대옥을 끌어다가 왼쪽 첫 번째 의자에 앉히려 했다. 대옥이 몇 번이고 사양하니 대부인이 말했다.

'네 외숙모나 올케들은 여기서 밥을 먹지 않고, 너는 손님이니까 거기 앉아도 될 게다.'"(제3회)

식탁의 정치를 읽어내다

중국인들은 『홍루몽』을 읽으면 정치를 안다'라고 곧잘 말한다. 여기서 말하는 '정치'란 달리 말하면 '관계성'을 가리킨다 하겠다. 『홍루몽』의 무대는 하나의 '집'이지만, 집이라고 해도 결코 작은 이야기가 아니다. 그 안에는 어른들의 서열부터 하인들과의 관계, 더 나아가 소녀들 상호 간의 관계 등등 인간관계의 다양한 양상이 씌어 있기 때문에, 단지 어느 가정 안의 문제라기보다는 차라리 더욱 규모가 큰 정치에 대한 비유가 되어 있다고 하겠다.

가씨 집안에 들어간 임대옥이 제일 먼저 이해해야만 하는 것은 이러한 가씨 집안 사람들의 복잡한 관계성의 양상이었다. 대부인과 대면하고 난 뒤, 임대옥은 '가씨 집안 삼촌三春'이라 불리는 영춘(영국부의 주인 가사의 딸, 가련賈璉의 이복여동생), 탐춘(가사의 남동생 가정의 딸, 가보옥의 이복여동생), 석춘(녕국부의 주인 가진賈珍의 여동생)과 가사의 장남인 가련賈璉[1]의 아내 왕희봉, 거기에 다시 왕부인王夫人과 형부인邢夫人 등 가씨 집안 여성들을 차례차례 소개받게 되었고, 영국부에서 함께 저녁 식사를 하게 되었다. 대가족 내의 상하 관계나 서열이 분명하게 드러나는 식사 장소에 처음으로 어울리게 되었을 때 나이 어린 임대옥은 신경을 곤두세우고 그 관계성의 방식과 서열을 파악해 가씨 집안의 규칙을 이해

---

1) 가사의 장남이고 왕희봉의 남편이다. 임기응변에 능한 편이지만 재주나 영리함이 부인인 왕희봉보다 훨씬 못한 편이다. 글공부는 멀리하면서 여인들과 어울려 다니는 데만 관심을 가지며, 왕희봉 몰래 우이저를 첩으로 들였다가 들통이 나서 곤욕을 치르기도 한다. 희봉이 죽자 시녀였던 평아를 정실 아내로 맞이한다. 별명이 '낭탕자浪蕩子(방탕한 귀공자)'이다.

하려고 한다(첫머리 부분에 인용함). 왜냐하면 식사를 할 적에 차를 언제 마실 것인가 하는 것 하나만 보아도 집집마다 정해진 규칙이 있기 때문이다.

예전에 진순신陳舜臣[2] 씨에게 들은 이야기로는 대가족이던 진순신 씨의 집안에서는 큰 생선이 한 마리 식탁에 오르면 자신은 이 생선의 어느 부위를 먹어야 할 것인지를 가족 전원이 각자 순식간에 파악했다는 것이다. 이는 중국의 대가족 집에서는 자신이 식탁의 어디에 앉을 것인지, 언제 젓가락을 들것인지, 어느 부위를 먹을 것인지 등등의 문제가 각자의 처지에 따라 암묵적으로 결정되어 있어서, 새삼스럽게 배울 것도 없이 제각기 이러한 규칙 혹은 '예법'을 체득하고 구체화하고 있음을 의미하는 것이다. 그러므로 새롭게 가씨 집안의 일원이 된 임대옥은 극도의 긴장 속에서 그러한 암묵적 규칙을 읽어내려고 애를 쓰게 되는 것이다. 관계성이란 이러한 미세한 '순열 조합'에서야말로 분명히 드러나는 것이며, 바로 여기에 '정치'의 원형이 존재한다고 해도 과언이 아닐 것이다.

가씨 집안 여성들의 식탁에서는 임대옥이나 가영춘과

---

2) 일본의 추리소설가이자 역사저술가. 본래 대만 출신이었으나 일본으로 귀화하였다.

같은 가씨 집안 규수들이 대부인 옆에 앉아 함께 식사를 하는 것에 반해 왕부인을 비롯해 왕희봉이나 이환李紈[3]은 선 채로 식사 시중을 든 뒤에 대부인 일행의 식사가 끝난 뒤에 별실로 내려가 식사를 하는 것으로 되어 있었다. 이것은 세대를 불문하고 '며느리'의 입장에 있는 사람이 한 단계 낮게 위치가 정해져 있다는 사실을 보여주고 있다. 아무리 기승스러운 성격의 왕희봉일지라도 서열이나 예법을 무시할 수는 없을 것이다. 그렇다기보다 왕희봉의 성격은 분방함 그 자체처럼 보이지만, 사실은 그러한 세밀한 규칙들을 그야말로 구체화할 정도까지 체득하였던 관계로 아주 가뿐하고도 손쉽게 해낼 수 있는 여성이며, 그런 만큼 더욱더 대부인의 총애를 받으며 복잡한 대가족의 살림살이를 맡고 있는 것이다.

---

3) 가보옥의 죽은 형 가주賈珠의 처. 가란賈蘭의 모친으로 금릉십이차 중의 한 명이다. 별명이 '대보살大菩薩'이다. 일찍이 청상과부가 되어 목석같은 마음으로 살지만 말년에 아들 가란이 공을 세워 높은 지위에 오르자 여복을 누리게 된다.

화려한 트릭스터, 왕희봉[4]

'그레이트 마더'인 대부인을 정점으로 해서 가씨 집안 여성들은 두 그룹으로 나눌 수 있다. 하나는 미혼 소녀들의 그룹이고, 다른 하나는 가씨 집안의 살림을 담당하는 기혼 여성 그룹이다. 살림살이를 관리하는 일은 전통 시대 중국에서는 본래부터 여성에게 주어진 역할이지만, 그렇다고는 해도 식솔이 수백 명에 달하는 대가족인 가씨 집안의 살림을 꾸려가는 것은 이만저만한 일이 아니라 하겠다.

본래 이 기혼 여성 그룹의 꼭대기에 서 있는 이가 영국부의 주인인 가사의 처 형부인[5]이다. 그러나 도량이 좁고 음험한 성격의 형부인은 대부인에게도 소외당하고 있어서, 실제 집안 살림의 총책임을 떠맡은 이는 대부인의 차

---

4) 가련의 처로 금릉십이차 중의 한 사람이다. 왕부인의 조카딸로 가보옥에게는 외사촌 누이이자 형수가 된다. 아름다운 외모에 남성적인 기질을 가진 인물이다. 재치와 유머 감각이 매우 뛰어나고 일 처리 능력 또한 탁월하여 가부賈府의 안팎을 장악하고 있다. 권모술수에 능하고 자신의 이익을 위해서라면 수단과 방법을 가리지 않아 고리대금을 놓기도 하고, 질투에 눈이 멀어 사람의 목숨을 해치기까지 하였다.

5) 가사의 처로 가련의 모친. 천성이 우둔하고 재물에만 탐을 낸다. 대관원을 산보하던 하녀가 주운 수춘낭繡春囊, 곧 색실로 춘화를 수놓은 향주머니를 가져와 왕부인에게 전달한다. 이 사건을 트집 잡아 왕부인이 집안 관리를 엄격히 하지 않았다고 왕희봉을 몰아세운다. 이 때문에 대관원을 수색하는 큰 소동이 벌어지게 된다.

남 가정의 처이자 가보옥의 모친인 왕부인[6]이었다. 그러나 관리 능력에 문제가 있는 왕부인으로서는 이러한 큰 역할을 감내할 수가 없어 결국 자신의 조카딸이기도 한 왕희봉에게 그 역할이 맡겨졌던 것이다.

두뇌 회전이 빠르고 재기가 넘치며, 화려한 분위기 메이커이면서도 꾸밈없이 터놓고 말을 하는 왕희봉을 대부인은 '봉랄자鳳辣子[7]라고 부르며 매우 마음에 들어 했던 것이다. 그녀는 아직 스무 살 남짓의 요염하고도 아름다운 미녀이면서도 뺀질거리는 하인들을 손아귀에 틀어잡고는 대부인의 절대적인 신뢰를 등에 업고 마음껏 수완을 발휘하며 가씨 집안을 관리하였던 것이다.

왕희봉이 처음으로 자신의 유능함을 여봐란 듯이 과시

---

6) 가정의 처이자 가보옥의 모친. 설부인의 언니이고 왕자등의 여동생이다. 영국부에서 가씨, 왕씨, 설씨 가문을 연결하는 인물이다. 외동아들인 가보옥을 지나치게 보호하고 걱정한다.

7) '랄자辣子'는 여기에서는 '뛰어난 솜씨'라는 뜻으로 일 처리 능력이 뛰어난 왕희봉을 일컫는 말이다. 여기서 유래한 '봉랄자鳳辣子'라는 별명 이외에도 '초담자醋罈子(샘바리)', '발피潑皮(무뢰한)', '파락호破落戶' 등으로도 불렸다. 원문에서는 '왕희봉은 평소부터 무슨 일이나 맡아 나서서 하기를 좋아하고 평소에 자신의 수완을 남 앞에서 드러내고 싶어 하는 사람이었다'(제13회)라고 되어 있다.

했던 것은 녕국부의 주인 가진의 장남인 가용賈蓉[8]의 처, 진가경秦可卿[9]이 죽었을 때였다. 가진의 간곡한 부탁으로 초상 치르는 일을 도맡아 하게 된 그녀는 (아직 경험이 없어서 큰일을 잘해낼까 염려하는) 왕부인에게 신경이 쓰이면서도, 내심으로는 매우 기뻐하며 조속히 그 장례식을 어떻게 치러 나갈지 이제부터 해야 할 일에 대해 꼼꼼히 생각해보았던 것이다.

　"첫째 문제는 사람들이 너무 많다 보니 물건을 잃어버리기 일쑤라는 것이고,
　둘째는 일마다 개인이 담당하는 직책이 구분되지 않아 일이 생기면 서로 책임을 회피하기 십상이라는 점이며,
　셋째는 비용을 과도하게 쓰고 함부로 지출하고 엉터리로 수령한다는 것이다.
　그리고 넷째는 맡은 바 소임이 사람에 따라 크고 작은

---

8) 가진의 아들이고 진가경의 남편이다. 외모가 수려하고 화려한 옷차림을 하고 다니며 음험한 속내를 지닌 인물이다. 왕희봉과 친밀하게 지냈지만, 한편으로 계책을 세워 가련이 몰래 이모인 우이저와 신방을 차려 첩실이 될 수 있게끔 도와주었다. 이 일 때문에 왕희봉은 질투심에 불타 결국 우이저를 죽음으로 몰아넣고 말았다.
9) 가용賈蓉의 처로 금릉십이차 중 한 명이다. 사려가 깊고 근심이 지나친 성격으로 작품에서는 초반부에서 병사하는 것으로 묘사되고 있으나 시아버지 가진과 부정한 관계를 맺고 이를 참지 못해 자살한 것으로 추정된다. 이 문제와 관련해서는 444쪽 주석 8)을 참조.

구별이 없다 보니 쉬운 일과 힘든 일의 구별이 없다는 것
이고,
　다섯째는 하인들을 방종하게 내버려두다 보니 얼굴깨
나 알려진 웃놈들은 말을 안 듣고 아랫놈들은 잘해도 승
진할 길이 없다는 점이었다." (제13회)

　왕희봉은 이렇듯 문제점을 정확하게 분석하고 난 뒤에
장례의 관리·운영에 착수하였다. 그녀의 방식은 지극히
합리적이어서 우선 수많은 하인들을 정확하게 몇 그룹으
로 나눠 일을 배분하였고, 장부에 상세히 기록하여 물품
을 관리하며, 제대로 자신의 소임을 완수하지 못한 하인에
게는 단호히 엄벌에 처할 방침임을 철저하게 주지시켰다.
본래 왕희봉의 모진 성격을 잘 알고 있던 하인들은 그녀의
엄격한 방침에 벌벌 떨면서 열심히 자신의 맡은 바 임무를
다하였기 때문에 성대한 장례는 한 치의 착오도 없이 순조
롭게 진행되었다.
　비단 장례에만 국한하지 않고, 가씨 집안 정도로 대규모
살림인 경우에는 살림살이라고는 해도 다른 가문과의 교
제 등 바깥일에 종사하는 하인이나 집안 내부의 재정 문제

에 종사하는 하인 등등 분명하게 하인들의 역할 분담을 미리 정해두지 않으면 금세 혼란에 빠지고 마는 것이다. 결국 어지간한 회사를 능가할 정도의 시스템이 필요한 것이다. 합리적인 사고의 왕희봉은 이런 시스템 만들기에 가장 적합한 인재였으며, 가씨 집안의 살림살이의 지배권을 단단히 틀어쥐고 모든 일에 걸쳐 한층 돋보이는 관리를 해나갔던 것이다. 이뿐만 아니라 그녀는 가씨 집안의 가계 재정을 도맡게 된 것을 계기로 시녀들에게 줄 급료의 지불을 며칠 늦추고 그 짧은 기간 동안에 돈을 고리대금으로 돌려 생겨난 이자를 벌어들이거나, 한편으로 양갓집 규수의 혼사를 파기시키는 일과 관련해 중간에서 조정을 하고 고액의 수수료를 받아 챙기는 등[10] 약삭빠르게 자신의 '비자금(梯己)'[11]을 늘려나갔다. 참으로 놀라운 솜씨를 발휘하였고, 대체로 악랄하다고 할 만한 이러한 수법들을 통해서 왕희봉이 숨겨놓았던 재산은 막대한 금액에 달했을 것으로 추정된다.

---

10) 원문의 제15~16회에서 왕희봉은 수월암水月庵 비구니 정허淨虛의 청탁을 받고 장금가張金哥라는 규수의 약혼을 무산시키는 일에 개입하여 일을 주선한 대가로 삼천 냥의 돈을 몰래 받아 챙기고 있다.

11) '체기梯己'는 남몰래 모아놓은 돈, 곧 사전私錢을 뜻한다. 달리 '체기體己'라는 표현을 쓰기도 한다.

잔혹한 미녀

왕희봉은『홍루몽』세계를 활기차게 누비고 다니는 스타 중의 하나이지만, 아슬아슬하게 곡예 같은 수법을 구사하여 돈벌이에 힘쓰거나, 비위를 건드리는 괘씸한 상대에게는 가차 없이 혼을 내주는 등 매우 독살스러운 측면도 지니고 있었다. 예를 들면 가씨 집안의 방계에 해당하는 가서賈瑞[12]라는 젊은이가 아름다운 왕희봉을 연모해 낯가죽 두껍게 접근해온 적이 있었다. 이때 자존심 강한 왕희봉은 하찮기 짝이 없는 가서 따위의 인물에게서 구애를 받은 것은 자신이 값싸게 보였기 때문이라며 몹시 기분 나빠했던 것이다. 그러고서는 "저 인간이 계속 그런다면 언젠가 내 손에 죽지 않나 보라지. 그때 가서야 비로소 이 희봉의 솜씨를 알게 될 거니까"(제11회)라고 하며 철저하게 가서를 응징할 작전에 돌입하였다. 이후 밀회의 약속을 해서 그를 유인해내서는 엄동설한 한겨울의 긴긴 밤을 추위에 떨면서 집밖에 서 있게 한다거나, 머리에 차디찬 똥오

___
12) 가대유賈代儒의 장손. 회방원會芳園에서 왕희봉에게 반해 접근하려다 실패하고, 상사병으로 앓아 누웠는데, 이윽고 절름발이 도사가 그에게『풍월보감』이라는 거울을 주면서 절대 앞면은 보지 말라고 한 당부를 어기고 거울의 앞면만을 보다가 탈진해서 죽고 말았다.

줌을 뒤집어씌우는 등 온갖 험악한 일들을 당하게 하였던 것이다. 친하게 지내는 가용 등의 도움을 받아서 그녀가 계속해서 파놓은 함정에 걸려들면서 몸과 마음 모두에 깊은 상처를 입은 가서는 결국 중병에 걸려 앓다가 숨을 거두고 말았다. 이런 때의 왕희봉의 모습은 참으로 모질고 인정이 없다고 말할 수밖에 없을 것이다.

또한 그녀의 남편 가련은 특히 여자관계가 깔끔하지 못해서 남편이 여자 문제를 일으킬 적마다 왕희봉은 격노하여 체면이고 나발이고 없이 으레 난동을 부리는 일이 항다반사였다. 전통 중국 사회에서는 본부인이 남편의 여자관계를 트집 잡지 않는 것을 미덕으로 여겨왔지만, 기질이 과격한 왕희봉에게는 그런 미덕 따위는 아예 이야깃거리도 못 되었다. 친정에서 데려온 충직한 시녀 평아平兒[13]를 남편의 첩실로 들이는 일만은 어떻게든 용인을 하였지만, 남편이 평아 이외의 여성과 문제를 일으키는 것은 절대로 허락하려 들지 않았다. 그러나 가련의 못된 여성 편

---

13) 왕희봉의 시녀이자 가련의 첩이다. 신중하고 사려 깊으며 주인에게 충성을 다해 왕희봉의 신뢰와 총애를 받는다. 가련과 왕희봉 사이에서 일어나는 일을 세심하게 보살피고 사단을 없애는 역할을 맡는다. 왕희봉이 죽은 뒤에는 가련의 정실부인이 된다.

력 또한 어지간하였기 때문에 왕희봉의 분노와 고민은 좀 처럼 끝날 줄을 몰랐다. 예를 들면 가련이 한창 바람을 피운다고 소문이 난, 하인 포아鮑兒[14]의 처와 함께 있다는 얘기를 듣자마자 왕희봉은 욱하고 분노가 치밀어 곧장 밀회 현장으로 쳐들어가, "이 더러운 화냥년아! 네년이 감히 남의 서방을 빼앗아가려고? 그것도 모자라 나를 죽여 없앨 모의까지 해?"(제44회)라고 소리치면서 포아의 처에게 욕설을 퍼붓고 마구 두들겨 패면서 난동을 부렸던 것이다. 그뿐만 아니라 옆에서 어안이 벙벙해 있는 평아에게까지 주먹질을 해댔고, 허둥대는 남편 가련의 가슴팍을 머리로 힘껏 떠받으면서 "나부터 목 졸라 죽이란 말예요"라고 마구 소리쳐대는 광경은 정말이지 섬뜩할 정도로 포악한 모습이라 하겠다. 이런 아수라장에서 진퇴양난에 빠진 남편 가련은 더 이상 참을 수가 없어서 장도를 휘두르며 난동을 부리는 지경에까지 이르렀다. 결국 왕희봉은 대부인의 처소로 달려가 울며불며 매달렸고, 이윽고 대부인이 적극 개입하여 형부인과 왕부인과 함께 가련을 엄히 질책하는 것으로 이러한 대소동은 간신히 일단락되었던 것이다. 이렇

---

14) 판본에 따라서는 '포이鮑二'로 되어 있는 경우도 있다.

게까지 소동이 커지자 아무리 낯가죽이 두꺼운 포아의 처라고 해도 도저히 사는 것이 남사스러워서 이내 목을 매고 스스로 자살하고 말았다. 왕희봉의 역린을 건드린 인간의 비참한 말로라 하겠다. 포아의 처가 자살했다는 소식을 들었을 때에도 왕희봉은 끝까지 모질게 "그까짓 년이 죽었으면 죽었지, 누가 겁낼 사람이 있다더냐?"(제44회)라고 악담을 내뱉을 정도였다.

체면도 돌아보지 않고 이유 여하를 불문하고 자신의 감정을 아낌없이 폭발시키는 왕희봉의 모습은 '분노의 여신'이라 부르고 싶을 만큼 매력적이라 하겠다. 그러나 감정을 폭발시키고 난 뒤에 대부인의 개입을 요청함으로써 능란하게 싸울 태세를 다잡고 나서, 가증스러운 포아의 처를 죽음의 수렁으로 몰아넣는 모습에서 '분노의 여신'이 지니는 가공할 정도로 강인한 면모를 엿볼 수 있는 것이다.

소녀들의 관계 양상

생생한 기혼 여성들 사이의 '정치'뿐만이 아니라 미혼의 소녀들 사이에도 다양한 인간관계의 역학이 작용하고 있다 하겠다. 소녀들에게도 각자 고유의 '입장'이 있는 것이다. 그러한 입장을 결정하는 하나의 중요한 요인은 가씨 집안의 정점에 자리한 대부인에게서 얼마나 총애를 받고 있는지의 정도에 달려 있지만, 그 밖에도 각각의 소녀들의 배후에 있는 '경제력' 또한 그들 상호 간의 관계의 양상에 커다란 영향을 미치고 있는 것이다.

다음 장 이후에서 자세히 살펴보겠지만, 가씨 집안과 연고가 있는 소녀들 가운데 임대옥, 설보차, 사상운[15], 가탐춘[16] 등 네 인물에 대해서는 『홍루몽』의 서사 세계에서 특히 뚜렷하고 분명하게 묘사되고 있지만 그녀들의 경제적 배경은 각양각색이라 하겠다.

우선 임대옥에 이어서 가씨 집안의 영국부에 몸을 의탁한 설보차는 모친이 왕부인과 자매로 가보옥의 이종사촌에 해당한다. 그녀의 친정은 큰 규모로 장사를 하는 관상

15) 대부인의 친정의 종손으로 금릉십이차의 한 명이다. 별명이 '시풍자詩瘋子'이다. 임대옥과 마찬가지로 일찍이 부모를 여의고 가부賈府에 얹혀 사는 신세이나 천성적으로 호방하고 쾌활한 성격 덕분에 처지를 비관하거나 상념에 젖는 일이 거의 없다. 후에 위약란衛若蘭과 결혼하지만 행복한 삶을 누리지는 못한다.
16) 가정의 차녀로 금릉십이차 중 한 명이다. 생모는 조이랑趙姨娘이다. 별명이 '매괴화玫瑰花'이다. 적극적이고 활달한 성격에 가씨 자매 가운데 재능이 가장 뛰어나서 왕희봉에 이어서 이환, 설보차와 함께 집안을 이끌어가는 역할을 담당하였다. 하지만 서출이라는 지위와 몰락해가는 집안 때문에 재능과 포부를 제대로 펼쳐 보이지도 못한다. 청명절에 바닷가 멀리로 시집을 가서 쓸쓸하게 살아간다.

官商으로 경제적으로 유복한 신분이었다. 행실이 안 좋은 오빠 설반薛蟠[17]이 사건을 일으킨 탓에 금릉의 집을 떠나 모친과 오빠와 함께 영국부에 몸을 의탁하는 처지가 되었지만 생활비 등의 경제적 비용은 모두 자비로 부담하고 있다. 본래부터 가씨 집안의 내부에 속했던 사람이 아니라는 점에서 임대옥과 다름이 없지만 그녀의 경우는 아무래도 확실한 경제적 기반이 있었고, 그런 의미에서 가씨 집안에 대하여 열등감이나 부담감은 전혀 없는 편이었다.

이에 반해 임대옥은 '그레이트 마더'인 대부인에게서 가보옥과 함께 지극히 총애를 받고 있다는 점에서는 다른 소녀들이 견줄 바가 못 된다고 하겠다. 그러나 양친을 모두 여읜 데다, 고위 관리였던 망부亡父가 행실이 단정한 인물로 별달리 재산이 없었던 까닭에, 경제적으로는 전면적으로 가씨 집안에 의지하지 않을 수 없는 처지였다. 이와는 대조적으로 설보차의 모친은 왕부인에게 "저희가 여기 있는 동안에 필요한 모든 생활비는 자비로 부담하겠습니다.

---

17) 설보차의 오빠로 하금계夏金桂의 남편이고 향릉과 하금계의 시녀인 보섬寶蟾을 첩으로 맞는다. 귀족 자제이지만 무지하고 저속한 인물이다. 향릉을 첩으로 사면서 사람을 죽였고, 후에 또다시 살인 사건에 연루되어 감옥에 들어가지만 결국 사면을 받아 석방되고, 마침내 자신의 잘못을 뉘우친다. 별명이 '매패왕呆覇王'이다.

그래야 저희가 오래 지낼 수 있습니다"(제4회)라고 말하였
고, 왕부인 역시 그들의 바람대로 간단히 승낙하였던 것이
다. 원래부터 신경과민인 임대옥이 그러한 문제에 신경을
쓰지 않을 턱이 없었고, 그 결과 그녀가 언제나 부담감을
느끼고 있다는 사실을 도처에서 엿볼 수 있는 것이다.

　앞서 다루었던『금병매』에서도 경제력의 차이가 여성들
의 상호 관계성에 영향을 미치고 있었다. 개개의 캐릭터
가 전혀 이질적이어서 간단히 오버랩시키는 것은 불가능
하겠지만, 자기 재산을 가졌던 설보차는 맹옥루나 이병아
를, 반면에 그 집안 권력자의 총애 이외에는 아무런 뒷배
경이 없었던 임대옥은 자못 반금련을 연상케 하는 구석이
있는 것이다. 이렇듯 등장인물을 대조적으로 설정하는 기
법은 작자가 처음『홍루몽』을 구상하는 단계에서 어쩌면
『금병매』로부터 힌트를 얻었던 것일는지도 모를 일이다.

　남아 있는 두 소녀 가운데 사상운의 경우 또한 가씨 집
안 내부에 속한 사람은 아니었다. 그녀는 사씨史氏 집안
출신인 대부인의 종손에 해당하는데, 일찍 양친을 여읜 고
아로 그동안 길러준 숙부18)가 지방 관리로 부임하게 된 것

---

18) 그녀의 숙부는 충정후忠靖侯 사정史鼎이다.

을 계기로 가씨 집안에 얹혀 살게 되었던 것이다. 사상운의 숙부는 가난한 관리였던 탓에 그녀 역시 임대옥과 마찬가지로 경제적 기반은 전혀 없었지만, 섬세하여 상처받기 쉬웠던 임대옥과는 달리 아주 명랑하며 쾌활하였고 엉뚱한 행동과 수다스러움으로 항상 사람들을 놀라게 하거나 웃음을 불러일으켰던 것이다. 맨 마지막의 가탐춘만이 가씨 집안의 내부에 속하는 인물이지만 모친 조씨趙氏[19]가 가정의 첩실인 데다 참으로 품성이 졸렬한 편이어서 여기저기서 빈축을 샀는데 이러한 점이 가탐춘에게는 언제나 심리적 부담으로 작용하였던 것이다.

가씨 집안의 복잡하게 얽힌 인간관계의 그물망 안에서 이렇듯 소녀들 또한 미묘하게 서로 입장을 달리하였고, 그렇듯 정묘한 관계의 역학이 서사 세계의 주름을 더욱 깊게 만들어주고 있는 것이다. 참고로 『홍루몽』에 등장하는 소녀 군상 가운데 특히 눈부시게 빛나는 존재라 할, 이 네 명의 소녀 임대옥, 설보차, 사상운, 가탐춘은 가씨 집안에

---

19) 가정의 첩으로 가탐춘과 가환의 모친인 조이랑을 가리킨다. 그녀는 첩이라는 이유로 사람들에게서 천대받는 것에 원한을 품고 살아간다. 나중에 사람을 시켜 가보옥과 왕희봉을 음해하려는 계획을 세우기도 한다. 대부인의 영구를 철함사鐵檻寺에 모신 뒤 돌연 병사하고 만다.

서 각자 처한 환경이나 경제적 배경은 그야말로 각양각색이어서, 바깥에서 가씨 집안으로 몸을 의탁한 세 사람 가운데 임대옥과 사상운은 고아였고, 설보차 역시 이미 부친을 여읜 데다 오빠는 문제아였으며, 그나마 유일하게 가씨 집안 내부의 사람이었던 가탐춘 역시 서출에다 또한 품성이 졸렬한 생모 탓에 혼자 가슴앓이를 한다는 식으로, 네 사람 모두가 말하자면 마음에 깊은 상처를 품고 있다는 점에서는 공통점을 지녔다고 하겠다. 이렇듯 어두운 그늘을 숨기고 있으면서도 화려하게 빛나는 네 명의 소녀를 중심에 배치함으로써『홍루몽』의 소녀들의 세계는 깊이를 더해간다고 할 수 있겠다.

가원춘賈元春[20]의 위광威光과 '대관원'[21]의 완성

한편 진가경의 장례가 끝난 뒤에, 가보옥의 누나로 일

---

20) 가정의 장녀로 정월 초하루에 태어난 까닭에 이름이 '원춘元春'이 되었다. 훗날 여사女史가 되어 입궁하였다가 봉조궁상서鳳藻宮尙書 현덕비賢德妃로 책봉된다. 금릉십이차 중 한 명이다. 가보옥과는 나이 차가 많이 나는 편이어서 두 사람은 마치 모자와 같은 관계로도 이해되고 있다. 가원춘이 귀비가 되면서 가부賈府의 영화로움은 극에 달하지만, 후에 그녀는 병으로 요절하였는데 그녀의 죽음과 함께 가부의 부귀영화 역시 쇠퇴의 길로 접어들게 된다.

21) '대관원'은 문자 그대로 경치가 아름다운 원림園林이라는 뜻이다.

찍이 입궁하였던 가원춘이 귀비貴妃의 자리에 오름으로써 가씨 집안에 더할 나위 없이 경사스러운 일이 일어나게 되었다. 누이가 귀비가 되면 가족이라 해도 절대 동등하게 대할 수 없는, 별세계에 사는 고귀한 사람인 것이다. 그런 가원춘이 원소절에 성친省親22)을 하게 되어 가씨 집안에서는 그녀를 맞이하기 위해 대규모 정원을 조영하기로 하였던 것이다. 영국부 안쪽에 만들어진 이 대규모 정원 '대관원'에서 훗날 가씨 집안의 소녀들은 화려하고 아름다운 시절을 구가하고, 가보옥 또한 그녀들과 함께 참으로 진묘珍妙한 시절을 보내게 된다. 가원춘이 머무르는 것은 불과 몇 시간이었지만 대관원에는 우뚝 솟은 석가산石假山, 잘 다듬어놓은 거대한 백색 돌난간, 수목이 무성한 샛길, 아름답게 흐르는 청류淸流, 각자 취향을 응집해 지어놓은 수많은 건축물 등등이 막대한 비용을 투입해 만들어졌던 것이다. 황금빛 눈부신 가마를 타고 대관원으로 들어선 가원춘은 눈앞에 펼쳐진, 온갖 사치를 다해 호화롭게 꾸민 대정원의 광경에 감탄하면서도, 지나치게 과도한 비용을

---

22) 귀성하여 부모를 문안한다는 뜻인데, 여기서는 '친정집 나들이'의 의미로 이해할 수 있다.

들여 정원을 꾸며놓은 것이 민망하여 무심코 한숨을 내쉬었다. 그녀의 눈에 비친 대관원의 정경은 다음과 같았다.

"원춘이 바라보니 이때 정원에서는 향이 아지랑이마냥 아련히 피어오르고, 꽃 장식이 화려하게 펼쳐지고, 곳곳마다 등불이 서로 비추고, 은은하고 고운 풍악 소리가 가늘게 울려 퍼졌다. 그야말로 태평성대의 기상과 부귀영화의 지극한 모습을 이루 다 말로 할 수 없을 지경이었다. (중략) 귀비가 가마에서 내려섰다. 앞에는 맑은 물줄기가 헤엄치는 용처럼 흘러가고 있었다. 양편의 돌난간 위에는 수정과 유리로 만든 온갖 모양의 풍등이 걸려 있는데 마치 은꽃이나 눈보라처럼 불빛이 출렁거렸다. 버드나무와 살구나무 등에는 비록 꽃이나 잎이 없지만 모두 통초화通草花[23]나 비단, 종이 등으로 나무의 모양대로 만들어 가지마다에 붙이고 나무마다 매다는 등불도 여러 개씩 달아두었다. 연못 위에는 연꽃과 순채가 떠 있고, 오리와 백로가 한가롭게 노닐고 있지만 실상은 모두 조개껍데기나 새털 등으로 만든 것이었다." (제17~18회)

게다가 대관원에는 변화무쌍한 경치의 요소요소마다

---

23) 통탈목通脫木이라고도 하는데, 조화나 장식품의 원료로 쓰인다.

각기 독특한 풍격을 지닌 아름다운 건물들이 들어섰다. 궁중으로 돌아간 가원춘이, 귀비가 성친 나들이를 했던 곳이라며 출입을 금지하거나 폐쇄시키지 말고 이곳 대관원에 가씨 집안의 소녀들과 보옥이 들어가 살게 하라는 내용의 분부를 영국부로 사자를 보내어 전해왔던 것이다. 이리하여 소녀들과 가보옥은 각자 몇 명의 시녀를 데리고 대관원으로 거처를 옮겨 각자의 개성에 맞는 건물에서 살게 되었다. 귀공자 가보옥은 정교하며 호화로운 양식의 '이홍원怡紅院', 섬세하고 예민한 임대옥은 산뜻하게 세련되어 멋이 있는 '소상관瀟湘館', 균형 감각이 탁월하고 어른스러운 설보차는 엄청나게 많은 향초가 심겨진 요염하고 아름다운 '형무원蘅蕪苑', 가보옥의 죽은 형 가주의 미망인으로 정숙한 이환은 소박한 시골집 분위기의 '도향촌稻香村'을 선택하였다. 대관원에 거주하는 사람은 가보옥을 제외하면 미혼의 소녀들과 과부뿐이었으며, 앞서 언급한 소녀들 이외에 가영춘, 가탐춘, 가석춘[24]과 젊은 비구니 묘옥

---

24) 한편으로 가영춘은 '철금루綴錦樓', 가탐춘은 '추상재秋爽齋', 가석춘은 '요풍헌蓼風軒'에 각각 살게 되었다.

妙玉[25]도 그 가운데 속해 있었다.

'미소녀들의 정원'인 대관원에는 서사 세계의 첫머리에 등장하는 천상 세계의 몽환경, 태허환경을 연상케 하는 구석이 있다 하겠다. 이후 이러한 태허환경을 지상으로 옮겨놓은 듯한 대관원을 무대로, 신영시자의 환생인 가보옥과 강주초의 환생인 임대옥을 비롯해서 각각 천상계 선녀의 환생인 소녀들의 스토리가 전개되어가는 것이다.

---

25) 대관원의 농취암欄翠庵에 거주하는 비구니로 금릉십이차 중 한 명이다. 귀족 가문 출신이어서 성격이 고상하면서도 괴팍한 면이 있다. 세속과 잘 어울리지 않았으나 가보옥에게는 은근한 정을 느낀다. 후에 가부賈府에 침입한 도적 떼에게 겁탈당하고 어디론가 끌려가 사라지는 불행한 운명을 맞게 된다.

3. 미소녀들이 살았던 '시간' - 임대옥의 장화葬花

"'여기서 뭐 하고 있어요?'

보옥이 돌아보니 임대옥이었다. 그녀는 어깨에 얇은 비단주머니가 달린 길다란 꽃갈퀴를 매고 손에는 꽃빗자루를 들고 있었다.

'그래, 마침 잘 왔네. 여기 꽃잎을 쓸어다 연못 위에 버리자고. 방금도 한 움큼이나 갖다 버렸거든.'

보옥의 말에 대옥이 답했다.

'물에 갖다 버리면 안 좋아요. 자, 여길 한번 봐요. 이곳의 물은 그래도 깨끗하지만 흘러 내려가서 인가의 사람들이 사는 곳에 이르면 사람들이 더러운 것을 마구 내다버리는 거니까 역시 꽃잎을 더럽게 된다는 말이에요. 저쪽 뙈기밭 머리에 제가 꽃 무덤을 하나 만들었거든요. 그 꽃잎을 쓸어 담아 여기 비단 꽃주머니에 넣어 땅속에 묻으면 오래 지나도 결국 흙으로 돌아갈 뿐이니 훨씬 깨끗하지 않겠어요?'"(제23회)

『홍루몽』세계의 에로스

　『금병매』와는 달리『홍루몽』의 서사 세계에서는 남녀 사이의 성적 관계가 거의 묘사의 대상으로 등장하지 않는 편이다. 중심인물인 가보옥은 소년의 몸이지만 예외적으로 소녀들의 정원인 '대관원'에 거주하는 것을 허락받는 등 언제나 아름다운 소녀들과 행동을 같이하며 밀접한 관계를 이어간다. 그는 자신이 가장 사랑하는 소녀 임대옥을 비롯해 시녀들까지 포함하여 아름다운 소녀에게는 누구라도 호의를 베푸는 성벽의 소유자이지만, 그러한 관심의 범위 안에 실상 성적인 요소는 거의 대상이 되지 못하는 편이라 하겠다. 가보옥은 오로지 지금 현 시점에서 순수하게 소녀로서 빛나는 존재를 무조건 찬미할 뿐인 것이다. 그 때문인지 어떤지는 알 수 없으나 저 천상 세계의 여신 경환선녀[1]는 꿈속에서 태허환경을 방문한 가보옥을 향해 그를 '의음意淫[2]의 인간이라 하고는 다음과 같이 말하는 것이다.

---

1) 경환선자警幻仙子 또는 경환선고警幻仙姑라고도 한다. 가보옥이 태허환경에서 만난 선녀로 가보옥에게 금릉십이차 책자를 보여주고 「홍루몽십이지곡」을 들려주며 인생의 깨달음을 얻게끔 조언해준다.
2) 의음意淫은 문자 그대로 '정신적 음란'이라고 할 수 있다.

"그런데 당신은 지금 천성으로 타고난 치정痴情의 소유자[3]로서, 우리는 이를 '의음'이라고 하지요. 뜻이 넘친다는 이 '의음'이란 두 글자는 입으로는 전할 수 없고 오직 마음으로만 이해할 수 있을 뿐이며, 말로는 표현할 수 없고 정신으로만 통할 수 있을 뿐이에요. 당신은 지금 다만 혼자서 이 두 글자를 이해하고 있으므로, 여인의 세계인 규중에서는 진실로 다정한 벗으로 재미있게 지낼 수 있겠지만, 일단 바깥 세상에 나가게 되면 사리에 어둡고 괴팍한 성미 때문에 백방으로 비웃음을 사고 수없는 눈총을 받게 될 거예요." (제5회)

유일하게 가보옥에 대해서 성적인 장면이 묘사되는 대목 역시 이 경환선녀와 관련된 장면에서뿐이다. 경환선녀는 보옥에게 앞서 인용한 바의 이야기를 고한 뒤에, 자신의 여동생이라 하며 가경可卿[4]을 배필로 소개하고 그날 밤에 두 사람으로 하여금 부부의 인연을 맺게 하였다.[5] 이것은 보옥이 꾸었던 꿈속 이야기이지만, 꿈에서 깨어난 가보

---

3) 천성적으로 언제나 깊은 사랑에 빠지는 사람이라는 의미로 이해할 수 있다

4) 원문에 따르면 이름은 '겸미兼美'이고 자가 '가경'으로 되어 있는데, 이름과는 달리 용모는 임대옥이나 설보차를 닮은 것으로 되어 있다. '가경'으로 되어 있으나 '진가경'을 가리킨다.

5) 이러한 대목은 가보옥이 몽정夢精하는 경험을 빗대어 표현한 것으로 이해할 수 있다.

옥은 꿈을 그대로 모방하는 형태로 자신의 첫째 시녀인 습인襲人[6]과 육체관계를 가지게 되는 것이다(제6회). 그러나 이러한 일련의 스토리 전개는 꿈속에서 태허환경을 방문하여 경환선녀나 진가경을 만난다는 설정 자체가 초현실적인 데다, 이후 벌어지는 습인과의 성적 관계에도 확실치 않은 부분이 있다고 하겠다. 왜냐하면 『홍루몽』의 서사 세계에서 이후 보옥과 습인이 계속해서 성적인 관계에 있다는 사실을 적어도 노골적인 형태로 나타내는 묘사는 전혀 보이지 않기 때문이다. 그래서인지는 모르지만 『홍루몽』의 서사 세계에서는 시간이 경과함에 따라 가보옥의 마음이 같은 시녀인데도 우등생이라 할 습인보다는 화려하고 자유분방한 청문晴雯[7] 쪽으로 기울어져가는 모습이 여실하게 묘사되고 있는 것이다.

---

6) 가보옥의 시녀로 '화습인花襲人'으로 불린다. 원래는 대부인의 시녀로 본명은 진주珍珠이고 별명은 '서양화점자합파아西洋花點子哈巴兒'다. 가보옥과 일찍이 성적 관계를 가졌으며, 가보옥을 극진하게 보살펴주는 인물이다. 가보옥이 출가한 후에 수절하려고 하나 후에 장옥함蔣玉菡에게 시집간다. 남송 시대 시인 육유陸游의 시 '꽃향기 코를 찌르니 한낮의 따사로움을 알 수 있더라(花氣襲人知驟暖)'라는 구절에서 이름을 따온 것이라고 한다.

7) 가보옥의 시녀로 별명이 '폭탄暴炭'이다. 신분은 비록 비천한 시녀이지만 도도하고 자존심이 강하여 무조건 주인의 비위를 맞추거나 떠받들지는 않는다. 가보옥의 총애를 받는 데다 외모와 바느질 솜씨가 뛰어나 시기와 질투의 대상이 된다. 모함을 받아서 대관원에서 쫓겨난 뒤에 병이 들어 홀로 쓸쓸하게 죽어간다.

덧붙이자면 진가경은 가보옥의 꿈속에서 경환선녀의 '여동생'으로 등장하고 있지만, 이 캐릭터에도 수수께끼가 많다고 하겠는데, 어딘지 서글픈 분위기를 풍기다가 순식간에 요절해버리는 것이다. 그녀가 죽었을 때 시아버지에 해당하는 가진이 비탄해하는 모습에는 어딘가 석연치 않은 구석이 있는데, 명기되지는 않았지만 여기저기에 시아버지 가진과의 불륜관계를 암시하는 듯한 서술이 등장하기도 한다.[8] 이렇듯 뒤틀린 관계는 가진을 주인으로 하는 녕국부, 나아가서는 가씨 집안 전체의 퇴폐와 몰락에 대한 아득한 전조로서 설정되었을는지도 모를 일이다.

어쨌든 가보옥은 오직 '의음'의 인간으로서, 계속해서 다양한 유형의 미소녀들의 '다정한 벗'으로 남아 있고자 하였던 것이다.

---

8) 예를 들면 제7회에서 '초대焦大'라는 나이 많은 하인이 가씨 집안을 욕하는 대목에서 '날마다 하는 짓거리들이란 게 추잡하기 짝이 없단 말이야. 그래 재 위를 기어 다니는 놈이 없나, 시동생하고 붙어먹는 년이 없나! 흥, 누가 모를 줄 알고'라는 표현이 등장한다. 여기서 '재 위를 기어 다녀 무릎을 더럽힌다'는 말(오슬汚膝)은 시아버지가 며느리를 욕보인다는 말(오식汚媳)과 동음이의어로 연계해 쓴다. 여기서는 시아버지 가진이 며느리 진가경과 간통했다는 것을 빗대는 말이다.

임대옥의 매력은

'가보옥과 임대옥 두 사람 사이는 어떻게나 친밀한지 다른 사람들과는 비교가 되지 않았다. 낮에는 그림자처럼 함께 붙어 다녔고 밤이면 같은 시각에 자는 형편이었으니 그야말로 생각하는 것이나 오가는 말이 한 사람 같아서 서로 옥신각신하는 일이란 볼 수 없었다'(제5회)는 식으로, 가씨 집안에 몸을 의탁한 임대옥과 가보옥은 대부인의 주선으로 서로 남매처럼 지내면서 서로가 없어서는 안 될 존재가 되어갔던 것이다. 임대옥은 유교적인 입신출세주의를 경멸해서 '사서오경' 따위는 거들떠보려 하지도 않았고, 괴짜 취급을 당하는 가보옥에게는 최대의 이해자였던 것이다. 임대옥 이외의 소녀들은, 점잖지 못한 관리와는 접촉하는 것조차도 싫어하면서 오로지 소녀들과 놀며 지내기만을 바랐던 가보옥에게 몹시 진력을 냈고 때로는 나무라는 일조차 있었지만 임대옥만은 언제나 그런 가보옥을 깊이 이해해주었고, 가보옥 역시 그런 그녀를 전면적으로 신뢰하고 있었다. 근원적으로 서로를 깊이 이해하며 신뢰하였던 이 어린 연인들은 문자 그대로 상사상애相思相愛의 관계였던 것이다.

그러나 신경과민에 자존심이 강했던 임대옥에게는, 타인의 동정심을 철저하게 거부하는 동시에 비위에 거슬리는 일이 있으면 통렬한 독설을 퍼부으며 끝까지 추궁하지 않고는 배겨내지 못하는 성격이 있었다. 이런 불같은 격렬함을 숨기고 있던 임대옥은 허점투성이인 가보옥의 말과 행동에 때로 과도하게 반응하였고, 그 때문에 대판 싸움이 벌어져 종종 집안이 뒤집히는 큰 소동이 일어나기도 하였다. 임대옥에게는 허약하고 박행한 미소녀라는 이미지가 널리 퍼져 있지만『홍루몽』의 작품 세계에서 생생하게 묘사되는 그녀의 실제 형상은 그보다는 훨씬 더 복잡하고 미묘하다고 하겠다. 그녀에게는 의외로 굳은 심지와 부드러운 강인함이 있었는데, 만약 박명한 데다 숙명적으로 허약한 체질이 아니어서 온갖 신산辛酸을 다 겪고 성장한 후에 어른이 되었다면 왕희봉이나 대부인처럼 당당하게 한 집안을 통솔하는 마님(太太)[9]이나 노마님(老太太)[10] 같은 존재가 충분히 되었으리라고 짐작케 하는 요소들을 다분히 지니고 있었던 것이다.

---

9) 옛날 관리의 처에 대한 통칭으로, 하인들이 여주인을 부르는 호칭임.
10) 일반적으로 노부인에 대한 존칭.

소녀들과 즐겁게 놀고 있을 때의 임대옥은 무척이나 쾌활한 '말괄량이'로 소녀들 사이에서 으뜸가는 인기인이었다. 그러나 감정의 기복이 심했던 그녀는 걸핏하면 옹졸함의 화신으로 변해 마음이 내키지 않는 일은 무작정 거부하였고, 특히 가장 친했던 가보옥에게조차 감정이 솟구치는 대로 격렬한 분노를 폭발시켰던 것이다. 예를 들면 자신이 주었던 염낭주머니[11]를 하인들에게 주었다고 오해했을 때의 사건으로서, 제 풀에 발끈 화가 난 임대옥은 가보옥의 부탁으로 만들기 시작하여 거의 반 정도를 만들었던, 품이 많이 드는 물건인 향주머니를 홧김에 가위로 싹둑싹둑 잘라버리고 말았던 것이다(제17~18회).

또한 집안 사정을 잘 아는 어느 인사[12]에게서 가보옥에 대한 혼삿말이 가볍게 오갔을 적에도 이윽고 큰 소동이 벌어졌다. 이 혼삿말에 대해서는 대부인 역시 마음이 썩 내키지 않아 그 자리에서 거절함으로써 일단락이 되어버렸다. 그러나 장래의 결혼 상대로 임대옥 외에는 어느 누구도 안중에 없었던 가보옥은 마음속의 부아를 삭이지 못한

---

11) 허리에 차는 작은 주머니를 가리킨다.
12) 제29회의 원문에서는 도관 청허관淸虛觀의 장법관張法官이라는 도사로 되어 있다.

채, 때마침 (더위를 먹어) 병치레를 하고 있는 임대옥을 염려해 병문안을 가게 되었다. 그런데 임대옥은 그런 가보옥의 불편한 기분을 알아주기는커녕 난데없이 '금과 옥의 인연(金玉緣)' 이야기를 끄집어내어 그에게 트집을 걸면서 신경을 건드렸던 것이다. 참고로 '금과 옥의 인연(金玉緣)'[13]이란 가보옥이 태어났을 때 입에 머금고 있던 통령보옥과 설보차가 어린 시절부터 몸에 지녔던 금목걸이에 새겨진 문자의 내용이 서로 조응照應하고 있다는 사실에서,[14] 이를 두고 두 사람 사이에는 장차 서로 숙명적으로 인연이 맺어질 '금과 옥의 인연'이 있다고 하는 소문이 나돌고 있던 것을 가리키고 있다.

그것은 어쨌든 간에, 가보옥과 임대옥은 서로 마음에도 없는 말들을 쏟아내며 말싸움을 벌이던 중 발끈한 가

---

13) 문자 그대로 금金과 옥玉의 인연에 관한 이야기이다.

14) 제8회 원문에 보면 가보옥의 통령보옥 앞면과 뒷면에 전서체로 새겨진 글자는 다음과 같다 :

'잃지도 말고 잊지도 말라(막실막망莫失莫忘) 선수항창仙壽恒昌)'

'첫째는 재앙을 막고, 둘째는 병을 고치고, 셋째는 화복을 안다
    (일제사수─除邪崇 이료원질二療寃疾 삼지화복三知禍福)'

한편으로 설보차의 금목걸이에 양면에 전서체로 새겨진 글자는 다음과 같다 :

앞면의 '떠나지 말고 버리지 말라(불리불기不離不棄)'

뒷면의 '젊음을 영원히 누리리라(방령영계芳齡永繼)'

보옥이 목에 걸고 있던 통령보옥을 잡아떼어 힘껏 땅바닥에 내던져버렸다. 이 광경을 보고 놀란 임대옥은 큰 소리로 울기 시작하였고, 좀 전에 약으로 먹었던 향유香薷 약물을 모두 토해버렸다. 그리고 마침내는 통령보옥에 달려 있던, 자신이 손수 만들어주었던 장식 술을 가위로 잘라버리면서, "공연히 헛수고만 했지 뭐야! 남은 좋아하지도 않는 걸 가지고서! 아니, 이보다 더 훌륭한 걸로 꿰여줄 사람이 따로 있는 걸 모르고!"(제29회)라고 울며불며 큰 소리를 질러댔던 것이다. 이때는 가보옥과 임대옥뿐만 아니라 그 자리에 함께 있던 시녀 습인과 자견紫鵑[15]도 따라 울기 시작하여 네 사람이 함께 대성통곡을 하는 슬프고도 애처로운 장면이 연출되기에 이르렀던 것이다.

자신의 기분을 상대에게 솔직히 전달하지를 못하는 임대옥은 무슨 일이 있을 때마다 감정이 북받쳐서 쓰러져 슬피 우는 것이다. 원래 임대옥의 캐릭터는 신영시자가 감로를 뿌려주었던 데 대한 답례로서 평생 동안의 분량에 해

---

15) 임대옥의 시녀로 앵가鸚哥로도 불린다. 원래는 대부인의 시녀였으나 임대옥이 영국부로 들어오면서 대부인이 임대옥의 시녀로 딸려 보낸다. 임대옥을 진심으로 대하여 서로 친자매같이 지낸다. 임대옥이 죽은 뒤에 가보옥의 시녀가 되지만 후에 가석춘을 따라서 출가한다.

당하는 눈물을 흘리기 위해, 신영시자와 함께 하계의 인간 세상으로 내려온 강주초의 환생이었다는 설정이므로 임대옥에게는 으레 눈물이 따르게 마련인 것이다. 그러나 그녀는 확실히 사소한 일에도 상처를 받고 크게 울어대지만 그러한 눈물의 이미지는 결코 걸핏하면 훌쩍거리는 침울한 것은 아니라 하겠다. 자부심이 강해 격해지기 쉬운 그녀는 북받치는 심정을 제대로 가누지 못하고 이내 감정을 폭발시키고는 슬픔에 겨워 마냥 울어대는 것이다. 그러므로 그녀의 눈물은 오히려 강렬한 일종의 자기주장이라고도 할 수 있겠다.

서로가 상대방을 소중히 여기면서도 마음은 늘 엇갈리고, 사소한 일로 대판 싸움을 벌이고 나서는 임대옥은 감정이 북받쳐 눈물로 지새우고, 그녀를 기어이 울리고 만 가보옥은 언제나 후회막심의 심정에 사로잡히고 마는 것이다. 이런 두 사람의 모습은 연애 심리의 원형을 선명하게 부각시키고자 했던 것과 다름없다고 하겠다.

쿨한 성격의 설보차

한편 설보차는 임대옥에 못지않을 만큼 고도의 지성과 교양을 지녔고, 시문은 말할 것도 없이 다양한 분야에 걸쳐 놀랄 만한 지식을 가진 박학다식의 소유자이다. 그러나 그 성격은 임대옥과 아주 대조적이어서, 언제나 온화하고 상식적이며 타인과 마찰이 일어나지 않게끔 협조하려고 애를 썼으며, 자신을 통제하고 감정을 억제하는 요령을 터득한 전형적인 조화형의 소녀였다. 몸매 또한 극단적으로 야윈 임대옥과는 대조적으로 살팍지고 풍만하였다. 요컨대 임대옥이 강마른 몸매의 미녀를 대표하는 전한의 미녀 조비연趙飛燕이라면, 설보차는 풍만한 몸매의 대표 격인 양귀비라고 하겠다.

설보차도 앞서 언급한 '금과 옥의 인연'이 상징하는 것처럼 가보옥과는 이만저만이 아닌 깊은 인연이 있었다. 특히 『홍루몽』 세계의 전반부에서 신경질적인 임대옥이 가보옥을 사이에 두고 설보차를 은근히 연적으로 보기도 하였지만, 정작 설보차 쪽에서는 그런 의식이 거의 없었다. 임대옥의 신랄한 발언이나 가보옥의 방약무인한 행동에도 전혀 감정이 상하는 법 없이 항상 매끈하게 넘어갔고, 때로는 가보옥의 도가 지나친 행동을 부드럽게 타이르는 등 대체로 굉장히 어른스러운 인상이라 하겠다. 설보차는 선천적으로 고열이 나는 '열독熱毒'이라는 지병이 있어 증상이 있을 때마다 열을 내리는 '냉향환冷香丸'이라는 특효약을 복용하고 있었다. 이 냉향환에 의한 해열은 자연스러운 감정이나 정열을 인공적으로 억제하고, 항상 냉철하게 평정심을 유지하려는 설보차의 삶의 방식을 상징하는 것이라고도 할 수 있다.

이런 에피소드도 있었다. 어느 날 가보옥이 엄부嚴父인 가정에게 불려갔다는 이야기를 전해 들은 임대옥은 여간 걱정이 아니어서 서둘러 가보옥의 거처인 이홍원을 찾았으나, 마침 뭔가에 기분이 언짢았던 가보옥의 시녀 청문이 임대옥임을 알아차리지 못하고 퉁명스럽게 쫓아보내고 말았다. 괘씸하게 여긴 임대옥이 설움에 북받쳐 눈물을 흘리는 순간 안에서 설보차와 가보옥의 즐거운 웃음소리가 흘러나왔던 것이다. 이때 임대옥이 얼마나 크게 상처를 받고 타격을 입었을지는 새삼 말할 필요도 없을 것이다 (제26회). 이에 반해서 설보차는 임대옥의 꾀까다로운 성격도 잘 받아주었다. 문전박대를 당했던 일이 있었던 다음

날, 때마침 망종절芒種節[16]을 맞이하여 소녀들이 모두 모였는데 임대옥이 나오지 않자 그녀를 데려오려고 설보차가 임대옥의 처소인 소상관으로 향하였다. 가까이에 이르렀을 때 때마침 가보옥이 소상관으로 들어가는 것이 보였다. 이때 설보차는 "보옥과 대옥은 어려서부터 한집에서 함께 자라나 그들 남매 사이에는 서로 기휘하는 바가 없고 웃고 농담하는 데도 전혀 스스럼없는 사이였지. 더구나 대옥이로 말하면 남달리 의심하는 버릇이 많고 속이 좁아서 성질을 잘 부리기도 하니 지금 내가 보옥의 뒤를 따라 소상관으로 들어가면 우선 보옥에게 불편스럽게 될 것이고, 또한 대옥이가 의심할지도 모르니까 아예 안 들어가고 발길을 돌리는 편이 좋겠어"(제27회)라며 현명하게 판단을 내리고 재빨리 되돌아갔던 것이다. 이처럼 사태가 혼란스러워지기 전에 재빠르게 물러서는, 참으로 총명하고도 냉정한 설보차의 처신술은 뭐든지 곧이곧대로 받아들여 만신창이가 되고 마는 임대옥의 경우와는 참으로 대조적이라고 할 수밖에 없겠다.

---

16) 24절기의 하나로 음력 4월 26일(양력 6월 6일)경으로 논보리나 벼 등의 곡식의 씨를 뿌리기에 가장 알맞다는 날임.

장화葬花 장면

그런데 가보옥은 가장 사랑하는 임대옥과 자주 말썽을 일으키면서도 누나인 원춘 귀비와 대부인의 후원을 배경으로, 가장 좋아하는 미소녀들과 함께 대관원으로 이주하여 '날마다 누이들이며 하녀들과 함께 책을 읽고 글씨를 쓰고 칠현금을 타거나 바둑을 두기도 하였고, 혹은 그림을 그리다가 싫증이 나면 시를 읊기도 하고, (중략) 실로 안 하는 짓이 없이 자유분방한 나날을 보내었다'(제23회)고 되어 있다. 이렇듯 대관원에서 가보옥과 임대옥이 원곡인『서상기』[17]와 명곡明曲[18]『모란정환혼기牧丹亭還魂記』[19]를 놓고서 그야말로 연인끼리 나누는 듯한 대화를 주고받는 장면이 등장한다. 인구에 회자되는 유명한 '장화葬花' 장면이다. 참고로『삼언』「성세항언」(권 4)에 수록된 단편 백화소설「관원수灌園叟[20], 밤에 선녀와 만나다(관원수만봉선녀灌園叟晚逢仙女)」에는 꽃을 좋아하는 한 노인이 낙화를 안타까워해

---

17) 당나라 원진의 전기 작품인『회진기』를 원나라 왕실보王實甫가 연극으로 각색한 작품으로 남자 주인공 장생과 여자 주인공 최앵앵의 사랑 이야기이다.

18) 명대의 희곡을 가리킨다.

19) 명나라 시대 극작가 탕현조의 작품. 남자 주인공 유몽매柳夢梅와 여자 주인공 두여랑杜麗娘의 사랑 이야기를 연극으로 각색한 것이다.

20) 문자 그대로 '꽃동산에 물을 부어주는 늙은이'라는 뜻이다.

서 꽃잎을 모아 예쁜 항아리에 담아 집 앞에 있는 호수의 제방 아래에 묻었는데, 이러한 의식을 '장화'라고 불렀다는 고사를 기술한 대목이 있다. 임대옥과 가보옥의 '장화' 장면은 이것을 본보기로 삼았다는 것이 정설로 되어 있다.

첫머리에 인용한 '장화' 장면에 이어 임대옥이 가보옥에게 이제껏 탐독한 책은 어떤 것이 있냐고 묻자 가보옥이 『서상기』를 임대옥에게 보여주는 대목이 있다. 임대옥은 가보옥한테서 건네받은 『서상기』에 빠져 읽기 시작하여 한 식경도 되기 전에 다 읽어버렸다. 이 유명한 연애 드라마에서 기분 좋은 자극을 받은 가보옥과 임대옥은 완전히 황홀한 기분이 되어, 이윽고 가보옥이 자신들을 『서상기』의 연인들에 비유하여 "나는야 근심 많고 병들고 외로운 몸이요, 그대는 세상에 둘도 없는 절세의 미인이라네…"[21] 운운하며 읊어대었다. 그러자 임대옥 역시 그와 같은 노골적 표현에 당황해서 '빈아顰兒'라는 별명 그대로 미간을 찌푸리면서도 "흥, 이삭 안 패는 모종이요, 은 도금한 백

---

21) 『서상기』에 나오는 구절로 장생이 최앵앵의 앞에서 부르는 노래의 가사이다. 그 구절을 가보옥이 빌려서 인용한 것이다.

랍 날창이네"[22]라고 그 한 구절을 인용하여 가보옥을 "겉만 번지르르한 빛 좋은 개살구네"[23]라는 식으로 놀려대기도 하였다(제23회). 이는 진실로 '청순한' 에로스적 분위기가 감도는 아름다운 장면이라 하겠다.

가보옥이 돌아간 뒤에도 임대옥은 자신도 돌아가다가, 열두 명의 전속 소녀 배우들이 대관원 무대에서 상연할 예정인 『모란정환혼기』를 연습하는 장면을 몰래 엿듣고는, 그것이 계기가 되어 '꽃'과 '물'의 이미지에 연관된 애절한 시구들을 차례차례 연상해내고서, 감정이 북받쳐 눈물을 뚝뚝 흘리게 되었던 것이다. 이것 또한 임대옥의 날카로운 감수성을 선명하게 묘사해낸 참으로 아름다운 장면이라 하겠다.

이처럼 '잡서雜書'로 여겨지던 희곡 갈래 중에서 명작 중의 명작인 『서상기』나 『모란정환혼기』에 너무나 감동했던 임대옥은 훗날 소녀들이 연회에서 여흥의 놀이에 흥겨워할 적에 바로 이 두 작품에서 유래한 명구를 인용하고 말

---

22) 원문은 '묘이불수苗而不秀 시개은양랍창두是個銀樣鑞槍頭'로서 『서상기』에 나오는 구절이다. 겉보기는 괜찮아도 쓸모가 없다는 뜻으로, 최앵앵의 시녀인 홍랑이 장생을 욕하면서 하는 말이다.
23) 여기에서는 '남자 구실을 못 한다'는 뜻을 빗대어 표현한 것이다.

았다(제40회). 이때 설보차는 임대옥에게 그런 '잡스러운 책(雜書)'을 읽어서는 안 된다고 나무라며 다음과 같이 충고하고 있다.

"사실 시를 짓는다, 글씨를 쓴다 하지만 그게 어디 우리의 본분이냐 말이야. 궁극적으로 보면 남자들에게도 본분이라고는 할 수 없는 일이잖아. 남자들도 책을 읽고 공부해서 이치를 깨우치면 나랏일 돕고 백성을 다스려야 비로소 좋은 일인데 오늘날 그런 인물이 있다는 말은 별로 들리지 않고 공부하고서 더욱 나빠졌다고만 하고 있잖아. 책을 읽었기 때문에 사람이 더 나빠졌다면 그건 모두 책이 그렇게 만든 것이고, 또한 유감스럽게도 그 사람이 책을 저버린 거란 말이야. 그런 사람은 차라리 농사짓거나 장사를 하는 편이 남에게 피해도 안 주고 낫겠단 생각이 든단 말이지. 우리 같은 여자들이야 바느질하고 베짜는 일이 제 본분이지 공연히 글자 몇 개 알아서 뭐 하겠어. 또 글공부를 했다 해도 제대로 된 경전은 보지 않고 잡스러운 책에 빠져들면 큰일이잖아. 일단 마음이 한번 흔들리면 그야말로 구제할 방도가 없으니 말이야."(제42회)

이러한 발언을 했던 시점에서는 설보차에 대한 임대옥의 경계심도 대부분 해소되었고, 설보차에 대해서도 솔직하게 마음을 열고 있었던 것이다. 이 때문에 설보차 역시도 임대옥을 찍소리 못 하게끔 몰아붙이려는 의도가 전혀 없이, 솔직하게 그녀 자신의 생각을 피력하는 데까지 이르렀던 것이다. 설보차의 이러한 발언에는, 그녀 자신이 상당한 수준의 독서가이면서도 문학 작품이 교직해내는 몽상에 빠져드는 일도 없을뿐더러 현실적 존재인 세상의 남성이나 여성에 대해서도 조금의 환상도 품고 있지 않은 그녀의 항상 깨어 있고도 솔직하기 그지없는 자세가 잘 드러난다고 하겠다.

소녀들의 '놀이'

대관원에 사는 소녀들은 대체로 높은 교양을 갖추고 있는 편이었다. 임대옥과 설보차를 필두로 고도의 연습이 필요한 시작에 능한 사람, 가석춘처럼 그림에 뛰어난 재능을 가진 사람 등이 즐비하게 늘어서 있어서 문인들 못지않은 풍아風雅[24]한 놀이에 열중하였던 것이다.

그녀들의 풍류스럽고 우아한 놀이는 가탐춘의 제안으로 시사詩社[25]를 결성하여 다 같이 시를 짓고 그 솜씨를 서로 겨루기로 하면서 절정에 다다르게 되었다. 사전에 미리 서로에게 아호를 지어주고[26], 이환을 회장으로 추대하여 원칙적으로 한 달에 두 차례, 이환의 처소인 도향촌에서 시회를 열기로 결정하자, 소녀들의 시사는 본격적으로 활동을 시작하게 되었다. 시를 짓는 재주에 차이가 있는 것은 모두가 아는 사실이므로, 시를 짓는 데 서투른 이환, 가영춘, 가석춘 등은 회장을 빼고 한 사람은 시제를 내고 시운을 떼는 역할을, 나머지 한 사람은 필사와 감독 역할을 맡기로 하였다. 따라서 비교적 시작의 재주가 있는 가탐춘, 임대옥, 설보차, 가보옥 등 네 사람을 중심으로 하여 시를 짓기로 하였다, 첫 번째 시회에서 최초로 제시된 주

---

24) 풍류스럽고 우아하다는 뜻이다.
25) 해당사海棠社를 말한다. 회장은 이환, 부회장은 가영춘과 가석춘, 그리고 회원으로는 가탐춘·임대옥·설보차·가보옥, 그리고 사상운이 나중에 참여하여 모두 여덟 사람으로 이루어졌다.
26) 아호를 서로 지어준 예로는 설보차가 가영춘에게 '자룽紫菱', 가석춘에게 '우사藕榭'로 지어주었고, 가탐춘이 임대옥에게 '소상비자瀟湘妃子', 이환이 설보차에게 '형무군蘅蕪君'으로 지어주고 있다. 나머지 사람들은 자호自號로 이환은 '도향노농稻香老農', 가탐춘은 '초하객蕉下客', 가보옥은 '강동화주絳洞花主', 그리고 사상운은 '침하구우枕霞舊友'를 각각 쓰고 있다.

제는 백해당白海棠, 곧 흰색 해당화이고, 시형은 칠언 율시로 결정되었다. 시운을 결정한 다음 '몽첨향夢恬香'이라는 선향 한 가닥에 불을 붙이고 이것이 다 탈 때까지 시간을 제한해 각자가 시를 짓기로 하였다. 이환의 판정 결과, 이 최초의 창작 경쟁에서는 설보차가 일등, 임대옥이 이등을 차지하였다. 가보옥은 어쩐 일로 꼴찌가 되고 말았다.

첫 시회가 끝난 뒤에, 사상운도 뒤늦게 이 시사에 참가하기로 하였다. 신바람이 난 그녀는 다음번에는 자신이 꼭 시회의 주인 역을 맡아서 모두를 대접하고 싶다고 말하였다. 그러나 일찍 양친을 여의고 가난한 관리였던 숙부네 집에서 얹혀 살았던 처지의 그녀에게 돈이 많이 드는 연회 따위를 주최할 여력이 있을 리가 만무하였다. 퍼뜩 현실로 돌아와 어떡하나 하고 고민을 하는 사상운을 위해 설보차는 마침 자기 친정집의 전당포에서 일하는 사람이 보내준 많은 양의 방게를 활용해서, 우선 대부인을 비롯한 가씨 집안 여인들을 대대적으로 초대해 방게 잔치를 열어 대접하고 난 뒤, 바로 이어서 시회를 여는 것이 좋겠다고 제안하였던 것이다. 게다가 연회의 절차나 요리, 술을 마련하는 방법에서부터 연회 바로 뒤에 개최할 생각인 시회의 시제에 이르기까지 친절하게 신경을 써서 상담에 응해 주었던 것이다. 그런데 그 연회의 전말은 어찌 되었을까? 가씨 집안 번영의 절정기를 보여주는 이 화려한 연회 장면에 대해서는 다음 장에서 살펴보고자 한다.

가보옥이라는 중심인물

그렇다 치더라도 시회에서 임대옥이나 설보차를 비롯한 소녀들이 작시作詩의 기본을 파악하고 멋진 시편을 짓는 데 반해 가보옥은 리듬이 맞지 않는 묘한 시를 짓곤 하여서 언제나 임대옥과 설보차 등에게 웃음거리가 되었다. 그러나 가보옥의 반응은 화를 내기는커녕 오히려 기꺼이 그녀들의 비판을 받아들였던 것이다.

결국 가보옥은 자신을 꼴찌의 자리에 둠으로써 임대옥과 설보차를 비롯한 소녀들이 각자의 재능을 마음껏 발휘하며 활약하는 모습을 부각시키려 하였던 것이다. 언뜻 보기에 어리석은 멍텅구리처럼 행동하는 가보옥의 최대 장점은 소녀들 스스로 무의식적으로 육성해온 소녀들의 세계를 이렇게 객체화客體化하는 자세를 지속적으로 취하고 있다는 점이다. 정작 자신은 그림자가 되어 소녀들을 더욱 빛나게 해준다는 측면에서, 가보옥의 모습에는 분명히 선행하는 『삼국지연의』의 유비, 『서유기』의 삼장법사, 『수호전』의 송강, 『금병매』의 서문경과 마찬가지로 '텅 빈 중심'과도 같은 요소가 잔존하고 있다고 하겠다. 그러나 이들 선행 작품들의 중심인물과의 확연한 차이점은, 그가 임대옥을 정점으로 해서 시녀들에게까지 이르는 소녀들의 세계를 전체로서 의식적으로 파악할 수 있었다는 점에 있는 것이다. 『홍루몽』은 이와 같은 중심인물을 설정함으로써 '설화'나 단순 '서사물'의 지평에서 멋지게 날아올라서 근대적인 '소설'을 향해 지칠 줄 모르고 접근해갈 수 있었던 것이라고 할 수 있는 것이다.

이렇듯 가보옥이라는 절묘한 '배후 조정자'[27)]를 축으로 해서 임대옥과 설보차를 비롯한 다양한 매력을 지닌 소녀들이 때로는 서로 갈등하고 때로는 서로 공감하면서 서사세계를 추동해가는 약동감이 『홍루몽』 세계의 생생한 매력을 빚어내고 있는 것이다.

---

27) 원문에서는 '교겐마와시䒠言回し'라는 표현을 쓰는데, 이는 연극 등에서 주인공은 아니지만 연극 진행에 시종 필요한 인물이나 계획 실행에 힘쓰는 배후의 조정자 등을 가리키는 말이다.

4. 귀족적 미의식과 청대라는 시대
- 이야기를 물들이는 문물

"대화청大花廳[1]에 잔치를 차린 대부인은 술상에 여남은 정도의 좌석을 마련하였다. (중략) 그 밖에 양칠을 한 작은 차 쟁반에는 전조前朝[2]의 이름난 도요지에서 만든 찻잔과 갖가지 무늬를 새긴 정교한 찻주전자가 놓여 있었는데, 그 안에는 상등품 명차를 우려내고 있었다. 차탁은 모두 일색으로 구멍을 내어 조각한 자단목에다 붉은 명주 바탕에 화초와 초서체의 시구를 수놓은 영락瓔珞[3]을 끼워 만든 탁상용 병풍이 가지런히 세워져 있었다. 본래 이 영락 병풍에 수를 놓기 시작한 사람은 소주蘇州[4] 여자로 이름을 혜랑慧娘이라고 했다. (중략) 그녀는 이러한 재주가 있었지만 돈벌이를 추구하지 않았으므로 세상에서는 그런 것이 있다고는 모두 알고 있지만 진품을 얻기는 어려웠다. 대대로 벼슬살이를 하는 부귀한 집이라 하더라도 그 작품을 가진 사람은 매우 드물었다. (중략) 지금 가부賈府와 같이 부귀한 집안에도 겨우 두세 점을 가졌을 뿐이었

---

1) 손님 접대를 하는 화려한 객실이라는 의미이다.
2) 명나라를 가리킨다.
3) 본래는 주옥을 꿰어 만든 목장식을 말하는데 여기에서는 술을 단 자수 장식을 가리킨다.
4) 원문에는 '고소姑蘇'로 되어 있다.

다. 지난해에 그중에서 두 점을 궁정에 진상하고 나서 현재는 이 영락 병풍 한 점만 남았을 뿐이었다. 모두 열여섯 폭 병풍인데 대부인이 더없이 소중하게 아끼는 보물이라 손님 접대의 진설품으로는 내놓지 않고 다만 자신의 방에 소중히 놓아두고는 특별히 기분이 좋아서 술잔치를 할 때에나 잠깐 내놓고 즐길 뿐이었다." (제53회)

시작詩作에의 열중

연회의 주인 역할을 담당하게 된 사상운은 설보차의 빈틈없는 배려와 후원 덕분에 대부인과 왕부인, 왕희봉을 비롯하여 많은 수의 가씨 집안 여성들을 넉넉히 대접할 수 있었다. 더욱이 설보차는 사상운의 기분을 상하게 하지나 않을까 하여, "나는 진정으로 상운이를 위해서 한 말이었으니까 절대로 달리 생각하지 말라고. 내가 조금이라도 동생을 업신여긴다고 생각하면 우리 두 사람은 그동안 다 헛지낸 거야"라며 미리 부드럽게 명토를 박아 다짐하는 등 세심한 배려도 잊지 않았다. 이에 대해 명랑쾌활형인 사상운은 "아이 참, 언니도! 그렇게 말씀을 하면 언니 쪽에서 오히려 나를 달리 생각하고 대하는 게 되잖아요. 제가 아무리 어리석기로서니 그만한 것도 모르면 어디 사람 구실을 하겠어요?"(제37회)라며 정말 시원스럽고 염량 좋게 말해버리는 것이었다. 같은 고아 출신이라 해도 사상운은 어디까지나 긍정적이며 쾌활하여서, 옹졸하게 속이 배배 꼬인 과민한 성격인 임대옥과는 완전히 다른 타입의 소녀였던 것이다.

당초 사상운은 외가 쪽 할머니인 대부인의 초대에 응해 가끔 대관원을 방문하여 잠시 머물렀던 정도로 으레 임대옥의 거처인 소상관에 묵는 것이 상례였다. 그러다가 그 후에 숙부가 지방 관리로 부임해 떠나게 되자 대부인의 강력한 의지로 가씨 집안에 얹혀 살게 되었던 것이다. 대부인은 사상운에게도 본래 대관원에 집 한 채를 마련해줄 작정이었지만, 그녀가 한사코 말을 들으려 하지 않는 바람에 설보차의 거처인 형무원에 같이 살게 되었던 것이다(제49회 이후). 이보다 조금 앞서 설보차의 오빠인 설반이 또다시 소동을 일으켰는데, 소문이 잠잠해질 때까지 여행을 떠나버린 탓에 설반의 첩실인 향릉香菱[5]도 형무원에 함께 동거하게 되었던 것이다. 향릉도 총명한 미소녀로 원래 어엿한 사대부가 출신이었지만, 어릴 적에 유괴를 당해서 (자신의 신분에 대해서는 아무것도 모른 채로) 이리저리 고생을 하던 끝에 설반의 첩실이 된 기구한 운명의 소유자였다. 이렇게 사상운과 같이 살게 된 향릉은 당장 경쟁적으로 시를 짓는 일에 몰두하는 한편, 그녀에게 시에 대한 가르침을 청하면서 자나 깨나 머릿속에 온통 시에 대한 생각밖에 없는 상태가 되어버리고 말았다. 두 사람은 밤낮없이 두보杜甫가 어떻고, 이상은李商隱은 어떻고 하면서 싫증내는 법도 없이 시인들을 논하면서 이야기꽃을 피웠는데, 이렇게 되자 아무리 설보차라고 해도 끝내 언성을 높여서, "정말 귀가 따가워서 못 견디겠어. (중략) 향릉이 하나만으로도 시끄러워 죽을 지경인데, 또 상운이 같은 말주머니까지 하나 더 가세하니 사람이 견딜 수가 있어야지!"(제49회)라고 투덜거리면서 그녀들을 '멍청이 향릉(애향릉獃香菱)', '실성한 상운

5) 진사은의 딸로 본명은 진영련이고, 별명은 '시마詩魔', '시매자詩呆子(시 짓는 바보)이다. 원소절에 하인의 등에 업혀 등불 구경을 나갔다가 납치되었는데 우여곡절 끝에 설보차의 오빠인 설반에게 팔려와 그의 첩이 되고 이름을 향릉으로 바꾼다. 이후 본처 하금계가 그녀를 학대하고 독살하려다 도리어 죽게 되고, 향릉은 정실부인이 된다. 이윽고 아이를 낳다가 난산으로 죽음에 이른다.

(풍상운瘋湘雲)'이라 부르며 놀려댔던 것이다.

그 뒤로도 사상운은 걸핏하면 엉뚱한 언동으로 사람을 놀라게 하거나, 주위를 웃음의 도가니에 몰아넣곤 하였다. 변장에 아주 뛰어나서 어떤 때는 대부인의 의상을 몸에 걸치고 사람들을 놀라게 하거나, 가보옥으로 잘못 오인할 만큼 감쪽같이 변장하기도 하며, 또는 한창 수다를 떨면서 크게 웃다가 의자째로 뒤로 나동그라지는 등 천진난만한 사상운의 자유분방한 언동 덕분에 대관원은 크게 활기를 띠게 되었던 것이다.

유劉 노파[6]의 방문

대관원에서는 축하할 일이나 시사의 모임을 겸해 다양한 연회가 개최되곤 했다. 우선 대부인이 사상운에게 답례하는 의미의 연회가 열렸는데 거기에 등장하는 인물이 유 노파였다. 유 노파는 도읍 교외의 고향 마을에 사는 늙

---

6) 달리 유모모劉姥姥로도 불리고 별명은 '모황충母蝗蟲(메뚜기)'이다. 영국부와 먼 인척이 되는 시골 노파로 재치와 익살이 넘치고 세상 물정에 밝으며 인생 경험이 풍부하다. 넉살 좋은 성격과 입담으로 가부 사람들이 모두 좋아한다. 나중에 왕희봉의 딸인 교저巧姐가 변방으로 팔려갈 위험에 처하게 되자 평아와 함께 시골에 숨겨주고 후에 교저에게 중매를 서주기도 하였다.

은 여인으로 딸 부부와 함께 살고 있었다. 유 노파의 사위인 왕구아王狗兒[7]의 조부는 일찍이 하급 관리였던 적이 있는데, 동성임을 연줄로 해서 왕부인과 왕희봉의 친가인 왕씨 집안의 친척 행세를 하게 되었다는 내력이 있었다. 그 후 시대가 변하여 손자인 왕구아는 고향 마을에서 근근이 농사를 지으며 살았는데, 어느 해 농사가 시원치 않아 곤궁해져서 도저히 살아갈 수가 없는 형편이 되었다. 보다 못한 장모 유 노파는 가씨 집안의 영국부를 방문하여 옛날 인연이 있었던 왕부인에게 원조를 구해볼 심산이었다. 손자 판아板兒를 데리고 영국부를 방문한 유 노파를 만나준 것은 왕부인을 대신해서 살림살이를 관리하는 왕희봉이었다. 그녀는 솔직하고 쾌활한 유 노파가 아주 마음에 들어서인지 선뜻 은자 스무 냥과 함께 노잣돈으로 엽전 한 꾸러미를 주었던 것이다.

시골뜨기 유 노파가 처음으로 본 가씨 집안의 호사스러운 세간살이나 생활상은 별세계와 다름없었으며 무엇을 봐도 놀라울 뿐이었다. 유 노파가 처음으로 영국부를 방문한 것은 『홍루몽』의 서사 세계가 막을 올린 지 얼마 되

7) 외아들인 왕구아는 아내 유씨와의 사이에 아들 판아와 딸 청아를 두고 있다.

지 않은 제6회서부터인데[8] 그녀는 당시 태어나서 난생처음으로 추시계를 보고는 간담이 서늘해지고 말았다.

"유 노파는 어디선가 문뜩 째깍째깍 하는 소리가 들리자 마치 (국수를 만들 적에) 밀가루를 체로 거르는 듯한 소리 같아서, 어리둥절해서 이리저리 주위를 두리번거렸다. 그러자 대청 가운데 벽에 걸린 조그마한 나무상자가 눈에 띄었다. 그 상자 아래쪽에 매달린 저울추같이 생긴 물건이 쉬지 않고 좌우로 흔들리면서 째깍째깍 소리를 내고 있었다. 유 노파는 속으로 의아하게 생각했다.

'그것 참, 이상한 노리개로군! 도대체 뭣에 쓰는 물건인고?" (제6회)

다른 차원의 세계를 헤매고 있는 듯한 유 노파의 몹시 놀라는 모습을 탁월하게 묘사하고 있는 장면이다. 또한 여기에는 유머 감각에 넘치는 명랑한 유 노파의 캐릭터가 자연스럽게 부각되고 있는 것이라 하겠다. 말하자면 농촌에 사는 가난한 유 노파에게 '도읍의 대귀족' 가씨 집안이 별세계인 것처럼, 가씨 집안 사람들에게도 농촌의 풍경이

8) 유 노파는 다시 제40회 이후에도 자주 등장한다.

나 농가의 삶의 모습은 이 또한 다른 차원에 속하는 것이라고 해야 하므로, 때마침 이런 (농촌의) 광경을 보고서는 재미있어하는 장면이 등장하기도 하는 것이다(제15회).

다른 차원의 세계에서 온 듯한 유쾌한 방문자 유 노파는 그 후에 다시 한 번 영국부를 방문하여『홍루몽』세계를 떠들썩하니 술렁거리게 만드는 것이다.

두 명의 늙은 여인

그 후 유 노파는 왕희봉의 원조 덕분에 곤궁함을 면하고 무사히 농사를 지을 수 있었다면서, 선물로 그해 맏물로 수확한 채소를 잔뜩 싸들고 손자 판아와 함께 인사도 드릴 겸 영국부를 다시 찾아왔다. 마침 이들의 방문 소식이 대부인의 귀에 들어가서 그녀에게 흥미를 느꼈던 대부인과 그 자리에 합석하게 된 가씨 집안의 소녀들과도 대면하게 되었다. 그야말로 '촌에서는 보기 드물게' 일정한 식견을 갖춘 유 노파는 가씨 집안의 지나친 호화로움에 놀라 눈이 휘둥그레지면서도, 조금도 주눅 드는 법 없이 소녀들이 졸라대는 대로 재미있게 꾸며낸 이야기를 즉흥적으로 만들어 들려주는 등 그녀의 능청스럽게 사람을 웃기는 재주와 쾌활한 성격을 유감없이 발휘해 가씨 집안 사람들에게서 단번에 인기인으로 부상하였던 것이다.

이리하여 모두가 붙드는 바람에 영국부에서 하루를 묵게 된 유 노파는 다음 날 대부인이 주최하는 연회에 초대되었다. 그 자리에서 장난기가 발동한 왕희봉이 유 노파에게 무게가 묵직한 상아 젓가락을 놓아주자, "이 댁의 집게는 우리 집에 있는 가래만큼이나 무겁네요. 이걸로야 어디 먹어내는 수가 있을라고?"라고 하거나 한편으로 계란이라고 속이고 비둘기 알을 내놓자 "이 댁에서는 닭이란 놈까지도 잘나고 멋져서 그놈이 낳은 달걀도 요렇게 깜찍하고 고운 모양이네요"(제40회)라고 천연덕스럽게 말을 해버린다. 그런가 하면 갑자기 엉뚱한 소리를 외쳐대면서 노래를 시작하는 등 천의무봉한 능청스러움으로 가씨 집안 여성들을 웃음의 도가니로 몰아넣었던 것이다. 유 노파가 노래를 부르기 시작했을 때는 임대옥 역시 너무 웃다가 숨이 막혀서 식탁에 엎드린 채 "아이고" 하고 신음소리를 낼 정도였다.

세상의 안팎을 꿰뚫어보면서 타인의 평판 따위는 개의

치 않고, 본능적으로 옳고 그름을 구별해내어, 있는 그대로 쾌활하고 느긋하게 살아간다는 점에서는 이 유 노파와 대부인 사이에는 분명히 공통점이 있다고 하겠다. 더 나아가서 세상의 거센 파도를 꿋꿋이 헤쳐온 이 두 명의 늙은 여인에게는 '영원의 소녀성'이라고도 할 만한 특성이 존재하는데, 그런 의미에서 세상의 거센 파도에 시달리기 이전의 가씨 집안 소녀들과도 이면에서 상통하는 바가 있다고 하겠다. 두 명의 쾌활한 늙은 여인의 형상을 생생하게 묘사해냄으로써『홍루몽』의 서사 세계는 한층 더 웅숭깊어졌다고 할 수 있을 것이다.

덧붙여서 대부인은 가씨 집안의 '그레이트 마더'로서 군림하면서, 때로는 일족의 남자들을 찍소리도 못 낼 정도로 엄격하게 다루고, 약자의 입장에 있는 소년·소녀들을 감연히 비호하는 한편, 연극 구경이나 연회 등을 매우 즐겨서 재미있는 이야기를 들으면 천진하게 웃으며 흥겨워하는 등 쾌활하고 명랑한 소녀처럼 발랄한 정신의 소유자이기도 하였던 것이다. 바로 이런 대부인의 존재가 있었기에 가씨 집안 소녀들의 세계가 유지될 수 있었던 것이다.

한편 대부인이 주최한 연회에서 좋은 술과 정성스러운

요리를 마음껏 음미한 유 노파는 정신을 차릴 수 없을 정도로 술에 취해 드넓은 대관원에서 길을 잃고서 휘청휘청 걷다가 가보옥의 처소인 이홍원으로 흘러들어가게 되었다. 그곳에서 태어나 난생처음 커다란 전신 거울과 우연히 마주하여, 거울에 비친 자신의 모습을 사돈 할멈9)으로 착각하고서, "아이구, 사돈 노친! 제가 너무 여러 날째 집에 못 돌아갔더니만 걱정이 돼서 이렇게 날 찾아서 여기까지 왔단 말이에요?"(제41회)라고 말하는 등 또다시 유쾌하고도 진기한 문답을 펼치고 있는 것이다. 이렇게 대관원을 떠들썩하게 흥분시켰던 유 노파는 대부인과 왕희봉에게서 산더미만 한 선물 보따리를 받아들고 고향으로 되돌아갔다.

이후에도 왕희봉의 생일 축하연이나(제44회), 원소절의 축하연(제53, 54회), 가보옥의 생일 축하연(제62회) 등 다양한 연회가 열리고 있는데, 사실 다음 장에서 살펴보듯이, 가씨 집안이 아무 부족함 없이 부귀영화를 자랑하고, 소녀들 역시 마음 편하게 지낼 수 있었던 시기는 원춘 귀비가 친정 나들이를 했던 원소절(제17~18회)로부터 다음 해의 원

9) 여기서는 딸의 시어머니를 가리킨다.

소절까지의 기간뿐이라고 하겠다. 이후 차츰 가씨 집안의 가세가 쇠락하며 몰락의 조짐이 나타나기 시작하여 이윽고 가보옥의 생일 축하연 이후로는 그러한 몰락의 추세가 점차 뚜렷해졌던 것이다. 이 때문에 가보옥의 생일을 축하하는 날, 가보옥과 소녀들이 마음껏 소리치며 즐기고 떠들썩하게 노는 장면에서는 멸망을 목전에 둔 최후의 눈부신 빛이 흘러넘치고 있는 것이다. 특히 너무 까불며 떠들다가 곤드레만드레 술에 취한 사상운이 정원의 넓적한 검은 돌의자 위에서 잠들어버린 장면은 참으로 아름답고도 인상적이라 하겠다.

　"소녀들이 달려가보니 과연 상운은 한적한 곳의 돌의자에 누워 이미 달콤하게 꿈나라로 가버린 뒤였다. 사방에 피어난 작약 꽃잎이 그녀의 몸 위에 가득 떨어져 머리와 얼굴과 옷깃이 온통 붉은 꽃잎에 덮여 있었다. 손에 들었던 부채는 땅에 떨어져 벌써 반쯤은 꽃잎 속에 묻혀 있었다."(제62회)

귀족적 세계

『홍루몽』에는 가씨 집안의 귀족적이고 세련된 생활의 세부 양상, 곧 의복이나 세간살이, 요리 등에 대해서 참으로 상세하게 기록되어 있다. 더욱이 그러한 문물이 단지 '호화'롭거나 '사치'스러운 것이 아니라, 각각 고유한 유래가 있거나, 상상을 초월할 정도의 품을 들여 완성한 것이라거나 한 이유 때문에 굳이 유 노파가 아니라도 누구나 또한 놀라지 않을 수 없는 것이라 하겠다.

예를 들어 임대옥의 방 사창紗窓[10]에 '연연라軟烟羅'[11]라고 불리는 궁중에도 없는 귀중품이 아무렇지 않은 듯이 쓰일 정도이므로 가보옥이나 소녀들의 의복에는 외국에서 들여온 캐시미어나 귀중한 모피 등 그리 손쉽게는 구할 수 없는 소재들이 푼푼히 사용되고 있는 것이다. 또한 그림에 뛰어난 가석춘이 대부인의 지시로 대관원도大觀園圖라는 그림을 그리게 되었을 때 박식가인 설보차는 먼저 다양한 형태의 붓과 솔이 백 자루 이상, 그림물감이 열 종류

---

10) 얇고 성기게 짠 비단으로 바른 창문을 가리킨다.
11) 비단의 일종으로 네 가지 색깔을 지니는데, 멀리서 바라보면 연기나 안개가 낀 것처럼 은은하게 비쳐 보인다는 데서 이름이 유래하였다. 제40회에 '연연라'에 대한 자세한 설명이 나온다.

이상, 거기다 비단과 아교, 양탄자, 흙풍로 등 여러 도구를 갖출 필요가 있다고 말하여 각각의 품목에 대해 해박한 지식을 모두 쏟아내어 말해주고 있다.[12] 소녀들이 결성한 시사 모임도 그렇지만 이것은 일견 손쉽게 이루어지는 것처럼 보이는 유희나 취미도 실은 고도의 지식과 교양의 축적 위에 완성된다는 사실을 보여주는 경우라 하겠다. 물론 주인공인 가보옥이 소유하고 있는 물품 또한 호사를 극하고 있다. 그가 지니고 있는 금속 유리함에는 바깥쪽에 금박으로 테를 둘렀고, 안쪽에는 서양 사기를 붙이고 그 위에 금발의 서양 천사의 그림이 찍혀 있는 것인데, 그 안에는 놀랍게도 외국에서 박래舶來한 비연鼻煙[13]이 들어 있었다(제52회). 그런가 하면 소녀 숭배자라 할 그의 방에는 빨간 재스민 꽃씨를 빻아서 향료를 섞어 만든 특제 백분과 최상품 연지에서 즙을 짜내어 향수를 넣어 쪄서 만든 특제 연지 등등 극상의 화장품들이 갖추어져 있었던 것이다(제44회).

그러나 뭐라고 해도 최고의 호화판은 대부인이 가지고

---

12) 원문 제42회에 이와 관련한 상세한 기술이 나온다.
13) 여기서 '비연'은 피는 담배가 아니라, 기관이 막혔을 때 재채기를 할 수 있도록 콧구멍에 대고 냄새를 맡거나 그 속에 불어넣는 일종의 가루약을 말한다.

있는 소지품과 생활용품이라 하겠다. 축하할 경사나 행사가 있을 때는 그중에서도 가장 좋은 물품들을 진열해놓곤 하였다. 첫머리에서 인용하였던 대목은 원소절에 있었던 연회 당시 대부인이 내놓은 영락 병풍에 얽힌 일화이지만, 대부인의 수중에는 이 밖에도 명나라 연간의 도자기 꽃병, 검은색 옻칠 위에 금과 은으로 그림을 그린 책상, 유리로 된 초롱 등 값을 따질 수 없을 정도로 고가인 초호화품들이 산처럼 쌓여 있었던 것이다.

요리만 해도 값이 비싸고 호사스러운 식재료가 등장하지만 가지를 품과 시간을 들여 철저하게 가공한 '가지절임(가상茄鯗)' 요리처럼 극히 평범한 식재료를 복잡미묘하게 가공한 경우도 적지 않은 편이다. 복잡미묘하다는 측면에서 보자면 대관원에 사는 비구니 묘옥의 '물에 대해 쏟는 심혈'을 능가할 만한 사례는 없다 하겠다. 그녀가 차를 탈 때 사용하기 위해 소중히 간직해온 물은 무려 오 년 전에 매화 꽃잎에 쌓인 눈을 모아 청자 꽃항아리에 담아서 땅속에다 묻어두었던 것[14]이라 하니 참으로 세련됨의 극치라고 할 수밖에 없을 것이다. 이와 같이 요리든 물이든 절묘한 맛을 우려내기 위해 품과 시간을 들여 궁리를 거듭하는 『홍루몽』세계의 미식 감각은, 고가의 식재료를 사용한 요리를 무턱대고 늘어놓는 것을 좋다고 여겼던 『금병매』세계의 그것과는 하늘과 땅만큼이나 현격한 차이가 있다고 해야 하겠다.

이처럼 『홍루몽』에서는 극도의 세련된 미의식을 느끼게 하는 가구, 기물, 요리, 의상 등등에 대해서 참으로 상세한 기술이 곳곳에서 보이는데, 이런 의미에서는 일종의 백과사전적인 양상을 나타내고 있다고 하겠다. 게다가 이런 화려한 (생활상의) 요소들의 준비를 통해 대부인을 비롯한 가보옥과 가씨 집안 소녀들의 유다르게 우아한 생활상이 생생한 현장감을 띠고 부각되고 있는 것이다. 그러나 가씨 집안도 물론 이런 우아한 인간들로만 이루어질 리가 만무한 것이다. 소녀들이 문인을 능가할 정도로 시회에

---

14) 제41회의 원문의 해당 내용을 인용하면 다음과 같다. "이 물은 제가 오 년 전에 소주 현묘산玄墓山 반향사蟠香寺에 있을 때 매화꽃에 내려앉은 눈을 모아 청자 꽃항아리에다 담아두었던 것이에요. 늘 아까워 먹지 않고 땅에다 묻어두었던 건데 올여름에 처음 꺼내가지고 한번 먹어봤어요."

열중하고 있는 것과는 별개로, 시간이 흐름에 따라 녕국부의 주인 가진을 필두로 하여 하인들 사이에서도 도박이 몰래 횡행하는 등 대체로 야비하고 저열한 인간들이 항상 어두운 곳에서 준동하고 있는 것이다. 한쪽에는 세련됨의 극치가 있고, 또 다른 쪽에는 야비함의 극단이 존재한다. 『홍루몽』의 작자 조설근의 가장 탁월한 점은 이러한 양 극단의 세계를 응시하면서 서사 세계를 구축하였다는 사실에 있다고 하겠다.

청대淸代의 가치관

『홍루몽』이 써진 것은 앞에서 서술한 바와 같이 18세기 중엽의 청대 중기에 해당하는 시기이다. 정복 왕조인 청은 명 왕조의 짓물러 부패한 부분을 제거한 다음 관료제나 과거제 같은 한족의 시스템을 답습하고, 그것들을 교묘하게 재활용하였다. 이와 함께 각 기관의 우두머리로 만주족과 한족을 각각 한 사람씩 임명하는 등 교묘한 이중 행정체제를 통해 소수의 만주족이 압도적 다수인 한족을 지배하기 위한 체제를 견지하였던 것이다. 이렇듯 매우 교묘한 통치체제가 시행되고 있었기 때문에 명에서 청으로 왕조가 이행되었다고 하지만 국가 시스템이 극적으로 변화하는 일은 없었다 하겠다. 그러나 역시 시대는 조금씩 움직여가고, 특히 사대부의 가치관이 점차 변화해갔던 것이다. 이런 상황에서 표면적으로는 구태의연한 듯 정체되어 보이지만 여성관이나 여성 자신의 존재 방식 또한 변화가 시작되었던 것이다.

예를 들면 청대를 대표하는 문인 원매袁枚[15]의 문하에는 뛰어난 많은 여성 제자들이 있었는데 그중에는 당시 유수한 문인의 부인들도 다수 포함되어 있었다. 전통 중국에서는 아득한 옛날부터 문인의 살롱이 존재했지만 그 구성원은 물론 남성으로만 제한되어 있었다. 당나라 시대 이후, 시문에 뛰어난 기녀가 이런 모임에 참여하는 일이 아주 드물지는 않게 되었지만, 그것은 어디까지나 '특별한 경우'였다고 하겠다. 그러나 명말청초 시대를 살았던 여성 시인 유여시柳如是[16]도 본래 기생 출신이었지만 당시의 대

15) 1716~1797년. 청나라 중기의 문인. 호가 수원隨園이며, 성령설性靈說을 주장해 복고주의적 사조에 반대했다.
16) 1618~1664년. 유명한 가기재녀歌妓才女로 본명은 양애楊愛, 후에 유은柳隱으로 고쳤다. 자는 여시如是이다. 명말청초 시기의 유명한 여시인으로 전겸익의 첩실이다.

문호 전겸익錢謙益[17]의 부인이 되고 난 뒤에 크게 비약하기에 이른다. 게다가 그녀와 거의 동시대를 살았던 상경란商景蘭[18]도 역시 뛰어난 문인이었던 기표가祁彪佳[19]의 부인이었는데, 빼어난 지성과 문학적 재능의 소유자로서 시작품의 수준은 오히려 남편보다도 뛰어난 것으로 정평이 나 있었다. 여기에서 보듯이 명말청초 무렵부터 지적인 분야에서 두각을 나타내는 여성들이 잇따라 출현하였고, 시대의 추이와 함께 이러한 경향은 점점 더 뚜렷해지게 되었다. 조설근이 묘사하고 있는, 고도의 지성과 교양을 갖춘 매력적인 소녀 군상은 결코 허황된 상상화가 아니라 이런 시대적 풍조를 근거로 한 것이라고 할 수 있겠다.

참고로 원매와 『홍루몽』에도 접점이 있는데, 원매 스스로 저 대관원은 자신이 소유하고 있는 정원 '수원隨園'을 모델로 한 것이라고 큰소리를 쳤다고 알려져 있다. 그러

17) 1582~1664년. 명말청초 때 문인으로 자는 수지受之이고, 호는 목재牧齋이다. 문학으로 동남 지역에서 명성이 자자했고, 동림東林의 거목이 되었다. 명기 유여시柳如是와 혼인해 강운루絳雲樓를 짓고 많은 장서를 비치했다.
18) 1605~1676년. 명말청초의 여시인으로 시와 서화에도 뛰어났다. 1621년 기표가祁彪佳의 아내가 되었다. 부부가 금실이 좋아서 당시 사람들이 금동옥녀金童玉女라고 불렀다고 한다.
19) 1602~1645년. 명나라 때 정치가·희곡이론가·장서가. 청군이 중원으로 들어오자 항전을 주장했고 소송총독蘇松總督을 지냈다. 청군이 항주杭州를 공략한 후에 스스로 순국했다.

나 실제로는 『홍루몽』의 독자였던 원매가 거꾸로 대관원을 본떠서 자신의 정원인 수원을 만들었던 것으로 추정되고 있다.

『홍루몽』의 급진주의Radicalism

　지금까지 이 책에서 소개해온 『삼국지연의』, 『서유기』, 『수호전』, 『금병매』의 네 작품은 모두 작자가 불확정 내지는 불명확하지만, 이 『홍루몽』이라는 작품에 이르러서 처음으로 미미하기는 하지만 작자의 이름과 이력이 밝혀졌던 것이다. 이것은 백화 장편소설 갈래에서 문자 그대로 획기적인 사건이라고 하겠다.

　『홍루몽』의 작자 조설근은 자신의 체험을 근거로 정련된 서사 세계를 구축해가면서 그 속에 기존 가치관의 결정적 역전을 꾀하는 근본적인radical '장치'를 마련하고 있다. 그것은 철저한 소녀 숭배자인 가보옥과 같은 전대미문의 존재를 중심에 배치하고 뛰어난 소녀들이 마음껏 활약상을 보이는 서사적 구상에서 여실히 드러나고 있는 것이다. 그러나 주목해야 할 사실은 조설근, 나아가 『홍루몽』은 결코 어떠한 이데올로기에 대해서도 이의를 제기하고 있지는 않다는 사실이다. 『홍루몽』에는 이렇게 말해버리면 너무 직설적이기는 하지만, 분명히 '남존여비'적 발상을 일축하고 '남녀평등'을 표방하는 듯이 보이는 대목이 있다고 할 수 있다. 그러한 측면을 떼어내어 생각해보면 확실히 어떤 의미에서는 '혁명적'이라고 말할 수 있는 것이다. 그러나 『홍루몽』이 시대를 초월하여 진정 위대한 고전으로 살아남을 수 있었던 것은, 따지고 보면 그와 같이 시대적으로 한정된 사상에 따른 것이 아니라 좀 더 근본적이며 본질적으로 급진주의적인 요소에 기인한다고 하겠다. 요컨대 『홍루몽』 서사 세계의 특징은 반反체제 지향이 아니라 비非체제 지향에 있는 것이라고 보아야 하지 않을까? 그것은 이른바 '체제'라고 불리는 체제에 대해 영원히 비판적이고도 날카로운 발톱을 세우면서, 서사 세계 전체를 통해 '아니다Non'를 끊임없이 외치고 있는 것이다. 발터 벤야민Walter Benjamin[20]의 말을 빌리자면 '섬세한 감수

20) 1892~1940년. 유대계 독일인으로 마르크스주의자이자 문학평론가·언어철학자. 유대교 신비주의와 마르크시즘의 영향을 크게 받았으며, 비판 이론의 프랑크푸르트학파로서 활동하기도 하였다. 대표작으로 「기술복제 시대의 예술작품」, 「폭력 비판을 위하여」 등이 있다.

성이라면, 법 속의 부패한 무엇인가가 특히 분명하게 들을 수 있게 전달되어오는 것이다'(『폭력 비판을 위하여』)라는 것이 아니겠는가? 이러한 의미에서 『홍루몽』은 진정한 의미에서 소설 특유의 급진주의Radicalism를 체현한 작품이라고 보아야 할 것이다.

5. 추악함의 리얼리티 - 가씨 집안 몰락의 징조

"우씨尤氏[1]가 맞으러 나오면서 희봉의 안색이 평소와 다른 것을 눈치 채고는 얼른 웃음을 띠면서 물었다.

'무슨 일로 이렇게 급히 찾아오는 거야?'

희봉은 다짜고짜 우씨의 얼굴에다 대고 침부터 탁 뱉으면서 악을 쓰기 시작했다.

'당신네 우씨네 집 딸년들은 아무도 데려가려는 남자가 없으니까 모두 몰래 이 가씨네 집으로만 들이밀 셈인가요? 가씨네 남정네들이 다 좋은 것도 아닌데 대체 왜 그러는 거예요?' (중략)

'형님이 시동생한테 첩을 얻어주었다고 해서 제가 성질 부리는 게 아니에요. 왜 하필이면 국상과 집안 상사가 겹쳐 있는 이런 때에 사람을 들여서 그 더러운 오명을 저한테 뒤집어씌웠느냐 말이에요. (이하 생략)'

희봉은 말하다 말고 또 한바탕 울음을 터뜨리고, 울다 말고 또 한바탕 욕을 퍼붓곤 했다. 그러고도 성에 차지 않는지 나중에는 조상과 부모까지 들먹이면서 대성통곡을 하고, 이럴 바에는 차라리 죽고 말겠다고 머리를 들이박

---

1) 녕국부 가진의 처이자 가용의 계모이다. 주변 사람에 대해 배려가 깊으나 우유부단하고 무능하여 하인들이 우씨의 지시를 잘 따르지 않는다. 녕국부가 몰수당하자 영국부에 얹혀 사는 신세가 된다. 별명이 '몰취호로沒嘴葫蘆'이다.

으며 행패를 부렸다. 그 난리 통에 우씨는 온몸이 솜뭉치마냥 나른해졌고, 우씨의 옷섶은 온통 희봉의 눈물과 콧물로 뒤범벅이 되어버렸다." (제68회)

'인형'에서 '인간'으로

『홍루몽』을 '소설적'인 작품이라고 말하는 이유는 텔레비전 드라마 등으로 실사화되었을 적에 『홍루몽』을 좋아하는 사람들은 모두 "이것은 다른데? 『홍루몽』이 아니야"라고 말하는 데서도 잘 드러나고 있다. 왜냐하면 『홍루몽』 세계의 리얼리티는 그러한 것과는 질적으로 다른 것이기 때문이다.

예를 들면 『삼국지연의』의 실사화라고 한다면 '조조의 음색은 이런 것', '관우는 항상 이런 차림새'라는 식의 정형화된 패턴이 있기 때문에, 그러한 형태를 벗어나지 않는 한 일정 정도 누구라도 납득하면서 시청하는 일이 가능하다. 그러나 『홍루몽』의 등장인물은 이제는 그와 같은 외관상의 정형화된 패턴이 규정되어 있지 않고, 『삼국지연의』나 『서유기』, 『수호전』의 등장인물처럼 서사 세계에서 각자에게 주어진 '역할'을 완수할 뿐만 아니라, 이미 그러한 역할을 초월한 '내면'을 갖추고 있는 것이다. 『홍루몽』의 등장인물에게는 상대의 기분을 깊이 헤아리거나, 자신이 어떻게 보이고 있을까를 추측하는 등 행동으로서 드러나지 않는 심리적 움직임이 기재되어 있기 때문에, 재담꾼이나 작자가 자기 마음대로 조종하는 '인형'에서 '(마음의) '주름'과 '음영'을 갖추고 스스로의 의사에 따라 행동하는 '인물'에로의 변모를 이룩하였던 것이다.

이러한 점이야말로 '설화'가 '소설'로 전환됐음을 말해주는 것이라고 하겠다. 『금병매』에서도 그러한 부분이 있기는 했지만 『금병매』의 서사 세계가 이차원적이라면, 『홍루몽』의 그것은 입체적인 삼차원 수준으로 이루어져 있는 것이다.

『홍루몽』의 세계에는 그와 같은 중층성重層性이 인물 묘사 방식뿐만 아니라 다양한 위상에서 포함되어 있는 것이다. 대관원 소녀들의 몽환적인 세계 또한 그 자체로 닫힌 세계 안에서만 시간이 흘러가지는 않는 것이다. 그 주변의 어른들의 세계, 하인들의 세계 또는 가씨 집안 외부의 세계 등등 다양한 세계가 존재하고 있고, 이들 세계가 다시금 각각 서서히 움직여가는 양상이 선명히 구분·묘사되는 동시에 복잡하게 서로 겹쳐져 있는 것이다. 이렇듯 세계가 복잡한 형태로 여러 겹으로 겹쳐지면서 움직여간다는 바로 그 점에서 『홍루몽』 세계의 풍요함이 생겨난다고 말할 수 있겠다. 조설근이 오랜 세월에 걸쳐 퇴고를 거듭한 결과 마침내 이런 치밀한 구조를 갖춘 작품이 탄생할 수 있었던 것이다.

추악한 외부 세계가 존재하기에 소녀들의 꿈의 정원의 아름다움과 덧없음이 한층 두드러져 보이는 것이다. 이 장에서는 그러한 측면을 중심으로 작품을 살펴보기로 하자.

살그머니 다가오는 몰락의 그림자

작자는 용의주도하게도 이미 『홍루몽』 세계의 전반부에서 가씨 집안의 쇠락을 암시하는 장면을 자연스럽게 삽입해놓고 있었다. 대부인을 중심으로 가보옥과 소녀들이 한자리에 모인 원소절 축하연 놀이에 갑자기 끼어든 (가보옥의 부친) 가정은 가씨 집안 소녀들이 놀고 있는 '수수께끼 놀이'2)의 해답을 한번 맞혀보라는 대부인의 명을 받게 되었다. 이에 가정이 예의 그 '수수께끼 놀이'에 관심을 갖고 참여해보니, 뜻밖에도 (수수께끼로 내는) 문제들이 '한번 소리를 내고 흩어지고 마는' 폭죽을 비롯해서 죄다 불길한 것들만3) 시로 읊어대고 있는 것이 아닌가! 그래서 가정은 "어찌하여 아직 나이 어린 애들이 이런 것만 생각해내어 시를 짓는단 말인가! 아무래도 불길한 징조야. 모두가 오래오래 복을 누리고 살 것들이 아닌 모양이구나"(제22회)라고 하며, 소녀들의 장래에 대한 걱정으로 울적하니 심사가 편치 않은 지경에 이르고 말았다. 이러한 예감은 적중하여 부귀영화를 극했던 가씨 집안은 차츰 몰락의 그림자에 뒤덮이게 되었고, 소녀들 또한 각자 비참한 운명을 맞이하게 되었던 것이다.

---

2) 원서에는 '등미燈謎'로 되어 있다. 본래 음력 정월 보름 원소절이나 중추절 밤에 수수께끼의 문답을 종이에 써서 초롱에 붙이거나 초롱에 직접 써넣거나 한 것을 가리키는데, 여기서는 그러한 수수께끼의 문답을 가리킨다.

3) 제22회 작품의 원문에 따르면 그렇듯 불길한 수수께끼 문답에 대해 가정은 속으로 다음과 같이 생각하고 있었다. "원춘 귀비가 지은 수수께끼 '폭죽'은 한번 소리를 내고는 흩어지고 마는 물건이고, 영춘이 지은 '주판'이란 난마처럼 헝클어져서 요동치는 것이고, 탐춘이 지은 '연'은 바람에 날려 정처 없이 떠다니는 물건이고, 석춘이가 지은 '해등海燈'은 또 얼마나 외롭고 고독한 것인가! 오늘과 같은 정월 대보름 명절에 하필이면 왜 이런 불길한 물건들만 골라서 수수께끼로 즐기고 있는 걸까?" 그리고 마지막으로 설보차의 경우는 시간을 알리기 위해 태우는 향의 일종인 '경향更香'을 수수께끼로 내고 있다.

몰락을 촉발하는 계기가 된 사건은 가씨 집안의 살림을 도맡아 관리하던 왕희봉이 유산을 하면서 몸져눕게 된 일이었다(제55회). 애초에 가씨 집안의 실상은 화려한 외관과는 달리 이미 가산이 기울어지고 있었다. 그러한 낌새를 누구보다도 예민하게 알아차렸던 사람이 다름 아닌 왕희봉이었는데, 살림을 총괄하는 권한을 일단 내려놓게 되었을 적에, 그녀는 심복인 시녀 평아에게 "그리고 우리 집 살림 형편을 볼 것 같으면 나가는 지출은 많지만 들어오는 수입은 적단 말이야. (중략) 그렇지만 지금부터 일찌감치 절약할 계책을 강구하지 않았다가는 몇 년 안 가서 가산이 거덜 나고 말 테니 이를 어쩌겠어"(제55회)라고 절박한 심정을 토로하였던 것이다. 가씨 집안이 장원에서 거둬들이는 수입은 해마다 줄고 있는 형편이었고, 주인들은 명목상 높은 관직을 차지하고는 있지만 대부분 실제 수입은 기대할 수 없는 실정이었다. 이렇게 재정이 점점 쪼그라드는 상태에 처했는데도 대관원 조영에 막대한 비용을 쏟아부었던 탓으로 가씨 집안의 재정은 그야말로 궁핍해져서 옴짝달싹 못 하는 지경에 이르렀던 것이다. 이런 형편에서 수완가인 왕희봉이 어떻게든 살림을 꾸려가면서 하인들의 동요를 단단히 억눌러왔던 것이다.

분투하는 가탐춘

가씨 집안 내부의 인간관계는 위에서부터 아래까지 복잡하게 뒤얽혀 있고, 갖가지 꿍꿍이셈이 소용돌이치고 있어서 결코 방심을 해서는 안 되는 형편이었다. 예를 들면 가씨 집안 여성들 사이에서도 언제나 본부인인지 첩실인지, 또는 가씨 집안 직계인지 아닌지 등등 다양한 입장에 처한 인간들 사이의 심리적 갈등이 상존하였다. 또한 하인 계층 역시 어쩌면 남이 먹던 대궁을 얻어먹나 안달복달하고, 어찌해야 농땡이를 치나 기회만 호시탐탐 노리는 무리가 대부분이었다고 하겠다. 극단적으로 말하면 소녀 숭배자인 가보옥과 대관원에 사는 일부 소녀들을 제외하고는 가씨 집안에는 단순히 '좋은 사람'은 거의 없다고 해도 과언이 아니었다. 주인 계층에 속하는 남자들 중에도 사악한 인간은 얼마든지 있었고, 여성들도 그에 못잖아서, 영국부의 주인 가사의 처 형부인과 가보옥의 부친 가정의 첩실 조씨趙氏 같은 여성 등은 전혀 상대할 수 없을 만큼 성가시고 저열하며 악랄한 인간들이었다.

이런 복잡한 가씨 집안 내부를 인정사정없이 엄하게 다잡아서 이끌고 왔던 왕희봉이 살림살이 제일선에서 물러서지 않을 수 없게 되었을 적에 그 대리를 맡았던 인물이 가탐춘이었다. 공식적으로 집안 살림의 책임을 맡은 입장이었던 왕부인은 물러나는 왕희봉의 대리로 이환, 가탐춘, 설보차 세 사람을 지명하였다. 그러나 연장자이기는 해도 4) 온후한 성품의 이환으로서는 산전수전 다 겪은 노회한 하인들을 다잡을 수가 없었고, 설보차 역시 성이 다른 집안 출신이라는 이유에서 매사에 조심스러워했기 때문에, 나이가 어리기는 해도 가탐춘이 전면에 나서서 관리 대행의 역할을 떠맡게 되었던 것이다.

매서운 수완가 왕희봉 앞에서는 꿈쩍도 못 하던 하인들은, 당초에 나이 어린 가탐춘을 세상 물정 모르는 철부지쯤으로 얕잡아보고 제철을 만난 양 작간을 부리기 시작하였다. 그러나 가탐춘은 뭐니 뭐니 해도 두뇌 회전이 빠르고 교양도 뛰어났으며 일 처리 능력 또한 발군이었는데,

---

4) 이환은 금릉십이차 가운데 가장 연장자로 남편 가주賈珠와 사별한 뒤에 가란賈蘭이란 자식을 두고 있었다. 가란은 나중에 설보차의 자식인 가계賈桂와 더불어 몰락한 가씨 집안을 다시 일으키는 주역이 되었다.

게다가 지독하게 결벽하여 조그마한 부정도 용납지 않는 성격이라 하인들의 이런 교활한 수법을 못 본 체 눈감아줄 리가 만무하였다. 그녀는 강경한 태도로 상대가 나이 많은 웃어른이든 자신의 생모인 조씨든 이유 여하를 불문하고 가차 없이 이치에 합당한 정론으로 엄하게 추궁하였던 것이다. 저 대단한 왕희봉조차도 지금껏 자신이 몰래 행해왔던 고리대 돈놀이와 돈벌이 등등이 적발되지나 않을까 전전긍긍할 정도였으니, 기강이 느슨해진 하인들을 벌벌 떨게 만들기에는 충분하였던 것이라 하겠다.

이렇게 우선 하인들 무리를 잡도리한 다음에 가탐춘은 이리저리 지혜를 짜내고 이환과 설보차의 협력을 얻어서 대관원의 관리를 집안에 있는 할멈들 가운데 원예를 아는 이들에게 맡겨서 화초를 가꾸는 이들에게 지불하던 삯전을 남기거나, 시녀들의 화장품값을 절약하거나 하는 등의 방식으로 자세한 절약계획을 차례차례 세워나갔던 것이다. 살림 규모가 컸던 가씨 집안 전체를 생각해보면 이런 미미한 절약의 시도는 실제적인 효과가 그다지 있었다고는 할 수 없겠지만, 그럼에도 위아래 할 것 없이 완전히 나사가 풀어진 가씨 집안에 충격을 주는, 일시적인 긴축책으로서는 유효했다고 하겠다.

단호하게 조그만 부정도 용납지 않았던 가탐춘의 결벽성은 가보옥의 여동생이라고는 하나 자신은 배다른 서녀庶女였고, 더욱이 생모가 품성이 천하고 비열한 조씨라는 자기 태생에 대한 열등감으로 말미암아 한층 더 박차가 가해지게 되었다. 조씨는 탐욕스러울 뿐만 아니라 왕희봉이나 가보옥을 눈엣가시로 여겨 저주해 죽이려고 하는 등 너무도 총명한 가탐춘의 어머니라고는 도저히 생각할 수 없는 사악한 인간이었다. 그런 생모가 부끄러웠기에 그녀는 더욱더 긍지를 가지고 철저히 올바르게 행동하려 했던 것이다.

그 후에 왕희봉이 쾌차하여 다시 살림살이를 맡게 된 후의 에피소드로, 대관원에 오색 색실로 춘화春畵를 수놓아 만든 향주머니가 떨어져 있는 일[5]이 발생했는데, 그 물건의 원래 소지자를 색출하기 위해 왕부인의 명령으로 왕희봉이 나이 많은 여자 하녀들을 데리고 대관원의 각 방에 거주하는 시녀들의 소지품 검사를 실시하였던 일이 있었

---

5) 대관원 정원의 석가산 위에 떨어져 있던 것을 왕선보의 처가 주워오는 바람에 소동이 벌어지게 되었다.

다. 가탐춘이 살았던 '추상재秋爽齋'에도 수색대가 들어오는데, 이때 격분한 가탐춘이 자신의 소지품은 조사를 해도 상관없지만, 시녀들에 대해서는 한사코 허락할 수 없다고 거부하였다. 그리고 왕희봉에게 시녀의 소지품 정도는 주인인 자신이 모두 파악하고 있기 때문이라고 단언하였던 것이다. 그녀의 노기등등한 기세에 눌려 왕희봉은 여러 가지로 가탐춘을 달래며 그대로 돌아가려 했는데, 뭔가 상황 판단을 잘못했는지 하인 왕선보王善保의 처[6]가 가탐춘을 첩실 소생의 서출[7]이라고 얕잡아보고는 거리낌 없이 행동을 하는 것이었다.

"그녀[8]는 이런 기회에 자기의 수완도 보일 겸 희봉의 호감을 사기 위해 사람들 앞으로 썩 나서서 일부러 탐춘의 옷자락을 들추어보면서 깔깔 웃으며 말했다.
'이거 보라니까요, 우린 아가씨 몸까지 다 뒤져본걸요 뭐. 정말 아무것도 없구먼요.'
그것을 본 왕희봉은 깜짝 놀라 황급히 말렸다.

---

6) 형부인邢夫人 전속의 고참 시녀이다.
7) 『홍루몽』의 등장인물로 서출은 가탐춘 이외에 가연賈璉, 가영춘賈迎春, 가환賈環 등이 있다. 반대로 적출嫡出로는 가진賈珍, 가석춘賈惜春, 가주賈珠, 가원춘賈元春, 가보옥賈寶玉 등이 있다.
8) 앞의 하인 왕선보 처를 가리킨다.

'이 할멈이 왜 이리 주책없이 구는 거람! 어서 딴 데로 가봐요!'

　하지만 그 말이 채 끝나기도 전에 '철썩' 하는 소리가 났다. 왕선보 처의 뺨을 탐춘이 호되게 한번 후려친 것이었다. 탐춘은 얼굴이 새파래져가지고 왕선보 처를 가리키며 욕설을 퍼부었다.

　'넌 대체 뭘 하는 년이냐! 감히 내 옷자락까지 쥐어당기며 희롱을 해?'"(제74회)

　물론 하녀의 신분으로 자신이 모시는 아가씨(소저小姐)의 옷을 들추어보는 행동은 무례하기 짝이 없는 것이라 하겠다. 자신을 깔보고 덤벼드는 이런 행동을, 자긍심이 강한 가탐춘이 용납할 턱이 없었던 것이다.

하인들 간의 역학 관계

　이러한 소지품 검사 사건에서는 가탐춘 이외에도 가보옥에 딸린 시녀였던 청문도 격렬한 분노를 폭발시키고 있다. 청문은 가보옥의 처소에 있는 시녀로서 습인 다음가는 존재였다. 그러나 우등생인 습인이 항상 시녀로서의 본분을 잘 지켰던 덕분에, 장래의 첩실 감으로 왕부인의 총애가 두터웠던 반면에, 눈에 띄는 화려한 미모를 지녔던 청문은 반항 정신도 왕성한 편이어서 주인인 가보옥조차도 언제나 몇 수를 양보해야 할 정도였다. 그런 청문의 소지품을 하필이면 뒤에 가서 가탐춘에게 **뺨**을 얻어맞게 되는, 하인 왕선보 처가 또다시 넉살 좋게 앞에 나서서 검사를 하려 했기 때문에 일이 무사히 넘어갈 리가 없었던 것이다.[9] 당시 청문은 아파서 옆방에서 자리보전을 하였는데, 하릴없이 습인이 대신해서 왕선보의 처에게 청문의 상자를 열어 보이려 한다는 낌새를 알아차리고는 '머리를 흐트러뜨린 채 달려나와 상자를 열어젖히더니 손으로 상자를 거꾸로 들어서 그 안에 있는 물건들을 몽땅 바닥에 쏟아서' 내보였던 것이다(제74회). 청문의 노기 어린 기세에는, 당초 그녀의 미모를 시기하고 반감이 가슴에 사무쳐, 이 일을 기화로 그녀를 궁지로 몰아세우려는 심산이었던 왕선보의 처마저도 정말이지 기가 꺾일 수밖에 없는 박력이 있다고 하겠다. 그런데 가보옥에게는 주인집 아가씨든 시중 드는 시녀든 계층 따위 관념은 개한테나 주라 하

---

9) 작품 원문은 청문의 방을 수색하고 난 뒤에 가탐춘의 처소로 가는 것으로 되어 있다.

고서, 세상의 모든 소녀들을 '평등'시하여 더불어 즐겁게 공생하고자 하는 소망이 있었던 것이다. 그러나 그런 가보옥의 환상은 현실 세계에서는 망상에 불과할 뿐이었다. 아가씨와 시녀 사이에도, 그리고 시녀들 상호 간에도 엄연한 격차가 존재하며, 또한 세속의 세계와 깊은 연관을 맺고 있는 시녀들이 싫고 좋고를 떠나 이권 다툼에 말려들지 않을 재간이 없는 이 엄연한 현실 앞에서, 가보옥의 '평등 환상' 따위는 어린애 장난과도 같은 것이었다. 유일하게 자유분방하고 반항 정신이 차고 넘쳤던 청문만이 가보옥의 그러한 '평등 환상'을 구현하는 존재였지만, 당연히 그런 성향의 그녀에 대한 외부로부터의 비판도 매우 드센 편이었다. 그녀는 차림새가 지나치게 화려하고 건방지다는 이유로 나이 많은 고참 하인들에게 미운털이 박힌 끝에 저 왕선보 처의 계략에 걸려들어 신세를 망치고 마는 것이다. 나름 만만찮은 왕선보 처는 가보옥의 모친 왕부인에게 실컷 청문에 대해 손가락질을 해대었고, 이를 곧이곧대로 사실인 양 받아들인 왕부인은 그녀에 대한 인상을 완전히 잡치게 되었다. 그리고 가보옥이 그런 '불량한 시녀'에게 유혹이라도 당하면 큰일이라며 경계를 강화하였고, 기어이 냉혹하게도 병석에 누워 있던 청문을 내쳐버리기에 이르렀던 것이다. 가씨 집안에서 쫓겨나 사촌 오빠 집에서 얹혀 지내게 된 청문은 이내 세상을 떠나고 만다. 참고로 청문이 절명하기 직전에 가보옥이 몰래 문병을 가는 대목이 있는데 이 장면의 묘사는 플라토닉한 풋사랑의 정경을 선명하게 부각시킨 것으로서, 읽는 이로 하여금 감동을 느끼게 한다(제77회)[10].

여성 하인들 사이의 갈등에는 지극히 뿌리 깊은 그 무언가가 있었는데, 특히 주인 측근에서 시중 들고 주인집 아가씨와도 자매처럼 지내는 젊고 아름다운 상급 시녀는 청문의 경우뿐만이 아니라 대체로 나이 많은 고참 하인들한테서 시기를 당하고 미움을 받았던 것이다. 가보옥에게 딸린 습인과 청문, 대부인의 수양딸과도 같았던 원앙

---

10) 청문이 헤어지기 전 마지막으로 자신의 손톱을 잘라 가보옥에게 주는 대목은 청순한 플라토닉 러브의 전형을 보여주는 것으로 매우 인상적인 장면이다. 관련 장면을 한 부분 인용하면 다음과 같다. "가보옥의 이런 말에 청문은 눈물을 훔치고 가위를 집어 들더니 손톱 두 개를 바투 잘랐다. 그리고는 이불 속에 손을 넣어 몸에 걸치고 있던 색 낡은 붉은 저고리를 벗어서 손톱과 함께 보옥에게 주었다. '도련님, 훗날에라도 이것을 저처럼만 생각해주세요. 그 대신 도련님이 입고 계신 그 저고리를 저에게 입혀주세요. 그런다면 장차 제가 관 속에 눕게 된대도 이홍원에 있을 때나 다름없게 되는 셈이니까요. 경우로 보면 이래서는 안 될 일이지만 이왕에 있지도 않은 누명을 뒤집어 쓴 판에 더 가릴 것도 없다고 봐요.' 가보옥은 냉큼 저고리를 바꿔 입은 다음 청문의 손톱을 집어서 품속에 간직했다. 청문은 또다시 울음을 터뜨렸다."

鴛鴦[11]), 왕희봉의 심복인 평아, 임대옥의 충실한 시녀 자견과 같은 경우는 시녀들 가운데에서도 별격이어서, 욕심이 곰 발바닥 같았던 고참 하인들에게는 정말이지 눈에 거슬리는 존재들이었다. 그러나 다른 한편으로 젊은 시녀들 중에는 나이 많은 시녀들과 친척인 경우도 많았고, 또한 주인에 해당하는 가씨 집안이나 왕씨 집안 등과도 각자 대대로 인연이 있는 등 하나의 관계로만 볼 수는 없는 복잡한 관계에 놓여 있었던 것이다.

매력 없는 남성 군상

가씨 집안의 경제력에 그늘이 드리우기 시작하자 이에 호응이라도 하듯 가씨 집안 내부에서는 도박이 횡행하는 등 혼란이 깊어져만 간다. 그런 와중에 가씨 일족의 남자들은 하인들이나 다른 집안의 젊은이들까지 끌어들여 도박하는 자리를 만들거나, 문제가 있는 여성들에게 손을 뻗치는 등 퇴폐와 타락의 나락으로 점점 빠져들게 되었다.

11) 대부인의 시녀로 대부인의 두터운 신임을 받는 인물이다. 대대로 노비 집안의 자식이지만 강직하고 신의가 있다. 가사가 첩으로 데려가려고 하자 머리를 자르겠다고 하며 저항한다. 대부인이 죽자 따라서 목을 매 자살하고 만다.

예를 들어 왕희봉의 남편 가련은 앞서 살펴보았듯이 하인의 아낙과 바람을 피운 일이 들통이 나서 격노한 왕희봉이 난동을 부리는 등 큰 창피를 당했는데도 전혀 뉘우치지도 않고 녕국부 가진의 처 우씨尤氏의 이복동생뻘인 미모의 우이저尤二姐[12]에게 홀랑 넋을 빼앗겨서 가진의 아들 가용의 조언을 좇아서 그녀에게 따로 몇 칸 집을 사주고 딴살림을 차렸던 것이다. 이곳 작은집[13]에서는 우이저의 여동생인 우삼저尤三姐[14]와 가진까지 합세하여 질탕하게 술 마시고 노는 일이 자주 펼쳐졌는데 그 난잡함은 말로 이루 다 표현할 수 없을 정도였다.[15] 이런 일이 유난히

12) 녕국부 우씨尤氏의 이복동생이고 우삼저의 친언니이다. 가련과 정분이 나 살림을 차리지만 이 사실이 왕희봉에게 발각된다. 그 후 왕희봉의 계략으로 가부에 들어가 살게 되었고, 왕희봉에게서 갖은 학대를 받다가 절망하여 금을 삼키고 자살하고 만다.

13) 첩실이 사는 집을 가리킨다.

14) 녕국부 우씨의 이복동생이고 우이저의 친동생이다. 당차면서도 남자를 유혹할 줄 아는 매력적인 여성이다. 유상련柳湘蓮을 연모하여 약혼하지만 유상련이 그녀의 정조를 의심하여 파혼을 선언하자 원앙보검으로 스스로 목을 베어 자살한다.

15) 제65회 원문에서 우이저·우삼저 자매가 가진·가련 형제와 더불어 음란하게 노는 대목을 묘사한 한 부분을 인용하면 다음과 같다. "논다니판에서 이골이 나게 굴러먹은 그들 형제였지만 오늘 이 새파란 계집, 곧 우삼저의 수작질 앞에선 꼼짝할 수가 없게 되었다. (중략) 그들 두 사람은 벌써 온몸이 뼈마디까지 녹아들어서 그녀에게 손이라도 대보고 싶은 생각이 불같이 일었지만 그녀의 지나친 희롱과 음란한 태도에 그만 기가 질려서 감히 어찌질 못하고 있었다. (중략) 그래서 그녀는 마음 내키는 대로 지껄이고 주물러대면서 그들 두 형제를 한껏 놀려주었다. 그러고 보니 가진 형제가 그녀를 희롱하는 것이 아니라 그녀가 가진 형제를 희롱하는 셈이었다."

촉이 발달했던 왕희봉에게 알려지지 않을 턱이 없었고, 저간의 사정의 자초지종을 듣고는 말도 못 할 정도로 격노한 왕희봉은 한 가지 독한 꾀를 생각해내었던 것이다. 어진 현부인으로 짐짓 가장해 우선 점잖은 태도를 보이며, 남편이 출장 간 틈을 타서 우이저를 방문해 공손한 말투로 그녀를 첩택妾宅에서 나와서 본댁인 가씨네 저택으로 옮기게끔 하였던 것이다. 이렇게 일단 우이저를 자신의 감시하에 잡아둔 다음에 이윽고 영국부에 몰려가 우씨를 매도하는 한편(첫머리 부분에 인용함), 우이저에게 본래 약혼자[16]가 있었음에도 남편이 억지로 갈라서게 해서 그녀를 첩으로 삼았던 일에 주목하여, 막후에서 손을 써 옛 약혼자로 하여금 남편을 고소하게끔 만들거나 시녀를 이용하여 우이저를 음흉한 방법으로 괴롭히는 등 갖은 수단을 동원해 그녀를 학대하였던 것이다. 그 결과 궁지에 내몰린 우이저는 마침내 금덩이를 삼키고 자살하기에 이르렀다.[17] 이러한 에피소드는 조금 당돌하다는 인상이 없지 않은데, 남편 가련에게 못된 꾀를 알려준 가용, 또다시 부친이 자신

_____

16) 우이저의 옛 약혼자 장화張華를 가리킨다.
17) 제69회에 보면 우이저가 금을 삼키고 자살하는 장면을 상세히 묘사하고 있다.

에게 내린 시첩侍妾[18]에게 온통 정신이 팔려 우이저를 완전히 외면해버리는 남편 가련, 그런 남편과 함께 우씨 자매와 치정 놀음에 빠지는 가진의 모습에는 실로 저속한 냄새가 확 풍기는, 어찌 구제해볼 길이 없는 불결함이 그득히 감돌고 있다 하겠다.

　가씨 집안의 성인 남자들은 근엄하고 성실한 인물인 가정 이외에는 어느 한 사람 믿고 의지할 만한 구석이 있는 남자가 없었고, 모두가 하나같이 더러운 소가지를 지닌 인간들뿐이었다. 공통적으로 여자에 대해 정이 헤퍼서 첩실을 여럿 거느리는 것만으로는 만족치 못해 갖가지 보기 흉한 소동을 일으키고 있는 것이다. 예를 들면 영국부의 주인 가사 또한 대부인이 몹시도 총애하는 첫째 시녀인 원앙을 첩실로 들이겠다고, 하필이면 본부인 형부인을 시켜서 원앙과 직접 담판을 짓게 하였는데, 완강히 거부하는 원앙이 대부인에게 울며불며 매달리자 이에 격노한 대부인에게 며느리 형부인이 면전에서 지청구를 듣는 지경에까지 이르렀던 것이다(제46회). 똑같은 호색이라고는 하지만『금

---

18) 제69회에 보면 부친 가사賈赦가 아들 가련에게 상으로 자신의 방에 있던 열일곱 살짜리 추동秋桐이란 시녀를 시첩으로 하사하고 있다.

병매』의 서문경만큼 강렬하게 분출하는 에너지 따위는 아예 없고, 단지 우물쭈물 채신머리가 없었을 뿐이니 "(대부인이 안 된다고 하니) 이에 달리 무슨 말을 할 수 있겠는가?"라는 식이다. 그나마 유일하게 근엄한 가정도 정직한 인물이기는 하지만 인간적인 매력은 그다지 없는 편이라 하겠다. 『홍루몽』 세계에는 매력적인 성인 남성은 전무하다고 해도 좋을 지경인데, 바로 그렇기 때문에 도리어 대부인부터 소녀들에 이르기까지 다양한 매력을 지닌 여성상이 한층 돋보이는 것이라고 해야 할 것이다.

의식 있는 소설가의 자세

남녀와 귀천을 불문하고 이렇듯 악랄하고 추악한 존재들을 『홍루몽』은 적나라하고 적확하게 묘사해내고 있다. 『금병매』의 경우는 인간의 추악함을 묘사할 적에 극단적으로 과장하는 수법을 동원하는 경우가 많은데 이러한 조작에 의해 일종의 익살스러움조차 느껴진다고 하겠다. 그러나 『홍루몽』은 그와 같은 수법을 이용하지 않고 추악한 것을 추악한 모습 그대로 참으로 면밀하게 묘파하고 있다. 작자 조설근은 가보옥이나 소녀들을 묘사할 적에는 그들의 심층 심리까지 시야에 넣는 등 마치 마르셀 프루스트Marcel Proust[19]를 떠올리게 하는 부분이 있다. 이에 반해 하인들끼리 벌이는 악다구니 싸움을 묘사할 때에는 일변하여 아주 세세한 부분까지 배려하면서 그 추악함을 가차 없이 폭로하는 수법을 사용하고 있다. 이러한 수법은 이미 많은 연구자들이 지적한 바 있듯이 확실히 오노레 드 발자크Honoré de Balzac[20]를 연상케 하는 측면이 있는 것이다. 이와 같이 지극히 자연스럽게 프루스트나 발자크의 작품을 연상케 한다는 사실은, 장편소설 『홍루몽』의 서사 구조나 묘사 방법 등이 프랑스를 중심으로 하는 유럽 근대 소설의 지평에 무한히 접근해 있다는 점을 저절로 보여주는 것이라고 해야 하겠다.

게다가 또한 서사 세계의 후반부에서 몰락해가는 가씨 집안 내부의 추악한 양상이 면밀히 묘사되고 있는 점은 작자 조설근이 『홍루몽』이라는 소설 세계를 어디까지나 의

---

19) 1871~1922년. 프랑스의 작가. 대표작인 『잃어버린 시간을 찾아서』는 의식의 흐름 수법을 활용한 심리주의 소설을 대표하는 작품으로 20세기 문학의 최고 걸작으로 평가받고 있다.
20) 1799~1850년. 프랑스의 소설가로 근대 소설문학의 창시자로 평가받는다. 대표작으로 『고리오 영감』, 『종매 베트』 등이 있다.

식적으로 구축하려 했다는 사실을 보여주고 있다. 『홍루 몽』의 주제가 가보옥의 '영원한 소녀 환상'에 있었다고 해 도 그와 같은 환상은 추악한 어른들이 준동하는 주변 현실 과 대비됨에 따라 그것이 얼마나 희유한 것인지가 명백히 드러나게 되는 것이다. 이 때문에 작자는 그러한 환상이 나 아름다운 꿈 자체를 절대화해서 묘사하기보다는, 이래 도 안 질리니 하는 식으로 끝없이 주변의 추악함을 묘사하 고, 그것과 대비하면서 상대화하는 수법을 통해 환상 세계 를 선명하게 부각하려고 한 것이었다. 이것은 참으로 자 각적이고 의식적인 소설가의 자세라고 할 수 있겠다. 참 고로 가씨 집안을 방문한 여자 재담꾼이 재담을 늘어놓기 시작하자 대부인이 웃으며 재담을 가로막고 다음과 같이 자신의 생각을 개진하는 장면이 실려 있다.

"그런 얘기들은 죄다 판에 박은 듯이 한 가지 격식이거 든. 어찌 되었든 재자가인才子佳人의 얘기일 뿐이야. 아무 재미도 없다니까. 남의 집 귀한 딸을 그처럼 고약하게 그 려놓고서 입으로는 그래도 가인이라고 한단 말이야. 하 지만 눈곱만큼도 비슷한 구석이 없게 꾸며놓는단 말이지. 이야기가 시작만 되면 한 본새로 학문하는 집안이라고 하면서 아버지는 상서가 아니면 재상이고, 또 그에게는 정해놓고 무남독녀 외동딸밖에 없어. 딸애를 금지옥엽으로 끔찍이 사랑했다는 그런 것이지. 그리고 그 아가씨는 필시 학문에 능통하고 예의범절 뛰어나며 모르는 게 없는 데다 절세의 가인이 분명하겠지. 그런데 그 절세가인이란 아가씨는 그저 반반하게 생긴 사내를 보기만 하면 그가 친척이든 벗이든 막론하고 바로 이 남자와 결혼해야겠다고 달라붙는다 말이야. 그때가 되면 부모님도 다 잊고 학문이니 예절이니 하는 것도 다 잊어버리고 말지. 그 노는 꼴이란 꼭 미친년이 아니면 도적년 같단 말이야. 이것도 아니고 저것도 아니고 그걸 어떻게 가인이라고 할 수 있겠어. 설사 뱃속 가득 고상한 글공부를 했더라도 그렇게 행동하면 진정한 가인이라고 할 수가 없는 게지.”

(제54회)

『홍루몽』 역시 줄거리로만 보면 ‘대귀족 도련님과 박행한 미소녀의 비극적인 사랑 이야기’라는 유형으로 분류될 수밖에 없겠다고 하겠다. 그러나 대부인의 입을 빌려, 기존의 정형화된 ‘재자가인才子佳人 소설’을 조롱해 보이는 이러한 대목은 작자 자신이 유형화된 전통적 서사의 속박에서 탈피하기 위해 얼마나 명석한 방법론적 의식을 가지고 작품을 완성해갔는지를 생생히 엿보게 해주는 것이다.

6. 조설근이 목표로 했던 '밀도密度'
- 또 한 명의 '가보옥'

"대부인은 진씨甄氏 댁에서 온 네 사람의 하인들에게 물었다.

'(댁의 도련님은) 올해 나이는 몇 살이나 되었수? 글공부는 하고 있나요?'

대부인이 연달아 묻자 네 사람은 웃으며 답했다.

'올해 열세 살인데, 생김새가 아주 준수하시기 때문에, 노마님이 여간 귀여워하시지 않는답니다. 어려서부터 장난기가 남달리 심하시고 공부는 날마다 빼먹고 있습니다. 대감님과 노마님께서도 제대로 단속하며 가르치지 못하고 계세요.'

대부인이 웃으며 그 말을 받아쳤다.

'그럼 우리 집 녀석하고 똑같이 되었다는 거 아냐! 댁의 도련님의 이름은 뭐라고 하시오?'

'노마님이 보배처럼 여기시는 데다 도련님의 얼굴이 백옥같이 희기 때문에 노마님이 도련님을 보옥寶玉이라고 이름을 부르셔요.'

그 말을 듣자 대부인이 이환네를 돌아보았다.

'어쩜 저 댁의 도련님도 이름까지 보옥이라고 한다는구

나!' (중략)

　아낙네들이 그 말을 듣고서 얼른 달려나가더니 얼마 후에 곧 보옥을 에워싸고 돌아왔다. 네 사람의 하인들이 보더니 일제히 벌떡 일어서며 웃으면서 말했다.

　'저희는 정말 깜짝 놀랐어요. 만일 장소가 이 댁이 아니고 다른 데서 만나 뵈었다면 저희는 틀림없이 저희 집 보옥 도련님이 저희 뒤를 따라서 상경해오신 줄로만 여겼을 거예요.'" (제56회)

이야기의 끝 - 온갖 향기로운 꽃 산산이 흩어지다

　가보옥의 '시간아 멈추어라'[1]라는 바람도 헛되이 대관원에 모였던 소녀들은 각자의 사정으로 한 사람 한 사람씩 대관원을 떠나가게 되었다. 청문의 경우처럼 가씨 집안에서 쫓겨난 끝에 죽음을 맞이한 경우[2]가 있는가 하면 가영춘처럼 시집을 가게 된 경우도 있었다. 설보차 또한 소지

---

1) 괴테의 『파우스트』에 보면, 파우스트의 대사로 '내가 순간을 향해, 시간아 멈춰라, 너는 정말로 아름답구나라고 말한다'는 대목이 있다.
2) 가영춘은 손소조孫紹祖에게 시집을 가는데, 이 손소조라는 인간은 집안 대대로 군관 출신으로 주색잡기에 빠져 있었다. 가영춘과 결혼하고도 집안의 하녀들을 겁탈하고 그녀에게 난폭하게 굴었다. 제5회에 나오는 시구에서 손소조는 '중산의 늑대(중산랑中山狼)', 곧 은혜를 원수로 갚는 인간에 비유되고 있다. 결국 가영춘은 남편의 학대를 이기지 못하고 결혼 일 년 만에 죽고 만다.

품 검사를 당하는 소동이 있은 뒤에 건강이 좋지 못한 모친을 도와 본가의 살림을 돌봐야 한다고 우기면서 가씨 집안을 떠나가버렸다. 떠나기에 앞서 설보차는 왕부인과 왕희봉에게 다음과 같이 자신의 생각을 말하고 있다.

"몇 해 전에는 나이도 아직 어리고 집에도 별다른 일이 없었으므로 밖에 있기보다 원내에 들어와 있는 편이 나았어요. 자매들과 어울려 침선도 하고 떠들며 놀기도 하는 게 밖에서 혼자 멋없이 앉아 있기보다는 몇 배 더 나은 거니까요. 그렇지만 이제 이만큼 나이도 들었거니와 각자여러 가지 해야 할 일도 많아졌단 말예요. 더욱이 이모님네만 해도 요 몇 해 동안에 여러 가지 생각지도 못했던 여러 가지 사고들이 자꾸 생기지 않았어요? 그건 또 원내가너무 넓고 번잡해서 미처 살펴보지 못했던 데서 생긴 거니까 지금 몇 사람이라도 줄이면 그만큼 근심거리도 적어질 게 아녜요? (중략) 제가 보기에는 대관원에 들어가는 비용도 대폭 줄여야 합니다. 굳이 옛날같이 하려고 할 필요는 없으니까요." (제78회)

총명한 설보차가 생각하기에는, 모두가 처음부터 지금껏 보아왔던 것처럼, 시간이 흘러가면서 어른이 되어가는 가보옥과 소녀들이 더 이상 아무 걱정 없이 공생하는 것은 불가능한 일이었고, 더불어 몰락의 언덕 아래로 구르기 시작한 가씨 집안에는 웅장하고 화려한 대관원을 더 이상 유지해갈 만한 경제력이 이제 존재하지 않았던 것이다.

각양각색의 '속편들'

조설근이 창작한 부분은 제80회까지였지만, 여기서 작품이 끝나는 것이 아니라 제80회 이후의 내용에 대해서도 작자는 대체적인 구상을 가졌던 것으로 보인다. 서사 세계가 개막한 지 얼마 되지 않았던 제5회 부분에서는 가보옥이 꿈속에서 경환선녀와 만났을 적에 대관원 소녀들 각자의 최종적인 운명을 예고하는 시구가 씌어 있었다. 후반 40회분, 곧 제81회부터 제120회까지의 분량을 고악高鶚은, 이들 시구와 전반부 80회 분량의 곳곳에서 등장인물의 장래를 암시하는 부분 따위를 참고로 해서, 조설근의 애초의 구상을 추측하는 한편, 그 위에 자기 나름의 서사 세계를 전개해갔을 것으로 추정된다. 그러나 대체로 고악이 썼던 후반 40회분에 대해서는 서사적 구성이나 문장 표현 모두가 조설근이 썼던 전반 80회분의 정치함의 수준에는 도저히 미치지 못한다고 하겠다. 아울러 어쨌든 간에 작품을 완결하기 위해 오로지 줄거리를 따라가는 데만 급급한 듯한, 짜임새가 엉성하다는 것 또한 부정할 수 없는 사실인 것이다. 『금병매』의 마무리 부분에서도 분명히 '일사천리'라는 느낌이 들기는 했지만, 서사 세계의 막을 내리기 전에 마치 서문경의 이야기를 축소 재생산하는 듯이 진경제의 암담한 이야기를 배치하였고, 이 같은 주도면밀한 장치를 통해 서사 세계를 종막으로 치닫게 하는 등 그 나름의 '끝내는 방식'에는 교묘한 설득력이 있었다고 할 수 있다. 그러나 『홍루몽』후반부 40회 분량의 전개에는 그렇듯 서사 세계를 종막으로 이끌고나가는 유기적 구상이 보이지 않고, 설득력도 다소간 떨어진다고 하겠다. 오랜 세월에 걸쳐 퇴고에 퇴고를 거듭하며 다듬었던 전반 80회분과 그렇다고는 할 수 없는 후반 40회분 사이에는 역시 뚜렷한 밀도 차이가 존재하며, 낙차 또한 크게 존재한다고 하지 않을 수 없는 것이다.

그렇지만 전반 80회분과 후반 40회분 사이에 이와 같은 단절이 존재한다는 사실이 알려진 것은 20세기에 들어서부터이며, 그 이전 시대의 독자는 전체 120회 분량을 일관된 작품으로 받아들였던 것이다. 다만 그들 대부분은 임대옥이 가보옥과 부부의 연을 맺지 못하고 병사한 것에 대해서는 도저히 참을 수 없다고 느껴서, 어떻게든 임대옥을 죽지 않게끔 만들거나, 일단 죽었다가 되살아나는 식의 이야기로 만들거나, 오래도록 살면서 능란한 수완가로서 능력을 발휘했다는 식의 이야기로 바꾸어보는 등 눈물겨운 노력을 계속해왔던 것이다. 『후홍루몽後紅樓夢』[3], 『홍루몽보紅樓夢補』[4], 『홍루원몽紅樓圓夢』[5] 등등의 속편들을 읽어보면 조설근이 창출하였던 임대옥의 이미지가 당시의 독자들을 얼마나 매료시켰는가를 미루어 짐작케 해준다고 하겠다.

---

3) 『후홍루몽』은 『홍루몽』의 속편 작품들 중의 하나로 소요자逍遙子가 지었다고 한다. 1796년경에 간행된 작품으로 속편 가운데 가장 이른 시기의 것으로 알려져 있다. 120회 분량에 이어서 30회 분량을 덧붙이고 있다.
4) 『홍루몽보』는 낭현산초嫏嬛山樵가 지었다고 하고, 1820년 간본이 전해지는데 120회 분량에 뒤이어 48회 분량을 덧붙이고 있다.
5) 『홍루원몽』은 몽몽선생夢夢先生이 작자로 되어 있고, 120회 분량에 뒤이어 31회 분량을 덧붙이고 있다.

두 사람의 사랑의 결말

조설근이 본래 가졌던 구상에서도 그 후로 소녀들이 각
각 어려운 상황에 봉착해 고난을 겪게 된다는 식으로 전개
되었을 것임에는 일단 틀림없다 하겠다. 이미 제80회에서
설보차의 오빠 설반이 여행에서 돌아왔기 때문에 향릉 역
시 대관원을 나와 설씨 집안으로 되돌아갔고, 이윽고 설반
이 새롭게 맞이한 본부인[6]과 그 시녀한테서 괴롭힘을 당
하는 광경이 묘사되고 있고, 시집을 간 뒤 처음으로 친정
나들이를 온 가영춘이 술, 도박, 오입질에 빠진 전형적인
난봉꾼인 남편의 나쁜 행실에 대해 몇 마디 충고를 했더니
그 남편이 다짜고짜 폭력을 휘둘렀다고 눈물로 억울한 사
정을 호소하는 모습 등이 묘사되어 있다. 또한 제5회에 실
려 있는 암시적인 시구에 따르면 가장 믿음직한 인물인 가
탐춘은 먼 연해 지역으로 시집가 두 번 다시 돌아오지 않

---

6) 설반은 대부호의 딸인 하금계夏金桂를 본부인으로 맞이하는데, 하금계는 어려서
부터 귀하게 자라서인지 제멋대로이고 성격도 포악하였다. 시어머니 설부인과
시누이 설보차와도 사이가 안 좋아 늘 집안의 분란을 일으킨다. 남편의 첩인 향
릉을 질투하여 학대하고, 독살하려다가 자신이 독을 마시고 죽는다.

았고[7], 천의무봉한 사상운 역시 시집간 지 얼마 되지 않아 남편과 사별[8]하는 등 마치 서로 약속이나 한 것처럼 소녀들은 모두 불행한 운명에 굴러떨어지고 말았다.

후반부 40회의 스토리 전개를 간단히 훑어보면 여기에 묘사되는 가씨 집안의 말로는 비참함 그 자체라고 하겠다. 가보옥의 처소인 이홍원의 해당화가 제철도 아닌 겨울철에 탐스럽게 피었던 일을 불길한 징조로 해서 가씨 집안은 붕괴일로를 치닫게 된다. 가보옥이 통령보옥을 잃어버린 탓으로 얼이 빠진 사람처럼 변하는가 싶더니 청천벽력 같은 소식으로 가씨 집안의 강력한 배경이었던 원춘 귀비가 사망하는 등 불운이 연속되면서 가씨 집안의 가산은

---

7) 제100회 원문에 보면 가보옥은 "셋째 누이(가탐춘)가 두 번 다시 만나볼 수 없는 먼 데로 시집을 간다잖아"라고 울먹거리며 가탐춘이 머나먼 연해 지방으로 시집간다는 사실을 알리는 장면이 나온다. 그러나 제119회에 이르면 다시 가탐춘이 남편과 함께 연해 지역에서 돌아와 가씨네 집으로 친정 나들이를 하는 장면이 나오고 있다. 제5회의 가탐춘의 운명을 암시하는 시구는 다음과 같다.
"재주는 뛰어나고 지조는 높아도   (재자정명지자고才自精明志自高)
기우는 말세에 태어나 운세가 막혔더라   (생어말세운편소生於末世運偏消)
청명가절에 눈물로 강변에서 송별하니   (청명체송강변망淸明涕送江邊望)
천리 먼 길 동풍에 꿈은 아득하여라   (천리동풍일몽요千里東風一夢遙)"

8) 사상운은 위약란衛若蘭과 결혼하나 남편이 폐병으로 죽는 바람에 쓸쓸한 만년을 보내게 된다. 제5회의 사상운의 운명을 암시하는 시구는 다음과 같다.
"부귀영화란 당치도 않은 말   (부귀우하위富貴又何爲)
어려서 부모를 잃은 몸이라네   (강보지간부모위襁褓之間父母違)
어느 덧 저무는 석양 속에   (전안적사휘展眼吊斜暉)
흐르는 물 떠도는 구름 같은 신세여   (상강수서초운비湘江水逝楚雲飛)"

순식간에 기울어져버린다.

뭔가 일이 일어날 것 같은 이런 불온한 형세 속에서 대부인의 강한 의사에 의해 가보옥은 설보차와 결혼하게 되었다. 대부인은 그토록 임대옥을 총애하였음에도 어찌 된 영문인지 후반부 40회에서는 돌연 악역으로 변모하여서 병상에 누워 있는 임대옥에게는 아무 귀띔도 해주지 않고 가보옥과 설보차의 혼례를 강행하였던 것이다. 가보옥은 왕희봉의 계략에 빠져 결혼 상대가 임대옥이라 지레짐작하고 혼례식에 참석하지만 자신의 상대가 설보차인 것을 알고는 이내 충격으로 졸도해버리고 만다. 한편 임대옥은 가보옥과 설보차가 혼례를 올리던 바로 그때에 혼자서 쓸쓸히 숨을 거두고 마는 것이다.

그러나 이러한 혼례 대목과 관련해서는 그토록 쾌활하고 당당했던 대부인이 이렇듯 야비하게 일처리를 하리라고는 도저히 생각할 수 없는 것을 비롯해, 대체로 아무래도 납득이 되지 않는 바가 많다고 하겠다. 가보옥만 하더라도 일찍이 임대옥의 시녀였던 자견이 가보옥의 본심을 확인하기 위해 임대옥이 곧 강남 소주로 돌아갈 예정이라고 거짓말을 했을 때(제57회) 그 이야기를 들은 순간부터 착란 상태에 빠져서, 방에 장식된 서양 기선 모형을 보고서도 "저게 대옥 누이를 데리러 온 배가 아니고 뭐야"라고 마구 소리를 질러댈 만큼 임대옥을 세상에서 가장 소중한 존재라고 확실히 정해두었던 것이다. 그럼에도 후반부 40회에서는 임대옥이 죽고 난 뒤에 가보옥은 설보차와 순탄하게 신혼 생활을 시작했다고 되어 있는데, 조설근의 애초의 구상은 어떠했던 것이었을까? 제5회에 실린 암시적인 시구9)에 의하면 가보옥은 설보차와 부부는 되었지만 먼저 죽은 임대옥에 대한 사랑을 영영 떨쳐버릴 수는 없었던 듯하다. 그리고 앞에서 언급했던 '수수께끼 놀이'(488쪽 참조)의 에피소드에 따르면 설보차가 홀로 남겨지는 결말 또한

---

9) 제5회의 설보차와 임대옥의 운명을 함께 암시한 시구는 다음과 같다.
　　"베틀 멈춰 격려한 부덕婦德이 안타깝고　　　(가탄정기덕可嘆停機德)
　　버들개지 노래 부른 재주가 가련하다　　　　(감련영서재堪憐詠絮才)
　　옥 허리띠 숲속에 걸려 있고　　　　　　　　(옥대임중괘玉帶林中掛)
　　금비녀는 눈 속에 묻혀 있도다　　　　　　　(금잠설리매金簪雪裏埋)"
　　여기서 '베틀 멈춰 격려한 부덕'은 동한의 악양자樂羊子가 학업 도중에 돌아오자 그 아내가 베를 짜다가 잘라내어 중도에 학문을 포기하지 말라고 했던 고사에서 유래하여 설보차의 부덕을 칭송한 것이다. '버들개지 노래 부른 재주'는 진晉나라 사도온謝道韞이 총명하고 재주가 뛰어나 하얀 눈이 내리는 광경을 바람에 흩날리는 버들개지로 노래했다는 고사를 빗대어 임대옥의 재주를 찬양한 것이다. 숲(林) 속에 걸려 있는 옥玉 허리띠는 임대옥의 불행한 운명을, 눈(雪=薛) 속에 묻힌 금비녀(簪=釵)는 설보차의 처량한 결말을 빗댄 것이라고 하겠다.

준비되어 있었던 것이다.[10] 이렇게 보면 조설근은 가보옥과 설보차의 혼례가 이루어지던 바로 그때 임대옥이 죽고 만다는, 후반부 40회가 보여주는 일견 '극적' 효과만을 노린 평범한 장면과는 완전히 달랐던 구상을 통해서 삼인삼색三人三色[11]의 서로 다른 각자의 고뇌를 묘사하려고 했던 것이라고 할 수 있겠다.

이후에 가보옥의 부친 가정이 강등을 당하고 영국부 주인인 가사가 체포된 후에 마침내 세습직을 박탈당하고 가산을 몰수당하고서, 이윽고 대부인과 왕희봉이 잇따라 세상을 하직하는 등 가씨 집안은 엎친 데 덮친 격으로 전면적인 붕괴 양상을 드러내기에 이르렀다. 종막에 가까워지면 유 노파가 다시 등장하여 왕희봉이 죽은 뒤에 그녀의

---

10) 수수께끼 놀이에서 설보차가 궁중에서 시간을 알리기 위해 태우는 '경향更香'을 두고서 읊은 시는 다음과 같다.

　　"조회 끝나면 소매 끝에 연기만 남을 터　　　(조파수휴양수연朝罷誰攜兩袖煙)
　　비파 옆에서도 이불 속에서도 인연이 전혀 없네　(금변금리총무연琴邊衾裏總無緣)
　　새벽 시간 계인이 알리지 않아도 좋고　　　　(효주불용계인보曉籌不用雞人報)
　　오경 밤중에도 시녀가 향을 피울 까닭이 없네　(오야무번시녀첨五夜無煩侍女添)
　　아침마다 저녁마다 제 머리 불태우고　　　　(초수조조환모모焦首朝朝還暮暮)
　　매일같이 세세년년 제 마음을 지지누나　　　(전심일일부년년煎心日日復年年)
　　살같이 흐르는 세월 왜 아니 아까우랴　　　　(광음임염수당석光陰荏苒再須當惜)
　　비바람 조화 많고 날씨 또한 변덕스럽네　　　(풍우음청임변천風雨陰晴任變遷)
　　이 시에서 계인雞人은 궁중에서 시간을 알리는 사람을 가리킨다."

11) 가보옥, 임대옥, 설보차 세 사람을 가리킨다.

딸인 대저大姐가 팔려갈 위기에 처했을 때[12] 도움의 손길을 뻗치는 대목 정도가 그나마 작은 위안이 되는 장면이라고 하겠다. 참고로 가보옥은 웬걸 과거에 합격하고 난 뒤에 행방을 감춰버린다는 식의 결말을 맺고 있는 것이다. 그토록 틀에 박힌 유교적 이념에 반발하였던 가보옥이 과거에 응시한다는 사실은 이 또한 정말이지 전혀 이해할 수 없는 전개라고 해야 하겠다.

부자연스러운 에피소드

『홍루몽』이 미완인 상태라는 점에서 기인하는 바이지만 기실 조설근이 썼던 80회 분량 중에서도 거듭 손을 보려고 했을 것으로 추정되는, 채 다듬지 못한 에피소드가 몇 가지 남아 있다.

예를 들면 앞 장에서 약간 언급했던 우이저와 우삼저 자매에 대해서 보자면 그 등장 방식이나 전개에 부자연스러운 측면이 여럿 있다고 하겠다. 가진의 처 우씨의 이복 여

---

12) 달리 교저巧姐로도 불리는데, 가씨 집안이 몰락하자 왕희봉의 오빠인 왕인王仁이 가운賈芸 등과 모의하여 조카딸인 교저를 변방으로 팔아넘기려는 음모를 꾸미고 있다.

동생으로 되어 있는 우 자매는 당초 도저히 여염집 규수라고는 생각할 수 없을 정도로 논다니 판에서 이골이 나게 굴러먹은 여성의 이미지로 등장하였다가, 도중에 분위기가 싹 바뀌어 두 사람이 결국 모두 자살을 하고 만다. 앞서 언급했듯이 우이저는 왕희봉에게 학대를 당하다가 자살하고 마는데, 동생인 우삼저 역시 처음에는 가진과 가련 형제를 쥐락펴락하는 악녀처럼 묘사되다가 느닷없이 자신은 유상련柳湘蓮[13]이라는 남성을 오랜 세월 사모하고 있었는데 아무래도 그 사람과 결혼하고 싶다는 등의 말을 꺼내고 있다. 이것은 그야말로 뜬금없는 전개라고밖에 말할 수 없겠다. 게다가 우삼저의 눈독에 올랐던 유상련이라는 인물 또한 알 수 없는 구석이 많은 존재이다. 그는 가보옥과 친분이 있었고 게다가 설반을 흠씬 두들겨 패서 반죽음이 되게 하는 등 자못 협객 같은 이미지로 등장한 뒤 한동안 서사 세계에 얼굴을 비치지 않다가 우삼저가 몹시도 연모하는 대상으로 갑작스럽게 재등장하는 것이다. 게다가

---

13) 원래 명문가의 자제로 성격이 호탕하고 의협심이 강한 인물이다. 극단 사람들과 함께 어울려 연극 공연을 하기도 하고 가보옥, 진종 등과 친분을 쌓으며 지낸다. 우삼저와 약혼하나 그녀에 대한 안 좋은 소문을 듣고 파혼을 요구한다. 우삼저가 원앙검으로 자살하자 후회하고 출가하고 만다.

이 정체불명의 유상련이 우삼저가 행실이 단정치 못하다는 이유로 그녀와의 혼인을 거부한 탓에 이를 비관하였던 그녀가 자살에 이르고 마는 것이다. 이들 우 자매나 유상련에 대해서는 아마도 작자 조설근에게는 한층 더 면밀하게 그럴듯한 이미지를 덧붙이고 무언가 별도의 유기적인 관계 매김을 통해 서사 세계에 편입시키려는 구상이 있었던 것이 아닌가 하는 짐작이 가지만, 정작 작자 자신은 거기까지는 손을 대지 못한 채로 죽었던 것이라고 보아야 할 것이다.

또 다른 한 명의 '보옥'

또 한 가지, 흥미롭기 짝이 없는 에피소드이면서도 아무래도 미해결의 과제로 남아 있는 것이 제1장에서 언급한 바 있듯이 가보옥과 완전히 동일한 환경, 완연히 똑같은 성향을 지닌 또 한 명의 '보옥'이 존재했다는 이야기이다. 외견상의 풍모 또한 분간할 수 없을 정도로 서로 판박이였고, '가賈'보옥과 마찬가지로 소녀들과 함께 있는 것을 너무도 좋아하는 '진甄'[14]보옥이라는 소년이 존재한다는 것이다(첫머리 부분에 인용함). 마치 가보옥의 도플갱어[15] 같은 존재이지만 아쉽게도 작자 조설근은 이 흥미로운 설정을 충분히 살리지 못하고 생애를 마치고 말았던 것이다. 참고로 두 명의 보옥이 꿈에서 만난다는 이야기에 얽힌, 다음과 같은 장면이 나타나고 있다.

'"대감나리께서 도련님을 찾으십니다.'

그 말에 두 보옥은 화들짝 놀랐다. 하나의 보옥은 얼른 밖으로 나가려 했고, 또 하나의 보옥은 다급히 나가려는 보옥을 보고 소리쳤다.

'보옥아! 어서 돌아와, 빨리 돌아와.'

옆에 있던 습인이 보옥이가 꿈결에 제가 제 이름을 부르는 걸 보고서 급히 몸을 흔들어서 깨우며 웃으면서 물었다.

'보옥 도련님이 또 어디에 있다고 그러세요?'

보옥은 그때 비록 꿈에서 깨어나기는 했지만 여전히 정신이 아득하고 멍한 상태여서 습인의 질문을 받고 손가락으로 문밖을 가리켰다.

---

14) 여기서 '진甄'은 '진眞'과 같은 글자이다.
15) 누군가와 똑같이 생긴 사람을 비유적으로 일컫는 말이다.

'방금 밖으로 나갔잖아?'

습인이 웃으면서 말했다.

'아직도 꿈에서 덜 깼군요! 눈을 좀 비비고 똑똑히 보세요. 그게 바로 저 거울에 비친 도련님의 모습을 보고 그러시는 거예요.'

보옥이 그녀의 말대로 앞을 바라보니 과연 벽에 박혀 있는 큰 거울에 자신의 모습이 비쳐져 있었다. 보옥은 자기 딴에도 멋쩍은 웃음을 지었다." (제56회)

앞서 유 노파가 등장하는 대목에서도 나왔던 '거울'의 이미지까지 얽혀 독자로서는 상상력에 커다란 자극을 받게 되지만, 더 이상의 전개가 이루어지지 않았기에 안타깝게도 작자 조설근의 진의를 파악할 길은 없다고 하겠다. 이 두 명의 보옥 이야기 또한 앞서 언급한 우 자매와 유상련의 경우와 마찬가지로 작자 조설근이 조금 더 손을 댈 작정이었는지 아니면 마지막에 가서는 제대로 살리지 못하고 삭제하려고 했는지의 여부는 여전히 수수께끼라고밖에 할 수 없는 것이다. 어쨌든 이렇게 미정리된 부분은 마치 문이 열려 있는 맞은편으로 펼쳐진 다른 차원의 세계와 같이, 『홍루몽』이 상상을 초월할 정도로 수많은 등장인물을 유기적으로 관련지으면서도 지극히 복잡하고 긴밀하게 교직交織되어 이루어진 작품이라는 사실, 그러면서도 한편으로는 여전히 '미완성'의 작품이라는 사실을 독자들에게 강하게 인상 지우고 있는 것이라 하겠다.

하늘로 되돌아가는 소년·소녀들

뿔뿔이 흩어진 소녀들, 가씨 집안의 완전한 몰락이라는 식으로 작자 조설근은 『홍루몽』 세계의 종말을 무참하고 어두운 그늘로 뒤덮어버리고 그 자신도 뜻을 채 이루지 못한 채 병사하고 말았다. 고악이 지었다는 후반부 40회에서는 행방을 감추었던 가보옥이 마지막에 가서는 현세를 벗어나 출가한다는 식의 설정이 되어 있다. 이는 애초에 천상계에서 하계(현세現世)의 인간 세계로 내려왔던 가보옥이 다시금 현세를 떠나 이윽고 천상계로 회귀하는 것을 암시하고 있고, 그런 의미에서는 크게 무리가 없는 결말이라고 할 수 있다.

가보옥과 함께 천상계에서 내려왔던 아름다운 소녀들은 지상으로 옮겨놓은 태허환경이라 할 대관원에서 더없이 행복한 시간을 보낸 뒤에 각자 온갖 신산辛酸을 겪으며 인생을 살게 되었던 것이다. 이렇게 한바탕 드라마와 같은 삶을 살고 난 뒤에 그녀들 또한 가보옥과 마찬가지로 최종적으로는 천상계의 태허환경으로 되돌아와서, 다 같이 배갈(白酒) 따위를 주거니 받거니 하며 웃고 떠들면서, "재미는 있었지만 인간 세상은 피곤하기 때문에 이제 그만 됐어"라고 서로 이야기하고 있을는지도 모를 일이다. 조설근이 백화 장편소설의 전통적인 패턴을 교묘하게 전용하여 설정한,『홍루몽』세계의 신화적 틀이란 종국에 가서는 매력 넘치는 소녀들을 구제함으로써 그녀들을 사랑해 마지않았던 독자에게 위안을 주고자 했던 장치와 다름없는 것이라고 하겠다.

저자 후기

　본서『중국의 5대 소설』상·하권은 중국의 5대 백화 장편소설인『삼국지연의』,『서유기』,『수호전』,『금병매』,『홍루몽』의 작품 세계를 각각 구체적으로 찬찬히 살펴가면서, '이야기되는 설화'로부터 '창작되는 서사물'로 이행하였고 '재미있는 이야기'로부터 '정치한 소설'로 정밀도를 높여갔던 중국 소설사의 흐름을 다시금 파악해보려 했던 작업의 소산물이다. 아울러 '5대 소설' 전체를 통관通觀하면서 '서사'란 무엇인가, '소설'이란 무엇인가와 같은 좀 더 근본적인 문제를 고찰하는 일도 본서가 커다란 목표의 하나로 삼았던 과제였다.

　이상과 같은 구상을 토대로 상권에서는『삼국지연의』와『서유기』2편의 작품, 하권에서는 상호 간에 깊은 인과관계를 맺고 있다고 할『수호전』,『금병매』,『홍루몽』등 3편의 작품을 다루어보았다. 이들 5편의 소설은 어느 작품이나 할 것 없이 처음부터 끝까지 통독하는 데도 배전의 열정과 각오를 요하는 대작들이다. 그러나 그에 비례하여 이들 작품을 끝까지 독파하였을 때의 성취감은 그만큼 각별하다고 해야 할 것이다. 본서가 그러한 과정의 길라잡이 역할을 조금이라도 해냈으면 하는 것이 저자로서 소망하는 바라 하겠다.

이와나미신서 편집부의 후루카와 요시코古川義子 씨에게서 '(중국의) 5대 소설'에 대해서 마음껏 논의의 장을 펼치는 형식의 신서를 하나 출판했으면 한다는 이야기가 있었던 것이 2년 남짓 전의 일이었다. 그러한 이야기가 점차 구체성을 띠고 진척되어 2006년 겨울부터 후루카와 요시코 씨, 이와나미서점의 이노우에 카즈오井上一夫 씨와 함께 '(중국의) 5대 소설'을 읽고 서로 이야기하는 소모임을 만들어 2007년 여름까지 대략 10회 정도 계속해왔다. 『삼국지연의』와 『수호지』에 정통한 이노우에 씨와 『금병매』와 『홍루몽』에 남다른 흥미를 지녔던 후루카와 씨와 더불어 셋이서 '5대 소설'에 대해 온갖 이야기를 나누었던 이 소모임에서는 나 자신도 개방적인 기분이 되어 대담한 발언을 했던 경우도 여러 차례 있었다. 이렇듯 세 사람이 즐겁게 고양된 분위기 속에서 서로 나눴던 대화는 처음부터 끝까지 모두 녹음을 해서 후루카와 씨가 새롭게 종합·정리를 했고, 그렇게 만들어진 초고를 토대로 내가 다시 내용을 고쳐 쓰면서 본서를 완성하게 된 것이다. 아울러 본서 상·하권의 원문 인용 부분은 모두 나 자신이 졸역한 내용을 그대로 이용하였다. 우리 세 사람이 펼쳤던 '대화의 현장'의 약동하는 분위기가 상·하권 각각 두툼한 책으로 완성된 본서에 가감 없이 고스란히 재현되었기를 저자로서는 진심으로 소망하는 바이다.

이상에서 보듯이 본서는 오로지 후루카와 요시코 씨가 고군분투의 대활약을 벌인 덕택으로 탄생한 결과물이나 다름없다고 하겠다. 후루카와 씨는 모두가 방대한 분량의 대장편인 '5대 소설'의 번역본들을 통독하고 전체적 내용을 숙지한 뒤에 참으로 적확하게 정리작업을 진행해주었다. 젊은 세대인 후루카와 씨가 이토록 열정을 쏟아 중국의 고전 장편소설에 맞대면해서 작업을 해준 것은 저자인 나에게도 더할 나위 없는 기쁨과 깊은 감동을 느끼게 해주었다. 이에 후루카와 씨에게 진심으로 깊은 감사를 드

리는 동시에 함께 일을 해나가는 기간 내내 언제나 적확한
조언을 내게 해준 이노우에 씨에게도 아울러 감사의 뜻을
표하고자 한다.

2009년 2월

이나미 리쓰코井波律子

역자 후기

　이른바 중국의 5대 소설 가운데 이 책은 상권에서 다루었던『삼국지연의』,『서유기』에 뒤이어『수호전水滸傳』,『금병매金甁梅』,『홍루몽紅樓夢』의 나머지 3대 소설을 다루고 있다. 상권에서 다뤘던『삼국지연의』와『서유기』에 비하면 하권이 다루는 작품, 특히 '음서淫書'의 대표 격으로 역대로 금서 취급을 받았던『금병매』나 수백 명의 등장인물과 가히 백과전서적 규모의 지식을 펼쳐 보이는『홍루몽』의 경우는 한국의 독자에게는 아직은 친숙도가 그리 높지 않은 작품들이라고 하겠다. 서구 문학에서 흔히 일컬어지는 장편 '대하소설roman-fleuve'에 속한다고도 할 수 있는 이들 5대 소설을 옮긴이가 나름대로 범범하게 구분한다면,『삼국지연의』는 역사소설,『서유기』는 환상소설에 속할 것이고, 이 책에서 다루는『수호전』은 악한惡漢소설, 그리고

『금병매』와『홍루몽』은 일종의 풍속風俗소설 정도의 범주에 속하는 작품으로 보아도 크게 무리가 없을 것이다.

우선 이 책에서 가장 먼저 다루는『수호전』은 '싸우는 남자들의 세계'를 묘사한다는 점에서 천하 통일의 야망이 상호 교차·충돌하는 양상을 그린『삼국지연의』의 계보를 잇는 듯하지만 작품의 기본 성격은 크게 다르다고 하겠다. 시대적 배경이 12세기로 모호하게 설정되어 있는 데다, 주역으로 등장하는 양산박 108인의 호걸 가운데 40인 정도만이 비중 있게 다뤄진다는 점에서『수호전』은 애초부터 역사소설이 지향하는 엄밀한 사실성 등에는 흥미가 없었던 것으로 보인다. 요컨대『수호전』은 어느 단대사斷代史를 지향하는 역사 서사물이라기보다는 좀 더 거시적인 틀에서 국가에 의한 권력 남용의 실상, 그리고 무능한 기존 권력에 대한 밑으로부터의 분노의 표출이라는 좀 더 보편적인 역사 현상을 묘사하려 했던 것으로 보인다. 그런 맥락에서 기존 체제의 가치인 '충성과 정의'에 집착했던 프로타고니스트protagonist 송강에 대해 항상 충동적으로 행동하는 트릭스터trickster 이규가 보는 시각에 따라서는 단순한 안타고니스트antagonist의 차원을 넘어서서 '진정한 반항자이자 혁명가'로서 재평가받고 있다는 점은 일견 수긍이 가는 견해라고도 하겠다. 어떤 의미에서『수호전』의 작품 정신을 철저히 배신한 인물이라고 보아야 할 송강을 극혐했다고 전하는 김성탄金聖嘆이 호걸들이 양산박에 집결하는 이후의 부분을 아예 삭제해버리고 70회본을 만든 것은 아마도 그런 의식이 표출된 하나의 결과라고 보아야 할 것이다.

다음으로 '회대의 음서'라는 전통적 비판에서부터 '중국 최초의 근대적 리얼리즘 소설'이라는 찬사에 이르기까지 극단적인 평가의 진폭을 보여주는『금병매』는 주지하다시피『수호전』의 제23회부터 27회까지의 에피소드로부터 기본 구상을 가져와 이를 역전·확대시킴으로써 대하소설의 수준에까지 도달한 혼치 않은 작품이다. 아울러 기존의『삼국지연의』,『수호전』이 '남자들이 활약하는 비非일상의 세계'를 배경으로 한 데 반해『금병매』는 작품의 배경을 '여성들이 존재하는 일상의 세계' 속에서 드러나는 남녀 간의 관계성의 범위로 전환했다는 점에서 획기적인 의의를 지닌다고 하겠다. '작품에 묘사되는 것은 먹고 마시는 일과 섹스뿐이다'라는 말에서 단적으로 드러나듯『금병매』의 묘사는 철저히 일상 세계 속에서의 '음식남녀飮食男女'의 문제로 일관하고 있다. 신이 존재하지 않음으로써 종교적 억압이 미약했던 중국 사회에서 인간의 본질을 성악론에 근거한 악으로 규정·접근하려 했던 작가 정신의 산물인 『금병매』는 인간의 쾌락에 대한 절대적 긍정을 바탕으로 '음식남녀', 곧 식욕과 성욕에 대한 끝없는 쾌락의 영속화를 추구하는 '저주받은 걸작'으로서의 면모를 유감없이 보여주었다고 하겠다. 그러나 이렇듯 내용적으로 수많은 여성이 이야기의 중핵을 차지하고, 그들이 또한 상대하는 남성들을 모두 파멸로 이끄는 '팜므 파탈femme fatale'로 등장·활약한다는 재미의 측면에서뿐만이 아니라, 작가가 보여주는 일관된 관점과 세부 묘사에서 드러나는 정밀성 등에서도 소설 기법의 전환점을 보여주는 획기적 작품으로 재평가받는 『금병매』를 바로 그런 맥락에서 서구 문학사에서 유사한 평가를 받는 라클로의 『위험한 관계Les Liaisons dangereuses』를 훨씬 능가하는 수준의 작품이라고 보는 것은 단지 옮긴이만의 지나친 편견은 아니라고 해야 할 것이다.

앞서 지적했듯이 선행하는 3대 소설과는 달리 『금병매』

에서는 '팜므 파탈'을 비롯한 다수의 여성이 강렬한 존재감을 지니는 주요 인물로 등장하는 변화가 나타났다면, 5대 소설의 마지막 작품으로 다루어지는 『홍루몽』의 가장 주된 특징은 이윽고 그러한 여성들의 일상 세계가 '비非일상의 남성 세계'를 압도·포섭하는 가운데 남녀의 관계성의 문제가 작품의 전면적 주제로 부상한다는 점이다. 게다가 『홍루몽』은 인간의 정욕情欲이 삶의 파괴적 요소로 작용하는 『금병매』와는 달리 인간의 삶에서의 연애와 정념情念의 문제를 『금병매』의 방향을 정반대로 역전시켜 다루고자 한 것이다. 요컨대 일종의 성동일성性同一性 장애자처럼 여성적으로 행동하는 『홍루몽』의 남자 주인공 가보옥은 '소녀야말로 천지간의 가장 지고한 존재'라고 확신한 나머지 그러한 '지고한 가치'의 상징적 존재인 여주인공 임대옥을 광적으로 사랑하지만 결국은 비극적 운명을 맞이한다는 것이 『홍루몽』의 표면적인 주제라고 하겠다. 그러나 천상의 선계를 그대로 재현한 대관원이라는 지상 낙원에서, 현실에서는 도저히 실현 불가능한 절대적 애정을 추구한다는 점에서 역으로 『홍루몽』은 그러한 예교禮教 규범으로 대표되는 현실의 질서가 감추는 강고한 비인간성을 여지없이 폭로하려는, 웅숭깊은 이면적 주제를 지니는 '문제적 걸작'으로 자리매김하고 있다고 하겠다.

그러나 흔히 장편 백화소설을 포함해 중국 문학사를 통틀어 최고의 걸작으로 평가받는 『홍루몽』의 진정한 가치는 그러한 주제의식, 곧 인생은 한바탕의 화려한 꿈에 불과하다는 비관적 인생관을 정치하게 가다듬은 세부적 묘사와 함께 18세기 중국 문화에 관한 백과사전이라고 불릴 정도의 방대한 지식에 입각한 사실적 기법 등을 동원해 경탄을 금치 못할 하나의 서사물로 교직·구축했다는 점에서 찾아야 할 것이다. 그러한 맥락에서 저자 이나미 리쓰코 교수가 『홍루몽』을 20세기 문학의 최대 걸작인 프루스트의 『잃어버린 시간을 찾아서』에 비교하면서 세계 문학 고전의 반열에 당당히 오를 만한 작품이라고 평가하는 견해에 옮긴이도 역시 전적으로 공감하는 바이다. 아니 더 나아가 옮긴이의 독서 체험에 비춰보아도 『홍루몽』의 세계는 단순히 프루스트의 작품뿐만이 아니라 플로베르의 걸작인 『감정교육』과도 같은 성장소설의 정경까지도 아울러 지니는 웅심 깊은 세계를 보여준다는 점에서 서구의 어떤 소설도 『홍루몽』의 오른쪽에 놓일 만한 작품은 없다고 단언하여도 지나친 주장은 아니라고 하겠다.

디지털과 인공지능(AI)으로 대표되는 오늘날과 같은 정보화 시대에 중국의 5대 소설 정도의 호한한 분량의 활자 소설책을 읽는다는 일은 독자들에게는 엄두가 나지 않는 불가능한 모험이라고 해야 할 것이다. 사정이 그렇기 때문에 비록 말 타고 꽃구경하는 식의 주마간화走馬看花의 감이 없지는 않지만, 요령을 득한 간결함과 내용의 깊이까지도 확보한 이나미 리쓰코 교수의, 중국 5대 소설의 세계로의 모험을 권유하는 이와 같은 길잡이 역할의 안내서는 한층 더 그 존재 가치를 발하게 되는 것이다. 독자들이 이 책을 읽고 그런 저자의 권유, 아니 유혹에 넘어가서 『서유기』 '서천취경'의 여행에 나서는 손오공처럼 용감하게 81난難이 도사린, 중국 5대 소설 세계로의 모험 길에 오른다면 옮긴이로서는 더할 나위 없는 만장생광萬丈生光의 보람이라고 하겠다. 끝으로 이 책을 번역하는 과정에서 여러모로 도움을 준 경상대학교 한문학과 정영실 강사에게 이 자리를 빌려 감사의 뜻을 표하고자 한다.

2019년 10월

옮긴이 장원철

로 송강을 놓아주다

로 쳐들어가다

제99회 | 노지심은 절강折江에서 원적圓寂하고 송공명은 금의환향을 하다

제100회 | 송공명의 신령들은 요아와에 모이고 휘종 황제는 꿈에 양산박을 선유仙遊하다

『금병매』 매회의 표제 총목록

철곤을 때리다

제29회 | 오신선이 집안 사람들의 관상을 보고 반금련은 난탕에서 낮거리를 하다

제30회 | 내보가 생일 선물을 운반하고 서문경은 아들을 얻고 벼슬에 오르다

제31회 | 금동이 술병을 숨겨 옥소를 놀리고 서문경은 잔치를 벌이고 축하주를 마시다

제32회 | 이계저는 월랑의 수양딸이 되고 응백작은 임기응변으로 응수하다

제33회 | 진경제는 열쇠를 잃어버려 벌로 노래를 하고 한도국은 놀아난 부인 때문에 싸움을 하다

제34회 | 금동이 총애를 믿어 일을 벌이고 평안이 분해서 고자질을 하다

제35회 | 서문경이 화가 나 평안을 꾸짖고 서동은 여장을 하고 손님들을 접대하다

제36회 | 적렴이 편지를 보내 여인을 구해달라 하고 서문경은 채장원과 친교를 맺다

제37회 | 풍노파가 한씨 딸을 시집보내게 하고 서문경은 왕륙아를 제 것으로 삼다

제38회 | 서문경은 사기꾼 한이를 때려주고 반금련은 눈 오는 밤에 비파를 타다

제39회 | 서문경은 옥황묘에서 제사를 지내고 오월랑은 여승에게서 불경을 듣다

제40회 | 아기를 안고 이병아는 사랑을 원하고 하인으로 분장한 금련도 사랑을 구하다

제41회 | 서문경은 교대호와 사돈을 맺고 반금련은 이병아와 다투다

제42회 | 부잣집에서는 문을 걸고 불꽃놀이를 즐기고 높은 사람들은 높은 누각에서 술 취해 등을 구경하다

제43회 | 금팔찌 잃어버린 금련을 서문경이 꾸짖고 사돈 맺은 교씨 부인을 월랑이 만나다

제44회 | 오월랑은 이계저를 묵게 하고 서문경은 술에 취해 하화아를 주리 틀다

에 통곡하다

제95회 | 평안이 전당 잡힌 물건을 훔치고 설씨 아주머니는 꾀를 내어
         인정을 말하다
제96회 | 춘매는 예전에 살던 집에 가서 노닐고 주수비는 장승을 시켜
         경제를 찾다
제97회 | 진경제가 수비부에서 일을 하고 설씨 할멈은 장삿속으로 중매
         를 서다
제98회 | 진경제는 임청에서 큰 술집을 내고 한애저는 기루에서 사랑하
         는 님을 만나다
제99회 | 유이가 취해서 왕륙아를 욕하고 장승은 앙심을 품고 진경제를
         죽이다
제100회 | 한애저는 호주湖州로 가 부친을 찾고 보정 스님은 죽은 자들
          을 제도하다

『홍루몽』 매회의 표제 총목록

제1회 | 진사은은 꿈길에서 통령보옥을 처음 보고 가우촌은 불우할 때
        한 여인을 알았다네
제2회 | 가부인은 양주에서 신선 되어 승천하고 냉자홍은 영국부를 상
        세하게 들려주네
제3회 | 가우촌은 청탁으로 지난 벼슬 다시 찾고 임대옥은 집을 떠나
        외갓집에 상경하네
제4회 | 박명한 여자 하필 박명한 사내 만나고 호로묘 승려 짐짓 제멋
        대로 판결내리네
제5회 | 태허환경 노닐며 열두 미녀 그림 보고 신선주를 마시며 『홍루

몽』곡 들어보네

제22회 | 창극 가사로 보옥은 참선의 진리 깨닫고 수수께끼로 가정은 불길한 징조 느끼네

제23회 | 서상기의 기묘한 사詞는 희롱의 말로 통하고 모란정의 애틋한 곡은 소녀의 마음 흔드네

제24회 | 주정뱅이 예이兒二는 재물 내어 의협을 기리고 어리석은 소홍은 수건 잃고 사랑에 빠졌네

제25회 | 마법으로 희봉과 보옥이 귀신들리고 통령보옥은 스님과 도사를 만났다네

제26회 | 봉요교에서 가운은 속마음을 전하고 소상관에선 임대옥이 그윽한 정 비치네

제27회 | 적취정에서 설보차는 나비를 희롱하고 매향총에서 임대옥은 낙화에 눈물 짓네

제28회 | 장옥함은 정에 겨워 비단 수건 건네주고 설보차는 수줍은 듯 사향 염주 차고 있네

제29회 | 복이 많은 사람은 받을수록 복을 빌고 정에 빠진 사람은 깊을수록 정 바라네

제30회 | 설보차는 부채 빌려 두 사람을 조롱하고 영관은 넋을 잃고 이름 쓰며 임 그리네

제31회 | 부채를 찢어내는 천금 같은 웃음소리 기린에 숨겨 있는 운명 어린 백수쌍성

제32회 | 속마음을 드러내다 보옥이 미혹되고 부끄러움 못 이겨 금천아가 자결하네

제33회 | 못된 동생 기회 보아 작은 입을 놀리고 못난 자식 허물 많아 모진 매를 맞았네

제34회 | 사랑으로 사랑 느껴 누이가 감동하고 잘못을 잘못 알고 제 오빠 나무라네

제35회 | 백옥천은 연잎 탕국 맛을 보고 황금앵은 매화 매듭 지어 주네

제36회 | 강운헌에서 수놓다 잠꼬대를 엿듣고 이향원에서 운명 알고 사랑을 깨닫네

제37회 | 추상재에서 우연히 해당사 시모임 열고 형무원에서 한밤에 국화시 제목 정하네

치 열었네

제54회 │ 사태군은 재자가인 진부하다 설파하고 왕희봉은 색동옷의 노래자를 본받았네

제55회 │ 미련한 소실은 제 자식을 욕하며 다투고 간교한 시녀는 어린 주인 얕보고 비웃네

제56회 │ 영민한 가탐춘은 묵은 병폐 없애고 때맞춘 설보차는 모두를 이롭게 하네

제57회 │ 슬기로운 자견은 보옥을 시험하고 자비로운 설부인은 임대옥을 위로하네

제58회 │ 살구나무 밑에서 우관은 적관을 위하여 통곡하고 명주 창문 아래서 보옥은 우관의 진심을 짐작하네

제59회 │ 유엽저에서 앵아와 춘연이 욕을 먹고 강운헌에서 보옥이 시녀를 두둔하네

제60회 │ 장미초 대신하여 말리분을 건네주고 매괴로玫瑰露 주고 나서 복령상을 얻어오네

제61회 │ 보옥은 그르칠까 장물을 대신 책임지고 평아는 공평하게 사건을 선뜻 매듭 짓네

제62회 │ 사상운은 술에 취해 작약꽃 아래 누웠고 향릉은 정에 끌려 석류치마 바꿔 입었네

제63회 │ 생일날 이홍원에선 화려한 잔치 열리고 초상난 녕국부에선 우씨가 장례 치르네

제64회 │ 얌전한 임대옥은 슬픔 속에 오미음 지었고 방탕한 설반은 정에 빠져 구룡패 주었네

제65회 │ 가련은 몰래 우이저에게 장가들었고 우삼저는 내심 유상련에게 시집가려 하네

제66회 │ 다정한 우삼저는 수치심에 자결하고 냉정한 유상련은 후회하며 출가하네

제67회 │ 임대옥은 고향 생각에 잠기고 왕희봉은 어린 시동 심문하네

제68회 │ 불쌍한 우이저는 대관원에 끌려 들어가고 샘 많은 왕희봉은 녕국부를 발칵 뒤집었네

제69회 │ 왕희봉은 꾀부려 남의 칼로 살인하고 우이저는 절망하여 생금

주요 참고문헌(번역 대본 및 번역본)

『수호전』편

『수호전』(100회본) 전 3책 인민문학출판사 1975년 북경 제1판

『수호전』(100회본) 전 10책 요시카와 코지로吉川幸次郎·시미즈 시게루淸水茂 역 이와나미문고 1998~99년

『수호전』(120회본) 전 3책 고마다 신지駒田信二 역 헤본샤 중국고전문학대계 1967~68년

『금병매』편

『금병매사화金甁梅詞話』 전 5책 대안大安 1963년

『금병매』 전 3책 오노 시노부小野忍·지다 구이치千田九一 역 헤본샤 중국고전문학대계 1967~69년

『금병매』 전 10책 오노 시노부小野忍·지다 구이치千田九一 역 이와나미문고 1973~74년

『홍루몽』편

『홍루몽』 전 3책 인민문학출판사 1982년 북경 제1판

『홍루몽』 전 3책 이토 소헤伊藤漱平 역 헤본샤 중국고전문학대계 1969~70년

『홍루몽』 전 12책 마쓰에다 시게오松枝茂夫 역 이와나미문고 1972~85년

일본의 지성을 읽는다

001 이와나미 신서의 역사
가노 마사나오 지음 | 기미정 옮김 | 11,800원

일본 지성의 요람, 이와나미 신서!
1938년 창간되어 오늘날까지 일본 최고의 지식 교양서 시리즈로 사랑받고 있는 이와나미 신서. 이와나미 신서의 사상·학문적 성과의 발자취를 더듬어본다.

002 논문 잘 쓰는 법
시미즈 이쿠타로 지음 | 김수희 옮김 | 8,900원

이와나미서점의 시대의 명저!
저자의 오랜 집필 경험을 바탕으로 글의 시작과 전개, 마무리까지, 각 단계에서 염두에 두어야 할 필수사항에 대해 효과적이고 실천적인 조언이 담겨 있다.

003 자유와 규율 -영국의 사립학교 생활-
이케다 기요시 지음 | 김수희 옮김 | 8,900원

자유와 규율의 진정한 의미를 고찰!
학생 시절을 퍼블릭 스쿨에서 보낸 저자가 자신의 체험을 바탕으로, 엄격한 규율 속에서 자유의 정신을 훌륭하게 배양하는 영국의 교육에 대해 말한다.

004 외국어 잘 하는 법
지노 에이이치 지음 | 김수희 옮김 | 8,900원

외국어 습득을 위한 확실한 길을 제시!!
사전·학습서를 고르는 법, 발음·어휘·회화를 익히는 법, 문법의 재미 등 학습을 위한 요령을 저자의 체험과 외국어 달인들의 지혜를 바탕으로 이야기한다.

005 일본병 -장기 쇠퇴의 다이내믹스-
가네코 마사루, 고다마 다쓰히코 지음 | 김준 옮김 | 8,900원

일본의 사회·문화·정치적 쇠퇴, 일본병!
장기 불황, 실업자 증가, 연금제도 파탄, 저출산·고령화의 진행, 격차와 빈곤의 가속화 등의 「일본병」에 대해 낱낱이 파헤친다.

006 강상중과 함께 읽는 나쓰메 소세키
강상중 지음 | 김수희 옮김 | 8,900원

나쓰메 소세키의 작품 세계를 통찰!
오랫동안 나쓰메 소세키 작품을 음미해온 강상중의 탁월한 해석을 통해 나쓰메 소세키의 대표작들 면면에 담긴 깊은 속뜻을 알기 쉽게 전해준다.

007 잉카의 세계를 알다
기무라 히데오, 다카노 준 지음 | 남지연 옮김 | 8,900원

위대한 「잉카 제국」의 흔적을 좇다!
잉카 문명의 탄생과 찬란했던 전성기의 역사, 그리고 신비에 싸여 있는 유적 등 잉카의 매력을 풍부한 사진과 함께 소개한다.

008 수학 공부법
도야마 히라쿠 지음 | 박미정 옮김 | 8,900원

수학의 개념을 바로잡는 참신한 교육법!
수학의 토대라 할 수 있는 양·수·집합과 논리·공간 및 도형·변수와 함수에 대해 그 근본 원리를 깨우칠 수 있도록 새로운 관점에서 접근해본다.

009 우주론 입문 -탄생에서 미래로-
사토 가쓰히코 지음 | 김효진 옮김 | 8,900원

물리학과 천체 관측의 파란만장한 역사!
일본 우주론의 일인자가 치열한 우주 이론과 관측의 최전선을 전망하고 우주와 인류의 먼 미래를 고찰하며 인류의 기원과 미래상을 살펴본다.

010 우경화하는 일본 정치
나카노 고이치 지음 | 김수희 옮김 | 8,900원

일본 정치의 현주소를 읽는다!
일본 정치의 우경화가 어떻게 전개되어왔으며, 우경화를 통해 달성하려는 목적은 무엇인가. 일본 우경화의 전모를 낱낱이 밝힌다.

011 악이란 무엇인가
나카지마 요시미치 지음 | 박미정 옮김 | 8,900원

악에 대한 새로운 깨달음!
인간의 근본악을 추구하는 칸트 윤리학을 철저하게 파고든다. 선한 행위 속에 어떻게 악이 녹아들어 있는지 냉철한 철학적 고찰을 해본다.

012 포스트 자본주의 -과학·인간·사회의 미래-
히로이 요시노리 지음 | 박제이 옮김 | 8,900원

포스트 자본주의의 미래상을 고찰!
오늘날 「성숙·정체화」라는 새로운 사회상이 부각되고 있다. 자본주의·사회주의·생태학이 교차하는 미래 사회상을 선명하게 그려본다.

013 인간 시황제
쓰루마 가즈유키 지음 | 김경호 옮김 | 8,900원

새롭게 밝혀지는 시황제의 50년 생애!
시황제의 출생과 꿈, 통일 과정, 제국의 종언에 이르기까지 그 일생을 생생하게 살펴본다. 기존의 폭군상이 아닌 한 인간으로서의 시황제를 조명해본다.

014 콤플렉스
가와이 하야오 지음 | 위정훈 옮김 | 8,900원

콤플렉스를 마주하는 방법!
「콤플렉스」는 오늘날 탐험의 가능성으로 가득 찬 미답의 영역, 우리들의 내계, 무의식의 또 다른 이름이다. 융의 심리학을 토대로 인간의 심층을 파헤친다.

015 배움이란 무엇인가

이마이 무쓰미 지음 | 김수희 옮김 | 8,900원

'좋은 배움'을 위한 새로운 지식관!
마음과 뇌 안에서의 지식의 존재 양식 및 습득 방식, 기억이나 사고의
방식에 대한 인지과학의 성과를 바탕으로 배움의 구조를 알아본다.

016 프랑스 혁명 -역사의 변혁을 이룬 극약-

지즈카 다다미 지음 | 남지연 옮김 | 8,900원

프랑스 혁명의 빛과 어둠!
프랑스 혁명은 왜 그토록 막대한 희생을 필요로 하였을까. 시대를 살
아가던 사람들의 고뇌와 처절한 발자취를 더듬어가며 그 역사적 의
미를 고찰한다.

017 철학을 사용하는 법

와시다 기요카즈 지음 | 김진희 옮김 | 8,900원

철학적 사유의 새로운 지평!
숨 막히는 상황의 연속인 오늘날, 우리는 철학을 인생에 어떻게 '사용'
하면 좋을까? '지성의 폐활량'을 기르기 위한 실천적 방법을 제시한다.

018 르포 트럼프 왕국 -어째서 트럼프인가-

가나리 류이치 지음 | 김진희 옮김 | 8,900원

또 하나의 미국을 가다!
뉴욕 등 대도시에서는 알 수 없는 트럼프 인기의 원인을 파헤친다. 애
팔래치아 산맥 너머, 트럼프를 지지하는 사람들의 목소리를 가감 없
이 수록했다.

019 사이토 다카시의 교육력 -어떻게 가르칠 것인가-

사이토 다카시 지음 | 남지연 옮김 | 8,900원

창조적 교육의 원리와 요령!
배움의 장을 향상심 넘치는 분위기로 이끌기 위해 필요한 것은 가르
치는 사람의 교육력이다. 그 교육력 단련을 위한 방법을 제시한다.

020 원전 프로파간다 -안전신화의 불편한 진실-

혼마 류 지음 | 박제이 옮김 | 8,900원

원전 확대를 위한 프로파간다!
언론과 광고대행사 등이 전개해온 원전 프로파간다의 구조와 역사를
파헤치며 높은 경각심을 일깨운다. 원전에 대해서, 어디까지 진실인
가.

021 허블 -우주의 심연을 관측하다-

이에 마사노리 지음 | 김효진 옮김 | 8,900원

허블의 파란만장한 일대기!
아인슈타인을 비롯한 동시대 과학자들과 이루어낸 허블의 영광과 좌
절의 생애를 조명한다! 허블의 연구 성과와 인간적인 면모를 살펴볼
수 있다.

022 한자 -기원과 그 배경-

시라카와 시즈카 지음 | 심경호 옮김 | 9,800원

한자의 기원과 발달 과정!
중국 고대인의 생활이나 문화, 신화 및 문자학적 성과를 바탕으로, 한
자의 성장과 그 의미를 생생하게 들여다본다.

023 지적 생산의 기술

우메사오 다다오 지음 | 김욱 옮김 | 8,900원

지적 생산을 위한 기술을 체계화!
지적인 정보 생산을 위해 저자가 연구자로서 스스로 고안하고 동료
들과 교류하며 터득한 여러 연구 비법의 정수를 체계적으로 소개한다.

024 조세 피난처 -달아나는 세금-

시가 사쿠라 지음 | 김효진 옮김 | 8,900원

조세 피난처를 둘러싼 어둠의 내막!
시민의 눈이 닿지 않는 장소에서 세 부담의 공평성을 해치는 온갖 악
행이 벌어진다. 그 조세 피난처의 실태를 철저하게 고발한다.

025 고사성어를 알면 중국사가 보인다
이나미 리쓰코 지음 | 이동철, 박은희 옮김 | 9,800원

고사성어에 담긴 장대한 중국사!
다양한 고사성어를 소개하며 그 탄생 배경인 중국사의 흐름을 더듬
어본다. 중국사의 명장면 속에서 피어난 고사성어들이 깊은 울림을
전해준다.

026 수면장애와 우울증
시미즈 데쓰오 지음 | 김수희 옮김 | 8,900원

우울증의 신호인 수면장애!
우울증의 조짐이나 증상을 수면장애와 관련지어 밝혀낸다. 우울증을
예방하기 위한 수면 개선이나 숙면법 등을 상세히 소개한다.

027 아이의 사회력
가도와키 아쓰시 지음 | 김수희 옮김 | 8,900원

아이들의 행복한 성장을 위한 교육법!
아이들 사이에서 타인에 대한 관심이 사라져가고 있다. 이에 「사람과
사람이 이어지고, 사회를 만들어나가는 힘」으로 「사회력」을 제시한다.

028 쑨원 -근대화의 기로-
후카마치 히데오 지음 | 박제이 옮김 | 9,800원

독재 지향의 민주주의자 쑨원!
쑨원, 그 남자가 꿈꾸었던 것은 민주인가, 독재인가? 신해혁명으로
중화민국을 탄생시킨 희대의 트릭스터 쑨원의 못다 이룬 꿈을 알아
본다.

029 중국사가 낳은 천재들
이나미 리쓰코 지음 | 이동철, 박은희 옮김 | 8,900원

중국 역사를 빛낸 56인의 천재들!
중국사를 빛낸 걸출한 재능과 독특한 캐릭터의 인물들을 연대순으로
살펴본다. 그들은 어떻게 중국사를 움직였는가?!

030 마르틴 루터 -성서에 생애를 바친 개혁자-

도쿠젠 요시카즈 지음 | 김진희 옮김 | 8,900원

성서의 '말'이 가리키는 진리를 추구하다!
성서의 '말'을 민중이 가슴으로 이해할 수 있도록 평생을 설파하며 종교개혁을 주도한 루터의 감동적인 여정이 펼쳐진다.

031 고민의 정체

가야마 리카 지음 | 김수희 옮김 | 8,900원

현대인의 고민을 깊게 들여다본다!
우리 인생에 밀접하게 연관된 다양한 요즘 고민들의 실례를 들며, 그 심층을 살펴본다. 고민을 고민으로 만들지 않을 방법에 대한 힌트를 얻을 수 있을 것이다.

032 나쓰메 소세키 평전

도가와 신스케 지음 | 김수희 옮김 | 9,800원

일본의 대문호 나쓰메 소세키!
나쓰메 소세키의 작품들이 오늘날에도 여전히 사람들의 마음을 매료시키는 이유는 무엇인가? 이 평전을 통해 나쓰메 소세키의 일생을 깊이 이해하게 되면서 그 답을 찾을 수 있을 것이다.

033 이슬람문화

이즈쓰 도시히코 지음 | 조영렬 옮김 | 8,900원

이슬람학의 세계적 권위가 들려주는 이야기!
거대한 이슬람 세계 구조를 지탱하는 종교·문화적 밑바탕을 파고들며, 이슬람 세계의 현실이 어떻게 움직이는지 이해한다.

034 아인슈타인의 생각

사토 후미타카 지음 | 김효진 옮김 | 8,900원

물리학계에 엄청난 파장을 몰고 왔던 인물!
아인슈타인의 일생과 생각을 따라가 보며 그가 개척한 우주의 새로운 지식에 대해 살펴본다.

035 음악의 기초
아쿠타가와 야스시 지음 | 김수희 옮김 | 9,800원

음악을 더욱 깊게 즐길 수 있다!
작곡가인 저자가 풍부한 경험을 바탕으로 음악의 기초에 대해 설명하는 특별한 음악 입문서이다.

036 우주와 별 이야기
하타나카 다케오 지음 | 김세원 옮김 | 9,800원

거대한 우주의 신비와 아름다움!
수많은 별들을 빛의 밝기, 거리, 구조 등 다양한 시점에서 해석하고 분류해 거대한 우주 진화의 비밀을 파헤쳐본다.

037 과학의 방법
나카야 우키치로 지음 | 김수희 옮김 | 9,800원

과학의 본질을 꿰뚫어본 과학론의 명저!
자연의 심오함과 과학의 한계를 명확히 짚어보며 과학이 오늘날의 모습으로 성장해온 궤도를 사유해본다.

038 교토
하야시야 다쓰사부로 지음 | 김효진 옮김

일본 역사학자의 진짜 교토 이야기!
천년 고도 교토의 발전사를 그 태동부터 지역을 중심으로 되돌아보며, 교토의 역사와 전통, 의의를 알아본다.

039 다윈의 생애
야스기 류이치 지음 | 박제이 옮김

다윈의 진솔한 모습을 담은 평전!
진화론을 향한 청년 다윈의 삶의 여정을 그려내며, 위대한 과학자가 걸어온 인간적인 발전을 보여준다.

040 일본 과학기술 총력전
야마모토 요시타카 지음 | 서의동 옮김

구로후네에서 후쿠시마 원전까지!
메이지 시대 이후「과학기술 총력전 체제」가 이끌어온 근대 일본 150
년. 그 역사의 명암을 되돌아본다.

041 밥 딜런
유아사 마나부 지음 | 김수희 옮김

시대를 노래했던 밥 딜런의 인생 이야기!
수많은 명곡으로 사람들을 매료시키면서도 항상 사람들의 이해를 초
월해버린 밥 딜런. 그 인생의 발자취와 작품들의 궤적을 하나하나 짚
어본다.

042 감자로 보는 세계사
야마모토 노리오 지음 | 김효진 옮김

인류 역사와 문명에 기여해온 감자!
감자가 걸어온 역사를 돌아보며, 미래에 감자가 어떤 역할을 할 수 있
는지, 그 가능성도 아울러 살펴본다.

043 중국 5대 소설 삼국지연의・서유기 편
이나미 리쓰코 지음 | 장원철 옮김

중국 고전소설의 매력을 재발견하다!
중국 5대 소설로 꼽히는 고전 명작『삼국지연의』와『서유기』를 중국
문학의 전문가가 흥미롭게 안내한다.

044 99세 하루 한마디
무노 다케지 지음 | 김진희 옮김

99세 저널리스트의 인생 통찰!
저자는 인생의 진리와 역사적 증언들을 짧은 문장들로 가슴 깊이 우
리에게 전한다.

045 불교입문

사이구사 미쓰요시 지음 | 이동철 옮김

불교 사상의 전개와 그 진정한 의미!
붓다의 포교 활동과 사상의 변천을 서양 사상과의 비교로 알아보고,
나아가 불교 전개 양상을 그려본다.

IWANAMI 046

중국 5대 소설
수호전·금병매·홍루몽 편

초판 1쇄 인쇄 2019년 11월 10일
초판 1쇄 발행 2019년 11월 15일

저자 : 이나미 리쓰코
번역 : 장원철

펴낸이 : 이동섭
편집 : 이민규, 서찬웅, 탁승규
디자인 : 조세연, 김현승
영업·마케팅 : 송정환
e-BOOK : 홍인표, 김영빈, 유재학, 최정수
관리 : 이윤미

㈜에이케이커뮤니케이션즈
등록 1996년 7월 9일(제302-1996-00026호)
주소 : 04002 서울 마포구 동교로 17안길 28, 2층
TEL : 02-702-7963~5   FAX : 02-702-7988
http://www.amusementkorea.co.kr

ISBN 979-11-274-2913-3 04820
ISBN 979-11-7024-600-8 04080

CHUGOKU NO GODAI SHOSETSU VOL. 2 SUIKODEN KINPEIBAI KOROMU
by Ritsuko Inami
Copyright © 2009 by Ritsuko Inami
First published 2009 by Iwanami Shoten, Publishers, Tokyo.
This Korean print form edition published 2019
by AK Communications, Inc., Seoul
by arrangement with Iwanami Shoten, Publishers, Tokyo.

이 도서의 국립중앙도서관 출판예정도서목록(CIP)은 서지정보유통지원시스템 홈페이지
(http://seoji.nl.go.kr)와 국가자료공동목록시스템(http://www.nl.go.kr/kolisnet)에서 이용
하실 수 있습니다. (CIP제어번호: CIP2019041073)

*잘못된 책은 구입한 곳에서 무료로 바꿔드립니다.